KB010968

# 몰운대 해변의 낙조

[수록 작품]
몰운대 해변의 낙조 | 지리산의 화성인 | 도회에 뜨는 달
변산 해변의 연가 | 장사도 해변의 밀어 | 아카시아꽃, 바람에 휘날리다
인사동길의 여로(旅路) | 저녁 안개에 잠긴 달빛 | 석모도
물안개 | 그늘과 빛 | 흰나비들의 비상

# 몰운대 해변의 낙조

손정모 제2 단편집

생각나눔

## 작가의 말

세상이 많이 바뀌었다. 정보를 전달하는 방식이 서적에서 전자책으로 상당히 전환되었다. 종이든 전자 체계든 기록으로 남기는 의미는 크다. 종이는 시간이 흐르면 훼손될 가능성이 크다. 전자책은 시간이 아무리 흘러도 정보가 안전하게 전달된다. 서적(書籍)이든 전자책(電子冊)이든 고유한 장점이 있기에 독자들은 취향대로 선택하면 된다.

작가란 창작인들을 일컫는 말이다. 소설가들에게 단편소설은 소중한 창작의 결실들이다. 200자 원고지 70~100장의 범위에서 이야기를 만들어 독자들에게 전달해야 한다. 필자는 1998년에 월간 '문학21'을 통하여 소설가로 등단했다. 소설가의 길을 걷게 해 준 심사위원님들을 언제나 고맙게 생각한다.

문인은 등단도 중요하지만, 등단 이후의 창작 과정이 아주 중요하다. 상당수의 사람들이 등단만 해 놓고 소리 없이 스러지는 현실이다. 창작에 대한 확고한 마음이 정립되어 있어야 한다. 무엇보다도 자신의 양심에 비추어 부끄럽지 않게 열심히 수련해야 한다. 누구든 세상을 속일 수는 있어도 자신의 양심을 속이지는 못한다. 진정한 작가라면 양심에 비추어서도 부끄럽지 않을 정도로 성실해야 한다.

필자는 현재까지 국내 문예지에 단편소설을 101편 발표했다. 그간 단편집의 출간은 필자의 의도로 지연되었다. 그간 장편소설의 출간(14권)에 역점을 두었고, 단편집(2017년)은 1권만 출간했다. 제1 단편집인 '일몰의 파동'에서는 〈2011년 5월~2013년 8월〉까지의 문예지에 발표된 12편이 실렸다. 아직도 출간할 장편소설의 작품은 7편이 준비되어 있다. 하지만 이들의 출간은 단편집의 출간 이후로 보류할 작정이다. 제2 단편집부터는 등단 작품을 비롯하여 문예지에 발표했던 순서대로 출간하겠다. 작가의 취향 또는 문체나 문장의 변화를 들여다보게 되리라 여겨진다.

소설은 단순히 이야기를 나열한 것이 아니다. 작품 하나하나에 의도하는 주제가 짙게 깔려 독자들을 감동시켜야 한다. 도공들이 도자기를 굽듯 성실하고 겸허한 자세로 부단히 수련해야 한다. 제1집에는 등단 시점부터 시작하여 12편째까지 발표된 작품들이 묶여 있다. 서적을 통해서든 전자책을 통해서든 작품이 독자들과 접촉되기를 바란다. 그리하여 독자들이 억눌렸던 심신을 창작의 공간에서 만회하기를 바란다.

2022년 10월

靑齋 孫廷模

# |목 차|

# 몰운대 해변의 낙조

◇◇◇◇

석양의 갯벌 어디에도 물은 없다. 소금기조차 말라붙어, 모래바람 자욱한 백사장만이 펼쳐져 있을 뿐이다. 바다를 향한 길목쯤에서 선혜는 백색 구두를 벗어든다.

새벽에 장 교수의 연락을 받기 전서부터 나에겐 선혜가 광막한 갯벌을 하염없이 배회하리라는 생각이 들었다. 모래바람 나부끼는 몰운대의 갯벌 위에 설마 선혜가 있으리라고는 미처 장 교수도 생각 못한 모양이다. 잠이 덜 깬 탓인지 머리가 너무나 지끈거렸다. 선혜의 방랑벽이 도졌음을 때맞춰 알려 준 장 교수의 음성을 듣고는 부쩍 더 그랬다. 선혜가 길을 나서면 다시는 돌아오기 어려울 거라고, 혹시 만나게 되면 거처나 좀 알려 달라는 하소연이었다. 전화의 여운 탓인지 머리가 더욱 지끈거렸다. 잠시 깨어났던 의식이 스러진 뒤엔 곧바로 깊은 새벽잠에 빠져들었다.

나는 이용원(理容院) 판유리를 통하여 다대포의 아침 전경을 바라보고 있다. 포구 가득히 밀물이 들어차고 있다. 청록의 짙은 색조로 물든 바닷물이다. 햇살에 반짝이는 물결에는 힘이 실려 있다. 문득 광막한 갯벌이 연상되었다. 모래바람에 치맛자락을 싸쥐며 출구를 찾는 선혜의 모습이 선하게 떠올랐다. 아까부터 두 마리의 갈매기가 번갈아가며 물살을 가른다. 갈매기의 날갯짓에는 무한한 자유가 깃들어 보인다. 파도가 드세어질수록 날갯짓은 바람을 가르며 날렵해진다. 빗속에 움츠러드는 들짐승처럼 마냥 졸아들기만 하던 장 교수의 목소리였다. 내뱉는 목소리마다 체념과 한숨으로 뒤범벅이 되어 있었다.

인근의 여관 건물을 돌아 행인 서넛이 걸어온다. 그들의 발자국 소리를 들어보면 대개는 감이 잡힌다. 아니나 다를까 한 사내가 이발소에 들어선다. 머리카락이 텁수룩하다. 넉 달마다 한 번씩 오는 사내다. 가볍게 목례를 하는 듯 마는 듯 출입문에서 세 번째 의자에 앉는다. "짧게 해 줘요."라며 눈을 감는다. 나는 머리카락에 소형 분무기로 분사하고는 멀리 수평선을 내다본다. 사내의 머리카락에 물방울이 돌돌 말린다. 지난 정월 말, 그날 밤의 물방울에 생각이 미쳤다. 선혜의 허벅지를 타고 흘러내리던 청결한 물방울. 돌돌 말려 흐르다가 그녀의 무릎에 멈춰 물방울이 떨고 있었다.

선혜가 여관에서 옷을 벗던 그날은 언제나 추억 속에 새롭다. 그날 저녁 무렵이었다. 한 떼의 눈발이 어지럽게 나부끼고 있었다. 입술을 파랗게 떨며, 얼굴이 갸름한 여인이 이발소에 들어섰다. 스물네댓으로 보이는 미니스커트의 여인은 첫눈에 혹할 만큼의 빼어난 미모를 지녔다. 그녀는 곧장 쪽지를 건네고는 유리문을 나섰다. 쪽지에는 장 교수의 소개로 왔노라며, 골목 옆 카페에서 기다리겠다는 내용이 담겼다. 그날따라 바다는 변덕이 심했다. 통통거리는 발동선의 엔진음에 묻혀 바다는 신열을 앓고 있었다. 금세 눈발이 나부끼다가 굵은 빗줄기로 변하였다가는 다시 펑펑 눈이 쏟아졌다. 눈발이 휘몰아칠 때마다 유리문이 덜컥거렸고, 곧바로 냉기가 엄습해 왔다.

약속 시간인 밤 9시였다. 카페의 손님으로는 그녀와 나 둘뿐이었다. 창밖은 휘몰아치는 폭설로 윙윙거렸고, 카페 안은 '다뉴브 강의 잔물결'이 잔잔히 흐르고 있었다. 첫 마디에 그녀는 도움이 필요하다고 했다. 연이어 수줍은 표정을 짓더니, 그녀는 술을 마시고 싶다고 했다. 주점을 거쳐 여관에 든 것은 자정 무렵이었다.

머리를 감겨 주자, 사내는 미란을 따라 밀실로 들어간다. 미란의 몸매를 훑어보는 눈빛이 탐욕스럽다. 커튼이 드리워진 밀실에서는 이내 신음 소리가 새어 나온다. 이번에는 40대 중반의 사내가 이발소로 들어선다. 아예 반바지에 슬리퍼를 착용한 간편한 차림새다. '흑곰'이라는 사내다. 미란의 말로는 단전 부위에 흑곰의 문신을 새긴 사내였다. 미란은 사내의 흉물스런 문신을 볼 때마다 전신이 오그라드는 느낌이라고 했다. 미란의 말에 의하면 사내는 지독한 변태임에 틀림없다. 올 때마다 요구하는 체위가 달라, 곤혹스럽다고 한다. 하지만, 사내는 한 달에 두 번씩 이발소를 찾는 단골이다. 그뿐이 아니다. 그는 내가 가입한 금정 산악회와 누드 포토회의 상임 고문으로서 인기가 대단한 사업가다. 그의 소개로 많은 회원들이 나의 이발소를 찾는 것 또한 사실이다. 설사 그가 변태라 할지라도 미란과 나에게는 괄시(恝視) 할 수 없는 단골임에 틀림없다.

고향인 동해시를 떠나던 날 어머니는 나에게 말했다. 새에게는 돌아갈 둥지가 있어야 하는 법이라고. 둥지가 없어도 날 수는 있지만, 둥지 없는 비상은 나는 것 자체가 슬픔일 수 있다고 말이다. 어머니의 그 말이 유언이 되던 날 고향 언덕에서 내가 뿌린 눈물은 얼마였던가? 그때는 정말 몰랐었다. 어머니의 그 말이 유언이 되리라고는. 세월이 흐를수록 어머니의 말은 나의 가슴에 잠언(箴言)으로 다가온다.

어느덧 고향을 떠나온 지 3년 만이다. 서른하나에 미혼으로 남은 혈혈단신이다. 여태껏 내겐 돌아갈 둥지 하나 없다. 해변 언저리에는 해묵은 포플러나무가 두 그루 섰다. 멀리서도 까치 둥지들이 쉽게 눈에 띈다. 무성한 가지들마다 까치둥지들이 벌려서 있다. 인간으로 태어난 것이 조화라면, 내 어이 돌아갈 둥지 하나 없을까? 둥지 하나 없는 전생의 나는 무엇이었을까? 혹시 날개 찢긴 갈매기는 아니었을까? 어쩌다가 부산에까지 흘러와 이발 가위에 인생을 걸게 된 걸까? 생각할수록 만감이 교차하여 머리가 터질 것 같다.

불현듯 미니스커트 차림의 선혜가 갯벌을 가로지르는 모습이 머리에 자막처럼 펼쳐졌다. 살색이 고운 그녀의 다리는 곧고도 매끄러웠다. 지금쯤 갯벌의 모래바람은 그녀의 치맛자락을 훌렁 휘말아 올리고 있을지도 모른다. 아는가, 다대포 몰운대의 모래 바람을? 모래사장에 섰던 사람이라면 모래바람의 위력을 알 것이다. 좁쌀 같은 모래 알갱이가 얼굴을 향해 들이붓듯이 마구 쏟아진다. 따끔거리는 얼굴을 추스를 새도 없다. 훅하고 숨을 들이켜는 사이에 모래사장 언저리로부터 새로운 바람이 눈을 부라리며 일어난다. 불에 덴 것처럼 얼굴이 화끈거리지만 만져서는 안 된다. 만지면 만질수록 살갗의 시달림은 강도를 더해갈 뿐이다.

샤워를 하고 알몸으로 마주 앉았을 때였다. 4번을 누르니, 여관의 비디오답게 포르노가 흘러나오고 있었다. 선혜는 말했다.

"아저씨, 우리 얘기부터 먼저 해요."

소주를 한 병 가까이 마신 얼굴이지만 도무지 취기라곤 없어 보인다. 오히려 그녀의 두 눈이 더 말똥말똥해진다.

"먼저 궁금한 게 있거든요. 아저씬 장 교수님과 어떤 관계세요? 아저씨의 시골 중학교 선배이자 금정 산악회의 회원으로서 그저 자주 만나는 사이라구요? 제가 듣기로는요, 그보다도 훨씬 절친한, 허물없는 사이라고 들었거든요. 아무튼 그쯤 알면 된다구요? 다소 어정쩡한 대답이지만, 수긍하는 것으로 받아들일게요. 저는 유선혠데요, 장 교수님 밑에서 공부하는 석사과정의 학생이에요. 덤으로 주당 2번씩은 본교의 누드모델로 나서고 있죠. 어머, 놀라시는 표정이네요. 요즘 미대생들 중에서 누드 경험이 없는 여학생들도 별로 없어요. 오늘 밤에 아저씨를 찾은 건요, 아저씨와의 절실한 상담이 필요해서예요."

유리창을 파고드는 해변의 바람결은 늘 시원하다. 아침나절 내내 해풍은 미풍으로 나부낀다. 흑곰이 밀실로 들어간 후에도 세 사람의 머리를 더 깎았지만, 아직도 밀실에선 기척이 없다. 아마도 전무후무한 장면들이 속속 펼쳐지는 모양이다. 관심은 없지만 신경은 쓰인다. 여름철이어선지 대다수의 손님들은 반바지에 슬리퍼 차림이다. 간혹 중국산의 누런 부채를 들고 오는 축도 몇몇 눈에 띈다. 그들은 하나같이 부채는 역시 중국 사천성(四川省)의 부채가 으뜸이라고 으스댄다.

재작년 여름이었어요. 2학기의 유급 조교 배정 문제로 잠시 만나자면서 장 교수는 연구실로 저를 불렀어요. 둘만 달랑 남은 밤 10시 무렵의 연구실이었어요. 장 교수는 양주잔을 들어 제게 술을 권했죠. 저는요, 술은 좀 마시는 편이거든요. 부담 없이 몇 순배의 술잔을 나누었죠. 얼굴에 홍조를 띤 장 교수는 문득 저의 알몸을 그리고 싶다며 보챘어요. 저는 다소 황당한 느낌이었지만, 누드모델 본연의 자세를 취하며, 알몸으로 좌대에 올랐죠. 술이 문제였는지 뭐가 문제였는지는 몰라도 지극히 묘한 일이 그때 벌어졌죠. 그림을 그리다 말고 장 교수는 느닷없이 손바닥으로 저의 사타구니를 애무해대기 시작했어요. 전혀 예상치 못한 일이라, 미처 놀라고 자시고 할 겨를도 없었죠. 그날 이후로 장 교수와 저는 수시로 밀애를 즐기는 관계로 발전했죠. 장 교수로부터 심한 상실감을 느끼지는 않았냐구요? 천만의 말씀이에요. 누드모델로 진출한 일부의 여성들은 남자 경험이 많거나 끼가 센 경우도 더러 있나 봐요. 또한 제 경우도 장 교수가 첫 대상은 아니었죠. 솔직히 말하면, 저의 몸에도 색정이 줄줄 넘쳐흐를 거예요.

유리문 밖의 길섶에는 방풍림으로 조성된 동백나무와 사철나무의 숲이 줄지어 섰다. 쉼 없이 불어오는 7월의 바람결에 방풍림의 잎사귀들이 깨어나고 있다. 파드득거리는 잎사귀들의 진동음에서 아침 바다의 활기를 느낀다.

이제 바람이 강풍으로 변하면, 잎사귀들은 자지러질 듯이 몸부림을 칠 것이고, 사이사이로 새들의 둥지가 드러날 것이다. 바람이 불 때면 왠지 둥지가 그리워진다. 불법인 줄 알면서, 언제까지 상납을 해 가며 퇴폐 이발소를 운영하겠는가 말이다. 정말 나도 이젠 떳떳한 자유인이고 싶다. 날개를 펼치고 자유롭게 한번 날아보고 싶다. 날다가 매서운 바람을 만나면 잠시 날개를 접었다가, 바람이 잔잔해지면 저녁 안개처럼 가볍게 하늘을 날고 싶다. 날다가 지치면 언제라도 포근하게 잠들 수 있는 둥지를 갖고 싶다. 하늘을 나는 새에게 둥지보다 더 절실한 것이 또 있을까?

포구에서 수시로 들끓는 파도는 언제라도 해일이 되어 이발소를 송두리째 삼켜 버릴 것 같다. 하루라도 빨리 여기를 벗어나고 싶다. 제때에 못 벗어나면, 파도 더미에 고스란히 압사당해 버리고 말 것 같다. 더러 그랬었다. 강풍이 불 때면, 유리문에는 해풍에 실려 온 포말들이 줄줄이 흘러내리곤 했다. 언제부터였을까, 기억이 아슴푸레하다. 판유리의 흘러내리는 물방울을 볼라치면 더러 절망의 눈물로 비쳐지곤 했다.

장 교수와의 밀애가 지속될수록 저는 점차 그를 발정한 수컷으로 여기게 되었죠. 저도 마찬가지예요. 암내를 풍기는 암컷이 아니고 뭐겠어요? 6개월쯤 정신없이 육체적 환락에 냅다 몸을 달구며 시간을 보냈죠. 그러다가 작년 늦가을에 하준홍이란 애인을 만나게 되었죠. 과 내 친구들이 주선한 소개팅이었죠. 별로 기대하지 않은 만남이었지만, 저는 상대를 너무 잘 골랐다고 확신하거든요. 애인을 만난 지 3주쯤 되었을 때였어요. 느닷없이 그는 교수님과 저의 관계를 자세히 털어놓으라는 거였어요. 다 알고 묻는다면서 마구 윽박질렀어요. 슬그머니 화가 치밀어 오르기에, 저도 숨김없이 다 털어놓아 버렸죠. 그랬더니, 그는 입술을 파르르 떨더니, 좀 생각할 시간이 필요하다면서 밖으로 나가 버렸어요. 그로부터 한 달이 다 되어 갈 때까지 줄곧 연락두절이었다가, 지난 주말에야 저를 만나자고 불렀어요. 만나자마자 그는 저와 장 교수의 육체관계를 청산하라고 말했죠. 앞으로 더 이상의 관계만 없으면 과거의 일은 일체 묻지 않겠다는 거였죠. 그리하여, 사흘 전에 연구실에서 장 교수를 만나 전후 사정을 얘기했죠. 선혜는 이야기를 하다 말고는 오그라든 나의 성기를 손으로 가볍게 주물러댔다. 그녀의 손길이 닿자마자 나의 물건은 즉각적으로 고개를 쳐들며 부풀어 올랐다.

어느 결에 해는 벌써 중천에 떠 있다. 점심 무렵에 접어들자 식사를 하는지 손님의 발길이 뜸하다. 창밖의 수평선을 내다보며, 미란과 나는 식사를 마친 뒤, 커피를 마시며 휴식을 취하고 있다. 미란의 얼굴에 겹쳐서 선혜의 모습이 떠올랐다. 장 교수의 말로는 어젯밤에 작별 인사를 하고는 기약 없이 떠났다는 거였다. 지금쯤 선혜는 정처 없는 여행의 길에 올라 있을 거라고 덧붙였다. 만날 때마다 선혜는 미니스커트 차림이었고, 특히 해변의 석양을 그리워했다. 오늘도 선혜는 필시 석양을 찾아, 몰운대의 갯벌을 찾아오리라는 확신이 섰다. 미란은 3년 전에 이발소를 개업하면서부터 나와 함께 일해 온 종업원이자 동업자이다. 종업원이라 함은 내가 그녀를 고용했기 때문이며, 동업자라 함은 미란과 나의 역할 분담이 다르고, 서로 공생의 관계에 있기 때문이다. 올해 스물셋인 미란은 면도사이자 안마사이다. 그러고, 손님이 원할 때엔 육체까지도 기꺼이 열어 주곤 한다. 귀염성스런 얼굴에 언제 보아도 미란의 표정은 밝은 모습이다. 미란은 어떤 옷을 입어도 선정적으로 보이는 면이 있다. 언제 보아도 서글서글한 눈매가 미모를 한층 돋보이게 한다. 근래에 미란은 자주 나에게 은근한 눈빛을 보내곤 한다. 애써 고개를 돌려 모른 척해 보지만, 그녀의 눈빛은 집요하다. 미란은 인간적으로는 좋지만, 배우자감으로는 질색이다. 나는 아무래도 전통적인 남자인 모양이다. 설사 내가 중졸 학력의 바람둥이일지라도, 정조관념이 헤픈 여자 따위는 딱 질색이다.

막 찻잔을 내려놓자마자 전화벨이 요란하다. 전화기를 드니, 낚싯배인 수영호의 선주 차종명이다.

"동준아, 오늘 포구 앞 장자도 부근에서 밤낚시 어때? 괜찮다면 미란이하고 같이 와. 나도 희정이를 데리고 갈 테니까. 희정이 알지? 접때 만난 우리 집 음식점 여종업원 말이야. 그럼 7시 무렵에 배 가지고 포구로 갈게."

종명이는 낮에는 대중음식점을 열고, 밤에는 낚싯배를 띄우곤 하는 오랜 나의 고향 친구이다.

유리문이 열리며 두 명의 사내가 들어선다. 자리를 권하기도 전에 빈 의자에 척척 앉는다. 장 교수의 음성에 묻어 있던 복잡한 감정의 기류가 자꾸만 가슴에 걸린다. 통화중(通話中)인 그의 목소리엔 간간이 터질 듯한 울음의 색조가 반짝이곤 했다. 때로는 소중한 보물을 상실했을 때의 비통함 같은 것이 배어 있기도 했다. 선혜의 발걸음이 남기는 궤적이 문득 눈에 떠오른다. 아마도 그녀는 다대포의 광막한 갯벌에 묻힌 세월의 숨소리를 더듬어내고 있을 것이다. 세월의 숨소리라니? 해변의 석양에 취하여, 나랑 둘이서 보냈던 시간들의 숨소리를 아마도 그녀는 듣고 있을 거였다. 문득 하얀 속옷에 서린 그녀의 체온이 느껴지는 듯하다. 하여간 선혜의 발길이 닿는 곳 그 어디에서나 그녀의 향긋한 체취는 서려 있었다.

사내의 뒤통수를 다듬질한 뒤, 흘낏 수평선을 바라본다. 더할 나위 없이 화창한 날씨이다. 바다는 한없이 푸르고, 하늘은 눈부시게 맑다. '뚜우'하고 뱃고동이 울릴 적마다 사람들의 눈길은 일제히 바다를 본다. 바다는 언제나 깨어 있다.

일주일 전의 중년 부인의 울음소리마저도 바다는 고스란히 간직하고 있었다. 남편이 상무라는 여인은 남편의 바람기를 잠재울 방법이 없었다. 바람둥이 상무의 부인은 자꾸만 잦아지는 남편의 바람기를 더 이상은 못 견뎌했다. 속치마만 걸친 채 바다로 몸을 던진 그녀였다. 안개 속에서 낚시를 하다 말고 나는 그녀를 구했다. 그녀는 깨어나자마자 여관으로 데려달라고 했다. 밤중에 그녀는 교접을 원했고, 나는 조심스레 그녀를 가졌다. 그러고 난 뒤에, 여인의 얼굴에는 짙은 그늘이 드리워졌다. 다물어진 그녀의 치아 사이로는 한없이 설운 울음소리가 핏발처럼 새어 나왔다. 품으로 파고든 그녀를 안고 달래다가 얼핏 잠이 들었나 보다. 새벽에 눈을 뜨니, 여인은 떠나 버리고, 체온만이 남았다. 그렇게 그녀는 떠나간 거였다. 며칠 동안은 그녀의 울음소리가 환청으로 귓전을 맴돌았다.

내가 여관에서 돌아오던 새벽에 미란은 석상처럼 바다를 내다보고 있었다. 유리문을 밀치고 들어서도 그녀는 무아지경에 빠져 있었다. 바다에는 통통거리는 어선의 불빛만이 가물거렸고, 별도 찾을 수 없는 칠흑 같은 새벽이었다. 못 다 잔 잠을 자려고 자리에 누웠을 때 미란이 방문을 열고 들어섰다. 얼굴 가득히 창백한 빛이었고, 미란은 울먹이고 있었다. 순간적으로 놀라 그녀를 주시했다. 미란의 오른손엔 양주병이 들렸었고, 그녀는 이미 취한 상태였다. 그녀를 침입자라고 내쫓을 상황은 아니라고 여겨졌다. 말없이 침대를 그녀에게 내주고는 곧바로 나는 방바닥에 쓰러져 잠들었다. 동이 틀 때까지 이따금씩 중얼거리는 미란의 잠꼬대가 귓전을 울려 주곤 했다.

선혜는 말했다. 준홍이와의 관계를 들려준 직후였어요. 장 교수는 느닷없이 저의 머리채를 휘감더니만 사정없이 태질치는 거였어요. 저는 너무나 놀란 나머지 입을 다물 수가 없었어요. 장 교수가 손찌검을 하리라고는 전혀 예측하지 못한 일이었거든요. 경황이 없는 중에서도 저는 그가 돌지 않았나 하고 그를 위해 걱정까지 했었죠. 하지만, 상황은 너무나 복잡한 거였어요. 확실히 말씀 드리지만, 저는 지금도 장 교수를 따르고 존경하고 있어요. 사모님은 겉모습과는 달리 다른 사내와 눈이 맞아 벌써부터 장 교수에게 이혼을 요구하고 있었대요. 자녀 문제와 사회적 위신 때문에 갖은 노력으로 만류해 보았지만, 끝내 사모님은 막무가내라는 거였어요. 그리하여, 장 교수의 마음이 점차 제게로 기울어지고 있는 마당에 웬 날벼락이냐는 거였어요. 장 교수는 자신과 준홍이 중 하나만을 택하라고 윽박질렀어요. 하지만, 제겐 결코 간단한 일이 아니었죠. 장 교수를 택한다면 학문적인 미래는 보장되지만, 십오 년이나 되는 나이 차이를 생각하면 금세 치가 떨려요. 제겐 준홍이가 딱 어울리거든요. 그렇다고 장 교수를 거절한다면…… 제게 조언해 주시지 않으시겠어요? 조언을 구하는 대가로 기꺼이 몸을 주겠다고 했다. 정색을 하며 말리는 체해 보려고도 했지만, 나는 솔직해지기로 했다. 이미 그녀가 교접 행위에 있어서, 자유분방하다는 사실을 알았을 뿐만 아니라, 그녀의 나신을 본 나의 마음은 벌써부터 흥분하여 있었기 때문이다. 또한 애써 정절을 지키는 것도 좋은 일이지만, 유혹이 주어졌을 때, 기꺼이 받아들이는 것도 인생의 좋은 멋이 아닐까도 여겨졌기 때문이다. 그녀의 손아귀에 든 나의 귀두에서는 맑은 분비액이 한 방울 살짝 얼굴을 내비치고 있었다.

그날 밤 나는 그녀에게 속삭였다. 장 교수는 내가 설득할 테니까, 준홍이를 택하는 게 나아 보인다고 말이다. 준홍이를 택하고, 계속 학업을 하더라도 절대 문제는 없을 거라고. 결코 장 교수가 안면을 바꾸거나 그녀를 괴롭히지는 않을 거라고. 장 교수가 그녀의 머리채를 움켜쥐었던 것은 한때의 좌절감과 울분의 단순한 표시였을 뿐, 결코 감정이 있는 것은 아닐 거라고 그녀에게 설명했다.

흑곰으로부터 소개를 받고 온 손님들은 대개 그냥 가는 법이 없다. 머리를 감겨 주고 나면 으레 미란을 따라 밀실로 들어간다. 표면상의 이유는 안마를 받는 거지만 안마를 받은 뒤엔 하나같이 미란의 몸을 원한다. 심성이 다양한 사내들을 상대하면서도 미란은 한결같이 맑고 서글서글한 표정이다. 미인형의 얼굴에 늘씬한 몸매까지 갖춘 미란을 사내들은 한결같이 몸을 달구며 찾아든다. 게다가 언제나 쌩긋 미소 짓는 표정이라니, 이 아니 금상첨화일까? 근래에 미란은 안마사가 한 명은 더 있어야겠다는 눈치를 내비친다. 미란은 힘들 때마다 담배를 꺼내 문다. 더러는 내게도 비흡연자인 줄 알면서도 담배를 권하곤 한다. 그녀는 근래에 들어 간혹 피로하다고 응석을 부리곤 한다. 유리문을 밀고 한 명의 손님이 들어서고 있다.

이야기를 마친 뒤 선혜는 서서히 일어섰다. 그녀의 젖은 머리카락으로부터 흘러내린 물방울이 허벅지를 거쳐 무릎 위에까지 돌돌 말려 내려오더니, 반짝거리며 매달렸다. 매달린 물방울마다 청결한 느낌을 자아낸다. 덩달아 일어나서는 그녀를 안아 올려 침대에 눕혔다. 선홍색의 돌출한 유두에 입술을 가져가며,

그녀의 사타구니 부위를 손으로 더듬어 내려갔다. 이때부터 그녀는 서서히 달아오르며 나를 받아들이기 시작했다. 눈바람으로 덜컹대는 창밖으로는 폭설만이 쉼 없이 나부끼고 있었다. 세상천지의 모든 가식과 허물이 폭설로 묻혀 버리고, 오로지 그녀와 나만이 우주에 살아남은 느낌이었다.

시계를 흘낏 보니, 저녁 6시다. 바다 가득히 황금 햇살이 눈부시게 파득거리고 있다. 나는 미란에게 눈짓을 보냈다. 오늘은 일찍 문을 닫아걸자는 신호다. 의외라는 듯 미란은 반짝 눈을 빛낸다.

"아까 전화 왔었어. 종명이란 친구 있잖아? 낚시하러 너랑 같이 나오라고 했어."

"아, 알았어요. 수영호 선주 아저씨 말이죠? 정말 잘 됐네요. 그러잖아도 오늘은 왠지 자꾸만 따분한 생각이 들더라니까요. 그럼 문 닫고 셔터 내릴 준비할게요."

미란은 콧노래를 흥얼거리며 걸레를 들고는 밀실로 들어선다.

내가 선혜를 처음 만난 이후, 그녀를 다시 만난 것은 그로부터 두 달이 지난 석양 무렵이었다. 방파제 끝에 앉아, 혼자서 낚싯대를 드리우고 있노라니까, 구두 소리를 내며 그녀가 다가왔다. 몹시 보고 싶었다면서, 다가오자마자 나의 등에 얼굴을 갖다 대며 허리를 껴안았다.

그날은 종명이의 개업 기념일이었다. 3년 전부터 나와 종명이는 개업 기념일에 맞춰 밤바다에 배를 띄워 놓고는 자축연을 벌여 왔다. 종명이의 제의로 희정이와 미란이 및 선혜까지 끌어들여 장자도 앞의 밤바다에서 조촐한 자축연을 벌였다. 자축연이랬자 소주 몇 병에 떡과 과일을 갖춘 횟감 몇 접시가 고작이었다. 자축연이 진행될 때면 우린 언제나 보배로운 과거의 추억담에 열을 올리곤 했다.

한데 그날은 모두들 과음으로 인하여 제정신이 아닌 듯했다. 밤중에 배에서 내리자마자 나의 이발소로 모두 모여들었다. 회상컨대, 그때는 정말 모두 엉망으로 취한 상태였다. 누구의 제안이었던지, 문을 닫아걸고는 다섯이 둘러앉아 밤중에 고스톱을 치게 되었다. 분명히 엉뚱한 발상이었다. 즉흥적으로 만든 규정대로 상하 두 겹씩의 옷만을 입고 둘러앉았다. 종명이가 말했다.

"인생은 어차피 흙에서 나서 흙으로 돌아간댔지? 씨팔, 태어날 때 누가 옷을 입고 태어났어? 자, 지금부터 옷 벗기 고스톱 어때?"

여자들은 일시에 소리를 지르며 놀란 척하더니, 이내 깔깔거리며 동의했다. 이 정도이니, 하나같이 비슷한 속성을 가진 속물 다섯이 용케도 호흡을 맞추어 모여든 셈이었다.

"잠시 주목! 판이 돌아서, 지는 사람은 무조건 한 꺼풀씩 벗어야 된다 이 말이야, 알았어?"

그리하여, 우린 그날 팬티 차림의 반나체 춤을 추며, 광란의 하룻밤을 보냈다. 취해서 쓰러지기 직전에 선혜는 말했다.

"준홍이도, 장 교수도 모두 싫어. 내게 필요한 건 바로 당신이란 말이에요."

선혜의 입을 통해, 나는 졸지에 아저씨에서 당신으로 둔갑을 하게 된 터였다. 지나고 보니, 선혜의 말은 확실히 진심이 담긴 사랑의 고백이었다. 한데도 그날 밤의 나에겐 단순한 술주정쯤으로 들렸을 정도로 나는 몹시 취해 있었다. 그런 와중에서도, 그녀의 눈빛에서 내가 읽은 것은 모든 굴레로부터 진정으로 벗어나고 싶다는 간절한 염원이었다.

의자 정렬과 바닥 정리를 마치고 일어서니, 미란이 밀실 청소를 끝내고 나온다. 오늘따라 더욱 앳되고 미색이 돋보인다. 셔터를 내리고 자물쇠를 채우고는 포구를 향해 돌아섰다. 이제 해는 마지막 햇살을 내뿜으며 수평선에 걸려 있다. 수면은 온통 울긋불긋한 빛으로 파득거리고 있다. 번져 오는 물무늬에 실려, 포구를 향해 돌아오는 어선들의 배 그림자가 흔들린다.

포구를 향해 두어 걸음을 옮기다 말고 미란에게 말했다. 먼저 선착장으로 나가 종명이를 기다리라고 했다. 그가 묻거든 잠시 볼일 때문에 늦을지도 모른다고 전해 달라고 했다. 만약 약속 시각까지 도달하지 못하면, 그대로 출발해도 좋다고 말했다.

바다는 썰물 무렵이라, 끝없이 밀려나고 있다. 미란과 헤어져서는 곧장 선혜가 서성거리리라고 예상되는 몰운대의 갯벌을 향해 걷는다. 아예 슬리퍼 차림이라 걷는 데에 전혀 거리낌이 없다. 발밑의 감촉으로 모래는 바싹 말라 있다. 바닷물이 빠져나가자마자 갯벌은 급속도로 말라붙고 있다. 허옇게 배를 드러낸 모래사장이 끝이 안 보일 정도로 펼쳐져 있다. 일몰이라 곳곳에서 습기를 머금은 저녁 안개가 백사장을 누벼 흐르고 있다. 나는 곧장 부지런히 갯벌 서쪽으로 걸어 나갔다. 발 아래로 사각거리는 흰 모래의 감촉이 평온한 느낌을 던져 준다. 이제 햇살은 여명으로 남고 땅거미가 연하게 깔리기 시작했다. 햇살이 잔광으로 바뀌면서 차가운 기운이 일며 모래바람이 피어오른다. 시간이 흐를수록 점차 저녁 안개는 자우룩해지고, 모래바람은 강도를 더해 간다.

내가 선혜를 두 번째로 만나고 나서부터 그녀는 수시로 나와 함께 밤을 보냈다. 그녀는 내게 털어놓았다. 표정과는 달리 그녀는 때때로 우울증에 시달린다고 말이다. 또한, 나의 눈에 비친 그녀의 우울증도 결코 가벼운 정도는 아니었다. 더러 그녀는 촉촉한 손길로 나의 알몸을 애무하며 말하곤 했다.

"제겐요, 전혀 우울할 이유가 없다고 생각해 왔거든요. 그런데, 그게 아니었어요. 근래에 들어선 부쩍 가슴이 답답해져 오며, 마음이 자꾸만 무거워지곤 해요. 처음엔 무슨 걱정이 생기나 보다 했죠. 하지만, 제겐 처음부터 걱정 같은 건 없었어요."

걱정이 없다는 그녀의 표정을 보는 것 자체가 걱정이었다. 근래의 그녀의 얼굴에는 얇은 살얼음이 잔뜩 깔린 듯했다. 살얼음이란 말에 연이어, 바이칼 호수의 항공기 불시착 사고가 떠올랐다. 지금 걷고 있는 현실은 살얼음보다 안전한 걸까? 빛살이 조금만 강해져도 일시에 무너져 내릴 운명은 아닐까? 부지불식간에 나는 뇌까리고 있었다. '무자격 조종사!' 나는 지금 어느 하늘을 날고 있을까? 나는 항공 지도와 항법 장치마저도 없이 무조건 앞으로만 돌진하는 무자격 조종사다. 안개 너머엔 절벽이 있는지 산악이 있는지도 모른 채, 가는 데까지 무작정 몰아 보는 거다. 그러다가 장애물을 만나면, 폭발해 버리겠지. 폭발을 생각하자 전신에 한기가 뻗쳐오른다. 내가 무자격 조종사로 이발소에서 이리저리 조종간을 잡고 놀려대다가 운무에 휩싸여 버리면, 그때는 끝이다. 막다른 상황에서 운무에 가려진 둥지를 찾아내어 줄 미지의 조종사가 있기나 할까? 연못 밑바닥으로부터 끓어오르는 기포들처럼 머릿속은 온통 혼란의 극점을 향해 치닫고 있었다.

시계를 보니 종명과의 약속 시간은 아직도 20분가량이나 남아 있다. 이때야말로 문명의 이기를 쓸 때라고 여겨졌다. 핸드폰을 꺼내 종명과 통화를 시도했다. 발신음이 두 번째로 울리자 종명의 목소리가 들렸다.

"종명아, 나야. 나한테 지금 개인적인 볼일이 있거든. 용무가 끝나는 대로 연락할게. 늦더라도 전화할 테니까, 오늘 밤은 술 좀 마시자구. 그럼 나중에 봐."

구름장을 빨아 삼킬 것 같이 장중한 일몰의 모습을 보여 주던 몰운대였다. 아직도 은은한 햇살이 남았지만, 모래사장은 온통 안개로 뒤덮여 십여 미터의 전방밖에는 볼 수 없는 상황이다. 끝없이 펼쳐진 흰 모래와 저녁 안개로 어디가 어딘지 방향마저도 감을 잡을 수 없는 상황이다. 어디를 더 찾아 봐야 할까를 생각하는 중에 여인의 기침 소리가 안개 너머에서 들려왔다. 겹겹으로 둘러싸인 안개라서 사람의 모습은 보이지 않는다. 하지만, 기침 소리에서 직감적으로 선혜가 느껴졌다. 나는 다짜고짜로 고함쳐 불렀다.

"선혜야! 선혜 너 어디에 있니?"

"어머, 동준 씨. 나 막 울려던 참이었어. 이쪽이야!"

선혜와 나는 두 번째 만남 이후로는 편하게 말을 놓고 지내는 사이가 되었다. 선 지점에서 남쪽으로 이십여 미터쯤 달려가니 미니스커트의 선혜가 백색 구두를 신고 달려온다. 영화 속의 연인처럼 그대로 달려 나가 그녀를 껴안아 든 채 한 바퀴를 돌았다. 왠지 가슴이 쿵쿵거리며, 서로의 뺨이 불에 덴 것처럼 달아올랐다. 밑도 끝도 없이 선혜는 말했다. 동준 씨, 나는 세 시간째 여기서 맴돌고 또 맴돌았어. 나의 질긴 껍질을 벗으려고 말이야. 나의 껍질을 생각하자, 도대체 처음부터 내게 껍질이란 것이 있었던 건지 갑자기 당혹스러웠었어. 소위 나의 껍질이란 것에 대해 고심하다가 막 해답을 얻으려는 참이었어. 바로 이때 동준 씨의 목소리가 들렸어. 세 시간씩을 바닷바람을 쐬면서부터 거짓의 허울에 엉망으로 휘감겨 있는 나 자신을 보게 된 거였어. 도대체 산다는 게 뭔지, 난 늘 이렇게 허상과 가식 속에서만 살아온 건지 막 눈물이 나오려고 해. 동준 씨, 정말 날 아내로 삼고 싶지 않았어? 동준 씨가 날 걸레로 본다면야 더 할 말 없지만. 그래도 난 말야, 한 번쯤은 아내가 되어 달라고 고백해 올 줄 알았어. 하지만, 이젠 너무 늦었어. 너무 늦었단 말이야. 난 이제 마치 마약에 중독된 사람처럼 정신이 망가져 버렸단 말이야. 무슨 말이냐구? 사랑에 몸을 달구며 감동할 만큼의 순수한 영혼이 내겐 남아 있지 않다는 뜻이야. 난 이제 세상의 누구도 사랑할 수 없을 것 같아.

이야기를 하며 걸어 나가던 그녀가 어느새 백색 구두를 벗어 손에 들었다. 키득키득 웃음을 흘리며 그녀는 맨발로 모래 갯벌을 달려간다.

그녀의 말은 내게 너무나 뜻밖이었다. 내심으로 그녀를 아내로 갖고 싶은 마음이 그 얼마나 사무쳤던가? 학력차가 난다는 자격지심만으로, 내 스스로 넘지 못할 벽을 만들어 놓았던 터였다. 그녀를 가질 때마다 장 교수와 준홍이의 영상이 어른거렸다. 그녀를 아내로 갖고 싶은 염원만큼이나 그녀가 나를 노리개로만 갖고 놀 거라는 불신이 커졌다. 그래서 그녀를 볼 때마다 교접에만 열을 올렸을 뿐, 사랑하노라고 고백 한 번 못 하였다. 섣부른 고백을 하다가 그녀로부터 냉혹한 거절을 당할 것이 두려웠기 때문이다. 문득 나에게 어떤 영감이 떠올랐다. 무작정 그녀를 뒤쫓기로 했다. 오늘의 이 순간을 절대로 놓쳐서는 안 된다는 생각이 들었다. 선혜는 뒤쫓는 나를 향해 구두를 던지더니만, 갑자기 멈춰 서서 나를 응시했다.

최근에 장 교수를 만난 것은 3주 전 토요일 밤이었다. 그는 술잔을 들며 기어들어가는 목소리로, 결국에는 이혼하고야 말았다고 했다. 얼마 전에는 선혜를 놓고 준홍이와 드잡이까지 벌여, 둘 다 선혜로부터 사랑을 잃었다면서 진하게 푸념했다. 이래저래 처절할 정도로 가슴이 짓이겨진 상태라고 했다. 그러면서, 선혜를 그의 품으로 보내 달라고 하소연했다. 그때 나는 잘라 말했다. 때때로 선혜와 함께 시간을 보낼지라도, 그녀의 의사에 영향을 줄 아무런 역량이 내겐 없다고 답했다. 장 교수는 평소의 그답지 않게 의기소침하여 내내 울먹이며 하소연이 늘어졌다.

서로가 서로를 응시한 채 뭔가 입을 열 듯 말 듯한 순간이었다. 그녀는 돌연히 한 바퀴를 제 자리에서 돌더니만 갯벌 위에서 옷을 벗어 던지며 춤을 추기 시작했다. 잔광으로 갯벌은 여전히 밝게 빛나고 있었지만, 짙은 안개로 인하여 지척을 분간키 어려웠다. 이제 주위는 갯벌에서 피어오른 안개로 인해 온통 희뿌옇게 뒤덮여 있었다. 어느새 그녀는 하얀 속치마만 걸친 채, 몸을 흔들어댔다. 반라의 미녀가 모래바람을 가르며 춤을 추고 있는 거였다. 모래바람이 일 때마다 속치마 자락이 휘말려 올라가, 그녀의 하얀 엉덩이와 치모가 연방 드러나곤 했다. 언젠가 매스컴에서 본 어떤 여 교수의 씻김굿의 동작을 많이 닮은 춤이었다. 나는 그녀의 행동을 처음에는 제지할까도 망설였지만, 내처 지켜보기로 했다. 이윽고 그녀는 반라의 몸으로 모래사장을 정처없이 달려 나갔다. 나는 그녀의 옷을 챙겨 들고는 광활한 갯벌을 향해 정신없이 뒤쫓아 갔다. 십여 분을 그렇게 달리던 그녀는 모래 더미에 픽 쓰러져 나뒹굴었다.

바람 부는 모래사장엔 그녀의 쌔근거리는 숨소리만이 높았다. 쓰러진 채 그녀는 제발 자신을 내버려 달라며 흐느끼기 시작했다. 서서히 안개가 걷히면서 끝없이 널브러진 갯벌이 시야에 펼쳐지기 시작했다. 밀려나갔던 바닷물이 수평선 너머로부터 서서히 갯벌을 향해 밀려들었다.

지극히 마음이 혼란스러웠다. 가까스로 그녀를 달래 옷을 입혀 주고는 그녀와 함께 갯벌 남쪽의 선착장을 향해 걸어 나갔다. 걸어가면서 선혜는 말했다. 난 아무래도 여기를 떠나야 할 것 같아. 마약에 중독된 사람처럼 내 가슴엔 오로지 떠나고 싶은 마음뿐이야. 이젠 아무도 날 붙잡을 수 없단 말이야. 조금 전의 내 행동에 대해선 알려고 하지 마. 너무나 암담한 현실이라 그렇게라도 하지 않으면 발광할 지경이라니깐.

불현듯 나는 없던 용기를 내어 물었다.

"선혜야, 내가 지금이라도 청혼하면 안 되겠니? 난 차마 학력 차이 때문에……."

이때 선혜가 손으로 나의 입을 막으며 말했다.

"됐어, 동준 씨. 두 번째의 만남에서만 고백해 주었더라도 난 당신의 아내로 살 수도 있었을 거야. 하지만, 이젠 아니야. 난 그동안 세상의 못 볼 것들을 너무 많이 본 것 같아. 이제는 정말 매사에 염증을 느껴. 한마디로 진절머리 난단 말이야."

그녀는 살며시 손을 떼며 물러섰다.

"선혜야, 결국은 우려했던 대로 네게 거절당하고 말았구나. 정 네가 싫다면야 어쩌겠니? 그럼 너는 어디로 가서 뭘 하고 지낼 거니?"

그녀는 하늘을 올려다보고는 처량한 어조로 말했다.

"생의 의미를 상실해 버린 내가 갈 만한 곳이 어디겠니? 그냥 조용한 산골에 묻혀, 그림을 그리며 인생을 살고 싶을 뿐이야.

그 후의 삶은 나도 잘 모르겠어. 어쩌면 동준 씨가 영원히 그리워질지라도 난 이젠 머물고 싶지가……."

말을 미처 끝내지도 못한 그녀의 눈에는 방울방울 이슬이 맺혀 흘렀다.

방파제에 못 미쳐 헤어지기 직전이었다. 나는 선혜에게 말했다.

"그래 구속받는 걸 좋아하는 사람은 아무도 없어. 네가 날고 싶은 만큼 나 역시 자유로워지고 싶거든. 다만 너의 선택에 후회가 없기를 빈다. 그러고 말이다. 혹시라도 마음이 변하거들랑 잊지 말고 연락해 줘, 안녕."

그녀는 작별에 앞서 포옹을 한 뒤, 손을 내밀었다. 그녀의 손을 보자, 콧날이 시큰거리며 눈물이 핑 돌았다. 견디기에는 너무나 서슬 퍼런 아픔이었다. 불길처럼 번지는 설움을 삭이며, 그녀의 손을 소중하게 감싸 쥐었다. 나를 바라보는 그녀의 눈에도 뽀얀 안개가 서렸다. 이윽고 그녀는 애써 미소를 지어 보이며, 발걸음을 옮겼다. 나는 그녀가 시야에서 사라져 갈 때까지 지켜보다가 손을 흔들어 주었다. 마음이 통했던지 모래 능선을 넘어서기 전에 마지막으로 그녀는 등을 돌려 손을 번쩍 들어 올렸다.

나는 가슴에 구멍이 펑 뚫린 듯한 느낌에 빠져들었다. 돌연히 '휙휙'거리며 모래바람이 인다. 날개 찢긴 두 마리의 갈매기가 폭풍에 떠밀려 소리 없이 백사장에 묻히고 있다. 겨우 형체를 드러내려던 둥지는 모래바람을 맞아 풍비박산이 되고 만다. 회오리바람이 부는 갯벌의 상공에는 온통 새 둥지들의 파편으로 뒤덮여 있다. 끝없이 끓어오르던 환상을 뚫고, 뱃고동 소리가 귓전을 파고든다.

선착장 입구로 종명의 동력선이 막 다가서고 있었다. 먼발치로 희정이와 더불어 종명과 미란이 손을 흔드는 모습이 눈에 들어왔다. 자석에 끌리기라도 하듯 나는 넋을 잃은 채, 선착장으로 발걸음을 옮기고 있었다. 소금기를 잔뜩 머금은 바닷바람이 점차 나의 옷깃을 휘말아 올리고 있었다.

[문학21, 1998. 9월호 발표, '소설 부문 신인상' 등단작]

## 신인상 수상작 심사평: 하유상, 김병총

이번 소설 부문 신인 작품상 당선작으로는 '몰운대 해변의 낙조'를 뽑았다. 이 작품은 퇴폐 이발소를 경영하는 '나'를 둘러싸고 여러 인간형의 군상들이 빚어내는 세기말적인 퇴폐적 분위기 속에서도 순수한 에로스의 사랑을 살리려고 애쓰는 청춘상의 추구를 극명하게 묘사한 수작이다.

이런 얘기에 걸맞게 문장부터가 호흡이 긴 약간의 요설체로 다루어져 내용과 형식이 잘 어우러졌다. 테크니션(technician:技巧家)의 솜씨이다.

# 지리산의 화성인

◇◇◇◇

달빛이 눈부신 밤 9시 무렵이었다. '쏴아'하는 맑은 음향을 토해 내며, 솔바람이 또다시 산자락을 타넘어 왔다. 선학은 솔바람에 으스스한 한기를 느꼈다. 9월의 냉기에 절어 바늘처럼 곧추선 솔잎들이었다. 바람이 일 때마다, 솔잎들은 허공을 향해 마구 발길질을 해댔다. 그는 이제야 지리산의 하봉에 접어들었다. 먼발치로 중봉이 치솟아 있었다. 중봉은 늘 구름에 뒤덮인 관계로, 운중봉(雲中峰)으로 더 잘 알려졌다. 노고단을 지나 동쪽 능선 길만을 타 넘어온 지 7시간 만이었다. 만장애(萬丈崖)에 도달하려면, 아직도 하봉의 비룡 능선으로부터 1킬로미터는 더 남쪽으로 걸어야 했다. 하늘과 땅이 맞닿아 새들만이 날아 넘을 수 있다는 만장애였다. 만장애를 향한 하봉에서 중봉까지의 능선 길을 세인들은 비룡 능선(飛龍稜線)이라 불렀다.

회사 건물 바깥으로는 수원 성곽의 줄지은 돌 덮개들이 펼쳐져 있었다. 돌 덮개들은 하나같이 새하얀 눈으로 뒤덮여 있었다. 이렇게 온 세상이 얼어붙던 지난 정월 초엿새의 일이었다.

"장 과장! 알다시피 우리 태웅 건설의 경영 상태가 …… 야속하단 생각일랑 말고 명예롭게 퇴사해 주기를 간곡히 비네."

창졸간에 찬물을 뒤집어쓴 기분이었다. 등골이 오싹해지며, 선학의 얼굴에는 핏기가 바래졌다. 그간 사장실의 호출로 울먹이며 회사를 떠난 사람이 벌써 몇 십 명째였던가? 일시에 단말마에 가까운 전율감이 그를 엄습해 왔다. 순식간에 그의 뇌신경이란 뇌신경은 온통 엉망으로 난도질당하는 느낌이었다. 곧바로 그의 머릿속을 파란 빛줄기가 섬광을 뿌리며 헤집고 다녔다. 그러더니만, 연분홍색의 빛줄기가 연이어 나래를 파득거리며 의식의 궁전을 날아올랐다.

이제 만장애의 모습이 먼발치로 바라보이는 지점에 이르렀다. 만장애는 희뿌연 안개 속에서 북쪽 하늘을 가로막고 서 있었다. 만장애의 모습이 드러나자마자, 선학은 찌르르 감전된 느낌이었다. 그러면서, 온몸에 한기가 쭉쭉 뻗쳐올랐다. 어쩌면 그에겐 숙명적인 등정(登程)일 듯도 했다.

3년 전의 삼풍 사고를 떠올릴 때면 선학은 언제나 치를 떨었다. 바로 그 사고로 가정을 잃었으며, 자신마저도 하마터면 불귀의 객이 될 뻔했다. 게다가 올해 벽두엔 회사로부터 일방적인 명퇴 처분까지 받은 선학이었다. 이래저래 선학에겐 형벌에 가까운 시련의 연속이었다. 허공을 휩쓰는 바람에 관한 한 그의 의식은 복잡했다. 가히 무엇으로도 형용 못할 만큼이었다. 같은 바람결만 해도 그랬다. 기쁠 때와 슬플 때의 피부에 와 닿는 느낌은 확연히 달랐다. 미묘한 감정의 흐름만큼이나 바람결은 섬세하고도 복잡했다. 어쩌면 불변의 진리와도 같은 사실이 아닐까? 실직한 날의 일이었다. 액자 속의 아내와 자식들의 얼굴을 대하는 순간이었다. 세 모자(母子)의 동공으로부터 불어 나오는 잔잔한 바람결의 소용돌이를 그는 느꼈다. 완공 직전의 댐이 무너져 내리듯 남편과 아버지로서의 성채(城砦)가 무너져 내렸다. 함몰된 주위로는 암울한 적막감만 감돌았다. 갯벌을 할퀴고 가는 바닷게 떼처럼 온갖 상념이 색채로 치장되어 펼쳐졌다. 분명히 한 시간에도 몇 번씩이었다. 뼈 아린 절망감과 상실감이 그의 온몸을 짓눌러 왔다. 몸과 마음의 통제가 뒤죽박죽이 되었다. 여차하면 발가벗고 군중 속을 질주하고픈 충동마저 일었다. 이렇게 답답하고 갑갑할 수가 없었다. 이제는 창밖을 나다니는 행인들의 눈빛마저도 그를 괴롭혔다. 그들의 눈빛은 모두 선학을 비웃고, 그들의 잡담 소리는 하나같이 비난으로 들렸다. 이러한 느낌이 환청으로 다가오면서, 갑자기 넌더리가 나도록 자신이 싫어졌다.

실직 후 며칠 동안은 마냥 번민으로 몸살을 앓았다. 만감이 교차하는 와중에서였다. 절망의 구렁텅이로부터 치솟아 오르는, 한동안 잊고 있었던 맑은 바람 줄기를 느꼈다. 그는 더 이상 자신을 학대하지 않기로 했다. 그리하여, 지난 2월에는 퇴직금으로 천호동에 식품 가게를 차리며 마음을 추슬렀다. 더 이상은 방황을 말자며 마음속으로 다짐했다. 이제부터는 견실한 상인으로서의 도를 닦아 나가기로 했다.

암흑을 가르며 쏟아져 나오는 섬광처럼 선학은 회상의 소용돌이에 휩싸였다. 살아오면서 처음으로 피부에 와 닿는 위기감을 느낀 때는 언제였던가? 아마도 대학 생활을 누리던 1980년 5월 20일의 밤이었을 것이다. '광주 사태'(후에 '광주 민주화 운동'이라 불렸지만, 그 당시에는 이렇게 불렀다)가 발발하여 시내 곳곳에서 화염이 충천했다. 더불어, 무장 군인들의 총포 소리로 5월의 광주가 펑펑 구멍이 뚫려 나갈 때였다. 시위를 마친 뒤, 귀향 버스를 타려고 막 금남로를 벗어날 때였다. '빠바방'하는 불벼락 치는 소리와 함께 페퍼 포그(pepper fog)가 연속적으로 터져 올랐다. 당시 전남대 3년생이던 선학은 밤 10시 30분에야 아슬아슬하게 섬진강을 건넜다. 전라 경상을 잇는 남해안 고속도로와 철도가 완전히 봉쇄되기 바로 직전이었다. 섬진강을 건너면서부터 그는 느꼈다. 어떠한 위기 상황에서도 숨구멍처럼 열려 있는 바람 줄기의 존재를 말함이었다.

근래에 그는 눈을 감기만 하면, 곧장 아내를 만나곤 했다. 아내는 달빛 속에 만발한 배꽃처럼 환한 얼굴이었다. 통상적으로 꿈에서조차 아내는 자식들에게 에워싸인 채, 방긋거리며 즐거운 대화를 나누곤 했다. 아내의 영상이 사라질 때면 꼭 그랬다. 선학의 가슴을 뚫고 울려오는 외침이 있었다. 외침은 한 무더기의 날아오르는 새떼들로부터 터져 나오는 지저귐처럼 또렷했다. '지금은 분명 살아 있는 거냐고?', '쨍'하고 울리며 갈라져 나가는 얼음장처럼 순식간에 귓전을 파고드는 멍멍한 울림이었다. 그것은 귀의 고막이 터져 나갈 듯한 세찬 울림이었다. 바르르 떨고 있는 귓전에 매달린 것은 여전히 변함없는 멍멍한 울림이었다. 선학은 차디찬 내면의 눈을 떴다. 가족의 상실을 절망이라고 한다면, 실직을 당한 일은 틀림없는 좌절이었다. 분명히 그것은 멍멍한 울림이었고, 이따금씩 그의 의식계를 들쑤셔 놓고는 슬그머니 사라지곤 했다. 참으로 답답하고도 삭막한 심사였다. 그런데도, 어려울 때마다 그의 가슴을 훑고 지나가는 것은 맑은 바람 줄기였다.

이제 만장애의 수직 경사벽체가 멀리서도 바라보이는 지점에 도달했다. 앞으로 반 시간 정도만 걸어가면 수직 벽체에 닿으리라고 여겨졌다. 하늘을 가로막아 우뚝 치솟은 위용은 만장애라는 이름에 조금도 손색이 없었다. 지금의 이 거리쯤에서는 만장애는 그냥 시커먼 형상으로만 바라보일 따름이었다. 오늘 밤중이 아니고서는, 다시 6개월을 기다려야만 하는 사연이 있었다.

단절의 상징으로 바라보이는 만장애의 출현과 더불어, 삼풍사고가 떠올랐다. 그날 선학은 퇴근하여, 일가족과 함께 백화점 2층에서 쇼핑을 하던 중이었다. 갑자기 굉음과 더불어 의식을 잃고는 암흑 속으로 무너져 내렸다. 그 길로 꼬박 9일간을 묻혀 그는 외부의 구조만을 기다리게 되었다. 혼미한 의식으로 비몽사몽간을 넘나들 무렵이었다.

"누구신지 정신을 차리고 안정을 취하세요!"

맑은 여인의 목소리와 함께 뭔가 부드러운 선율이 들렸다. 어찌 들으면, 대금이나 단소에 가까운 소리 같기도 했다. 선율이 울려 퍼지는가 싶더니 쌓여 있던 건물 더미가 마구 날아올랐다. 그와 동시에 몰려온 강렬한 빛살로 선학은 순식간에 의식을 잃었다. 의식을 차렸을 때는 눈이 가려진 채로 병상에 누워 있는 신세였다. 병상에 누워 처음으로 눈뜨면서 그는 신문을 펼쳤다. 불길한 예감대로였다. 아내와 두 자식의 이름이 사망자 명단에 올라 있었다. 사망 사실을 확인한 순간 다시 까무러진 채 이틀을 보냈다. 사고 후 좀처럼 안 펴지던 왼손이었다. 나흘 만에 펼쳐진 손바닥에서는 놀랍게도 뭔가가 있었다. 그건 바로 자주색의 공작 깃털과 노란 비단 쪽지였다. 비단 쪽지엔 다음과 같은 글귀가 달필로 적혀 있었다.

그대, 혹시 연분이 닿는다면, 지리산의 운중봉으로 ……

- 백화선녀

마침내 만장애의 발치에 도착했다. 벌써 자정을 헤아리는 달빛이 푸른 비단결처럼 남실거렸다. 지금까지의 광활한 초목대의 연장이었던 비룡 능선 면이 끝나는 부위였다. 70여 미터의 높이로 치솟은 수직 암벽이 바로 만장애였다.

아무리 면밀히 살펴보아도 만장애는 험난한 절벽이었다. 자일과 등산 장비가 없고서는 타넘지 못할 지형이었다. 바위틈마다 이끼와 스미어 나온 물기로 반들거렸다. 이런 지형에 발을 내딛다간 그대로 미끄러져 버릴 것만 같았다. 수십여 그루의 다복솔과 칡덩굴이 뒤엉켜 절벽 면을 뒤덮었다. 말라빠진 구상나무의 잔해도 더러 절벽에 매달려 있었다.

높다란 만장애 위로는 은가루를 뿌린 듯 별빛이 눈부셨다. 수없이 반짝거리는 별들을 볼 때였다. 공작 깃털의 단서가 제공된 소백산 구인사의 일이 떠올랐다. 삼풍 사고로부터는 2년이 지난 봄철 무렵이었다. 경내 참선각에서 수행을 하는 3분의 고승들과의 대화를 통해서였다. 백화선녀(白花仙女)라고 불리는 지리산의 여자 도인에 대한 소문을 들었다.

두드러진 소문은 그녀의 놀라운 대금 주법에 관한 것이었다. 가령 그녀의 대금 소리를 들으면 중대한 변화가 온다고 했다. 넋나간 사람은 제정신을 찾는다고 했다. 정신이 쇠진한 사람은 천병만마를 다스리는 장군과 같은 기상을 찾게 된다고 했다. 또한 오랜 병고에 시달리던 사람도 건강을 완전 회복한다는 소문이 나돌았다. 더욱 기묘한 점이 또 있었다. 그것은 그녀를 만나려는 사람은 그녀가 준 자줏빛의 공작 깃털을 지녀야 한다는 거였다.

바람결에 실려 나부끼는 달빛이 태고의 신비한 분위기를 연출하는 밤이었다. 마음으로 구하면, 만상이 다 호응하여 어우러질 듯한 밤이기도 했다. 그가 출생되기 훨씬 이전부터 달려온 별빛이었다. 눈부신 별빛에 취해 선학은 전율할 정도의 황홀감을 느꼈다. 그의 노출된 피부는 순도 높은 감광판인 듯했다. 아무리 먼 곳의 빛줄기라도 남김없이 빨아들일 것만 같았다. 선학은 팔을 들어 시계를 보았다. 자정을 2~3분가량 남겨 두고 있는 시점이었다.

구인사에서의 수소문 이후로, 선학은 백화선녀에 관해 좀 더 알고 싶었다. 이러한 소망은 인천의 송도 유원지에서 마침내 이루어졌다. 지리산 등반을 수행하기 두 달 전의 일이었다. 태권 7단으로 한국 무술계가 공인하는 무예의 달인이기도 한 선학이었다. 그가 때마침 부두에서 난동을 부리던 부랑배들을 퇴치하는 과정에서였다. 유선도(流仙道)의 달인인 40대 중반의 사내를 사귀게 되었다. 인천지부의 유선도 관장인 사내는 선학을 도와, 즉시에 부랑배들을 내쫓아 버렸다. 유선도란 주로 귀족과 승려들을 통하여 전승되어 온 한국 고유의 무술이었다.

사내와 함께 유원지 입구의 주점에 들렀다. 술잔을 나누며, 공작 깃털에 대한 상세한 설명을 들을 수 있었다. 공작 깃털은 유선도(流仙道)를 수련하는 무도인들의 상징이었다. 선학이 지닌 공작 깃털의 깃대 부분에는 3줄의 노랑 줄무늬가 있었다. 줄무늬 3개는 바로 유선도 제일의 달인의 신분으로 통했다. 현존하는 유선도 최고의 달인은 유일하게 9단의 품위를 지닌 백화선녀였다. 선학이 지닌 공작 깃털은 분명 백화선녀의 공작선을 이루던 깃털임에 틀림없었다. 그녀가 깃털을 남겼을 때에는 상당한 사연이 있었을 거라고 사내는 추정했다. 사내의 말로는 그랬다. 유선도의 무술인은 전국적으로 십여만 명에 이르렀다. 그리고, 공작선을 휴대할 만한 신분은 열 손가락 안에 꼽힐 정도였다. 만장애는 지리산 운중봉의 북쪽 절벽을 말함이었다. 백화선녀는 만장애 정상의 청련암(靑蓮庵)에서 도를 닦고 있었다. 그리고, 그녀는 신비한 소문을 세상에 흘려보냈다. 매년 양력 3월 중순과 9월 중순이 아니면 일체 외부인을 안 만난다는 거였다. 무슨 연유인지는 사내도 모르겠다고 했다. 그녀를 찾을 때에는 자정에 맞추어 휘파람을 크게 불라고 했다. 그러면, 절벽을 올라갈 길을 그녀로부터 안내받을 수 있다는 거였다.

파르스름한 달빛에 비추어 보니, 이제 막 자정에 접어들고 있었다. 그는 고개를 갸웃거리며 생각에 잠겼다. 대관절 이 험난한 절벽을 무슨 재주로 올라간단 말인가? 이 절벽 위에 마치 신화나 전설에서나 나옴직한 암자가 과연 있기나 있는 것일까? 암자에 머문다는 백화선녀는 과연 오늘 밤에도 암자에 머물면서 수도를 하고 있는 것일까? 으스스한 한기를 뿜어내는 산바람이 골짜기를 간헐적으로 내리훑곤 한다. 하늘이 너무나 맑아, 그로 하여금 짙은 설움에 젖게 한다.

이윽고, 선학은 입에 두 손가락을 넣었다. 예리한 휘파람 소리가 밤의 정적을 찢으며 골짜기를 뒤흔들었다. 긴 메아리를 끌며, 휘파람 소리가 솔숲으로 잠겨드는가 싶은 순간이었다. 곧장 가늘면서도 힘이 실린 맑은 응답의 소리가 정상에서 울려 퍼졌다. 진동음의 파장을 가늠해 보니, 분명히 여인이 토해 낸 휘파람 소리였다. 순간 사방을 쥐 죽은 듯이 얼어붙게 만드는 정적이 감돌았다. 허나 그것도 잠깐 동안이었다. 놀랍게도 만장애의 정상에 여인이 나타났다. 여인은 눈부시게 흰 한복 차림이었다. 여인은 선학을 내려다보며 말했다.

"지금 손님은 청련암을 찾아오신 거죠? 눈을 꽉 감고 2분쯤 기다렸다가 눈을 갑자기 뜨세요. 그러면, 녹색 형광 물질로 빛나는 발판이 수없이 보일 거예요. 그 발판을 밟고 올라오시면 꼭대기로 오를 수 있어요."

선학은 알았다는 뜻으로 손을 크게 한 번 휘저었다. 그러고는 얌전히 두 눈을 꽉 감았다. 온 우주가 정밀 속에 잠겨드는 느낌이었다.

이윽고 선학은 가쁜 숨을 몰아쉬며 만장애의 꼭대기에 올라섰다. 오백여 평의 공지 중앙에는 암자가 우뚝 섰다. 편액에는 청련암(靑蓮庵)이라고 적혀 있었다. 만장애를 오르기 전에는 아무도 못 믿을 터였다. 꼭대기에 이렇게 아담한 공지와 암자가 있으리라는 사실을.

청련암 건물 내의 수련방에서, 선학과 백화선녀는 가부좌를 하고 마주 앉았다. 선학의 눈에 비친 그녀는 아무래도 20대 후반으로 보이는 여인이었다. 그녀는 이목구비가 반듯한, 드물게 보는 미모의 얼굴을 지녔다. 얼굴의 모습과 연출되는 분위기에서 선학은 완전히 압도당하는 느낌이었다. 아닌 게 아니라 그녀는 '백화선녀'라는 별호에 조금도 손색이 없어 보였다. 그녀에게는 보는 이로 하여금 찬탄을 불러일으키는 그런 분위기와 기품이 서려 있었다. 그녀는 무릎 위에 한 자루의 대금을 얹어 놓았다. 그러고는 눈감은 상태로 단정히 가부좌를 취하고 있었다.

선학은 이제 확연히 알았다. 조금 전에 치른 5분가량의 무술 대결의 결과를 음미해 보았다. 무예의 달인이라고 자부하던 그도 그녀와의 대결에서는 입을 다물 수 없었다. 그는 진실로 통감했다. 달빛과 반딧불의 차이만큼이나 현저한 무예의 차를 느꼈다. 지금까지 그가 겨루어 보았던 사람들만을 놓고 쳐도 그랬다. 그녀만큼의 탁월한 무술 실력을 가진 사람은 없었다.

이제 그녀와 마주 앉은 것은 그녀의 대금이 일으킬 조화를 확인하고자 함이었다. 그녀는 수련방의 정중앙에 자리 잡고 있었다. 그녀의 주위로 2미터쯤의 반경에는 수십 자루의 양초가 동심원으로 벌려 섰다. 양초에는 촛불이 대낮처럼 빛을 뿜어내고 있었다. 마침내 물 흐르듯 대금의 연주가 시작되었다. 한없이 부드럽고 평온한 듯한 음조가 실내를 채웠다. 느닷없이 천군만마가 휘몰려오는 듯한 격한 음률이 느껴졌다. 잇달아 천둥 번개가 치는 격렬한 상황마저도 피부에 와 닿았다. 결코 그 곡은 그녀가 창안한 것이 아니었다. 그렇다고 하여, 중국의 고사에나 나오는 신비한 전승곡도 아니었다. 놀랍게도 그건 대금 연주곡에서 가장 흔한 유초신지곡(柳初新之曲) 중의 상영산(上靈山)이라는 점이었다.

선학은 대금을 불면서부터 눈을 뜬 그녀의 우아한 자태를 지켜보았다. 그러면서, 그녀의 자태와 음률이 빚어내는 조화를 음미하고 있었다. 음률은 이제 한없이 기뻐 어디를 어루만져도 따스함으로 답할 듯했다. 때로는 수면 위를 미끄러져 가는 별빛 같은 활달함에 젖기도 했다. 연주음이 돌연히 흐느끼는 듯한 음조로 치달았을 때였다. 양초들의 불꽃들이 휘청 허리를 꺾으며, 바르르 떨기 시작했다. 마치 갑작스레 폭풍우를 만난 듯한 느낌이었다. 흐느끼는 듯한 정도가 세어질수록 불꽃들이 요란한 진동음을 토해 내었다. 그러더니만, 대금이 가리키는 방향으로 불꽃들이 일제히 드러누워 버리는 거였다. 선학은 지금의 상황이 꿈인지 생시인지를 모를 지경이었다. 살갗을 꼬집어도 보았지만, 엄연한 현실이었다. 말하자면, 조선 중종조의 최병훈(崔炳熏)의 전승음률도해(傳承音律圖解)에 나오는 이음치명(以音治命)이었다. 즉, 소리로써 생명을 다스릴 수 있다는 이음치명의 위력이 유감없이 펼쳐진 장면이었다.

이러한 이음치명에 관한 과학자들이 제시한 이론적인 근거는 파동의 간섭 효과였다. 기주 진동 음파가 대금 구멍의 여러 음파들과 합성되어 나타나는 간섭 효과의 총화였다. 과학자들은 한결같이 설명한다. 에너지가 큰 합성파가 형성되는 경우에는 주변에 커다란 영향을 미친다. 높은 에너지를 갖는 합성파는 물체를 진동시키거나 파괴시킬 수도 있다. 대금을 불어서 높은 합성파를 내기 위해선 부단한 수련이 필요하다. 연주 중에는 잡념이 배제된 상태라야 하며, 기의 순환이 순조로와야 한다고 말이다.

새벽 1시를 조금 지나 대금의 연주가 끝났다. 선학과 백화선녀는 자리를 옮겨, 청련암의 객방에서 서안(書案)을 사이에 두고 마주 앉았다. 그녀가 건네준 향긋한 냄새의 작설차를 마시며, 선학은 그녀의 과거사에 귀를 기울였다.

백화선녀의 이름은 강유정(姜柳情)이었다. 20대 후반으로 보이는 외모와는 달리 서른아홉을 맞는 중년 여인이었다. 전남 해남이 고향인 그녀는 대학 2학년 때에 광주에서 광주사태를 맞았다. 1980년 5월 21일의 밤이었다. 살벌한 시내로부터 어떻게 해서든 안전한 곳으로 이동하려고 했다. 조선대의 학과 선배이자 연인인 규철과 함께 시외버스 터미널 앞을 지날 때였다. 불시에 세 명의 무장 군인으로부터 검문을 받게 되었다. 혐의가 있어 보인다며, 군인들은 그들 일행을 붙잡았다. 규철은 청색 화물차에 실려 먼저 떠났다. 그녀는 전남대 여대생 두 명과 함께 군지프로 금남로 뒷골목으로 끌려갔다. 군인들은 불온 유인물의 배포 혐의로 몸수색을 하겠다고 했다. 대검을 빼어 든 그들에게 알몸으로 유린되던 그날은 통렬했다. 그날은 그녀에게 중대한 인생의 전환기가 되어 버린 날이었다. 겨우 대학을 졸업하고는 줄곧 계룡산의 마표 선사 밑에서 수행해 왔다. 마표는 불교의 유명한 선사였을 뿐 아니라, 유선도 제일의 무술인이기도 했다. 선사는 심성이 고운 그녀에게 틈나는 대로 불성을 심어 주었다. 선사는 자신의 여생이 얼마 남지 않았음을 예감했다. 자신이 쌓아온 무예의 전수자가 필요한 시점이었다. 백화선녀의 몸놀림으로부터 천부적인 운동 소질을 발견해 낸 선사는 결심했다. 자신이 쌓아온 모든 무예의 진수를 그녀에게로 전수하기로 말이다. 3년 전의 비 내리던 가을밤이었다. 불전에서 선사가 입멸하자, 다비식을 끝내고는 곧장 계룡산을 떠났다. 그 후로는 지리산의 만장애에 자리 잡고는 수도 생활을 계속해 왔다. 지리산에 입산한 이후로 백화선녀는 숱한 잡념을 떨쳐 버렸다. 그리고는 두 가지의 일에만 몰두했다. 그 중 하나가 경문을 통한 심성의 수련이었다. 다른 하나는 대금을 이용한 이음치명의 기공 수련이었다. 몰두를 한다고 해도 세상의 움직임에 완전히 초연해질 수는 없었다. 세인들을 만나고 싶었다. 그렇지만, 마구잡이로 만나는 것은 싫었다. 생각해 낸 것이 신비한 소문을 흘려보내는 거였다. 백화선녀는 일 년에 두 번씩만 외부인을 만난다고 말이다. 그리하여, 늦게라도 인연에 닿는 반려자를 그녀는 진정으로 찾고 싶었다.

문득 스치는 생각이 있어서 선학은 그녀에게 물었다. 혹시 1995년의 삼풍백화점 붕괴 사고 때에 어디에 있었는가를 물었다. 그녀는 고운 얼굴에 방긋 미소를 지으며 말문을 열었다. 사고 당시에, 그녀는 서울의 고모 댁에서 체류하던 중이었다. 사고 9일째에 접어들던 날이었다. 전라도의 어떤 교수를 위시하여 잔류 생존의 가능성에 대한 의견이 끓어오르고 있었다. 상당한 경지의 기 수련자로서의 영감이 발동했다. 마음을 정하자 그녀는 이른 새벽에 사고 현장에 닿았다. 중장비를 동원한 함몰된 콘크리트 더미의 제거 작업이 한창이었다. 제거 작업은 철야 교대를 해 가며 진행되고 있었다. 그녀는 현장의 주변을 구조대원들의 눈에 띄지 않게 둘러보았다. 이때였다. 돌연 건물의 중앙에서 남서쪽으로 치우친 땅속 지점에서였다. 강한 기파(氣波)가 섬뜩할 정도로 그녀의 피부에 와 닿았다. 그녀는 지체 없이 구조대를 향해 달려갔다. 땅속 지점을 가리키며 서둘러 달라고 재촉했다. 땅속을 향하여 기운을 차리라고 기력을 실어 얘기했다. 그러고는 곧장 대금을 통해 잔류 기력을 실어 보냈다.

이윽고 콘크리트 더미가 포클레인(Poclain)에 의하여 파헤쳐지며, 흙투성이 상태의 중년 남자의 모습이 드러났다. 하지만, 그것도 잠깐 동안의 일이었다. 강한 빛살에 맞아 곧바로 실신해 쓰러지는 사내의 모습이 보였다. 그녀는 문득 운명의 예감 같은 것을 느꼈다. 그녀는 구조대원들이 알아차리지 못하게 사내에게로 다가갔다. 노란 손수건을 찢어 간략히 글귀를 새긴 다음 깃털에 묶었다. 깃털을 사내의 왼손에 쥐어놓고는 기력을 실어 사내의 상박(上膊) 근육을 문질렀다. 근육에 실린 기가 풀릴 무렵이라야 왼손이 펼쳐지도록 만든 조처였다. 그녀는 흙투성이 상태로 실신해 쓰러지는 순간의 사내의 모습을 또렷이 떠올렸다. 이제껏 소설에서나 봄직한 선풍도골형(仙風道骨形)의 영준한 얼굴 모습이었다. 그녀는 사고 현장을 떠나오면서 생각했다. 솔직히 말해, 사내가 그녀를 찾아올 확률은 희박하다고 느꼈다. 확률적으로는 희박하지만 말이다. 사내가 찾아올 수도 있는 문제였다. 그녀는 생각했다. 사내가 그녀를 찾아온다면, 사내는 사고 현장에서 어쩜 아내를 잃었을지도 모를 일이었다. 그럴 경우에는 기꺼이 그녀 자신이 그의 새로운 배필이 될 수도 있으리라고 생각했다.

그런데, 막연한 듯한 그녀의 예감은 현실로 드러났다. 이제 선학은 만장애의 그녀를 찾아온 거였다. 서안을 사이에 두고 선학을 마주 대할 때부터였다. 그녀의 마음은 풍랑을 만난 조각배처럼 격렬하게 흔들리고 있었다. 그의 영롱한 눈빛이 닿을 때마다 그녀의 피부는 간지러움을 탔다. 그의 눈길이 스쳐 지나는 자리마다 그녀의 속살이 황홀하게 젖어 들었다. 설사 술에 취한다고 하더라도 이럴 정도는 아닐 터였다. 더구나 그들은 작설차를 마시며 이야기의 꽃을 피워 나갔을 따름이었다. 흔들리는 심중에서도 대관절 선학의 어떤 점이 그녀의 마음을 뒤설레게 하는가를 따져 보았다. 확실히 빼어난 용모다. 선학의 빼어난 용모란 외형적인 영준함에다가 고아한 기품까지 곁들여진 절묘한 조화를 말함이었다.

그녀는 생각했다. 아, 그가 이렇게 짜릿한 황홀감을 던져 줄 줄이야? 외모가 아닌 마음의 심연으로부터 치솟아 오르는 강력한 심상이었다. 그는 지금 눈빛만으로 그녀를 짜릿하게 취하게 만들고 있었다. 그녀는 거듭 생각해 보았다. 이 남자라면, 아무런 조건도 달지 않고 몸을 주고 싶은 생각마저 들었다. 게다가 평생을 의탁하게 된다면, 지고지대한 생의 즐거움이 되리라 확신했다.

이심전심이었을까? 선학도 백화선녀를 처음 대할 때부터 찌르르 가슴이 울려 왔다. 그러면서, 파장이 큰 감정의 너울에 휩쓸려 가는 자신을 느꼈다. 그녀는 첫눈에서부터 그랬다. 귀티가 나는 얼굴에 이목구비의 윤곽은 가히 조화로움의 극치였다. 수면에 반짝이는 별빛처럼 영롱한 눈동자는 보는 이의 마음을 마구 뒤흔들었다. 그녀의 고운 얼굴에 겹쳐서, 어둡고 암울했던 선학의 과거가 떠올랐다.

"장 과장! 돈이 안 되는 아이디어는 아이디어가 아니라구, 알아? 근 십 년을 과장으로 있으면서도 왜 그걸 여태껏 모르느냐 이 말이야."

"최 상무님, 말씀이 좀 지나치십니다. 이것이 최근 일본의 혼께 이사가 고안한 건설 공정 프로젝틉니다. 제가 제안한 것이 훨씬 실용적이며 경제성이 높지 않습니까? 제 얘기는요, 무조건 역정을 내실 일이 아니라는 겁니다. 모르면 왜 전문가의 자문을 구하지는 않고 우기기만 하는지 도대체 이해가 안 됩니다."

"장 과장, 이 사람 눈에 뵈는 게 없어? 그러면, 책임 연구원인 자네만 전문가이고, 다른 사람은 문외한이란 말이야? 나 원 참 별스런 착각도 다하고 있어, 정말!"

배불뚝이인 상무이사란 자의 면상을 쏘아 보는 선학의 정맥 혈관이 근육의 경련처럼 꿈틀거렸다. 창의적인 의견이랍시고 안건을 제출할라치면, 상무이사란 자는 검토도 않은 채 엉뚱한 소리만 해댔다. 아무래도 그에겐 상무이사가 학력 차이에서 오는 강한 열등감에서 버둥거리는 것으로 보였다. 왠지 사회의 모든 구성원들의 피가 달아 있다고 느껴졌다. 영하의 온도로 식혀, 혜안(慧眼)을 얻고 싶은 절박할 때가 종종 있었다.

삼풍 사고 이후로는 곧잘 그랬다. 그는 밤이면 가족들에 대한 그리움으로, 곧잘 몸부림치곤 했다.

"여보, 우리 칠십이 되면 성찬이, 성준이가 우리를 잘 보살펴 줄까? 당신은 막내 성준이한테 가고, 나는 성찬이한테 가면 걔들이 뭐라고 할지 모르겠네."

동갑인 그의 아내는 언제나 그랬다. 눈만 뜨면, 봄바람에 교태를 부리는 목련꽃처럼 우아한 모습으로 말을 건네 왔다. 바람이 드센 겨울날이면, 그의 아내는 곧잘 애교를 부렸다. 아이 참, 너무 추운 거 있지 안 그래, 여보? '어쩌구저쩌구'하며 곧잘 그의 품에 얼굴을 묻던 그의 아내였었다.

과거의 상념으로부터 되돌아왔다. 삼풍 사고 때에 백화선녀가 공작 깃털을 쥐어 주었다는 설명을 듣고서였다. 부쩍 그녀가 남이 아닌 듯한 느낌이 들었다.

선학은 그녀의 설명을 들으며, 생각을 더듬어 나갔다.

'내가 만난을 무릅쓰고 지리산에 온 것은 무엇 때문이었을까? 단순히 공작 깃털에 관한 그녀의 설명을 듣고자 함이었을까? 아니면 그녀의 무예 실력과 대금을 이용한 기공 시연을 보고자 함이었을까?'

몇 번을 반추해 보았지만, 분명히 그것들만은 아닌 것 같았다. 공작 깃털을 손에 쥐면서부터였다. 선학은 무언가 자신을 끌어당기는 듯한 흡인력을 느끼기 시작했다.

백화선녀에게도 과거로 치닫는 창은 언제나 열려 있었다. 그녀는 눈만 감으면 그랬다. 눈이 부리부리한 군인들에게 둘러싸여 유린당하던 악몽으로 시달려야 했다. 유린당하던 날이었다. 눈을 감고 있노라니까, 건방진 년이 조빤다고 하여, 귀싸대기를 얻어맞았다. 눈을 뜨고 있노라니까, 뻔뻔스런 계집이 어쩌구저쩌구 하며, 빰따귀를 두들겨 맞았다. 그날 이후부터서였다. 이 세상의 남자들이란 다 그런가 하여 한없이 치가 떨렸다. 그로 인하여, 사랑하던 규철과도 갈라서 버리게 된 터였다. 생각할수록 설움이 북받쳐, 그녀의 눈에는 이슬이 맺혔다.

그녀는 줄곧 진심으로 바랐었다. 가령 만장애를 찾아오는 남자라면 말이다. 그녀의 뼈아픈 과거조차도 포근하게 감싸 줄 수 있는 남성이기를. 불안과 초조함을 감춘 채, 선학의 눈동자를 대하는 순간이었다. 그녀는 그에게서 바다를 느꼈다. 끝없이 펼쳐져, 장중하면서도 온화한 모습의 바다를 말함이었다. 그리하여, 세상의 모든 것을 따뜻이 품어 줄 수 있는 바다를 말함이었다. 그를 보았을 때, 그녀의 오랜 소망이 이루어진 듯한 예감이 들었다. 기쁜 마음 한편으로, 슬며시 와 닿는 것은 엄연한 불안감이었다. 찾아온 사내가 유부남이어서, 자신을 받아들일 수 없는 처지라면? 또한 그녀가 마음을 주고자 하여도 상대가 싫다고 한다면? 연못의 밑바닥으로부터 치솟는 기포들처럼 불안감이 가중되면서, 그녀는 번민의 나락으로 떨어졌다. 그녀는 참담한 느낌에 휩싸이며, 생각에 잠겼다.

이 나이에 질문을 던져, 그가 가정이 있노라고 대답해 오면 말이다. 나의 가슴은 얼마나 참담해질 것인가? 아무리 대범한 척하더라도, 그런 대답을 듣게 된다면 말이다. 또다시 좌절의 아픔에 눈시울을 적시게 될 자신이 아닌가? 두려움이 싫었다. 긴장으로 입술이 타오르며, 속살이 젖어드는 느낌이었다. 알몸으로 허공에 내던져진 듯한 처연한 심정이 되며 그녀는 숨을 죽였다. 마침내 그녀는 입술을 지그시 깨물며, 가정이 있느냐고 물었다. 한때는 있었노라고 그가 답했다. 그럼 현재는 없는 상태냐고 그녀는 다그쳐 물었다. 선학은 질문을 받자마자 사랑하는 아내와 자식들의 영상이 떠올랐다. 생각이 거기에까지 미치자, 걷잡을 수 없는 설움이 북받쳐 올랐다. 그리하여, 감은 두 눈을 타고, 뜨거운 눈물이 샘솟듯이 흘러내렸다. 아내와 자식들의 영혼은 지금쯤 어느 하늘을 날고 있을까? 지금은 어느 하늘의 별자리를 지키는 선남선녀가 되어 이 세상을 굽어보고 있을까? 가슴이 미어질 것 같던 격렬한 진통이 심장을 훑으며 지나갔다. 눈만 뜨면, 목련꽃처럼 우아한 미소를 짓던 아내였다. 언제나 지극 정성으로 그를 사랑해 주던 아내였다. 넉넉지 못한 환경임에도 불구하고, 언제나 쾌활한 모습을 짓던 두 자식들이었다. 언제 보아도 대견

하고도 기특하게 보이던 두 아들 녀석들이었다. 그들에 대한 사무친 그리움을 무엇으로 달랜단 말인가? 가슴이 터져 나갈 것 같다. 생각할수록 비감스러워져 설움이 북받쳐 올랐다.

선학은 대금을 바라보며, 대금의 열린 구멍을 타넘어 일어서는 상념에 휩싸였다. 열린 구멍마다 다섯 음계로 비상해 오르는 파동이 느껴지기 시작했다. 파동의 너울이 점차 강도를 더해 오며, 선학의 머릿속을 빛살처럼 파고들었다.

아스라한 기억의 시발점은 역시 광주였다. 선학이 위기를 넘겼던 바로 그 광주에서, 마구잡이로 유린되어 실신해 쓰러졌던 그녀였다. 과거에 그가 터뜨렸던 안도의 환호성의 실체는 뭐였을까? 그녀의 나신을 타고 흘러내린 핏빛 절규의 또 다른 얼굴은 아니었을까? 기나긴 세월의 방황의 굽이에서, 그녀가 뿌린 눈물과 한숨의 양은 그 얼마였을까? 영육(靈肉)으로 성숙한 푸른 바람결 같은 여인이여! 이제껏 버둥거리던 불신의 늪에서, 마지막 혼신의 정열로 타오르는가, 여인이여! 그대의 영혼을 부르는 나의 내면의 소리가 들리는가? 지금껏 나의 가슴을 짓이겨 온 아픔이 사별과 실직의 슬픔임을 아는가, 그대여! 그녀와 서안을 사이에 두고 마주 앉았을 때부터였다. 그에겐 그녀의 내면세계와의 대화를 향한 욕망이 밀물처럼 밀려들었다. 가령 켜켜이 둘러싸인 꽃잎을 펼치며 목련이 얼굴을 내밀듯이 말이다. 그리고, 그녀가 암울한 과거사로부터 초연할 수만 있다면 말이다. 서로의 교감을 나누기란 절대 어려운 일이 아닐 터였다. 하지만, 아직도 눈만 감으면 아내와 자식들의 모습이 밀물처럼 밀려들곤 했다. 가족에 대한 회상으로 상당한 시간이 침묵 속에 흘렀다. 선학은 생각에 잠겼다. 그녀가 내게 가정이 있느냐고 묻다니? 처음 만나는 사내에게 가정이 있느냐고 묻는다는 것은 무엇을 의미하는 것일까? 볼수록 기품이 돋보이는 그대, 백화선녀여! 얼마나 오랜 세월을 인고의 시간으로 지새워 왔던가? 그대의 대금 구멍으로부터 빠져 나온 숱한 파동들처럼 말이다. 그대와 나의 과거가 간섭 현상을 일으켜 반듯한 미래의 궁전을 세울 수는 없을까? 할 수만 있다면 정말 그랬으면 좋겠다는 생각이 들었다. 그러면서도, 가슴속의 슬픔을 견디느라고 긴 시간의 터널을 끝없이 허우적거렸다.

창호지 밖의 달빛이 점차 사위어 갔다. 솔바람 소리도 열린 방문을 뚫고 더욱 세차게 와 닿았다. 둘 사이엔 마냥 질식할 듯한 정적의 시간이 흘렀다. 그러고도 한참이 지났다. 하르르 번져 오르는 불길처럼 그녀의 내면을 옭아매는 무형의 그물이 있었다. 망설임이라는 무형의 그물을 지켜보며, 그녀는 꼴깍하고 침을 삼켰다. 그녀는 녹색과 하늘색이 뒤엉켜 자아내는 색채의 현란함으로 떨고 있는 시신경을 느꼈다. 그녀의 생각으로 이제 눈도 믿을 바가 못 되었다. 선홍색으로 달구어졌다가는 파란색으로 식어 가곤 하는 첨예한 시각의 변화를 두고서였다. 정말이지 이제 그녀 혼자서만 감당하기엔 너무나 벅차다고 느꼈다. 오로지 기댈 곳은 확실한 피부에 의한 감각밖에는 없다는 생각이 들었다. 내가 만약 손을 뻗어 눈물 젖은 그의 뺨에 갖다 댄다면 …… 그래, 그의 뺨에 갖다 댄다면 그는 어떤 반응을 보일 것인가? 경멸의 눈빛을 가득 실어 보내며 사정없이 두 손을 떨쳐 버릴 것인가? 아니면, 나른해진 몸체를 한 뭉치의 솜처럼 그녀의 품으로 쓰러져 내릴 것인가? 그도 저도 아니면, 석상처럼 굳은 모습일까? 그것도 아니라면, 망연자실한 표정을 지으며 길게 그림자를 드리우고 서 있을까? 선학의 흐르는 눈물은 그녀에게는 감당할 수 없는 고통으로 느껴졌다. 사내의 가슴속에도 저렇게 설운 눈물이 솟구치구나 하는 생각으로 그녀의 가슴은 저려 왔다. 순간적으로 가슴이 뭉클해지면서, 그녀는 마침내 결단을 내릴 시기라고 생각했다. 그녀는 도화선의 불꽃인 양 온몸이 타오르면서 선학을 향해 몸을 기울였다. 그녀는 물기 어린 눈빛으로, 서서히 두 손을 들어 올렸다. 그리고는 조심스레 선학의 두 뺨을 어루더듬으며 말했다.

"선학 씨, 지난날의 아픔이 어찌 일순간인들 잊히겠어요? 때로는 세월의 흐름이 가져다주는 지혜를 기다려야 할까 봐요. 혹시 제가 당신의 새로운 반려자가 될 수는 없을까요?"

선학은 자신의 귀를 의심했다. 말을 잘못 알아들은 것은 아닌가 했다. 하지만, 그녀의 표정을 볼 때는 그게 아니었다. 그녀의 얼굴과 눈빛에는 온통 진실함이 가득 서려 있었다.

"유정 씨, 혹시 후회하지는 않으시겠어요? 저를 그처럼 높이 봐 주시다니 정말 감격스럽습니다. 저의 아내가 되어 주신다면 평생의 반려자로서 당신께 변함없는 존경과 사랑을 바치겠습니다."

말이 끝나자마자 그들은 일어나서 서로를 힘껏 껴안으면서, 서로의 뺨을 맞대었다. 남녀의 뺨은 곧장 불에 덴 듯이 화끈 달아올랐다. 게다가 쿵쿵거리는 심장의 박동 소리가 가슴을 맞댄 남녀의 정서를 고조시켜 가고 있었다. 하늘에는 은가루를 뿌린 듯 별들이 현란하게 깨어나고 있었다. 덩달아 머리를 풀어헤친 구름장들이 하얗게 이빨을 드러내며, 허공으로 흩어져 가고 있었다. 실내의 촛불도 창밖으로 들려오는 솔바람 소리에 떨며 다소곳이 몸을 기울이고 있었다.

이제 두 사람에게 문제될 것은 없노라고 그녀는 말했다. 청련암에서 뭔가 하나의 도를 구한 다음에 하산하는 게 어떻겠느냐고 그녀가 제안했다. 백화선녀의 신비한 분위기와 빼어난 미색에 이끌려, 선학은 자신도 모르게 머리를 끄떡거렸다.

시월도 다 저물어 가는 어느 날이었다. 여느 날과 다름없이 쾌청한 아침이었다. 선학은 다섯 시에 기상하여, 청련암 앞의 바위 위에 올라앉았다. 대금을 불기 시작한 십여 분쯤 지난 시점이었다. 선학의 의식계에 느닷없이 현란한 영상이 펼쳐지기 시작했다. 영상의 화폭 위로 끝없이 널브러진 능선의 바다가 펼쳐졌다. 능선의 바다 위로 붉은 태양이 막 치솟아 올랐다. 태양은 어느 사이엔지 한 마리의 학이 되었다가 다시 선인(仙人)이 되었다. 선인은 구름장을 밟으며 하늘을 유유자적하게 거닐고 있었다. 구름장은 어느새 교태를 부리는 목련꽃이 되었다가 환한 얼굴의 아내로 변하였다. 그러다가 금세 한 마리의 갈매기로 변하여 먼 우주 공간으로 빨려 들어가고 있었다. 덩달아 선학의 마음도 너무나도 따사로우며 평온하고 아늑해졌다. 어느 결에 자신이 한 마리의 갈매기로 날아오르고 있음을 느꼈다. 이제야말로 선학은 과거의 시련기마다 그를 일깨웠던 맑은 바람 줄기의 실체를 알았다. 바로 융합(融合)을 동경하는 그의 내면적인 갈망이었음을 깨닫게 된 터였다. 그의 의식이 황홀경에서 깨어나 현실의 상태로 돌아왔을 때였다. 청련암의 뜰을 흰 한복 차림으로 뒷짐을 진 채 백화선녀가 거닐고 있었다. 백화선녀는 발걸음을 옮기면서 선학을 향해 담뿍 미소를 머금으며 속삭였다.

"마침내 새로운 세계를 보셨군요."

입술이 열릴 듯 말 듯한 그녀의 작은 속삭임이었다. 하지만, 선학에게는 맥놀이 치는 커다란 산울림으로 들려오고 있었다.

청련암에 머문 지 두 달 만에 일어난 변화였다. 과거에 그를 짓눌러 왔던 일체의 번민과 고뇌로부터 벗어나고 싶었다. 그리하여, 청순하고도 패기에 넘치는 모습으로 거듭나고 싶었다. 이제 그 어디서나 새로운 활력으로 충만한 생명을 느끼고 싶었다. 그에겐 과거의 온갖 번민과 고뇌를 태워 버릴 무대로서의 화성의 존재가 필요했다. 또한 그의 정신의 새로운 활력의 근원지로서의 화성이 필요했다. 과거의 숱한 망상과 번민의 늪으로부터 이제 그는 새롭게 태어난 느낌이었다. 비유컨대, 오래전에 화성의 불길 속에서 타 버린 화성의 물줄기 같다고나 할까? 이제 더 이상 그의 가슴을 짓누르는, 과거로부터의 속박과 굴레는 없었다.

깊은 산 속 사슴의 눈처럼 선량해 보이는 백화선녀였다. 선학은 영겁의 우주 속에서 새롭게 태어난 화성인이 된 기분이었다. 그는 화성의 표면에 첫발을 내딛는 화성인이 된 심정이었다. 선학은 백화선녀와의 포옹을 끝내고, 그녀와 함께 만장애를 내려오기 시작했다. 이른 아침의 안개가 만장애를 잔뜩 뒤덮고 있었다. 그들은 만장애 위의 청련암 건물을 향해 일제히 손을 흔들어 주었다. 그리고는 나란히 손을 맞잡고 비룡 능선의 길을 내려가기 시작했다. 풋잠에서 깨어난 산새들의 소리가 장중한 관현

악이 되어 꿈결처럼 흘렀다. 마침 깨어나는 산바람도 산새들의 소리와 더불어 비룡 능선의 솔숲을 어루더듬고 있었다.

[문학21, 1998. 11월호 발표]

# 도회에 뜨는 달

◇◇◇◇

밤 8시 무렵이다. 11월의 밤하늘에 별들이 하얗게 눈을 부라리며 깨어나고 있다. 몇 줄기의 바람결이 허공에 매달려 지치도록 파랗게 춤을 추고 있다. 인천 남구의 수봉 공원이다. 반 시간 전부터 차가운 밤공기를 마시며, 나는 공원 벤치에 앉아 있다. 이제 잠시 후면, 수려한 미모의 수빈이 약속대로 나타날 것이다. 언제 보아도 그녀의 눈빛에는 따사로운 정감이 남실거린다. 수빈의 얼굴을 보고 있을라치면, 미풍에 나부끼는 잎사귀 같은 싱그러움에 젖곤 한다. 어디를 봐도 흠잡을 곳 하나 없는 여인이다. 이러한 수빈과의 '의미 있는' 만남을 위해, 나는 벤치에 앉아 그녀를 기다리고 있다. 벤치에 앉아 하늘을 우러러보노라니까, 슬며시 기억 속으로 과거의 상념이 밀려든다.

넉 달 전, 내가 동양화학에 근무하던 7월 하순의 일이었다. 퇴근 후 단짝인 진 과장과 함께 모처럼 술집에 들러 회포를 풀었다. 새벽까지 술잔을 기울이다가, 단골인 은하노래방에 들렀을 때였다. 노래방 입구에는 파괴된 시설물들이 널브러졌고, 주인과 남자 종업원들의 종적은 묘연했다. 단지 수빈만이 바닥에 주저앉아 흐느껴 울고 있었다. 수빈을 보는 순간, 무슨 일이 있었는지 짐작이 갔다. 내가 수빈과 알고 지낸 지는 석 달 만이었다. 나는 택시를 불러 그녀의 자취방에 닿았다. 불안에 떠는 그녀를 진정시키며, 방에 들어서자마자 나는 그녀를 반듯이 드러눕혔다. 다행히 찢긴 상처는 없었지만, 종아리 부위에서부터 허벅지 부위까지가 온통 퍼렇게 멍이 들어 있었다. 수빈은 계속 입을 덜덜거리며 떨어댔다. 받은 충격이 강렬했음인지 시선도 불안정하여 그저 어름거리며 허공을 더듬고 있었다. 이불을 펴서 그녀를 다독거려 주면서 나는 말했다. 일단은 잡념을 떨쳐 버리고 한잠 푹 자 두는 게 좋을 거라고 말이다.

머리가 맑아질 때면 나는 언제나 현실 속의 나의 위치를 떠올리게 된다. 석 달 전인, 지난 8월 초순의 일이었다. 믿는 도끼에 발등 찍힌다는 격으로, 생산과장인 나마저도 명퇴 처분을 받으리라고는 미처 몰랐었다. 지금까지 알려진 나의 평판은 명문대 출신의 인간성 괜찮은 일벌레였기 때문이다. 지난 3년간을 내 집처럼 일하던 회사로부터의 명퇴 처분이라니? 지금 생각해도 정말 모를 일이었다. 정리를 마치고 회사를 떠나던 날은 이루 말할 수 없이 착잡한 심정이었다. 어쨌든 나는 내게 드리워진 답답하고도 암담한 현실을 받아들이지 않을 수 없었다. 수빈의 7월의 사고가 있기 전에, 내가 수빈을 알고 지낸 것은 석 달째였다.

하지만, 그다지 개인적인 친분은 없었다. 쌓이는 스트레스를 해소시키려고 진 과장과 나는 자주 은하노래방을 찾았었고, 수빈은 노래방의 여종업원이었을 따름이었다. 그리하여, 그저 거리에서 만나면 얼굴 정도만 알아볼 수 있는 처지였다. 그날 상처 입은 수빈을 그녀의 거처로 데려다준 것은 인지상정(人之常情)이었을 뿐. 추호도 다른 뜻은 없었다. 수빈의 이불을 다독거려 주고는 곧장 등을 돌리며 일어설 때였다. 문을 열고 나오려는데, 수빈의 가냘픈 음성이 들렸다.

"한 과장님, 잠깐만요. 불안해서 잠들 수가 없거든요. 제가 잠들 때까지만 있다가 가시면 안 돼요? 부탁을 들어 주시는 거죠? 고마워요……."

그녀의 물음에 나 자신도 모르게 고개를 끄떡거린 모양이다. 그녀의 마지막 목소리는 너무나 미약하여 들리는 듯 마는 듯했다. 노래방 주인에게 건네준 명함을 보고, 용케도 나의 이름을 기억해 둔 모양이었다.

공원의 벤치 곳곳마다 젊은 연인들이 토해 내는 속삭임이 실연기처럼 퍼져 흐른다. 밤 시간의 공원이란 으레 연인들의 밀회장소쯤으로 통하고 있다. 북쪽 하늘에 걸려 있는 북극성과 북두칠성이 유난히도 밝게 빛난다. 카시오페이아의 성좌(星座)가 내뿜는 별빛에는 은은한 기품마저 실린 듯하다. 카시오페이아 왕녀의 얼굴에 겹쳐, 올봄에 세상을 떠난 어머니의 얼굴이 떠오른다.

간암으로 입원 6개월째를 맞던 날이었다. 탈진한 상태의 어머니는 밤중에 가만히 형과 나를 침상 옆으로 불렀다. 그러더니만, 눈물을 글썽이며 하소연했다. 집으로 돌아가서 눈을 감고 싶다고 했다. 기력이라곤 전혀 없던 어머니가 집에 도착하자마자 혼신의 힘을 다해 말했다.

"야들아, 정말 산다는 것은 한순간에 불과한 것 같아. 내 나이 칠십을 넘었고, 너희들도 다 뿌리를 내렸으니, 이제 무슨 걱정이 있겠노? 다만 창준이 너를 짝 지워 주지도 못하고 먼 길을 갈 일이……."

어머니는 급기야는 눈물을 쏟으며 울음을 터뜨렸다. 형과 나는 어머니를 진정시키며, 물수건으로 이마를 닦아 주었다. 한참이 지난 후, 어머니는 다시 마지막 기력을 다해 말을 이었다.

"너희들도 잘 알고 있제? 아마 그때가 너희들이 중학교에 다닐 때가 아니었던가 싶다. 집 앞 논두렁에 섰던 두 그루의 명자나무 말이다. 핏빛처럼 타오르던 꽃송이를 들여다보며 세 모자(母子)가 탄성을 지르던 그 황홀한 석양을 기억하제? 그날의 섬세한 감동을 영원히 너희들에게 일깨워 주고 싶어. 현실이 고달플지라도 그날의 감동처럼 세상을 바라볼 수 있기를 너희들에게……."

말을 하다 말고 의식을 잃은 어머니였다. 다음 날 새벽에, 어머니는 평온한 모습으로 세상을 떠났다. 묘소에 명자나무를 옮겨 심던 날, 형제는 사무치는 설움으로 목이 메었다.

어머니의 얼굴이 스러져 가면서, 미현의 얼굴이 떠올랐다. 신문사 교열부 기자인 미현을 처음 만난 것은 작년 여름의 속초 해수욕장에서였다. 알고 보니, 둘 다 직장인 단체의 일원으로 놀러 간 처지였다. 대열에서 이탈한 그녀와 나는 한두 마디를 인사치레로 건네다가 마음이 통했다. 대화를 나눠 본즉, 둘 다 그때까지 애인이 없는 처지였다. 둘 다 제 잘난 멋으로 산 소치였고, 다분히 돈키호테적인 기질이 깔려 있었다. 게다가 둘의 학력 조건까지 거의 비슷했으므로, 둘은 만나자마자 금세 가까워졌다. 그리하여 해수욕장을 떠나기 전에, 미현과 나는 해변에서 악수를 나누면서부터 연인이 되었다.

수빈이 겁간을 당한 지 사흘째가 되던 지난 7월 말이었다. 열가소성 수지의 생산 공정을 둘러본 뒤, 막 책상에 앉을 때였다. 전화벨 소리가 요란하게 울리기에, 무심코 수화기를 들며 전화를 받았다.

"여보세요. 동양화학입니다."

"한 과장님이시죠? 저 김수빈이에요. 은하노래방 여종업원 말이에요. 다름이 아니라, 드릴 말씀이 있는데요, 저녁에 시간 좀 내 주시겠어요?"

약속 시간인 8시에 조금 못 미쳐, 수빈이 멋쩍은 듯한 표정으로 나타났다. 그녀는 대뜸 도움이 필요하다며 입을 열었다. 쌍화차를 마시며, 나는 수빈의 이야기에 귀를 기울였다. 그녀는 경기도 시골의 여상을 졸업한 뒤, 3년 동안은 홀어머니와 함께 생활했다. 21세의 나이로 어머니를 여읜 수빈은 그때부터 은하노래방의 여종업원이 되었다. 그런데, 노래방 주인과 주변의 폭력배들과의 무슨 알력이 있었던 모양이라고 했다. 급기야는 지난번에 대여섯 명의 폭력배들이 들이닥쳤다. 그들은 도착하자마자 주인과 남자 종업원들을 묶어서는 그들의 승용차에 옮겨 실었다. 그들은 뒷문으로 도망치는 수빈을 발견하고는, 곧바로 그녀를 발가벗겨 윤간을 했다. 겁간을 당하는 그녀가 발버둥질칠 때마다 둘러섰던 폭력배들이 사정없이 발길질을 해댔다. 그녀는 처음 당하는 수모라, 충격과 놀라움으로 인해 미쳐 버릴 지경이었다. 하도 설워 실내 바닥에 주저앉아 마냥 흐느껴 울기만 했다. 바로 그 무렵에, 진 과장과 내가 노래방으로 들어서면서 그녀를 발견한 거였다. 그녀는 두려운 나머지 다음 날부터, 다른 일자리를 찾아다녔다. 이틀 만에 숯불 갈비집의 카운터로 직장은 옮겼지만, 거처가 문제였다. 겁간을 당한 뒤부터는 옆에 누군가가 없으면 불안하여 도무지 잠들 수가 없다는 거였다. 그녀는 눈물을 글썽이며, 날더러 제발 도와 달라고 하소연이었다.

"오빠! 이제부터는 오빠라고 부를게요. 저는 아무래도 정신과 치료를 받아야 할 것 같아요. 오빠가 지난번에 저를 돌봐 주셨기에, 또다시 매달리게 되나 봐요. 부디 저를 여동생으로 봐 주시고, 저의 부탁을 들어 주셨으면 해요. 제가 치료를 받고 마음의 안정을 찾을 때까지만 말이에요. 저를 오빠 댁에 머물게 해 주지 않을래요? 절대로 제가 불편하게 해 드리지는 않을게요. 제발 부탁이에요."

나는 뭔가 악몽을 꾸는 느낌이었지만, 선선히 그녀의 요구를 들어 주었다. 그리하여, 그날 밤에 수빈을 나의 전셋집으로 데려왔다.

"그래, 수빈아! 우린 오늘부터 의남매(義男妹)가 되는 거다. 네가 쾌유될 때까지, 편안히 여기서 함께 지내자꾸나. 잘 자거라."

단칸방이라 그녀를 침대에 재우고, 나는 마루에 나가 잠을 청했다. 나는 잠이 들기에 앞서, 마음속으로 다짐했다. 날이 밝는 대로 수빈을 정신과 진료를 받게 해 주겠다고 말이다.

실직 2주째를 맞는 8월 중순의 일이었다. 밤이 이슥할 때까지 진 과장과 술을 마시고 돌아온 새벽 무렵이었다. 문을 열고 들어서니, 불 꺼진 마루에 앉아 수빈이 창밖을 내다보고 있었다. 불을 켜고 내가 마루에 들어섰어도 여전히 수빈은 넋을 잃은 모습이었다. 그녀의 곁에는 마시다 남은 소주병이 나뒹굴고 있었다. 속살이 훤히 다 비치는 잠옷 차림의 그녀는 유난히 추워 보였다. 순간적으로 측은한 마음이 일었다. 나는 조심스레 그녀를 안아 들고는 방의 침대에 눕혔다. 그녀를 내려놓고 막 돌아서는 순간이었다. 수빈은 두 팔을 활짝 벌리며 나의 목을 껴안았다. 순간적으로 성숙한 여인의 향내가 콧속을 찔러 왔다. 하마터면 성적 충동에 휘말려 버릴 것만 같은 위기감을 느꼈다. 나는 연민의 정을 느끼며, 그녀를 조심스레 다독거려 준 뒤, 조용히 마루로 나왔다. 창밖에 걸린 새벽달에 한기를 느끼며 나는 살며시 잠자리에 들었다. 아침 일찍부터 일어나 수빈은 마루에 걸레질을 하고 있었다. 정신과 의사의 말로는 수빈의 정신 건강은 지극히 양호하다고 했다. 다만 상황이 달라지면 심각해질 수도 있는 문제이므로, 당분간은 현 상태대로 유지하라고 조언해 주었다.

공원을 찾는 연인들의 수가 점점 늘어나고 있다. 밤이 되자, 연로한 노인들도 담배를 입에 문 채 공원을 산책하며 도란거린다. 아직도 약속 시간까지는 십여 분이 남은 시점이다. 나는 시각을 확인한 뒤에, 벤치에서 일어나 공원을 가볍게 달리며, 수빈의 얼굴을 떠올린다. 나와 대략 한 달간을 동거 아닌 동거 생활을 해 오던 수빈이다. 동거 아닌 동거 생활이란, 분명 같은 방을 쓰되, 잠자리는 함께 않는 생활을 말함이다. 그럼에도 말이다. 나는 그녀의 간청에 따라, 그녀가 잠들 때까지는 그녀의 곁에 머물러 있어야만 했다. 점차 공원 내로 저녁 안개가 밀려들며, 한결 운치 있는 분위기가 형성되고 있다. 연이어 나의 뇌리로 과거를 향한 상념의 세계가 자연스럽게 파고든다.

9월 중순 무렵이었다. 나는 통영고 총동창회와 통영 향우회 재향 지부를 알아냈다. 괜히 반겨 줄 것만 같은 마음이 들어, 몇몇 유지라고 생각되는 사람들을 만났다. 그러나, 내가 찾아 나섰던 동문이나 향우회로부터는 여태껏 단 한 건의 연락도 없었다. 경험으로 또다시 허탕을 친 느낌이었다. 씁쓸하고도 허전한 분위기에 젖어, 내딛는 발걸음마다 자꾸만 함몰되는 자신을 느꼈다.

어깨에 힘이 빠져 집으로 돌아온 날이었다. 수빈이 오랜만에 외식으로, 저녁을 사겠다고 제안했다. 워낙 심신이 고단해진 상태라, 내키지는 않았지만 따라나섰다. 그녀는 대뜸 택시를 잡더니, 월미도의 유람선 선착장으로 데리고 갔다. 그녀는 말했다. 괜히 바다가 보고 싶더라고 했다. 유람선 선착장 해변을 거닐며, 나와 대화를 나누고 싶다고 했다. 가슴도 울적하던 참이라, 나는 잠시 근심을 잊고, 그녀와 함께 해변을 거닐기로 했다.

저녁 7시 무렵의 해안선은 또렷했다. 근해는 물색이 황토색으로 칙칙했지만, 먼 해역에는 그런대로 바다의 운치가 물씬 풍겼다. 귓전을 파고드는 뱃고동 소리부터가 심신을 쾌청하게 해 주었다. 물무늬 지는 수면 위로 발동선의 엔진음이 빛살처럼 쏟아져 내리곤 했다. 보통 키에 날씬한 몸매를 지닌 수빈은 한마디로 빼어난 미모의 여인이었다. 수빈을 보게 되면, 누구든 첫눈에 탄성을 터뜨리지 않을 수 없을 정도였다. 수빈은 긴 머리카락을 바닷바람에 휘날리며, 착 감겨드는 목소리로 말했다.

"오빠, 옛날에 학교에서 배운 기억인데, 생명체가 바다에서 처음으로 출현했다면서요? 저 바다의 물결 어디쯤에 아득한 선조들의 영혼이 실려 있을까요? 오늘따라 바다로 자꾸만 마음이 끌렸어요. 얼굴도 모르는 먼 조상들이 나의 얼굴을 보자고 불렀던 것은 아닐까 하는 생각이 들었어요. 제가 너무나 동떨어진 생각을 했나요?"

저녁놀에 잠긴 바다를 지켜보며, 나는 무의식적으로 그녀의 말에 고개를 끄떡거렸다. 분명 바다에는 언제나 숱한 파동 에너지가 어우러져 꿈틀거린다. 그래서, 그 에너지들 중에선 선조들의 숨결이 실린 것이 있을지도 모른다고 여겨졌기 때문이다. 이러한 생각이 들면서부터였다. 바닷물 속에서는 세상 떠난 부모님이 나의 현실을 애달파하는 환청이 들리는 듯했다. 나는 자꾸만 목이 메어, 저무는 바다를 향해, 연신 헛웃음을 피워 올렸다.

수빈과 선착장을 다녀온 뒤, 삼 일째 되던 날 새벽이었다. 잠에서 채 깨어나지도 못한 채, 나는 전화를 받았다. 작년 여름 이후로 한 달에 한 번 꼴로 만나던 미현이었다.

"창준 씨! 오늘 문득 생각해 보니, 내가 꽤 멍청한 사람이었던 것 같아요. 여태껏 창준 씨의 집을 방문할 생각도 못하고 있었으니 말이에요. 모레쯤 한 번 들를까 해요."

나는 화들짝 놀라, 순식간에 잠이 다 달아나 버린 상태였다. 결국 다음 날 오후에 수빈을 설득하기 시작했다. 그리하여, 그 날 수빈을 같은 건물의 한 층 아래의 월세방(月貰房)으로 이사시켰다. 이사를 가던 날 수빈은 이민을 가는 친여동생이나 되는 듯 아침부터 눈물을 글썽거렸다. 나는 수빈의 고요하고도 사람을 사로잡는 매력에 곧잘 빠져들곤 했다. 정말 놀랍게도 말이다. 명자꽃에서 느끼던 그 섬세한 감동을 수빈의 눈매로부터 문득문득 느낄 때가 있었다. 내가 눈을 뜬 시계(視界)의 저쪽에는 언제나 미풍에 나부끼는 명자꽃과 어머니의 미소가 어우러졌다. 어머니의 미소가 스러질 때면, 언제나 청순한 수빈의 미소가 샘물처럼 차오르곤 했다. 아무리 생각해도 영문을 알 수 없는 일이었다.

오전 10시쯤 되어 미현이 도착했다. 그녀는 도착하자마자 체육복으로 갈아입고는 나의 방을 소제하기 시작했다. 청소를 마치고, 사 온 꽃을 꽃병에 꽂고 창문을 여니, 금세 환경이 달라졌다. 나는 미현의 손놀림에 내심 크게 놀랐다. 그녀의 손길이 스쳐 지난 자리마다 금세 분위기가 새롭게 달라지곤 했기 때문이다. 그녀는 다시 아파트의 문이 잠겼나를 확인하고는 달려와 나에게 안겼다. 나는 이렇게 적극적인 그녀가 마음에 들었다. 나와 그녀는 마루에 선 채로 달뜬 포옹을 했다. 한 달에 한 번 꼴로 만났지만, 이렇게 격정적인 포옹을 한 것은 처음이었다. 그랬으니까, 서로 간의 애무는 생각조차 못한 일이었다. 수빈의 미모가 첫눈에 사람을 아찔하게 하는 매력이라면, 미현의 미모는 신비스러운 아름다움이었다. 표정과 동작 및 심지어 몸매까지에도 저녁 안개와 같은 신비한 요소가 배어 있었다. 그녀는 한동안 포옹을 풀지 않은 채 있더니만, 상기된 얼굴로 떨어지며 말했다.

"창준 씨, 지금까지는 너무 점잖게만 만났던 것 같아요. 오늘은 제게도 스킨십(skinship)이 필요하거든요. 이제부터는 우리 서로 애무를 하고 지내도록 해요."

"좋아요. 그렇게 하기로 하죠. 내가 너무 뜸을 들이고 있었던 모양이네요. 사실 나는 실직 상태에 있어서, 정신이 없었거든요. 불안한 마음을 추스르지도 못한 채, 직장을 찾아 헤매느라고 허둥댔으니까 말이에요."

애무하기로 마음먹자, 서서히 몸이 달아올랐다. 나는 그녀의 체육복 상의를 벗기며, 그녀의 볼록한 젖가슴을 애무하기 시작했다. 그녀도 자연스레 손을 뻗어 나의 혁대를 풀며 사타구니 부위를 더듬기 시작했다. 우리는 평온한 마음으로 서로를 바라보며, 서서히 서로가 달아오르고 있음을 느꼈다. 이제 주변은 정적 속에 정지된 화면으로 비쳐져 왔다. 간혹 스쳐 가는 창밖의 바람만이 창문을 덜컹거리며 울려 주곤 했다. 문득 미현이 왜 애무를 원했던가를 더듬어 생각해 봤다. 피부와 피부와의 접촉에서 저녁놀처럼 황홀하게 타오르던 그녀였다. 하얀 속살 곳곳에 나의 입김이 스칠 때마다 섬광처럼 전율하며 홍조를 피우던 그녀였다. 미풍에 나부끼는 꽃잎들처럼 그렇게 섬세하게 파동이 되어 흐르던 살갗의 떨림이었다. 결국 미현이 애무를 원했던 것은 섬세한 감성의 교류를 원했던 탓이라고 여겨졌다. 통상적으로 사람들은 외로움이란 그늘에서 수시로 몸을 달구려 하는 미약한 존재일지도 모른다는 생각이 들었다.

미현은 밤까지 같이 보내고픈 눈치를 비쳤으나, 그럴 만한 심사가 아니어서 돌려보냈다. 그녀를 돌려보낸 뒤에, 다시 책상 앞에 앉았다. 경기 침체가 어느 정도까지 진행될지 모를 일이었다. 사방을 돌아다녀 보았으나, 마땅한 취업 자리는 나지 않고, 절망감만 가중될 따름이었다. 여태껏 살아온 삶의 방식이 잘못된 것은 아니었는지 새삼스럽게 반추도 해 보았다. 생각이 깊어지면 깊어질수록 온갖 잡념이 끓어올라, 머리가 터질 지경이었다.

침대의 배열이 흐트러진 느낌이어서, 침구 정리를 하기 위해 침대를 밀칠 때였다. 침대 밑에서 두꺼운 종이 상자 하나가 눈에 띄었다. 펼쳐본즉, 수빈이 짬짬이 그렸던 그림 몇 쪽이 나왔다. 다 같이 수묵(水墨)이 주가 되고, 색채가 엷게 깔린 수묵 담채화였다. 그림의 제목은 쌍계상춘(雙溪賞春)이었고, 벚꽃이 흐드러지게 만발한 쌍계사 입구의 경치가 너무나도 절묘했다. 간결한 운필법임에도 불구하고, 바람에 나부끼는 벚꽃의 형용은 너무나도 생동적인 느낌으로 다가왔다. 화선지에 그려진 7장의 그림들을 천천히 감상하고 갈무리해 두려고 할 때였다. 유독 하나의 그림 뒤에서였다. 뭔가 깨알 같은 낙서가 촘촘히 박혀 있었다. 대수롭지 않게 훑어보다가 점차 눈을 크게 뜨면서 읽었다.

내가 그를 처음 만난 날은 눈부시게 화창한 봄날이었다. 유년기에 부모님의 손을 잡고 바라보던 쌍계사 입구의 벚꽃들만큼이나 눈부신 인상이었다. 귀티가 서린 얼굴에 정이 담뿍 어린 얼굴이라, 말을 붙이고파 며칠 밤을 망설였던가? 근래에 날마다 같은 집에서 눈을 떠 생활하지만 말이다. 왠지 얼음처럼 두꺼운 벽을 느낀다. 근원을 알 수 없는 벽이며, 두께를 헤아릴 수 없는 벽이다. 내가 만약 벽을 허물고자 달려든다면, 그는 어떻게 나를 대할까? 어디를 봐도 결점 하나 없는 그이기에, 자꾸만 범접하고픈 용기가 소진되는 것이다. 나의 뜨거운 가슴으로도 녹일 수 없는 벽이라면 말이다. 나는 벚꽃 그늘 아래에서 꿈만 들이키고 있는 한 마리의 흰나비에 불과할까?

수빈의 글을 읽던 나는 가슴이 뭉클해지면서 온몸에서 힘이 빠져 나갔다. 나는 수빈의 글과 그림을 봉투에 넣어 원래의 상태대로 되돌린 다음, 창문을 열었다. 차가운 밤바람이 나의 답답한 가슴을 씻어 주기라도 할 듯 매섭게 달려들었다. 베란다에 길길이 자란 동백나무 잎사귀가 바람을 맞아 바르르 떨고 있다. 잎사귀의 떨림을 보노라니까, 명자나무 꽃그늘 아래에서의 어머니의 미소가 바람처럼 피어올랐다. 이래저래 콧날이 시큰거리며, 자꾸만 목이 잠겨 들었다. 나는 넋을 잃은 채, 차가운 대기에 몸을 노출시키며, 자꾸만 고개를 젓고 있었다.

어느덧 9월 하순이었다. 수빈이 이사를 한 지도 벌써 일주일째였다. 학원 강사나 할까 하고 돌아다녀 보았으나, 영수 교과가 아니라고 해서 연속 퇴짜였다. 뜻밖에도 누가 특허 법률 사무소를 권했다. 몇 군데를 휘젓고 다녔더니, 강남역 부근의 특허 법률 사무소에서 연락이 왔다. A4 용지 크기의 영문 특허물을 주면서, 우리말로 번역해 보라고 했다. 그리고, 다른 사람이 번역

한 문장을 주면서 원문으로 전환시키라고 했다. 15분가량의 시간이 흘러, 제출하였더니 통과되었다며, 바로 부서 배정을 해 주었다. 고용주는 월급으로 고작 80만 원을 준다면서 온갖 생색을 내며 난리였다. 어쨌거나 백의종군하는 기분으로 다음 날부터 본격적으로 출근했다. 대다수가 20대 중반에서 30대 중반이었고, 드물게도 40대들은 몇 명만이 눈에 띄었다. 누가 뭐래도 일단은 겸허해지기로 했다. 나의 마음이 전달된 셈인지 금세 주변에서 마음을 열어 주며 격려해 주었다. 주변의 미미한 움직임이었지만, 동료 집단으로서의 격려의 분위기는 내게 적지 않은 감명을 주었다.

출근 3일째 되던 저녁 무렵이었다. 화공과장이 주관한 회식에 참석한 뒤, 자리에서 일어서니 밤 9시 무렵이었다. 집에 도착하여, 한잠을 늘어지게 자고 일어나니 새벽 1시였다. 취업 전까지는 매일 새벽 1시까지는 이력서를 작성하느라고 잠을 이루지 못했다. 고단했을 텐데도 깨어나 눈을 뜨니, 정신이 또렷하게 살아났다. 막 신문을 주워 드는데, 전화가 걸려 왔다.

"창준아, 나 남종현이다. 아직 안 자고 있었구나. 어떻게 실업자를 면했다며? 우선 축하해. 내가 하는 전자 부품 사업도 경기 변화에 꽤나 민감한 편이더라구. 하여간 난 너 때문에, 좀 걱정을 많이 했었다. 기분도 풀 겸, 이번 토요일에 양평의 남한강가에 낚시질이나 하러 가자구. 그럼, 양평군 세월리 강가의 새로 난 선착장 부근에서 오후 4시에 만나자구. 그럼, 이만."

언제나 종현의 전화는 이런 식이다. 남의 동의는 구할 필요도 없다는 듯 일방적으로 결정하고 일방적으로 끊는다. 그래도 종현은 내가 사귄 가장 절친한 나의 친구였다. 나를 위해 배려해 주는 그를 위해, 어느덧 나는 낚시 도구를 점검하고 있었다. 세월리의 유람선 선착장 부지에서 1킬로미터쯤 떨어진 강변에서 종현과 나는 낚싯대를 드리웠다. 붕어와 끄리가 주종을 이루었고, 이따금씩 쏘가리가 입질을 해대곤 했다. 각자 네 개씩의 낚싯대를 벌려 놓고는 어신에 따라 낚아 올리곤 했다. 오후 4시부터 시작된 낚시였다. 저녁 6시 무렵이 되자, 제법 어망이 그들먹하게 잡혔다. 강물은 석양빛을 받아 현란하게 반짝이고 있었다. 섬세한 빛줄기가 뒤엉켜 하나의 파동을 이루며, 수면을 통해 빠져 나가고 있었다. 종현과 나는 잡힌 물고기들을 씻어 냄비에 앉히고는 버너를 켰다. 금세 매운탕이 보글보글 끓어오르며 냄비 뚜껑이 들썩거렸다. 술잔을 꺼내, 마주보며 술잔을 나누려 할 때였다. 돌연 강가에 승용차가 한 대 정차하더니, 30대 중반으로 보이는 여인들이 둘 내렸다. '웬일일까' 하고 눈을 멀뚱거리는 나는 아랑곳하지 않은 채, 종현이가 중얼거렸다.

"어디 가나 파리 떼들로 극성이라더니? 여긴 또 어찌 알고 왔지?"

"아니 파리 떼라니? 저 기혼녀들이 몸을 파는 여인들이란 말이야?"

"아이구, 참 답답하기도 해라. 해수욕장이나 유원지, 낚시터 등지에서 관광객들을 상대로 비밀리에 매춘을 하는 가정주부들이란 말일세. 경기 침체가 들이닥치고부터는 유명한 관광지 어디에서나 극성이래잖아?"

하이힐에 미니스커트 차림의 두 여인이 다가와서는 말을 건넸다. 우선 차림새와 얼굴 표정을 살펴보니, 밉지 않은 인상이다. 게다가 그녀들의 표정이 그렇게 자연스러울 수가 없었다.

"어머나, 매운탕을 끓이시네. 차 있는 술잔에 매운탕까지 갖춰졌으니, 이제 여자만 있으면 되겠군요. 저희들도 잠시 좀 끼어 앉아도 되겠죠?"

종현은 힐끔 나의 눈치를 한 번 보더니만, 이동식 돗자리의 빈 곳을 가리켰다. 그녀들 중의 흰 미니가 내 옆에 앉았고, 남색 미니가 종현의 옆에 앉았다. 배낭을 풀어, 잔을 두 개 더 꺼냈다. 오늘의 만남을 축하한다는 건배를 한 후, 세상 살아가는 이야기를 풀어 나갔다. 흰 미니가 좌중을 둘러보며 생끗 웃으며 말했다.

"요즘은 말이에요. 눈을 뜨고 일어나면 하루에도 얼마나 많은 실직자들이 늘어나는지 모를 지경이에요. 아저씨들은 설마 실직자들은 아니시겠죠? 경제 불황에 아저씨들더러 그냥 도와 달랠 수는 없는 일이기에, 이렇게 꾸미고 나왔죠."

그녀의 미소가 차라리 예리한 비수 날인 양 나의 가슴이 아려 왔다. 갑자기 세상살이가 서글퍼지는 느낌이었다. 이 세상 누구에게랄 것이 없이 그저 답답하고 가슴속이 울먹거렸다. 술잔을 돌린 지 한 시간쯤 경과되었을 때였다. 여인들은 앉은 자세가 불편하다며, 미니스커트를 걷어 올리며 편한 자세를 취했다.

내걸린 낚싯대에서는 연이은 입질이 계속되었지만, 누구도 낚싯대를 거들떠보지 않았다. 모두들 취기로 얼굴이 불콰하게 달아올랐다. 서서히 넷은 몽환의 상태로 빠져 들었다. 나는 뭔가 알 수 없는 요인으로 가슴속이 자꾸만 끓어올랐다. 그러면서

'1998년의 양자강 홍수에 휩쓸려 떠내려가던 새끼 돼지들의 표정'이 떠올랐다. 나무판자 위에 올라탄 새끼 돼지들의 신문 사진을 보고 모두들 심란해 했다. 걷잡을 수 없이 흐르는 양자강의 물이 대세라면 말이다. 지금의 나는 돼지 새끼와 다를 바 없는 신세라고 여겨져 자꾸만 비감스러워졌다. 사방은 밀어닥친 강 안개로 금세 희뿌옇게 내리덮였다. 이제 땅거미가 몰려와 십여 미터 바깥의 정물조차도 식별되기 어려운 상태였었다.

먼저, 흥분 상태에 이른 종현이가 남색 미니를 데리고는 자리에서 일어섰다. 그러더니만, 내게 갈대숲을 가리키고선, 곧장 강가의 갈대숲 속으로 사라졌다. 그러자, 흰 미니가 익숙한 동작으로 나의 바지 지퍼를 내리며 사타구니를 더듬어 왔다. 나도 흰 미니를 품에 안고는 그녀의 하얀 속옷을 벗겨 내리기 시작했다. 혼란의 극점에서도 나는 운치를 생각했다. 나는 흰 미니에게 말했다. 사방이 어둠 속에 잠긴, 인적 드문 곳이 여기 말고 또 있겠느냐고 물었다. 그녀는 미소를 띤 채, 가볍게 고개를 저었다. 곱상한 얼굴에 귀염성조차 드러나 보이는 그녀는 눈을 빛내며 나의 말에 귀를 기울였다. 세월의 궤적을 잊는 셈치고 말이다. 전라의 몸으로 어깨동무를 한 채, 강변을 거닐어 보지 않겠느냐고 제안했다. 그녀는 봉긋한 가슴을 나의 가슴에 밀착한 채, 동의하는 뜻으로 고개를 끄떡였다. 신발마저도 벗어 던진 완전한 알몸으로 그녀와 나는 양평의 남한강변을 거닐기 시작했다. 하늘에는 온통 구름장이 짙게 깔렸던 모양으로, 별빛조차 찾아보기 어려웠다. 칠흑 같은 밤의 강변을 전라의 여인과 함께 거니는 느낌은 분명 환상적인 아늑함이었다. 여인은 내게 말했다.

"워낙 어둠이 짙어서, 심지어 내가 벗고 있다는 느낌마저 없어요. 어쩜 이런 산책을 생각해 내셨나요? 강물과 모래가 던져 주는 청량함이 우리의 체온을 통해, 고스란히 녹아내리는 느낌이에요. 오늘 같은 밤은 갖은 정감을 다해, 기성 시인들의 시편을 낭송하고 싶은 심정이라구요. 괜히 응석을 부리고 싶네요. 날 좀 업어 주지 않을래요?"

나도 여인을 향해 말했다.

"좋소! 당신이 원한다면 기꺼이 해 드리죠. 펼쳐진 세계, 광막한 강변을 향해 갑시다."

나는 단숨에 등을 돌려 그녀를 업었다. 순간적으로 물컹거리며 와 닿는 느낌이 들면서, 그녀의 젖가슴이 나의 등을 압박해 왔다. 나는 한동안 말없이 그녀를 업은 채 강변을 서서히 걸었다. 간혹 차디찬 강바람이 눈을 부라리며 달려들긴 했지만, 그 바람결마저도 포근하게 느껴졌다. 북쪽 하늘을 바라보니, 카시오페이아 성좌(星座)의 왕녀가 깨어나면서 하늘의 별빛이 쏟아져 내리기 시작했다. 하늘을 가득 메웠던 구름장의 일부가 자리를 비껴 간 탓인 모양이다. 나는 등의 여인에게 물었다.

"혹시 카시오페이아의 왕녀를 아시나요?"

"아뇨. 그저 저기 북쪽 하늘에서 빛나는 더블류(W) 자 모양의 별자리 정도로만 알 뿐이에요."

"오늘 우리의 만남과 교접도 밀애(密愛)의 하나임에 틀림없겠죠?"

"물론이죠. 하지만, 진리는 그 시대의 가치관에 따른다는 생각이 들어요. 분명한 건 말이죠. 오늘 우리의 만남은 확실히 여느 다른 만남과는 격조가 달리 느껴져요. 한마디로, 묘하게 빨려 들어가는 느낌이에요. 우리 너무 현실을 아파하지 말기로 해요. 당분간 고개를 돌려 원시 사회의 인류로 돌아갔다고 생각하고 오늘을 함께 보내기로 해요. 대신 오늘 이후론 저도 충실한 가정주부로 돌아가기로 작정했어요. 당신을 만나고부터, 그 동안의 나의 가치관이 잘못되었음을 통렬하게 느꼈어요. 저는 당신을, 저를 깨닫게 해 준 스승이라고 생각해요. 청정한 마음으로 저의 몸을 드릴게요."

나는 그녀의 말을 듣는 순간에 피부로 느꼈다. 나의 등에 업힌 여인이야말로 바로 카시오페이아의 왕녀임을. 또한 그녀야말로 나의 진정한 스승으로 느껴졌다. 나는 서서히 그녀를 등에서 내려놓았다. 그러면서, 왕자가 된 경건한 마음으로 그녀의 입술에 입을 맞추었다. 순간적으로 경련이 일 듯한 느낌이 전해져 오며, 그녀와 나는 깊은 입맞춤을 나누었다. 그런 뒤에 그녀를 조심스럽게 모래 바닥에 눕혔다. 그녀의 눈은 별빛처럼 깨어나 초롱거렸으며, 시종 신선한 느낌을 주었다. 어느 순간이었다. 눈과 눈이 맞부딪혀 숨이 멎을 듯한 청순함에 휩싸였다. 이윽고 그녀는 드러누운 채, 입술을 쫑긋거리며 손을 뻗어 나의 사타구니를 더듬어 왔다. 나도 조심스러운 몸짓으로 그녀의 유두에 입술을 가져가며, 손으로는 그녀의 하반신을 더듬어 내려갔다. 또다시 하늘의 일부가 허물어져 내리며 머리 위로부터는 별빛이 마구 쏟아져 내렸다. 나의 피부는 고순도의 감광판인 양, 그녀의 어떠한 몸짓도 다 읽어내고 있었다. 그녀는 점차 몸이 달아올라 가쁜 숨결을 토해 내며 나를 받아들이려고 몸부림쳤다. 오랜만에 영혼과 마음이 일치된 듯한 느낌이었다. 순간적으로 뜨거운 격정이 전신을 엄습해 왔다. 마침내 나도 절정감에 휩싸여, 그녀를 끌어안으며, 그녀의 하복부에 나의 체중을 실었다. 순간적으로 머릿속이 텅 비어 오며, 짜릿한 전율감만이 경련처럼 전신을 타고 흘렀다. 점차 강바람이 기승을 부리며 일어서고 있었다. 나는 발가숭이의 카시오페이아를 업은 채, 돗자리로 돌아갔다. 이미 종현과 남색 미니는 눈을 동그랗게 뜬 채 기다리고 있었다. 종현과 나는 여인들을 승용차 있는 곳까지 배웅해 주었다. 여인들은 방긋 미소 짓는 얼굴로 풍성한 밤낚시가 되길 빈다면서 승용차에 올랐다. 종현과 나는 떠나가는 그녀들의 모습을 넋을 잃은 채 한참을 물끄러미 바라보았다.

그녀들을 보내고 나서였다. 종현과 나는 낚싯대는 그대로 펼쳐둔 채 강변을 따라 말없이 거닐었다. 세상은 강에서 피어오른 밤안개로 자욱이 뒤덮여 어디를 둘러보아도 허허롭기만 했다. 강물이 흐르는 방향으로 반 시간쯤 걸었을까? 강으로 돌출된 하나의 커다란 암벽이 나타나 더 이상의 산책이 어려웠다. 발길을 돌리던 참에 나의 눈에 글자 같은 것이 눈에 띄었다. 회중전등을 비추어 보니, 암벽 중앙에 '은곡동천(銀谷洞天)'이라는 글자가 새겨져 있었다. 동천이란 신선들이 사는 별천지를 말함이었다. 고개를 갸웃거리며 좀 더 가까이 다가가서, 암벽을 찬찬히 살폈다. 종현이 뭔가를 발견한 듯 소리를 질렀다. 소리가 들려온 곳은 강물 쪽으로 돌출된 수직에 가까운 암벽 밑에서였다.

"창준아, 이리로 와 봐. 뭔가 글귀가 새겨진 것 같은데, 도대체 뭔 소린지 읽어 봐."

이끼 낀 암벽의 하단부에는 분명 음각으로 한자 글귀가 새겨져 있었다. 음각의 글씨체는 예서체로 정교했으며, 음각의 깊이도 집게손가락 길이만큼이었다. 이것은 필시 전문 석공이 누군가의 부탁을 받아 글귀를 새긴 것임에 틀림없었다.

松影握瀑水不留(송영악폭수불류)
日光透沼魚無痍(일광투소어무이)
- 柚林子(유림자)

한시(漢詩)상의 운율이 지켜진 문구인지 아닌지는 모르겠지만, 하여간 쉬운 한자라 뜻은 통했다.

솔 그림자가 폭포수를 붙잡으려고 해 보지만, 물은 멈추지 않고,
햇살은 곧장 물속을 꿰뚫지만, 물고기는 전혀 상처를 입지 않네.

추측건대, 한때 이곳에서 은거 생활을 하던 유림자(柚林子)라는 기인이 있었던 모양이다. 그 기인의 귀에 들렸던 모든 풍정(風情)이 나의 피부로 고스란히 느껴져 왔다. 우선 햇살에 비친 솔 그림자의 몸짓과 폭포수의 도도한 흐름이 그랬었다. 다음으론, 날카로운 햇살에도 은은하게 유영하는 물고기 떼들의 숨소리가 그대로 느껴져 왔다. 왠지 유년기에 어머니와 함께 바라보던 명자 꽃의 화사하고도 여린 감흥과 어우러지는 느낌이었다. 글귀 중에도 폭포라는 용어가 나왔지만, 분명 폭포수가 떨어지는 물소리가 들리고 있었다. 가파른 바위 저쪽 어딘가에 폭포 줄기가

내리꽂히고 있는 모양이었다. 층암절벽에 사시사철 폭포가 흘러 내리고, 솔향기가 부드러운 이곳이야말로 분명 동천이었다. 종현과 나는 한동안 감동에 젖어 암벽을 우러러보며 넋을 잃고 있었다. 이때 나의 뇌리에는 새로운 삶의 각오가 차올랐다. 지금까지의 방종에 가까웠던 삶의 방식을 청산하고 말이다. 유림자처럼 자연의 멋을 생활화하여 격조와 기품 있는 삶을 살아가겠노라고 말이다.

긴 머리를 나풀거리며 수빈이 오른손을 치켜든 채, 내게로 걸어온다. 나도 벤치에서 일어나 그녀를 향해 달려간다. 그녀와 만나자마자 나는 손을 내민다. 수빈은 악수를 하며, 두 손으로 나의 오른손을 소중하게 감싸 쥔다. 그녀와 나는 사람들이 뜸한 잔디밭에 가서 나란히 앉는다. 얼마의 시간이 흐른 뒤다. 그녀는 내게 바싹 붙어 앉으며, 고백할 말이 있다고 한다. 조심스러운 듯 수빈은 말끄러미 나의 눈을 들여다보며 말한다.

"오빠, 혹시 사귀시는 연인 있으세요? 오, 그랬구나! 어쩜 그렇게 아무런 내색도 없으셨어요? 여태껏 오빠를 지켜본 느낌으로, 오빠한테는 연인이 없는 줄로 알았어요. 오빠, 전 오빠를 만난 첫날부터 오빠에게 빨려드는 느낌이었어요. 그 후로는 하루에도 몇 번씩 오빠에게 사랑을 고백하고픈 충동으로 달아올랐어요. 그때마다 부랑배들에게 당한 일이 떠올라, 차마 고백할 용기를 못 냈다구요. 오늘 밤에는 말이에요. 도저히 털어놓지 않으면 병이 될 것만 같아서, 이렇게 말씀 드리는 거예요. 이제 오빠한테는 연인이 있고, 저는 오빠만을 사랑하는데 어떡하죠? 왜 이렇게 세상살이가 힘든지 모르겠네요."

수빈의 눈시울이 불그스름하게 달아오르더니, 급기야 뽀얀 안개가 서리며 이슬이 맺힌다. 그녀는 흘러내리는 눈물을 손수건으로 지우며, 하염없이 입술을 질겅거리며 깨물고 있다. 나도 가슴이 답답해져 온다. 대관절 수빈이 왜 나에게 연정을 품었는지가 애달프고도 안타까운 일이다. 재산도 없는 준실직자인 내게 무슨 호감을 가졌었던가가 마냥 이해할 수 없는 느낌이다. 비록 이전에 쌍계상춘(雙溪賞春)이란 그림에서 수빈의 연정을 알긴 했었지만 말이다.

"수빈아, 너의 상대는 분명 좋은 조건을 갖춘 사람일 거야. 우린 의남매지간이잖니? 나는 오빠로서 현실에 어려워하는 너를 지켜보았을 따름이다. 이전에도 그랬듯이, 앞으로도 변함없는 남매간으로서 열심히 살아가자꾸나. 수빈아, 의남매가 어쩌면 친동기간보다 더 가까울 수도 있다고 생각되지 않니? 오빠로서, 너의 청순한 사랑과 열정을 모두 사랑해. 부디, 행복한 여인이 되길 빈다."

작별의 뜻으로 나는 수빈에게 손을 내민다. 그녀는 입술을 깨물더니만, 나의 손을 감싸 쥐며, 또렷한 목소리로 말한다.

"오빠! 하나만 대답해 줘. 오빠 보고 싶을 땐 언제라도 오빠 댁으로 가도 되는 거지, 응? 그리고, 내가 필요할 땐 언제라도 내 곁에 있어 주는 거지, 응? 오빠, 보고 싶을 때마다 연락할게, 안녕."

그녀는 고개를 숙인 채, 조용히 공원을 떠나가고 있다. 시계를 보니 어느덧 밤 9시 무렵이다. 나는 머리가 터져 버릴 듯한 괴로움으로 벤치에 앉아 머리를 싸쥐며 고개를 숙인다. 부지불식간의 일이었다. 나의 의식계로 문득 암벽의 글귀가 서늘하게 와 닿았다. '햇살은 곧장 물속을 꿰뚫지만, 물고기는 전혀 상처를……'

왠지 복잡한 상념들이 후련하게 정리되는 느낌이었다. 분명 과거엔 정리하려고 했어도 정리 못했던 상황들이 부지기수였다. 찰나 간에 양평 폭포수의 형상이 머릿속에 너무나 생생하게 떠올랐다. 수면으로 내리꽂히는 폭포 줄기와 햇살이 또렷이 떠올랐다. 햇살과 폭포수는 강렬한 힘을 지녔지만, 유영하는 물고기들에게는 일체의 상처를 입히지 않는다. 따스한 햇살을 나의 삶에 비유한다면 말이다. 미현의 몸짓과 수빈의 미소는 흐르는 강물의 물고기에 비유할 수 있지 않을까? 그리하여, 이후부터의 나의 삶은, 청량한 폭포 줄기를 닮고 싶은 것이다. 자유롭게 흐르되, 다른 생명체의 흐름에도 활력을 줄 수 있는 삶이고 싶은 것이다. 뭔가 하나의 깨달음인 듯도 하여, 곧바로 나의 전신이 후련해져 왔다. 고개를 숙여 한참 상념에 잠겨 있을 때다. 돌연히 나의 어깨 위로 여인의 손이 살며시 얹힌다. 섬뜩 놀라 돌아보니, 미현이 측은한 표정을 짓고 내려다보고 있다. 애초에 미현과는 밤 9시에 공원 입구에서 만나, 심야 영화를 보기로 했다. 미현은 조금 일찍 도착했기에, 공원의 여기저기를 거닐었다고 한다. 그러다가, 수빈과 나를 발견하고는 수빈이 떠날 때까지를 기다렸다가 나타난 거였다. 미현은 수빈과 나의 관계를 알고 있었기에, 미현에겐 다른 설명이 필요가 없을 듯했다. 나는 일어서서 그녀의 따스한 손을 잡고는 함께 공원을 떠난다. 점차 밤바람이 이빨을 곤두세우며 날카롭게 옷깃을 파고든다. 때마침 동쪽 지평선으로부터 파리한 모습의 하현에 가까운 반달이 떠오르고 있다. 달빛마저도 시름에 잠긴 듯, 내뿜는 빛줄기마다 애잔하게 흩날리고 있다.

[문학21, 1999. 1월호 발표]

# 변산 해변의 연가

◇◇◇◇

솔숲 길 언저리 어디에도 인적은 없다. 먹빛 하늘에 안개가 하얗게 일어선 새벽이다. 들리는 거라곤 오로지 파도 소리와 달빛에 부서지는 솔바람 소리일 뿐. 파도 소리는 하염없이 8월의 새벽 바다를 가르며, 지치도록 울부짖고 있다. 분명 그랬다. 파도 소리가 밀려들 때면, 수많은 혼백들이 울부짖는 듯한 소리가 들리곤 했다. 해안선을 따라 포장도로가 펼쳐진 채석강 북쪽의 솔숲 길이다. 주차되어 있던 승용차의 문이 열리며, 여인이 솔숲 길에 들어선다. 소복 차림의 여인은 상자 하나를 받쳐 들고는 천천히 해안선으로 내려서고 있다. 먼발치였지만, 여인은 분명 미정의 언니인 미선이다. 소금기를 머금은 바닷바람은 연방 여인의 치맛자락을 휘말아 올리고 있다. 여인은 절벽 아래에 선 나를 알아보고는 손을 흔든다. 덩달아 나도 손을 들어 올리며, 여인을 향해 발걸음을 옮긴다.

이틀 전 밤중이었다. 전화기를 들며 벽시계를 올려다보니, 자정에 가까운 시점이었다. 나는 눈을 반쯤 감은 채, 전화기의 음성을 듣고 있었다. 깊은 잠에서 미처 깨어나지 못한 상태라 머릿속이 혼란스러웠다.

"여보세요, 동수 씨? 저예요. 미선이라구요. 유언에 따라 동생을 화장했거든요. 동생의 유골함을 찾아 방금 도착했기에, 지금 전화를 하게 된 거예요. 모레 새벽 다섯 시쯤 채석강 남쪽의 방파제로 오세요. 이장에게 부탁해서, 거룻배 하나를 빌려 놓았거든요. 배 잘 젓는 동수 씨를 믿고 빌린 거니까, 부담스럽지는 않으시겠죠? 새벽에 배를 저어서, 변산 바다의 품으로 동생을……."

말을 하다 말고 그녀는 소리 죽여 흐느끼며, 전화기를 놓았다. 한밤중에 걸려온 통화의 여운으로 가슴이 시려 왔다. 그녀의 흐느낌 소리에 미정을 잃은 아픔이 되살아났기 때문이었다. 나는 입술을 지그시 깨물며, 이불을 뒤집어쓰고 누웠다. 잠시 깨어났던 의식이 허물어져 내리면서 곧바로 깊은 잠에 빠져 들었다.

유골함을 받쳐 든 미선을 향해 걸으며, 나는 어느새 상념에 잠겨 든다. 새벽이라 아직도 잠이 덜 깬 탓일까? 어제 하루 동안의 생활이 파노라마처럼 시차를 두고 생생하게 떠오른다. 달려드는 새벽안개 사이로, 어제 아침나절부터의 일정이 머릿속에 자막처럼 펼쳐진다.

도처에 맑은 햇살이 나부끼던 어제 아침이었다. 나는 진료실 창밖으로 펼쳐진 전주 시가지의 아침 전경을 내려다보고 있었다. 골목 가득히 아침 햇살이 들어차고 있었다. 건물들의 상공에는 가을 호수의 물빛처럼 맑은 하늘이 드리워져 있었다. 담청색의 하늘 가장자리에는 흰 구름 몇 조각이 한가로이 흘러가고 있었다. 건물의 유리창마다 반짝이는 햇살로 눈이 부셨다.

문득 다음 날 새벽의 정경이 연상되었다. 덩달아 바닷바람에 치맛자락을 휘날리며 유골함을 받쳐 든 여인의 모습이 떠올랐다.

인근의 진료 병동을 돌아 환자 서넛이 걸어온다. 그들의 동작을 지켜보면, 대개는 병세를 알아낼 수 있다. 눈빛이 날카롭고 하관이 빠른 40대 후반의 사내가 진료실로 들어선다. 병력 일지를 넘겨보니, 간경화로 치료를 받고 있는 환자이다. 첨부된 단층사진을 훑어보니, 우측 상엽의 사분의 일 가량이 굳어 있다. 사내의 얼굴에 땀방울이 송송 맺혀 있다. 사흘 전 그날 밤의 땀방울에 생각이 미쳤다. 미정의 두 뺨을 타고 흘러내리던 해맑은 땀방울. 천천히 흘러내리다가 말고 광대뼈 언저리에 매달려 떨던 땀방울이었다.

미정이 병실에서 눈을 감던 그날은 나에겐 영원히 잊히지 않을 슬픔의 날이었다. 병원의 뜰에 석양이 내리깔리던 무렵이었다. 돌풍이 일며 아스팔트 위로 흙먼지를 마구 휘말아 올리고 있었다. 미선의 연락을 받자마자 부리나케 대각선 방향의 별동 건물인 암 병동으로 달려갔다. 내과 전문의인 안 교수는 나를 보자마자 그의 연구실로 불러들였다.

그의 연구실의 사방으로는 서가(書架)들이 벽면을 가득 메우고 있었다. 머리카락이 희끗희끗한 60세의 안 교수는 가운 차림으로 뒷짐을 진 채 실내를 배회하고 있었다. 그러다가 그는 형형한 눈빛으로 나를 쏘아보며 손에 쥐고 있던 뭔가를 내밀었다. 내 손바닥 위에 놓인 그것은 오리의 하얀 깃털이었다. 깃대의 길이가 가운뎃손가락보다 조금 긴, 눈부시게 하얀 깃털이었다. 너무나 섬세한 깃털이어서, 바람이 불 때마다 부드러운 솜털이 하얗게 일어서서 나부꼈다. 나는 의중(意中)을 몰라, 그저 안 교수를 바라보기만 했다. 마침내 신음에 가까운 그의 목소리가 나의 귓전을 파고들었다.

"양 군! 이 오리털은 나의 어머니가 세상을 떠나시기 하루 전에 내게 주신 귀한 선물일세. 이것을 내게 주면서 어머니는 말씀하셨지. 당신의 삶의 자취는 바람에 나부끼는 깃털처럼 시린 한평생이었다고 말이다. 왠지 '시리다'는 말을 듣는 순간에 목이 꽉 잠겨오는 느낌이었어. 나는 깃털을 받아들던 날 밤에, 경건한 마음으로 어머니를 몸소 목욕시켜 드렸어."

언제나 상냥스런 얼굴의 간호사인 현주가 환자를 부르는 소리가 들렸다.

"백인숙 님, 들어오세요."

라며, 현주가 환자로부터 고개를 돌려, 생끗 미소 짓는다. 이번에는 내시경 검사를 받고, 촬영 사진을 지참한 여인이 들어섰다. 30대 후반의 환자이다. 촬영 사진을 조영해 보니, 위벽이 심하게 헐어 있다. 환자를 진료대 위에 누우라고 말하며, 손바닥으로는 위장 부위를 세심하게 더듬어 나간다.

비로자나불의 봉안식이 있던 작년 봄날의 석양 무렵이었다. 선운사의 법당을 떠나던 날 자운 스님은 나와 미정에게 말했다. 사람에게는 반드시 극복해야 할 난관이 있는 법이라고. 난관을 극복해야만 삶의 의미를 알 수 있다고 말이다. 난관을 극복하지 않고도 구할 수 있는 깨달음은 많지만 말이다. 난관 없는 깨달음이란 그 자체가 새로운 난관의 불씨일 수 있다고 말이다. 31개 성상을 살아온 나의 정신적 지주였던 자운 스님이었다. 벚꽃잎이 꽃비가 되어 바람에 나부끼던 그날의 말씀이 유언이 되리라고는 미처 몰랐었다. 자운 스님의 말은 잊혀 가는 세월 속에서도 내 가슴에 잠언으로 살아 있다.

미정을 사귀어 온 지 3년째다. 서른하나의 나이에 연인을 사별하고는 짙은 외로움에 몸을 떤다. 이제 나의 가슴으로부터 그리움이란 세계는 자취를 감추었다. 대자연에 생명체로 태어난 것이 다시없는 축복이라면, 원초적인 설움의 근원은 무엇인가? 젊은 나이에 생명을 날려 보낸 미정의 전생은 무엇이었을까? 그리고, 미정의 산화되는 생명을 지켜보면서도 속수무책이었던 나의 존재의 의미는 뭐였을까? 의학에 미쳐 생명을 건져 보겠노라고 뛰어든 나의 삶의 지표는 안정된 걸까? 연이은 생각으로 머릿속이 마구 혼란스러워졌다.

문득 미선이 채석강 포구를 걸어 내려오는, 다음 날 새벽의 장면이 머리에 떠올랐다. 달빛처럼 훤한 미모의 여인은 언제 보아도 청순한 모습이다. 그녀가 해변을 거닐 새벽 무렵이면 서늘한 바닷바람이 눈을 부라리며 일어날 것이다. 새벽 바다를 향해 달려

온 바람은 핏발 선 눈으로 여인의 옷자락을 들출지도 모른다. 살색이 고운 그녀의 얼굴은 언제 보아도 갸름하면서도 매끄러웠다.

안 교수는 눈을 지그시 감은 채 계속 말을 이었다.

"목욕이 끝난 다음 날 새벽이었어. 나는 꿈결에 형형색색으로 만발한 목화 꽃잎에 자꾸만 얼굴을 비비시는 어머니를 보았어. 꿈속에서 어머니를 찾던 나는 보릿고개의 풀기 없는 유년기의 소년이었어. 어머니는 어린 나를 얼싸안으시고는 가녀린 목화 꽃잎에 하염없이 나의 뺨을 자꾸만 비비셨어. 목화 꽃잎에 닿는 횟수가 높아질 무렵에, 나의 눈엔 뭔가 뜨거운 액체가 떨어지기 시작했어. 어머니의 맑은 눈물방울이 볼을 적시며 흘러내린 거였지. 어린 가슴에도 뭔가 심상찮음을 느꼈든지 나는 즉시 어머니께 물었어. '엄마, 혹시 내가 엄마한테 잘못한 게 있어, 응?' 나의 물음에는 고개를 흔드시며 어머니는 한없이 맑은 눈빛으로 말씀하셨어. '아가, 배고프지? 저기 밭머리에 가서 조금만 앉아 놀아라. 한 이랑만 다듬고 금방 일어나 갈게, 응?' 꿈속의 어머니는 나의 유년기의 어머니셨고, 나는 자꾸만 어머니의 품에 얼굴을 묻었었다네. 마치 영원히 놓치지 않으려는 듯이 말이야. 나는 꿈을 꾸며, 자꾸만 설움이 북받쳐 훌쩍거렸다네."

두 달 전 오후 3시 무렵이었다. 스물여섯 살의 간호사인 현주가 은근한 눈빛을 보내며, 내가 의뢰했던 자료를 내놓는다. 제시된 자료들은 한결같이 암 진료의 베테랑급인 내과 교수들이 소장했던 것들이다. 나와 눈길이 마주치자마자 현주는 반가운 듯이 입을 열었다.

"양 선생님, 제게 부탁하신 자료를 구하느라고…… 어머, 정말 제 수고를 충분히 아신다구요? 말로만 그러시면 뭘 해요? 뭐라구요? 저녁을 내일 사신다구요? 역시 양 선생님이세요."

현주가 등을 돌려 외래 창구로 나간 사이에, 나는 자료들을 펼쳐 보았다. 김경철(남, 49세)을 비롯한 두 사람에 대한 병력 일지와 촬영 사진의 복사본이었다. 이들은 모두 미정이 앓고 있던 간암의 병력을 지닌 환자들이었다. 한때, 이들 환자들은 하나같이 중환자들로서 시한부 인생을 살고 있었다. 그런데도, 예상을 뒤엎은 일이 벌어진 거였다. 이들 두 명의 환자들이 건강을 회복하고는 완전한 정상인이 된 거였다. 나는 이들의 병력 일지를 면밀히 살펴 나갔다. 아울러 첨부된 엑스(X)선 사진 및 단층 사진도 함께 꼼꼼히 들여다보았다. 초기의 사진에는 분명히 종양 세포가 창궐해 있었다. 반면에, 말기의 사진에는 종양의 과립이 어느 부위에도 전혀 보이지 않았다. 정말 놀라운 일이 아닐 수 없었다. 지금까지 배운 의학 지식을 총동원하여 거듭거듭 병력 일지와 사진들을 점검해 보았다. 이것은 틀림없는 이변이었다. 가끔씩 이러한 이변이 의학계에 보고되곤 했다. 과연 무엇이 암세포를 근원적으로 파괴시켜 버렸을까?

수업을 하다가 말고, 미정이 병원에 실려 온 것은 지난 3월 중순의 일이었다. 미정은 전주고에 재직 중이던 영어 교사였다. 그녀는 수업을 하다가 말고, 느닷없이 기력이 쇠진하여 병원으로 실려 왔다. 그 전에도 그녀는 더러 나에게 말하곤 했다. 근래에 들어, 몸을 가누기 힘들 만큼 피곤했던 적이 몇 번 있었다는 거였다. 그래도, 입원할 당시에만 해도 그녀는 금방 회복되어 나가려니 믿었다.

그녀가 간암 환자라는 사실을 알게 되자, 나는 놀라 입을 다물 수가 없었다. 미정이 눈을 감을 때까지 그녀에게는 비밀로 하리라 마음먹고 치료를 시도했다. 방사선 치료와 약물 치료를 병용하는 중에 그녀는 자신의 병을 눈치채고 말았다. 절망하는 그녀를 위로할 방법이 내겐 없었다. 그녀 스스로 감정을 추스를 때까지를 기다리지 않을 수 없었다. 그때까지의 시간은 이루 말할 수 없는 고통이요 괴로움이었다.

안 교수는 걸음을 멈춘 채, 나를 응시하며 말했다.

"자네의 연인인 미정의 경우에만 하더라도 말일세. 내 사랑하는 제자의 연인이라는 점에, 각별히 신경을 썼다네. 하지만, 바람에 나부끼는 깃털처럼, 시린 한이 다시금 나의 가슴을 저며오는 느낌일세."

말을 끝내기도 전에, 그의 눈시울에는 이슬방울이 그렁그렁 맺혀, 푸른빛으로 반짝였다. 나는 너무나 섬세한 그의 감각에 몸을 떨며, 미선의 임종이 임박했음을 예견했다. 등줄기를 연거푸 스쳐 가는 긴장감에 나는 자꾸만 몸을 떨었다.

나는 냉동 인간이 된 듯, 퍼렇게 물든 안색으로 안 교수의 손을 잡았다. 안 교수의 실핏줄을 타고, 목화 꽃잎으로 번져 흐르던 서슬 퍼런 슬픔이 빛살처럼 날아올랐다. 나는 연신 허탈감에 몸을 떨며, 안 교수의 손등에 나의 손을 비벼대기 시작했다.

마치 음습한 거대한 냉동 창고에 갇혀, 점차 하얗게 냉동인(冷凍人)이 되는 느낌이었다.

“아! 아파요. 살살 좀 해 주세요.”

나는 청진기를 내려놓고는 천천히 손끝을 세워 환자의 위장 부위를 촉진해 나갔다. 여인의 얼굴은 고통으로 일그러지고 있었다. 그녀의 눈시울에서는 눈물이 맺혀 반짝거리고 있었다. 차마 더 이상은 애걸할 수 없다는 안타까운 눈빛이었다. 위궤양 환자의 진료를 마치니 점심시간이었다. 가운을 벗어 놓고 손을 씻는데, 현주가 식사하러 가자고 했다.

질식할 듯한 침묵이 한동안 흐른 뒤였다. 안 교수는 침중하지만 애정이 실린 목소리로 천천히 말을 이었다.

“양 군! 미안하네. 자네의 각별한 요청에 따라 최선을 다해 봤지만, 현대 의학으로도 어쩔 수가 없었어. 대학원생에다가 전문의인 자네인지라, 누구보다도 더 잘 알 걸세. 자네 친구 미정은 아마 내일 새벽을 넘기기는 어려울 걸세. 마음을 굳게 먹고 뒷수습을 잘해 주게나. 그럼, 이만.”

안 교수가 복도로 불러낼 때부터 예감한 바였다. 그렇지만 말이다. 일루의 기대감은 남아 있지 않았던가? 어쩜 이렇게 인생이 덧없을 수가 있단 말인가? 안 교수의 말을 듣고서야, 어떻게 천연덕스럽게 병실로 들어선단 말인가? 나는 4층 난간에 기대어, 푸른 하늘을 올려다보았다. 하늘은 너무나 맑아, 올려다볼수록 눈이 시큰거려 오며 눈시울이 젖어 들었다.

식사를 하면서 바라보니, 원래 미인형인 현주의 얼굴이 오늘따라 더욱 예뻐 보인다. 미정이 암 병동에 입원한 후부터 사망할 때까지 지극 정성으로 미정을 돌보던 그녀였다. 그러면서 미선과도 그럴 수 없이 잘 지내던 현주였다. 설렁탕 국그릇에서는 연방 하얀 김이 피어올랐다. 뽀얀 증기를 바라보자, 변산 앞바다의 첫 뱃놀이 장면이 떠올랐다.

나에겐 미정을 만나기 전에는 연인이 없었다. 공중보건의(公衆保健醫)의 생활을 거쳐, 오늘에 이르기까지 몹시 바빴던 탓이라면 너무나 궁색한 변명일까? 내가 미정을 처음 사귄 것은 재작년 겨울 방학 때였다. 당시에 나는 대학원 과정에 막 진학했던 스물아홉 살의 의학도였다. 반면에, 그녀는 고등학교에 재직 중이던 스물일곱 살의 영어 교사였다.

미정이 내게 최초의 뱃놀이를 제안한 것은 작년 6월 하순 무렵이었다. 또한 첫 만남이 있고서부터 6개월째에 접어들던 시점이었다. 낮의 길이가 최대로 길어지는 하지점을 향해 치닫는 시점이기도 했다. 마치 운명을 예감이라도 한 듯 미정은 유난히 흐르는 시간을 아까워했다. 미정의 자매가 처음으로 거룻배에 오른 것은 각각 초등학교의 3학년과 6학년 시점이었다. 어촌 출신이라, 아버지를 졸라 저녁놀이 곱게 물든 서해의 낙조를 바라보며 바다를 달렸다. 수백만 마리의 물고기가 하늘에서 떨어져 내리듯이 금빛 은빛으로 파득거리던 서해 바다였다. 물결은 쉼 없이 파드득거리는데, 수평선 끝자락에선 낙조가 핏빛으로 불타며 끓어올랐다. 그러다가 세 부녀가 변산반도를 감돌아 나갈 때였다. 햇살에 반사되어 남색으로 물든 변산반도의 절경을 바라보는 순간이었다. 말로만 듣던 선경(仙境)이 정녕 여기로구나 하고 여겨지면서, 손뼉을 치며 그저 환호성을 질러댔었다. 그날 이후로 세 부녀는 곧잘 변산의 낙조에 취하곤 했다. 하지만, 즐거움도 길진 못했다. 이듬해의 여름철이라고 했었다. 연평도 해역으로 공동 조업을 나갔던 어선이 침몰되면서 자매의 아버지는 세상을 떠났다. 그 뒤 한 달 만에 어머니마저도 잠수 도중의 조난 사고로 세상을 떠나 버렸다. 창졸간에 고아가 된 두 자매는 같은 어촌의 이모의 품에서 자라며 유년을 보냈었다. 그리하여, 애절한 설움이 끓어오를 때면, 핏빛으로 불타는 변산반도를 찾고는 했다. 세월이 흐르면 흐를수록 유년기에 놓아 보낸 부모님의 품이 점차로 그리워지는 그들 자매였다. 가슴속이 공허하고 쓸쓸할 때면, 언제나 자매는 즐겨 바다에 배를 띄웠다. 그러면서 가슴 깊숙이 묻어 두었던 처절한 슬픔을 변산반도의 바람결에다가 날려 보내곤 했었다. 그러다가 미정이 나를 만난 거였다. 추측건대, 미정은 새로운 인연을 과거의 슬픔에 잇대어 보려고 했었던 모양이었다. 미정은 나에게 신중하게 뱃놀이를 제안했었고, 나는 흔쾌히 그녀의 요청을 들어 주었다. 뱃놀이를 하기로 한 날이었다. 만나기 전에 미정은 전화로 나에게 말했다. 자신의 언니인 미선과 함께 오겠다는 거였다. 미선은 어릴 적부터 거룻배를 저어가는 데는 타의 추종을 불허할 정도라고 했다. 그래서, 뱃놀이엔 아무래도 전문가가 있어야 할 것 같아서, 언니를 동행하겠다는 의도였다.

그날 오전 10시 무렵이었다. 채석강 남쪽의 방파제에서 미정의 자매와 나는 변산 바다의 거룻배에 몸을 실었다. 미정의 미모에 첫눈에 반한 나였지만, 미선을 보는 순간엔 숨이 멎을 듯했다. 지금껏 나의 눈에 비친 여인의 얼굴들 중에서, 미정의 자매만큼 빼어난 미인은 없었다. 미정의 자매를 볼 때마다, 본 적 없는 월궁항아를 떠올리게 된다. 뱃놀이에는 한복이 제격이라는 자매의 말에 따라, 셋은 모두 고운 한복 차림으로 승선했다. 배는 곧장 채석강을 지나 격포 해수욕장 근해로 일직선으로 달려 나갔다.

나의 경험에 비추어 볼 때, 미선의 노 젓는 자세는 가히 일품이었다. 미선의 양 팔꿈치가 옆구리에 착 달라붙더니, 양팔이 바람개비처럼 돌아갔다. 미선이 지칠 때마다, 내가 번갈아 노를 저었다. 나의 노 젓는 자세를 바라보더니, 미선은 놀란 듯한 표정이다. 나는 개의치 않고 죽죽 앞으로 노를 저어갔다. 이제 남포 해수욕장 근해에까지 저어 갔을 때였다. 미선은 뱃머리로부터 닻을 풀어 내렸다. 잠시 후에 배는 안정한 상태로 바다 위에 떠 있게 되었다. 이때부터 자매는 보자기를 풀어 과일이며 안주와 함께 조촐한 술상을 차리기 시작했다.

식사를 마친 구내 식구들이 점차 식당의 자리를 떠나고 있었다. 현주는 이마에 송글송글 맺힌 땀방울을 손수건으로 지우면서 숟가락을 막 놓고 있었다. 시계를 보니, 아직도 점심시간이 끝나려면 30여 분이나 남았다. 갑자기 뿌연 안개에 갇힌 듯 가슴이 답답해져 왔다. 현주와 함께 식당을 떠나면서 나는 자연스레 상념에 젖어 들었다. 왜 삶에는 걸핏하면 시련기와 난관이 찾아와 사람을 괴롭히는지 모를 일이었다. 일찍이 내게는 연인과의 사별만큼 슬펐던 일은 없었다. 그런데, 내일이면 미정을 변산 바다의 품으로 돌려보내야 하다니? 생각이 여기에 미치자, 또다시 콧날이 시큰거렸다.

마침내 자매는 아기자기한 술상을 마련했다. 개다리소반 둘레로 셋이 앉아 국화주를 기울여 가며 세상을 사는 얘기를 풀어 나갔다.

"동수 씨, 동생과의 오붓한 분위기에 끼어들어 뭣하지만, 동생이 자랑하는 연인이라 만나 뵙고 싶었어요."

"저를 그렇게까지 생각해 주시다니, 너무나 황송한데요. 솔직히 저는 미래의 처형을 만나는 것이 심사를 받는 기분이라 두려웠거든요. 정작 만나고 보니, 너무나 빼어난 미인이시라, 함께 있다는 사실만으로도 영광으로 느껴집니다."

"동수 씨, 나중에 술에 취하여, 언니와 나를 구별 못하면 안 돼요. 술잔을 천천히 기울이면서, 말씀을 나누시죠."

"흥, 맹랑한 계집애 같으니라구. 벌써부터 챙기기는? 동수 씨! 긴장하지 말고 편안한 마음으로 드세요. 어느 정도 취기가 오를 때쯤이면, 춘향가를 거문고로 탄주하여 분위기를 맞춰 드릴게요."

동쪽 하늘에 떠오른 태양은 진홍색의 빛으로 곱디고운 햇살을 나부끼고 있었다. 졸린 듯한 평온함에 잠긴 바다였지만, 바다엔 언제나 힘이 실려 있었다. 파드득거리는 갈매기의 활갯짓 소리와 수평선을 넘나드는 발동선의 엔진 소리가 수시로 빛살처럼 날아오르곤 했다. 미정은 옥잔을 들어 나한테 건네주며, 향긋한

국화주를 채웠다. 미정의 맑은 눈빛과 나의 시선이 허공에서 마주쳐 잠시 눈이 부셨다. 볼 때마다 청량한 눈빛으로 와 닿는 맑은 눈빛이었다.

현주와 함께 걸어 나가면서도, 상념의 구름장에 떠밀려 생각은 더욱 깊어만 갔다. 텔레비전으로 본 동물의 세계에서였다. 상처 입은 암사자 한 마리를 보호하기 위해, 수사자 한 마리가 혈전을 벌였다. 에워싼 다섯 마리의 하이에나를 죽이고 나자, 수사자도 과다 출혈로 결국은 죽어 나뒹굴었다. 광막한 초원의 냉혹한 모래바람 속에서였다. 살아남은 암사자만이 연방 다리를 절면서, 수사자의 콧잔등을 하염없이 핥고 있었다. 애잔하게 부서지는 석양빛을 받으며, 그렇게 하염없이 암사자는 수사자를 핥고 있었다.

명색이 의사라는 내가 수사자만도 못하여, 속수무책으로 연인을 떠나보내야만 했다니? 연인 하나를 못 구하는 나의 의학 지식이며 의술이 무슨 의미가 있단 말인가? 생각할수록 자괴지심(自愧之心)으로 가슴속이 끓어올랐다. 설움이 핏빛으로 끓어오르면서, 나는 가슴속으로 절규했다.

'수사자, 수사자!'

어제 밤중에 들려온 미선의 흐느낌은 너무나 애절하여 금세 콧잔등이 시큰거릴 정도였다. 피붙이라곤 자매밖에 없던 그녀였다.

나는 미정의 눈빛이 불타오를 때마다 은근히 신경이 쓰였다. 다름 아닌 곁에 있는 미선이때문이었다. 혹시 미정과의 친밀한

동작이 미선의 비위를 상하게 하지는 않을까 염려되었기 때문이다. 서울의 K대 국문과 출신인 미선은 나보다 한 살 많은, 잡지사에 근무하는 여류 작가였다. 그녀는 문학가인 만큼 정서가 섬세하여, 연인도 많을 듯했지만 실상은 연인 하나 없었다. 그녀는 다만 동생과 함께 세상을 바라보기를 좋아할 따름이었다. 배에 오르면서부터 미선은 거문고를, 미정은 대금을 배에 실었다. 판소리의 넷째 마당인 적벽가의 연주에 자매는 하나같이 뛰어난 솜씨를 갖고 있었다. 둘 다 취미로 국립 국악원을 드나들면서, 국악인으로부터 사사를 받은 경력이 있었다.

술잔이 서너 차례 오가며, 셋이서 풀어 놓은 화제는 무궁무진했다. 어느덧 태양은 중천에 떠올랐다. 바다라는 것을 환기시키려 함인지 오가는 발동선의 뱃고동이 간헐적으로 울려 퍼지곤 했다. 임수도를 향해 들어가는 여객선에서는 '꿈꾸는 백마강'의 노랫가락이 구성지게 흘러나오고 있었다. 거룻배로부터 30여 미터쯤 떨어진 서쪽 바다가 갑자기 번뜻번뜻해지더니 물색이 하얗게 변했다. 그러자마자 사방에서 갈매기 떼가 몰려 와 그대로 곤두박질쳐 내리기 시작했다. 멸치 떼가 이동해 가고 있었다. 모두들 어디에서 날아온 걸까? 수천수만 마리의 갈매기 떼가 일시에 끼루룩거리며 곤두박질치는 장면은 일대 장관이었다. 마치 널브러진 고궁의 뜰에 강풍이 불어, 수천 송이의 목련꽃이 떨어져 내리는 듯했다. 선상에 있던 셋은 일제히 환상적인 장면을 지켜보며 넋을 잃었다.

현주는 식당을 빠져 나오면서, 나를 바라보며 말했다.

"양 선생님, 지리산에서 채취한 참나리난초를 보러 가지 않겠어요?"

나는 곧장 고개를 끄떡거리며, 현주와 함께 구내 건물 중의 온실로 향했다. 거기에는 지리산 법계사 계곡에서 1개월 전에 채취해 온 참나리난초가 자라고 있었다. 식물도감에 따르면, 참나리난초는 한국의 특산 식물이었다. 이 식물에는 포기마다 두 장씩의 두꺼운 잎이 마주 달려 있었다. 또한 뿌리 부분에는 마늘쪽만큼의 비늘줄기가 가지런한 치아처럼 발육되어 있었다. 20센티미터에 달하는 키에 하늘거리는 작은 배꽃 같은 꽃망울을 매단 식물이기도 했다. 남한에서의 분포 지역은 지리산의 천왕천과 제석천 및 법계사 계곡의 일부였다.

10개의 화분에 심긴 참나리난초들은 잘디잔 꽃송이마다 그윽한 향기를 내뿜고 있었다. 나와 현주는 허리를 굽혀 식물의 모습을 찬찬히 살펴보았다. 관리가 잘 된 탓에 화분마다 생기가 넘쳐흐르고 있었다.

두 달 전에 현주가 건네준 자료를 2주일째 분석하던 날이었다. 정오 무렵에 마침내 나는 이들에 대한 특이한 사실을 발견해 내었다. 이들은 병원 밖에서 약물 치료를 했었고, 사용된 약초들 중에는 참나리난초도 끼이어 있었다. 다른 약초들의 성분은 잘 알려져 있었지만, 참나리난초의 경우에는 별다른 연구가 없었다. 우선은 참나리난초의 단독 약효였는지 아니면 다른 약초들과의 복합 효과였는지도 미지수였다. 하지만, 참나리난초의 성분 연구는 그 자체로도 의미 있는 일이라고 여겨졌다. 그리하여, 일단 참나리난초를 채집한 뒤에 재배하여 약리 작용을 연구하는 쪽으로 방향을 굳혔다. 이에 따라, 한 달 전인 7월 초에는 지리산 등반을 계획했다. 현주까지 따라 나서겠다고 자청하여, 법계사 계곡을 뒤져 10여 포기를 겨우 채집했었다. 밤늦은 작업으로, 현주와 나는 법계사의 객방 신세를 져야 했다. 곤혹스럽게도 빈 방은 하나뿐이었다. 쑥스러움과 여독을 몰아내느라고, 몇 잔의 술잔을 나누었다. 그리고는 속살이 다 비치는 잠옷 차림의 현주와는 일부러 거리를 두고서 잠이 들었다. 밤중에 현주가 비음(鼻音)을 흘리며, 두어 차례 나의 가슴을 더듬어 왔다. 그때마다 잠결인 양 돌아누우며, 조심스레 그녀의 손을 되돌려 보냈다. 이날 이후로 현주는 보다 접근하지 못해 안달이었다.

참나리난초의 채취를 마치고 돌아온 다음 날 새벽 무렵이었다. 병실에 들어서니, 미정은 기력이 쇠진하여 잠들어 있었다. 나는 잠시 미선과 함께 병실 앞의 벤치에 앉아, 하늘을 올려다보았다. 하늘에는 은가루를 뿌린 듯 별들이 반짝거리며, 앞다투어 깨어나고 있었다.

"동수 씨, 미정에게 이렇게까지 신경 써 주셔서, 너무나 고마워요. 제발 미정이 살아날 수 있었으면 해요. 혈연이라곤 자매 둘뿐이라, 제 마음이 너무나 암담하고 외로워요."

"계속 환자 시중을 하느라고 너무나 힘드시죠? 조금씩 휴식을 취하면서 간호하셔야죠. 그러다가 미선 씨까지 쓰러질까 봐 걱정입니다."

간호용 벤치로 되돌아와, 잠든 미선을 지켜보았다. 이내 코 고는 소리가 들리면서 벤치에 기대어 앉은 미선이 내게로 기울어져 왔다. 나는 보호자가 된 듯한 순수한 심정으로, 팔을 둘러 그녀를 쓰러지지 않게 받쳤다. 그러자, 그녀는 나의 품에 얼굴을 묻으며, 보다 편안한 자세로 체중을 실어 왔다. 품에 안긴 여인의 향긋한 체취가 나의 후각을 자극해 오며, 평온함을 안겨 주었다.

갈매기들의 화려한 공중 곡예가 시작된 지 대략 5분쯤 경과되었을 때였다. 두 여인은 거문고와 대금을 연주하기 시작했다. 대금과 거문고의 환상적인 배합이 이루어지고 있었다. 대금과 거문고의 음률의 배합을 통해, 삶의 애환이 뒤엉키며 하나로 승화되는 느낌이었다. 연주가 끝날 때까지, 그들 자매의 눈빛은 몽환의 상태로 변산반도의 바람결을 더듬고 있었다. 나는 뱃놀이가 단순한 유람이 아님을 확연히 느꼈다. 자매의 과거의 애환을 승화하는 자리였으며, 나를 새로운 연분으로 맞아들이는 경건한 의식이었던 거였다. 채석강을 지나칠 무렵이었다. 정말로 만 권의 서책을 쌓아 올린 듯한 형상이었다. 달리 보면, 차가운 퇴적 암층일 뿐인 바윗돌이었지만 말이다. 내 만약에 노를 젓다가 이태백처럼 물속으로 뛰어든다면 말이다. 후세에 나를 기억해 줄 이 그 누구일까? 무의식적으로 고개가 흔들려졌다. 취중에 서너 번쯤은 변산반도의 앞바다를 오갔을 터였다. 두 미인과 더불어 변산반도의 절경을 감상할 동안만큼은 정녕 내가 신선이 된 느낌이었다. 두고두고 내 가슴속에 잊히지 않을 변산반도의 뱃놀이였다.

창밖에 걸린 해를 보니, 상당히 서쪽으로 기울어져 있었다. 오후 다섯 시를 막 넘어서고 있었다. 이제는 환자의 수가 좀 줄어든 셈이다. 나는 고개를 앞뒤로 젖히며, 피로에서 깨어나려고 안간힘을 썼다. 현주의 눈빛에도 상당히 피로한 기색이 서려 있었다. 어젯밤에 미선은 내게 말했다. 미정의 유골함을 가져 올 때에는 한복을 차려 입고 오겠노라고 말이다. 날더러도 한복을 입고 오라고 했다. 나는 변산 해변의 뱃놀이 장면을 떠올리며 망설이지 않고 그러겠노라고 답했다.

미정과 더욱 오붓한 정이 깊어진 것은 대둔산을 오르면서부터였다. 뱃놀이를 한 후 한 달쯤 되던 토요일이었다. 그녀는 대둔사의 천불상 앞에 나아가 축원을 하고 싶다고 했다. 무슨 축원이냐고 물었더니, 그녀와 내가 영원히 오래토록 사랑할 수 있도록 빌겠다는 거였다. 대둔사의 법당에 들어서서 그녀와 나는 삼배(三拜)를 경건히 올리며, 영원한 사랑을 기원했다. 삼배를 끝내고 불상을 올려다보는 미정의 눈빛이 그렇게 간절할 수가 없었다. 마치 금세라도 그녀의 눈동자가 맑은 눈물로 변하여 떨어져 내릴 듯한 간절함이었다. 이렇게 여인의 간절한 사랑을 받는구나 싶자, 콧등이 시큰거려 오며, 진한 감동에 휩싸였다. 법당을 나와서는 절 뒤쪽을 돌아 대둔산 등정에 나섰다. 대둔산 중턱의 허여멀쑥한 너럭바위를 지나, 하나의 작은 준령에 올라섰다. 준령의 정점에서 내려다보이는 수목들이 그렇게 아름다울 수가 없었다. 녹색과 연두색이 색도를 달리해 가며 숲을 이룬 색채의 정교함에 감탄할 따름이었다. 나도 그랬지만, 그녀도 아름다움에 취해, 연방 떠오르는 감흥을 얘기하기에 바빴다. 내게는 아름다움에 취해 자연의 아름다움을 얘기하는 그녀의 모습이 더없이 아름다웠다. 자연의 감흥과 더불어 법당에서의 감동이 되살아나, 나는 그녀를 포옹하며 말했다.

"미정 씨, 언제나 변함없는 청순함으로 당신을 사랑할게요."

그러자 그녀도 가볍게 몸을 떨며, 나의 허리를 감싸 안았다. 그녀의 뺨과 나의 뺨이 맞닿는 순간이었다. 갑자기 불에 덴 것처럼 그녀의 뺨에 열기가 달아오르면서, 나의 뺨에도 홍조가 일었다. 몇 차례의 서늘한 산바람이 지나간 다음에야, 그녀와 나는 서로를 풀어 주며 물러섰다. 이때부터 그녀와 나는 말을 놓고 지내는 사이가 되었다.

벽시계를 보니, 오후 6시를 막 지난 시점이었다. 오늘의 마지막 환자의 진료를 끝낸 뒤에, 나는 서류와 자료 뭉치를 정리했다. 현주가 인사를 하고 나간 뒤에 나는 진료실 문을 걸어 잠그고는 생각에 잠겼다. 업무는 끝났지만, 갈 곳이 막막했다. 미정이 살아 있을 때만 해도 미정의 병실이라는 목적지가 있었다. 그냥 나의 집으로 바로 들어가기엔 가슴이 너무도 허전하였다. 허전한 마음이 가라앉을 때까지 그냥 진료실에 머물고 싶었다. 미정이 숨을 거둔 후부터 입에 대기 시작한 담배를 꺼내 불을 붙였다. 구수한 냄새를 피워 올리며 담배가 타들어갔다. 나는 담배를 길게 쭉 빨아 들였다간 코로 연기를 술술 내뿜었다. 그러면서, 담배의 맛을 음미해 보려고 애썼다. 담배의 연기가 피어오르자, 사흘 전 미정의 임종 장면이 떠올랐다.

안 교수의 말을 듣고 난 뒤엔 근무 순번을 바꾸어 미정의 임종을 지켜보기로 했다. 벽시계가 밤 8시 부위를 가리키고 있는 시점이었다. 병실 문을 열고 들어서니, 미정의 곁에서 눈물을 글썽이던 미선이 눈물을 지우며 일어섰다. 퀭한 눈에 입술을 혀로 축이며, 미정은 나를 향해 손을 내밀었다. 나는 그녀에게로 다가가서, 그녀의 왼손을 두 손으로 꼭 잡았다. 손에서는 열이 펄펄 끓어올랐다. 기력이 달리는지 말을 하는 도중에도 그녀의 실눈은 자꾸 감기곤 했다. 창밖은 불어오는 바람결로 인하여, 목련나무의 잎사귀들이 심하게 떨고 있었다. 목련 잎에 부서진 달빛이 하염없이 창을 넘어 나부끼고 있었다. 달빛에 떠는 공기처럼 미정의 손을 잡은 나의 마음도 큰 진폭으로 떨고 있었다. 미정은 자꾸만 감기려는 눈을 크게 뜨면서, 미선과 나에게 말했다.

"불가항력이라는 말의 의미를 근래에 들어서야 깨달았어요. 저의 생명이 이제 얼마 안 남은 예감이 들어요. 두 분께 부탁드릴게요. 제가 죽거들랑 화장을 해서, 변산 바다에 저의 유골을 뿌려 주세요. 변산에 저의 영혼을 띄워 뱃놀이하던 그날을 영원히 기억하고 싶어요. 부디 저의 부탁을 잊지 마세요."

말을 마치는 듯 마는 듯 미정은 의식을 잃었다. 점차 입은 벌어졌고, 내쉬는 숨소리가 커졌다. 입 안에서는 침이 하얗게 끓어오르기 시작했다. 이때부터 땀이 흘러내리기 시작했다. 미정의 이마 위로부터 타고 내려오던 땀방울은 그녀의 광대뼈 언저리에 매달려 떨고 있었다. 이슬처럼 맑은 땀방울이었다. 그녀의 입에서 하얗게 끓어오르는 침은 속세와의 인연을 청산하려는 몸부림으로 느껴졌다. 그 길로 미정의 의식은 깨어나지 못했다. 하얗게 달빛이 사위어 가던 새벽 네 시 무렵의 정경이었다.

병원에서 승용차로 30분 거리의 집에 도착하자마자, 곧바로 누워 잠이 들었다. 하루의 일정이 매우 피로하기도 했거니와 다음 날 새벽에 미선을 만나야 했기 때문이다.

새벽에 눈을 뜬 뒤에 한복을 찾아 입고는 자세를 가다듬었다. 하늘은 구름 한 점 없이 쾌청했지만, 안개가 해상을 자욱하게 뒤덮고 있었다. 그러다가, 시간이 흐름에 따라 자욱하기만 하던 안개가 신속히 걷히기 시작했다.

격포 해수욕장의 해변을 지나, 채석강 쪽으로 걸어오는 미선의 소복은 눈부셨다. 천천히 발걸음을 옮겨 딛는 그녀의 가슴에는 흰 보자기에 싼 유골함이 들려 있었다. 나는 달려가서 그녀의 손에 들린 유골함을 받아들었다. 그녀와 함께 배를 띄우고 나니, 오전 5시를 갓 넘어서고 있었다. 바다는 잔잔했다. 불어오는 바람결도 미풍으로 흐르고 있었다. 나는 쌍노를 저어, 채석강 해안을 지나, 상록 해수욕장 해역으로 배를 몰았다. 미선은 유골함을 안은 채, 넋을 잃고 뱃머리에 앉아 있었다. 나는 미선에게 말했다.

"미선 씨, 이제 동생을 변산 바다의 품으로 돌려보내야죠? 동생의 명복을 빌며, 바닷물에 재를 날려 보내시죠."

석상처럼 굳어 있던 미선이었다. 내 말을 듣자마자 흑흑 흐느끼면서 재를 뿌리기 시작했다.

이제 배는 남포 해수욕장 해역에까지 이르렀다. 그곳은 미정과 첫 뱃놀이를 했던 자리였다. 그랬기에, 사무치게 그리움이 끓어올랐다. 가능한 한 그 해역을 떠돌며, 천천히 골분을 바람결에 휘날렸다. 파도는 끊임없이 떨어져 내리는 골분을 흔적 없이 삼켜 가고 있었다. 20여 분쯤의 시간이 흘렀을까? 마침내 유골함은 텅 빈 상자로 남겨졌다.

이때 미선은 배에 실려 있던 거문고를 그녀의 무릎에 올렸다. 그리고는 사무치는 정한을 담아, 적벽가를 탄주하기 시작했다.

"뚱기둥 뚱 뚱 뚜웅!"

거문고가 선율을 내뿜자마자 파르스름한 섬광이 일듯 슬픔이 일시에 솟구쳤다. 눈시울에 눈물을 줄줄 매단 채 변산반도의 바다를 굽어보았다. 어느새 흑흑거리며 울음을 쏟는 내게 미정이 수면에서 속삭이는 듯했다.

"너무 슬퍼하지 마세요. 아름다웠던 시간들만을 기억하세요."

파도 소리를 가르며 적벽가는 처연하면서도 장중한 음색으로 퍼져 나갔다. 언제나처럼 적벽대전의 원혼이 사무친 곡조에서, 선율은 통곡이라도 하는 듯 처절하게 울려 퍼졌다.

이때 내 귀를 스쳐 가는 목소리가 있었다.

"얘야, 난관을 극복해야만 도(道)의 경지에 이를 수 있느니라. 어떠한 슬픈 상황에서도 굳세게 일어서야만 하네. 내 말 알겠는고?"

부지불식간에 선운사의 자운 노스님의 말이 번갯불처럼 나의 의식계에 떠올랐다. 오늘따라, 세상을 떠난 자운 스님이 못 견디게 그리워졌다. 이제 지평선이 벌겋게 달아오르며, 햇살이 퍼져 올랐다. 아침 바다를 가르며, 갈매기 떼가 수면 위로 날아올랐다. 어느새 거문고의 선율도 멈춰져 있었다. 미선의 입에서 탄식처럼 짧은 말이 흘러나왔다.

"아, 갈매기 떼다."

듣고 보니 그랬다. 언제나 기억 속에 새로운 첫 뱃놀이에서였다. 멸치 떼를 향해 장관을 이루며 곤두박질치던 갈매기 떼가 아니었던가? 갑자기 수많은 갈매기 떼가 거룻배를 뒤덮다시피 하며 지나갔다. 갈매기들의 활갯짓은, 수천 송이의 목련 꽃잎이 바람에 휘날리는 듯한 장관으로 비쳤다. 돌연한 갈매기 떼들의 출현에, 미선과 나는 숨을 죽인 채, 하늘을 우러렀다. 이때였다. 미정의 미소 짓는 얼굴이 잠시 푸른 하늘에 환영이 되어 펼쳐졌다가는 이내 사라졌다. 혹시 미정의 영혼이 갈매기 떼의 인도를 받는 것은 아닐까 하는 생각이 문득 들었다. 근해의 '부우웅'하고 들려온 뱃고동 소리에 놀라, 나는 환영에서 깨어나 심호흡을 했다. 미선과 나는 갈매기 떼가 사라져 갈 때까지 숙연한 자세로 하늘을 우러렀다.

미선의 눈빛을 좇아, 나는 변산 해변을 바라보며 배를 몰아갔다. 아침놀이 곱게 깔리며 바다의 수면이 선홍색으로 물들기 시작했다. 배가 변산 해안을 거쳐, 채석강에 이르도록 아무도 말이 없었다. 오로지 해안으로 밀려드는 파도와 바람에 실린 미정의 목소리만이 환청으로 들려오고 있었다. 불그스름하게 빛나는 아침놀에서도, 또한 일출 직전의 햇살에서도 그랬다. 촉촉이 젖은 미정의 목소리가 바다를 건너, 맑은 바람이 되어 부서지고 있었다.

물결에 그림자를 길게 드리우며, 배가 선착장에 도착할 무렵이었다. 이대로 뭍에 오르면, 다시는 변산을 못 볼 것만 같은 느낌이었다. 그리하여, 다시금 변산 해역으로 배를 되돌리고도 싶었다. 나는 변산의 바람 소리에 귀를 기울이며, 떨리는 가슴으로 멀리 수평선을 응시했다. 이제 세상 어디에서도 미정을 볼 수는 없는 거였다. 그녀의 청초한 눈빛, 맑은 미소가 말할 수 없이 그리워졌다. 지난 3년간의 사랑이 변산의 바람 속으로 휩쓸려 가고 있었다. 시간을 되돌릴 수만 있다면, 과거의 시간에서 멈춘 채 화석으로 굳어 버리고 싶었다. 진한 상실감이 점차 전신을 엄습해 오며, 가슴 밑바닥으로부터 울음이 터져 나오려고 했다. 어느새 뜨거운 눈물이 생채기로부터 스미어 나오는 핏물처럼 방울져 흘러 내렸다. 문득 변산의 바람 속에서 나를 지켜보는 미정의 영혼을 떠올렸다. 떠나는 마당에 눈물을 보여 그녀의 마음을 슬프게 할세라, 손등으로 눈물을 닦으며 속삭였다.

"미정아, 이제야 너를 놓아 보낸다. 네가 그토록 좋아하던 변산의 바람 속으로……. 한 많고 설움 많은 세상을 떠나……. 그래, 너와의 추억이 변산의 바람이 될 때까지만 너를 기억할게. 절대 외로워하지 마, 응? 그럼, 안녕!"

여태껏 신음을 삼키며 요동치던 바다였다. 그 바다 위로, 해풍이 점차 눈을 치뜨며 나부대기 시작했다. 이제 바다는 온통 선홍색으로 물든 채, 수만 갈래의 빛살로 부서지고 있었다.

[순수문학, 1999. 3월호 발표]

# 장사도 해변의 밀어

◇◇◇◇

새벽 바다 어디에도 불빛은 없었다. 썰물 때라, 소금기조차 말라붙은 자갈돌만이 끝없이 널브러져 있을 뿐이었다. 바다로 뚫린 자갈밭 길을 쓰러질 듯이 위태롭게 창수가 걸어가고 있었다.

감미롭던 잠이 유리 파편처럼 박살나 버린, 지난 한밤중이었다. 여인의 전화를 받는 순간에, 나는 창수가 또 해변의 자갈밭을 헤매는 광경을 떠올렸다. 널브러진 자갈밭 위를 곡예를 넘듯 창수가 허청거리고 있음을 여인은 상상조차도 못하는 모양이었다. 잠을 설친 탓인지 자꾸만 머리가 지끈거렸다. 창수가 또 여인으로부터 떠났다고 실토한 여인의 목소리에선 진한 설움이 묻어나왔다. 나의 두통에 여인의 설움이 휘감겨 들며, 더욱 머리가 빠개지는 느낌이었다. 혹시 창수가 찾아들면, 꼭 연락을 바란다며 읍소(泣訴)하던 여인이었다. 나는 같은 여자로서, 여인의 목소리가 영 가슴에 걸렸다. 불편한 심기를 추스르느라고 아예 귀를 틀어막아도 보았지만 아무런 소용이 없었다. 나는 전화기를 놓자마자, 잠시 잘려 나갔던 새벽잠 속으로 이내 빨려 들었다.

새벽에 일어나자마자, 나는 장사도 분교로 이어지는 능선 길을 하염없이 바라다보고 있었다. 눈부시게 쏟아지는 달빛으로 빛나는 길이었다. 문득 썰물에 하얗게 드러난 해변의 자갈밭이 떠올랐다. 동글동글한 자갈돌에 갇혀 끝내 돌파구를 찾지 못해 버둥거리는 창수의 모습이 환영으로 떠올랐다. 동백산장(冬柏山莊)의 안내실 창문으로 내려다보이는 시계(視界)의 범위는 넓었다. 섬의 북서쪽 암벽 정상에 자리 잡은 산장의 지형 탓이었다. 조망의 범위로는 분교로 이어지는 능선 길과 남쪽 선착장으로 이어지는 경사길이 보이는 바다까지였었다. 솜털 같은 풀잎을 빗질하는 바람 소리에, 잠시 중단되었던 빗질하는 여인의 환영이 떠올랐다. 왠지 창수의 발목을 옭아맨 밧줄의 여주인이 나일까 봐 두려워진다는 여인의 넋두리였다. 내뱉는 숨길들 사이로 내비치는, 여인의 흐느끼는 음조에는 처절한 절망감이 뒤엉킨 듯이 느껴졌다.

초인종 소리가 울리는 데에도 나는 시선을 바다로 던진 채, 석상처럼 앉아 있었다. 습도가 높은 새벽 무렵에는 더러 초인종이 오작동(誤作動)되어 소리를 내지르곤 했기 때문이었다. 그런 와중에서도 섬을 찾은 방문객들은 시도 때도 없이 초인종을 눌러대곤 했었다. 초인종 소리에 귀가 따가울 때면, 아예 전기 코드를 뽑아 버릴까도 싶었다.

종소리. 종소리를 뒤흔드는 푸른 바람 줄기. 나는 머리를 부딪쳐 종소리를 내어 나그네를 구했다는 이야기 속의 까치를 떠올렸다. 아무래도 까치의 몸피에 대한 감이 잡히지를 않았다. 뱀을 죽여 새끼를 구해 준 은공에 보답하겠다고, 피를 뿌리는 까치. 길조의 상징인 까치의 몸속에 정말 그런 기개가 서려 있었을까? 비상하는 까치의 영상은 여행객들의 발자국 소리와 초인종 소리에 놀라 흩어지고 말았다.

창수가 산장을 찾아들던 석 달 전의 그날은 언제나 기억 속에 새로웠다. 그날도 나는 안내실 바닥에 꽂꽂이 교본을 펼쳐 놓고는 졸고 있었을 터였다. 아니면, 여행객들의 발자국 소리로 낚시꾼일까 난(蘭) 수집가일까를 습관적으로 판별해 보려고 했을 터였다. 만약 그것조차도 지겨웠다면, 섬 모퉁이를 돌아 나오는 뱃고동 소리에 귀를 기울이고 있었을 터였다. 기억에 남는 것은 그날의 바닷바람과 창수의 넋 잃은 표정뿐이었다. 스러진 망각의 세월을 걷어 내면, 눈부신 5월에 창수의 첫날은 숨 쉬고 있었다.

5월의 그날, 여객선의 구성진 뱃노래가 사라져 갈 무렵이었다. 가파른 언덕길을 올라, 산장의 안내실을 찾는 여행객들의 발자국 소리가 들렸다. 나는 습관적으로 책을 덮고는 자리에서 일어났다. 점차 가까워지는 발자국 소리에 귀를 기울이며 안내창 밖을 내다본다. 여덟 번째의 손님을 안내하고는 마지막 손님을 맞는 순간이었다. 저녁 안개가 일어서는 언덕배기로 고뇌에 찌든 얼굴의, 한 사내가 올라왔다. 이어 초인종이 울렸고, 짙은 고뇌의 그림자를 드리운 20대 후반의 청년이 서 있었다. 청년은 전망이 좋은 방을 달라고 했다. 나는 북서쪽 벼랑 위에 자리 잡은 동백실(冬柏室)을 주었고, 청년은 반색하며 무척 고마워했다. 청년의 눈빛은 너무나 그윽하여, 끝을 알 수 없는 심연을 연상케 했다. 나는 청년의 눈빛으로부터 상처 입은 영혼임을 직감했다. 평온한 휴식처를 제공한다는 배려를 눈빛으로 전하며, 나는 청년을 동백실로 안내했다. 그 청년이 바로 창수였다.

그때부터 동백실의 장기 투숙자가 되어 버린 창수는 곧잘 바다에서 그림을 그렸다. 그러다가 때때로 나를 불러, 나와 함께 바다를 바라보며 얘기를 나누곤 했다. 창수는 서울에서의 미술대학 재학 시절부터 특선으로 활동해 온 화가였다. 제대를 하고 졸업을 한 뒤엔 곧장 회사의 산업 디자인실에서 근무해 왔다. 그러다가 평양 축전에 그림을 보낸 것이 문제가 되어 곧바로 안기부로 끌려갔었다.

그러면서, 회사로부터도 일방적으로 해직을 당했다고 했다. 창수가 취조받던 한 달간을 얘기할 때면, 그의 눈빛부터가 다르게 떨려 오곤 했다. 수시로 발가벗겨진 채 전기 고문을 당해, 거의 폐인이 되어서야 귀가(歸家) 조치된 거였다. 거기에서 생긴 후유증으로 때때로 정신 착란성 발작을 일으켜 왔다고 했다. 정상생활로 복귀하려면 쉬어야 한다는 것을 알고서부터는 때때로 여행을 나서곤 했다는 거였다. 지난겨울에는 강원도의 산사(山寺)에서 시간을 보냈다고 했지만, 뭘 하며 지냈는지는 묻지 않았다. 묻지 않아도, 아마도 그림으로 맺힌 한을 달랬을 거였다. 그래서 잠자코 듣고만 있었다. 언젠가는 여행 중에 그린 그림으로 경치가 수려한 곳에서 작품전을 열 계획이라고 했다. 그 시기가 언제인지는 알 수 없지만, 하겠다는 의지만은 확고해 보였다. 때때로 그는 푸념처럼 말하곤 했다. 여행을 하다 보면 어딘가에는 그의 한을 풀어 줄 곳이 있으리라고 말이다.

"망상에 가까울지라도 그냥 편하게 믿어 보는 거죠. 설사 이루어질 수 없는 꿈이래두요. 가슴이 탈수록, 부러 미소를 지으며 숨을 크게 들이마셔 보는 거죠. 그림하고만 대화를 나눈다는 게 얼마나 고독한지 아세요? 머릿속으로 구도를 잡지 말고 그냥 붓 나가는 대로 그리는 거죠, 지금처럼 말이에요."

그와의 대화를 나누면서부터 점차로 나는 그의 답답한 현실에 연민을 느끼기 시작했다. 그의 얼굴에선 곧잘 황량한 해풍(海風)의 징후가 비치곤 했다. 나는 그의 얼굴에 내비친 바닷바람의 기운을 조심스럽게 다독거려 주곤 했다. 아무리 봐도 처절한 황량함이었다. 온기라곤 전혀 없는 바닷바람의 차가운 미소……. 바닷바람의 미소라니, 내가 상처 입은 창수를 빗대어 수사 구문이나 떠올릴 계제인가 말이다.

아마도 2주일 전의 점심나절이었을 것이다. 오전 11시에 도착한 여객선인 통영호 편으로 섬에 올랐다는 젊은 여인이 산장에 들어섰다. 여인은 나보다 세 살쯤 많아 보이는 스물여섯 살쯤 되어 보였다. 여인은 오뚝한 콧날과 반달처럼 휘어진 눈썹, 별처럼 반짝이는 눈동자를 지닌 빼어난 미모였다. 자주색 블라우스에 하얀 미니스커트를 받쳐 입은 맵시로부터 나는 직감적으로 창수의 여자임을 알아차렸다. 깔끔한 인상에 눈빛마저도 만만치 않은, 보통 키의 체격이 좋은 여인이었다. 여인은 미소를 지으며 내게 물었다.

"올라오기 전에 마을 사람들로부터 얘기를 들었어요. 벌써 다섯 번째의 섬을 방문한 끝에야 겨우 여긴 줄 감이 잡히더라구요. 아가씨, 그림을 그리는 동창수(董昌洙) 씨라는 분이 여기에 계시죠? 창수 씨를 만나려고 왔는데, 지금 어디에 계시죠?"

여인은 산장을 찾은 그날부터 일주일간을 머물다가는 창수를 데리고 떠나갔다. 그날, 창수가 여인을 따라 나서지만 않았더라도 나는 창수의 마음을 돌렸을 터였다. 여인이 동숙하던 첫날의 창수는 완전히 두문불출이었다. 여인이 머문 지 이틀째가 되던 아침이었다. 여인은 수시로 우아한 맵시로 드나들었지만, 창수는 새벽부터 보이질 않았다. 선착장 입구의 창수의 낚시 동료로부터는 아직도 창수가 나타나지 않았다면서, 연거푸 독촉 전화질이었다. 여인은 며칠간을 더 묵겠다며 미리 숙박료를 계산하고는 방으로 들어가 버렸다.

새벽부터 안 보이던 창수는 갯바위의 낚시터에도 안 갔다면 대관절 어디로 간 것일까? 저녁 무렵에 갑작스럽게 나무 대문이 둔중한 소리를 내며 마구 흔들리기 시작했다. 강풍을 동반한 폭우가 느닷없이 쏟아져 내리기 시작했다. 근래에 없던 기상 현상이었다. 이렇게 쏟아져 내리다간 산장이 송두리째 절벽 아래로 무너져 내릴 것만 같았다. 음습하고 황량한 이곳을 되도록이면 빨리 벗어나고 싶었다. 탈출하지 못한다면, 까마득한 벼랑 아래로 산장과 함께 묻혀 버릴 것만 같았다. 내 나이 어느새 스물세 살이었다. 내 또래들은 대학도 다 마친 나이였건만, 나는 언제까지 부나비 인생을 살아야 할까?

내가 여고를 마칠 무렵이었다. 부모님은 생계가 버겁다며, 나의 반대로 나만을 남겨 둔 채 호주로 이민을 떠났다. 이민에 합류하지 않은 것은 무엇보다도 고국을 떠나고 싶지 않은 이유에서였다. 어떠한 삶을 살더라도 고국에서 인생을 영위하고 싶었던 터였다. 그 후 1년 만에 날아온 소식을 받는 순간이었다. 나는 둥지 잃은 한 마리의 처량한 새가 되었음을 알았다. 소식을 받기 1주일 전에 아버지는 공사 현장의 사고로 세상을 떠났다고 했다. 어머니 역시도 앞날이 암담한 나머지 호주 남자와 재혼하기로 했다는 소식이었다. 이때부터의 나의 삶은 목욕탕, 안마 시술소, 여관 등지를 떠도는 부나비 인생이었다. 나의 황량한 삶에 부나비의 궤적은 얼마나 더 지속될 것인가?

대문은 삐거덕거리다가 못해 아예 날려가 버릴 지경이었다. 나는 숨을 죽이며 안내실 창밖을 뚫어져라 바라보고 있었다. 목제 대문 부근에는 세숫대야와 냄비 등속이 휭휭 소리를 내며 날아다니고 있었다. 여느 때와는 너무나 다른 폭우였었다. 여객선이 도착한 직후였던지 한 무리의 여행객들이 호들갑을 떨며 초인종을 눌러댔다. 웅성거리는 소리로 미루어 대여섯 명이 들이닥친 모양이었다. 나는 폭우를 만나, 생쥐처럼 오들오들 떠는 한 무리의 사람들을 떠올렸다. 이렇게 흉흉한 폭우 속이라면, 몇몇은 빗줄기를 맞아 심장이 얼어붙거나 땅바닥으로 나뒹굴었을 터였다. 조금만 더 폭우가 지속된다면, 바닷물은 섬 꼭대기까지 차오를지도 모를 일이었다. 그리하여, 종내에는 동백산장마저도 물속으로 가라앉아 버릴 것만 같았다. 나는 익사 장면을 떠올리며 주눅이 들어 넋을 잃고 있었다.

바로 이때였다. 핸드폰이 요란하게 울어댔다. 귀에 대니, 창수의 헐떡거리는 목소리가 들려왔다.

"정선 씨, 여긴 섬의 서쪽 동백 숲이에요. 저녁 무렵에 웬 폭우가 이렇게 심하죠? 전 오늘 새벽부터 발작을 할 것만 같아서, 아예 여기로 나와 버렸어요. 이제 열기는 많이 가라앉은 편이거든요. 내가 있는 동백 숲에서 정선 씨를 만나고 싶은데, 좀 나와 주시겠어요?"

"네, 알았어요. 곧 갈게요."

그가 시간을 보내던 동백 숲은 한낮에도 햇빛이 안 들 정도의 무성한 숲이었다. 여전히 폭우는 계속되었고, 창수와 나는 옷이 죄다 젖은 채 바위에 나란히 누웠다. 창수는 나의 젖은 옷을 헤쳐 젖가슴을 애무하며 말했다. 나는 그의 맑은 눈을 들여다보며 조용히 그의 얘기를 듣고 있었다.

정선 씨! 전에 내가 두어 번 얘기한 적이 있죠? 서윤주라고, 어제 온 여자 말이에요. 그녀는 어떤 대기업체 전무의 첩인데, 서울 영동의 카바레에서 만났던 여인이에요. 춤을 추다가 눈이 맞아, 몇 번 교접을 하다 보니 자주 만나게 되더라구요. 그러다가, 나는 그녀가 인사동의 커다란 미술관 주인이란 걸 알게 되었죠. 또한 그녀도 내가 유명세를 띤 화가라는 걸 알고는 미술관을 가지고 나를 유혹했어요. 대체로 미술관 대관료가 엄청나게 비싸잖아요? 나는 그녀 덕으로 원할 때엔 무료로 언제든지 작품전을 열 수 있었죠. 게다가 운도 따라 주었기에, 작품전이 열릴 때마다 수익도 상당했었죠. 수익에 비하면 대관료 정도는 아무것도 아닌 셈이었죠. 그랬기에, 그녀에게 나는 성적 상대로나 경제적으로나 상당히 이용 가치가 있는 놈으로 비쳤겠죠. 그런데, 이해가 잘 안 되는 부분은 말이에요. 그녀가 경제적으로 부(富)티 나는 첩 생활을 계속하면서도 여전히 나를 붙잡아 두려는 점이에요. 내가 보기로, 그녀는 남자 못지않게 소유욕과 정력이 왕성한 여자임에 틀림없었어요. 그녀는 사내를 만났다고 하면, 하룻밤에도 네댓 차례는 교접을 해야만 직성이 풀리는 여자거든요. 솔직히 처음에는 너무나 황홀했지만, 지금은 너무나 끔찍해서 하루 빨리 굴레를 벗어나고 싶어요. 그런데도, 그녀는 일단 점찍은 남자는 절대로 포기 못한다며 그저 막무가내예요. 일단 그녀에게 걸려든 남자는 그녀가 손을 놓기 전에는 헤어날 수가 없나 봐요. 나는 정말 손들고 발 들고 하다못해 성기까지도 다 들어 올릴 지경이에요. 그런데, 모순스럽게도 그녀가 절대로 밉거나 싫지는 않단 말이에요. 그녀한테 미운 구석이라도 있다면 또 모를 텐데, 이건 그것도 아니라서 미칠 지경이에요. 나는 윤주라는 여성 마약에 중독된 형편없는 사내예요. 정선 씨, 혹시 저를 좀 구해 주지 않을래요? 이때 솔직히 나는 어리둥절했다. 지나고 보니, 그게 나에 대한 구혼이었었는데 말이다. 만약 내가 그때 구혼인 줄 알고 받아들였었더라면, 창수의 방황은 끝났을지도 모른다. 하지만, 당시에 나는 다만 어리둥절했을 뿐이었다. 창수가 그녀를 못 벗어난다는 것은 결단성이 없는 소치라고만 여겨졌기에, 이해의 여지가 없었다. 또한 창수가 진정으로 나를 원하는지 그냥 떠보려고 던진 말인지도 분명치 않게 느껴졌다. 이래저래 나는 대답을 못한 채 폭우가 쏟아지는 하늘만을 올려다보았다. 둘 사이에 일순 어색한 침묵이 흘렀으나, 내가 그의 몸을 애무하면서부터 쉽게 풀렸다. 그때 내가 창수를 받아들이겠노라고 확답을 못했던 것이 두고두고 후회스러웠다.

"동백산장(冬柏山莊)이라? 섬에 숙박 시설은 여기밖에 없다고 했지? 그런데, 새벽의 끝 무렵인데도, 왜 이렇게 산장이 깜깜해?"

나는 여행객들의 말을 듣자마자 상념에서 깨어나 즉시 전등을 켰다. 간판과 안내실의 조명등(照明燈)이 두어 번 깜빡거리더니 금세 환해졌다. 형광등에서 깨어난 빛살들이 일제히 어둠을 내몰며 허공으로 날아올랐다. 이때 나는 장사도를 생각하며, 새벽 바다를 항해하는 거대한 발동선을 떠올렸다.

새벽에 자리 잡은 밤의 항해. 이제 기나긴 밤의 항해가 끝나가고 있었다. 내가 가꾼 조명등의 빛살은 도선사(導船師)의 불빛과 다름없을 터였다. 나의 불빛을 보고, 먼 바다에서 버둥거리던 선박들이 방향을 잡을 터였다. 나는 새삼 감회 어린 눈으로 조명등의 먼지를 털며 닦았다. 여행객들은 불나방처럼 조명등의 불빛을 찾아들었지만, 도선사의 존재에는 전혀 무감각했다. 내가 가꾼 조명등의 불빛이 없었더라면, 여객선들은 그냥 지나쳐 버렸을지도 몰랐다. 안개 속을 달리는 발동선들의 지향점은 어디이며, 무엇을 위해 달리고 있는 것일까? 발동선은 마냥 지정된 항로를 찾기에만 급급해 헐떡거리는지 몰랐다. 속상하게도 말이다. 발동선은 언제나 고운 불빛을 가꾸는 도선사를 알아보지는 못했다.

나는 안내실 창구 앞에 놓인 풍란의 화분에 마른걸레질을 했다. 북서쪽 벼랑에서 채취한 것이어서 잎사귀의 윤기나 꽃의 향기가 일품이었다. 풍란의 뒤쪽으로 바라보이는 바다는 날마다 쉼 없이 파동치고 있었다. 바다의 잔잔한 파동을 지켜볼라치면, 어느새 섬은 조금씩 움직이고 있었다. 나는 파랗게 가라앉은 하늘과 청록색으로 굽이치는 바다를 바라보기를 즐겼다. 나는 고개를 들어 해풍에 남실거리는 가왕도 쪽을 바라보았다. 어느 세월엔가는 이 안내실마저 바다에 떠돌지 모를 일이었다. 나는 면 걸레로 훔친 반짝이는 풍란의 화분을 들여다본다. 미인의 속살처럼 허여멀쑥한 공기뿌리에, 연녹색의 잎사귀를 활짝 펼친 절묘한 자태의 풍란이었다. 수시로 꽃망울을 터뜨려 그윽한 향기를 자아내는 풍란만큼 기품 있는 식물이 또 있을까? 나는 마른 면 걸레로 수시로 풍란의 잎사귀를 닦아 주곤 했다.

북동쪽 낭떠러지에 인접한 해변에선 늘 안개가 피어올랐다. 특히 아침과 저녁나절이면, 짙은 안개로 인해 마치 괴물이 요동치는 느낌이었다. 자주 가 보지 못한 그곳은 수시로 나의 마음을 충동질하곤 했다. 마치 거기에 뭔가가 있어서 자꾸만 나를 부르는 느낌이었다. 참다가 몰래 다가서 볼라치면 안개가 시야를 막아 번번이 뜻을 이룰 수가 없었다. 그때마다 나를 기다리던 것은 아득한 바다와 끝없이 널브러진 자갈밭이었다.

그러던 중의, 지난 6월 초순경이었다. 바로 그 해변에서 되돌아 나오려고 다복솔이 우거진 절벽 밑을 지날 때였다. 상하 흰색의 의상으로 깔끔하게 차려 입은, 눈을 감고 있는 창수를 발견하게 되었다. 그는 절벽 아래에 있는 바윗돌 위에 올라앉아 단정히 가부좌를 취하고 있었다. 산장으로 올라가려면 나는 외줄기의 가파른 언덕길을 올라야만 했다. 그러기 위해서는 부득불 창수의 곁을 지나야만 했다. 한데, 안개가 뿌옇게 낀 외진 곳에서 처녀가 사내를 맞닥뜨린다는 것이 본능적으로 두려웠다. 나는 암벽 모퉁이에 있는 커다란 바위 뒤쪽에 잠시 몸을 숨기기로 했다. 그리고는 눈만 살짝 내밀고는 창수가 먼저 자리를 뜰 때까지 지켜보기로 했다. 창수가 앉은 반대편 해변으로 섬을 돌아나갈 수만 있다면 그러고도 싶었다. 하지만, 바다 쪽으로는 끝없이 펼쳐진 해변이었어도, 돌출된 암벽으로 말미암아, 반대편으로의 진행은 불가능했다. 또다시 바다로부터는 안개가 뽀얗게 피어오르고 있었다. 나는 이때부터 창수의 내면세계를 들여다볼 수가 있었다. 내 주제도 벅찬데, 남의 세계까지 기웃거린다는 것이 어불성설이었지만 그렇게 되고 말았다.

확실히 그날의 창수는 내가 평소에 보던, 품격이 우아한 화가가 아니었다. 삼십여 분을 가부좌로 앉아 있더니만, 마침내 창수는 천천히 일어섰다. 바다를 향해 성큼성큼 발걸음을 옮기더니만 급기야는 바다를 향해 질주하기 시작했다. 나는 알지 못할 불안감으로 치를 떨며 그러한 창수의 행동을 지켜보았다. 창수의 발이 바닷물에 닿자마자 나는 현기증을 느끼며 팬티에 두어 줄기의 오줌을 지렸다. 창수는 바닷물에 이르렀어도 멈추지 않고, 그대로 물속으로 뛰어 헤엄을 쳐 나갔다. 팔을 쭉쭉 뻗으며, 머리를 옆으로 돌리는 품이 꽤나 수영에 익숙한 모습이었다. 하지만, 십여 미터도 못 가서 머리를 되돌리며 뭍으로 올라서고 있었다. 그러더니만, 그는 냅다 바다를 향해, 고함을 지르기 시작했다.

“야! 너희들의 눈이 도대체 눈이냐? 그림에 대해 뭘 안다고 사람을 이렇게까지 병신으로 만들어? 내 말이 들리거든 대답해 보란 말이다, 이 자식들아!"

말의 여운이 채 끝나기도 전에, 그는 물 묻은 옷차림으로 달리기 시작했다. 이번에는 바다 쪽이 아니었다. 바다와 연하여 광막하게 드러누운 자갈밭 쪽이었다. 그는 지쳐서 쓰러질 때까지 자갈밭 길을 헐떡거리며 달리고 또 달렸다. 나는 그의 절규와 뜀박질을 통해, 그의 정신적 고뇌의 무게를 공감할 수 있었다. 그날 이후로 나는 가끔씩 해변의 자갈밭 길을 거닐며, 창수의 고뇌를 생각했다.

어젯밤의 여인의 전화를 받고서부터 내겐 창수가 또 해변을 헤매고 있으리라는 생각이 들었다. 사실은 어젯밤부터 해변으로 달려가고 싶었지만, 까닭 모를 불안감이 자꾸만 나를 억눌렀다. 지금도 여전히 창수는 지쳐서 쓰러질 때까지 젖은 몸으로 달리고 있을 것인가? 헐떡거리는 심장을 주체할 길이 없어 피를 쏟으며 쓰러져 버렸는지도 몰랐다.

아마도 또 새벽 배가 도착한 모양이었다. 아직도 캄캄한 새벽에 초인종 소리가 묵직한 느낌으로 울려 왔다. 나는 창을 열며 고개를 내밀었다.

"방 하나만 주세요."

바랑을 진 50대 초반의 비구승이었다. 단정한 승복 차림에다 염주를 낮게 드리운 맵시가 고매한 품격으로 비쳤다. 나는 공손한 자세를 취하며 승려를 2층의 제일 구석방인 청매실(靑梅室)로 안내했다. 내가 문을 닫고 나올 무렵에 승려는 눈을 내리감으며 참선의 자세를 취했다.

문득 새벽에 재차 걸려온 여인의 전화 목소리가 생생하게 되살아났다.

“정선 씨, 왠지 당신 같으면 창수 씨의 소재를 알고 있을 것만 같네요. 이건 어디까지나 직감인데, 창수 씨를 내게서 빼앗아 가려고 하지는 말았으면 해요. 알다시피, 창수 씨는 무척 불운한 사람이거든요. 한마디로 나의 보살핌이 필요한 남자라구요. 혹시 그이가 정선 씨를 찾아갔다면, 부디 적선해 주는 셈치고 연락 좀 주세요. 연락 전화는 오오팔에 삼삼팔구예요. 꼭 좀 연락해 줘요. 오오팔에 삼삼팔구로요. 만약 연락해 준다면 어떤 방식으로든 보답해 드릴게요.”

각인된 얼굴의 표정만큼이나 당돌하고도 거만스럽기 짝이 없는 전화 짓거리였다. 나는 그녀의 말을 시종 듣고만 있었을 뿐 한마디의 대꾸도 하지 않았다. 하지만, 같은 여자로서 여인의 심정을 어느 정도는 이해할 것 같았다. 여인은 여전히 좡알거렸고, 나는 비위가 상해 듣기가 싫었다. 계속 듣고 있자니까 부아가 치밀어 올라, 나는 슬며시 수화기를 놓아 버렸다.

새벽 다섯 시쯤 되었을 때다. 나는 주인 여자에게 바람을 좀 쐬고 오겠다며 북동 해안을 찾아 나섰다. 지형성 안개 탓인지 그곳은 늘 짙은 안개가 끓어올랐다. 온 섬 자체가 동백나무라 할 정도로, 주종을 이루는 나무는 동백이었다. 나는 걸어서 이십여 분 거리의 북동쪽 벼랑길을 찾아 나섰다. 팔월의 해풍을 맞아, 동백나무 잎사귀들이 수시로 파드득거리며 하늘로 치솟곤 했다. 그 틈새로 잠을 깬 산새들의 울음소리가 섬의 산야에 빛살처럼 내리꽂히곤 했다.

산장에서의 창수는 확실히 서글서글하며 예절 바른 청년이었다. 그리하여, 자연스레 사람을 끌어 들이는 친화력을 갖고 있었다. 그는 산장에서 1킬로미터쯤 떨어진, 바다에서 수직으로 치솟은 층암절벽 위를 좋아했다. 특히 층암절벽 위의, 바다로 향해 돌출된 너럭바위를 세인들은 '용 바위'라고 불렀다. 그는 늘 용 바위에서 상주하다시피 하며 유화 도구를 펼쳐 놓고는 그림을 그리곤 했다. 그림의 소재는 언제나 섬과 바다였다. 언제나 그의 그림에서는 강렬한 생동감이 느껴지곤 했다. 나는 창수의 손에 의해, 새로운 생명력으로 태어나는 섬과 바다를 보기를 좋아했다. 창수에게는 적어도 고정된 관람객 1명은 확실히 확보된 셈이었다. 그러는 사이에, 나는 창수의 성품과 그림에 매혹되면서 점차 그를 이성으로 바라보게 되었다.

북동 해안으로 통하는 능선 길을 타고 걸어갈 때였다. 팔월의 해풍에 실려, 동백나무의 잎사귀들이 자꾸만 하늘을 향해 발길질을 해대곤 했다. 안개 자락이 섬의 능선과 골짜기를 적실 때마다 미풍이 살짝살짝 얼굴을 내밀곤 했다. 그 틈새로 생각난 듯이, 때때로 산새들이 지저귀는 소리가 섬의 산야를 어루더듬곤 했다.

투숙한 사흘째부터 여인은 주류를 인터폰으로 신청했다. 수화기를 든 순간에 나는 의아심이 일었다. 내가 알기로는 창수가 산장에서 술을 마시는 것을 본 적이 없었기 때문이다. 밤중에 여인의 주문에 맞춰 몇 병의 맥주와 안주를 차려 들고는 동백실을 찾았다. 노크를 하니, 속살이 다 비치는 속옷 차림으로 여인이 술과 안주를 받아든다. 여인을 본 내가 수치심으로 불에 덴 사슴처럼 온몸이 달아올랐다. 돌아서는 찰나에 나의 눈에 비친 창수의 표정은 당혹스러워 어쩔 줄을 모르는 기색이었다. 창수의 물기 어린 눈빛에서 하얗게 침전되는 안타까움을 읽을 수 있었다.

창수의 눈빛에 생각이 미치자, 여인이 투숙한 나흘째 밤의 정경이 떠올랐다. 그날 밤 8시 무렵이었다. 창수는 준호와 상희를 데리고 용 바위 쪽으로 낚시질하러 가고 없었다. 준호와 상희는 섬에 피서를 온 연인이었는데도, 창수와는 친하게 지내고 있었다. 창수가 용 바위에서 돌아오려면, 통상적으로 적어도 새벽 네댓 시 무렵은 되어야 했다. 여인은 그날 밤에도 동백실에서 나에게 술심부름을 시켰다. 왠지 마음에 들지 않는 인상을 지닌 여인이었다. 앞으로 사흘간을 더 묵겠다며, 늘 맥주와 좋은 안주를 준비해 놓으라고 부탁했다. 웃으며 이야기를 하다가도 수시로 눈빛이 날카로워지는 여인이었다. 여태껏 산장에서 창수가 술을 마신 적이 없었다고 하더라도, 나는 주문대로 술을 보냈다. 그러고, 그날 밤은 나도 왠지 술을 마시고 싶었다. 마침 주인 부부가 동창회에 가서 다음 날에 오기로 하고, 섬을 떠난 날이었다. 나의 말이라면 뭐든지 잘 들어주던, 네 살 아래의 남자 종업원인 경준이었다. 나는 그에게 맥주와 싱싱한 횟감을 준비시켜 놓고는 마주 앉았다.

조촐한 술상을 사이에 두고, 경준과 나는 권하거니 받거니 하며 술잔을 비웠다. 불투명한 미래와 살아온 지난날들의 궤적이 술잔 하나하나에 엉겼다가는 풀려 나가곤 했다. 서로의 가슴을 열고, 가슴속에 응어리졌던 불우하고도 비감스러운 과거의 편린을 떨쳐 버리려고 애썼다. 잊힌 과거의 학창의 꿈을 더듬는지 경준의 눈에는 조금씩 물기가 어리기 시작했다. 그러한 경준을 보고 나는 말했다. 경준아, 우리의 현실은 남의 강요에 의한 것이 아니라, 우리가 선택한 거잖니? 만약에 마음에 안 들면 마음에 드는 방향으로 노력하면 되잖아? 그러면서, 나는 술잔에 술을 채워 막 경준에게 건네려던 참이었다. 요란한 소리를 내며 인터폰이 울렸다. 수화기를 드니, 동백실의 여인이었다. 나에게 할 얘기가 있다면서 잠시 들러 달라고 했다. 인터폰으로 말하면 되지 않느냐고 했더니, 아무래도 직접 만나서 할 얘기가 있다는 거였다. 경준을 그의 숙소로 돌려보낸 뒤에, 나는 천천히 동백실을 향했다. 여인은 자주색 원피스 차림으로 나를 맞았다. 여인도 술을 좀 마셨는지 서로 불콰해진 얼굴로, 방 안에 마주 앉았다. 여인의 손에는 스케치북이 들려 있었고, 여인이 펼친 곳엔 나의 누드화가 그려져 있었다. 여인은 나의 얼굴을 바라보며 손으로는 스케치북 속의 나를 가리키며 말했다.

"아가씨, 이 그림 속의 여자가 아가씨 맞죠? 어째서 창수 씨로부터 소식이 없었던가 했더니, 그 원인이 바로 아가씨한테 있었군요. 분명히 말하건대, 창수 씨는 나의 남자라구요, 나의 남자! 내 앞에서 약속해 주세요. 이후부터는 절대로 창수 씨 앞에서는 알몸으로 서지 않겠다고 말이에요. 내 말이 무슨 뜻인지 알겠어요?"

나는 벌써부터 그녀의 표정과 태도로부터 혐오감을 느껴 왔기에, 일부러 또렷하게 말했다.

“절대로 그렇게는 못하겠어요. 내가 누드로 서는데, 나 말고 누구의 허락을 받으란 말이에요? 창수 씨는 화가이고, 나는…….”

바로 이때였다. 여인이 눈을 치켜뜨면서 냅다 손을 들어 나의 뺨을 후려갈기며 말했다.

“사람으로 대해 줄려고 했더니, 뭐라고 이 년아? 조금 전에 뭐라고 했어? 너 같은 것도 사람이라고 대들고 지랄이야, 지랄이!”

너무나 황당하면서도 어처구니없는 상황이었다. 여인이 방금 뭐라고 했는가? 너 같은 것도 사람이냐고 물었것다? 사람의 자존심을 짓밟아도 유만부동이지, 폭언에다가 폭행까지 했것다? 나의 직업은 내가 선택한 것인데, 건방지게 누가 나에게 욕을 해? 도저히 그냥 넘어갈 수는 없는 일이었다. 나는 서서히 고개를 바로잡으며, 여인의 몸을 신속히 훑어보았다. 미혼의 여인인데도 제법 덩치가 있어 보이는 게 힘깨나 쓴다고 자만하고 있는 모양이었다. 객지를 떠돌며 내가 익힌 거라곤 정신력과 적응력뿐인데, 이러한 나를 때려? 나는 그러잖아도 여인의 인상이 마음에 안 들던 차에, 손을 좀 봐 주어야겠다고 생각했다. 어느새 둘 다 방 안에서 일어선 상태였다. 순간적으로 두 발로 몸을 솟구치며, 오른발 앞차기로 그녀의 턱을 정통으로 걷어차 버렸다. 나의 발에 힘이 실렸던지 금세 여인은 비명을 지르며 나뒹굴었다. 마음 같아서는 계속 발길질을 해대고 싶었지만, 더 이상의 행동은 자제하기로 했다. 약자에게 무력을 휘두르는 것만큼 용렬한 일은 없다고 생각했기 때문이었다. 엄살을 피워대는 여인을 일으켜 앉힌 다음에, 처음과 같은 자세로 차근차근히 얘기해 나갔다.

“창수 씨한테 얘기는 많이 들었는데, 서윤주 씨 맞죠? 옷깃만 스쳐도 인연이라 그랬는데, 이왕이면 서로 잘 지냈으면 해요. 서로 간에 쓸데없는 감정일랑 갖지 말고, 우리 차분히 얘기나 하자구요.”

이렇게 하여, 그날 밤에 나와 여인은 창수에 대하여 흉금을 털어놓았다. 하지만, 얘기를 하면 할수록 창수를 서로 빼앗기지 않으려는 마음으로, 서로의 가슴이 답답해지는 느낌이었다. 이때부터 이러한 답답함은 시간이 흐르면 흐를수록 더욱 나의 가슴을 옥죄어 왔다.

이제 능선 길을 내려와 북동 해변으로 통하는 오솔길에 들어섰다. 이 오솔길에만 들어서면, 창수와의 사랑이 시작되었던, 보름 전인 7월 중순의 일이 떠올랐다. 북동쪽 해안으로부터 백여 미터의 거리쯤에 자리 잡은 대략 백 평가량의 넓적한 돌섬에서였다. 아니 돌섬이라기보다는 우뚝 솟은 너럭바위라는 편이 옳았다. 이 너럭바위는 갯벌 바닥으로부터 1미터가량은 위로 치솟아 있었다. 돌섬 위에는 대략 이십여 명의 여행객들이 노닥거리며 술잔을 기울이고 있었다. 저녁 7시 무렵부터 점차 밀물이 들어차고 있었다. 갯벌 구멍으로부터 게 떼들이 머리를 쑥쑥 내밀어 올리고 있었다. 사람들은 저마다 한때 반짝 빛났던 추억담을 풀어내며 과거의 향기에 취해 버둥거렸다. 그러는 사이에 어느새 바닷물이 돌섬 발부리를 적시기 시작했다. 일 미터쯤 차오르려면 시간이 걸리겠거니 믿는 건지 다들 여유롭게 바다를 바라보고 있었다. 하지만, 바다는 사람들의 하찮은 예견을 비웃기라도 하는 듯 마구 덮쳐들었다. 순식간에 여인들로부터 비명이 터져 오르며 술렁대기 시작했다. 신발도 버너도 내팽개친 채, 여행객들은 엉겁결에 돌섬을 뛰어내리며 연방 비명을 질러댔다.

여행객들은 모두 황급히 갯벌을 빠져 나가고, 이젠 나의 일행 넷만 남았다. 소금물에 익숙한 넷은 천천히 바닷물을 걸어 나오며 술병을 입에 물었다. 그러면서, 사타구니에 손을 넣어 밀착된 속옷에 자유를 주곤 했다. 이제 몇 발자국만 헤쳐 가면 금세 뭍에 오를 터였다. 그렇게 널브러졌던 자갈밭은 어느 쪽으로 묻혔단 말인가? 동쪽 아니면 북쪽? 암벽에 그어진 흘수선(吃水線) 어디인가에도 바다를 향한 출구는 열려 있었을 터였다. 이제 막 뭍으로 올라서기 직전이었다. 아마도 따가운 소금기와 음주로 인한 열기를 떨쳐 내고자 한 몸짓에서 비롯되었을 터였다. 저마다 약속이라도 한 듯 물에 젖은 손을 벌려 원무(圓舞)를 추기 시작했다. 불콰해진 얼굴로 이성의 체취마저도 부담 없이 들이마시며 모두들 하나같이 들떠 있을 때였다. 찰나 간에 떠오른 생각이었다. 나는 이러한 혼란을 틈타, 평소에 창수가 뇌까리던 '병신'이 어느 부위인지를 알아내고 싶었다. 나는 생각이 떠오르면 곧바로 실천에 옮기는 여자였다. 나는 취기를 빌미 삼아 창수를 껴안으며 그의 바지 섶에 손을 찔러 넣었다. 그 순간이었다. 창수의 눈빛이 파랗게 섬광을 뿌리며 뻗쳐올랐다. 그러면서, 그는 격분하여 나를 향해 마구 소리쳤다.

"야, 너마저도 그렇게 암컷의 티를 내고 싶냐? 그래 좋아! 내 앞에서 발가벗어 보란 말이다."

이때까지도 술에 취한 채, 비틀거리던 윤호와 상희는 주춤 물러섰다. 그러고는 눈을 동그랗게 뜬 채, 창수와 나를 번갈아 살피기에 바빴다. 이때 하나의 영감이 머릿속을 섬광처럼 적셔 왔다. 나는 영감에 따라 즉시 실천에 옮겼다. 셋이 지켜보는 앞에서, 나는 블라우스의 단추를 풀며 옷을 벗으려고 했다. 상희는 기겁을 하며 내게 달려들어 나를 말리려고 했으나, 나는 간단히 그녀를 뿌리쳤다. 그러자, 윤호는 상희에게 눈짓을 보내더니, 상희를 데리고는 서둘러 갯벌을 빠져 나갔다. 나는 창수의 정면에서 아주 천천히 옷을 벗기 시작했다. 블라우스를 벗어던진 데 이어 브래지어를 풀어 젖히자마자 젖무덤이 덩그렇게 드러났다. 연이어 치마허리에 손을 갖다 댈 무렵이었다.

창수는 힘없이 무너져 내리며 나의 앞에 무릎을 꿇더니만, 나를 꽉 끌어안았다. 나는 순식간에 숨을 쉬기가 어려워졌다. 나는 창수의 얼굴을 정면으로 응시했다. 창수의 눈에는 눈물이 마구 범벅이 되어 흘러내렸으며, 그의 관자놀이가 파들거리며 떨고 있었다. 나의 마음을 고백건대, 나는 창수의 망가진 부위가 어느 곳인가를 확인하고 싶었던 터였다. 춤추며 수없이 서로의 피부에 닿았더라면, 누구든 성기가 발기되어 있었을 터였다. 하지만, 나의 손끝에 느껴진 그의 성기는 발기 부전이었었다. 이 사실을 확인한 순간, 나는 정말 못할 짓을 했다는 생각이 들었다. 그의 절규에 가까운 고함 소리도, 격렬한 분노도 충분히 이해할 만했다. 그가 뱉어낸 옷을 벗으라는 소리에, 그에게 보상하고 싶다면 그렇게라도 하고 싶었었다. 이렇게 느끼자마자 나는 실행을 했었고, 내가 아랫도리를 벗지 못하게 그는 나를 막았었다. 그때, 나는 그가 고문을 받은 결과로 척수 신경에 장애를 입었으리라고 생각했다. 진정으로 나는 그의 처지에 동정심과 연민을 느꼈다. 그리하여, 나는 상체를 벌겋게 드러낸 채 창수를 일으켜 포옹하려 했다. 내가 살며시 그를 끌자, 그는 서서히 몸을 일으켜 세우더니 나를 힘껏 포옹했다. 나는 창수의 등을 하염없이 쓰다듬으며, 창수를 오래오래 나의 가슴에 묻어주었다. 이날 이후로 나는 은밀하게 동백실을 드나들며, 창수의 누드모델이 되곤 했다. 그의 그림이 끝날 때면 그와 나는 알몸으로 드러누운 채, 서로를 애무하곤 했다. 그러면서, 그와 나는 많은 대화를 나누며 서서히 마음속으로 서로를 사랑하기 시작했다. 그러다가 육정(肉情)이 달아오를 때면, 육체적 교접까지도 마다하지 않았다. 그리하여, 창수의 몸은 결코 발기 부전도 척수 신경의 장애도 아니었음을 알게 되었다. 회상컨대, 돌섬에서의 창수의 발기 부전은 그의 복잡한 심리 상태의 반영이었을 따름이었다.

점차 새벽이 밝아오며, 태양의 끝자락이 설핏 동쪽 수평선을 적시려 할 때였다. 바다의 한쪽을 휩쓸 듯이 한 무리의 갈매기 떼가 벼랑으로 날아 내리고 있었다. 여인으로부터 재차 전화를 받고서부터는 내 마음이 그렇게 떨릴 수가 없었다. 나의 떨림이 혹시라도 여인에게 간파될세라, 신중하게 통화를 끝냈다. 창수가 섬을 떠난 후로는 참으로 세상 살 맛이 없던 나였다. 하루에도 몇 번씩 나는 용 바위에 올라, 창수를 생각하며 눈시울을 적셨다. 진작 이럴 줄 알았더라면, 절대로 창수를 떠나보내지 않았을 터였다. 정녕 한 번이라도 창수의 모습을 더 보고 싶었다. 왜 연락처 하나 적어 두지 못했던가 하고 그럴 수 없이 자신이 원망스러워졌다. 안내실에서 펼쳐진 바다를 볼 때마다, 수평선 언저리로부터는 창수의 영상이 바람처럼 피어올랐다. 진정, 가슴속으로부터 타오르는 연정(戀情)으로 자꾸만 목이 메었다. 바닷바람으로 창수의 영상이 사라질 때면, 나의 눈엔 어느새 눈물이 어리곤 했다. 황량하고 삭막하기만 한 나의 가슴에 어느새 창수에 대한 그리움이 쌓였을까? 어느 때일지라도 창수를 만나게 된다면, 두 번 다시는 헤어지지 않을 작정이었다. 눈물로 얼룩진 회한을 통해, 이제야 나는 창수를 연인이라고 부르고 싶었다. 언제나 수평선에서 미소 짓던 연인이여, 그대의 푸른 미소는 나의 진한 설움임을 아는가? 산길이 끝날 무렵쯤, 나는 바닷물이 빠져 나간 해안으로 서서히 내려섰다. 바다는 썰물이 되어 끝없이 밀려 가 버리고, 대신에 갯벌만이 아득하게 펼쳐졌다. 갯벌의 대부분은 자갈밭으로 뒤덮였고, 광막한 자갈밭 길의 끝 부분에는 창수가 서성거리고 있었다. 나는 창수를 보자마자 뜨거운 감동으로 가슴이 북받쳐 올랐다. 나는 먼발치였지만, 입에 두 손을 갖다 댄 채 그를 소리쳐 불렀다.

"창수 씨! 창수 씨 맞죠?"

창수는 이내 고개를 돌리더니만, 손을 번쩍 들어 올렸다. 그러고는 몸을 돌려 나를 향해 갯벌을 걸어 나오고 있었다. 갯벌에 닿자마자 나는 그를 향해 달려 나갔다. 갯벌의 중간 부근에서 창수와 나는 감격에 찬 재회를 했다. 창수와 나는 서로를 힘껏 포옹했고, 창수는 나를 들어 올려 한 바퀴를 돌았다. 그가 나를 내려놓을 무렵에, 나는 그의 목을 꽉 끌어안았다. 나도 모르는 사이에 목이 꽉 잠겨 오며, 콧등이 마구 시큰거렸다. 내가 그의 눈을 바라보자, 그의 눈에도 맑은 이슬방울이 서리기 시작했다. 창수는 듬뿍 정이 담긴 나직한 목소리로 말했다.

"정선 씨! 며칠 동안이었지만, 정말 보고 싶었어요. 폭우가 쏟아지던 동백 숲에서 내가 사랑을 고백한 적이 있었죠? 그날 정선 씨가 침묵으로 일관하자, 나는 그게 거절인 줄만 알았었죠. 비록 잠시 후에 정선 씨가 나를 애무해 주긴 했었지만 말이에요. 나에게는 그 애무조차도 사랑을 받아들이지 못하는 처지에서의 단순한 위로로만 느껴졌어요. 그리하여, 그날은 그렇게 마음이 허전할 수가 없었던 거죠. 결국, 지금까지의 나의 삶은 이 세상 누구에게도 아무런 의미가 없을 거라고 생각했죠. 아울러, 정신이 망가져 때때로 착란 증세를 일으키곤 하는 나 자신이 너무나 비참스러웠어요. 윤주 씨를 따라 섬을 떠나던 날도, 이왕에 망가진 삶인데 아무려면 어떠랴 싶었던 거였어요. 그러다가, 세상이 싫어졌을 때는 미련 없이 생(生)을 마감할 생각이었어요. 하지만, 죽더라도 정선 씨로부터 진정한 사랑을 느낀 이 해변에서 생을 마감하고 싶었어요. 곧장 여기로 왔었지만, 죽음을 작정하자 온갖 상념이 끓어올라, 지금껏 눈물만 쏟았어요. 그러다가 정선 씨의 부르는 소리를 듣고, 이렇게 또 만나게 되었군요. 정녕 이제야말로 나의 사랑의 귀착점을 찾은 느낌이에요. 이제 당신을 위해서라도 절대로 방황하지 않을게요."

"창수 씨, 어쩜 그럴 수 있어요? 하마터면 창수 씨를 못 볼 뻔했잖아요? 창수 씨는 끝내 저마저 버리려고 했었죠? 적어도 제겐 당신을 사랑할 기회는 주셔야지요. 이제 더 이상은 헤어지지 말자구요. 그리구요, 왜 아까운 그림의 재능마저도 바닷속에 묻어버리려 했었죠? 이젠 절대로 그러지 마세요. 절대로 말이에요."

내 말이 끝나자마자, 창수는 나의 눈을 들여다보며 나를 서서히 끌어안았다. 끌어안는 그와 나의 눈에는 순백의 뽀얀 이슬이 맺혀 반짝였다. 점차 마음이 그럴 수 없이 평온해져 오며, 지난 세월의 설움이 북받쳐 올랐다. 감동에 젖은 창수의 모습을 보며, 나는 순수한 연정의 불꽃이 타오르고 있음을 느꼈다. 아침이 밝아오면서, 밀려 나갔던 바닷물이 다시 해안으로 몰려오기 시작했다. 나는 창수와 손을 맞잡고, 서서히 갯벌을 빠져 나오고 있었다. 몰려드는 파도에서 치솟는 포말들이 허공으로 튀어오르면서 서서히 안개가 피어오르기 시작했다. 통영에서 가왕도를 지나 죽도를 향하는 여객선에선, 구성진 노랫가락이 포말처럼 나부끼고 있었다. 점차 동쪽 해상으로 햇살이 피어오르면서 장엄한 일출의 장관을 드러내고 있었다. 바다는 이제 수많은 물고기가 치솟는 듯, 끝없이 파득거리며 눈부신 황금빛으로 깨어나고 있었다.

[문학21, 1999. 4월호 발표]

# 아카시아꽃, 바람에 휘날리다

◇◇◇◇

은주는 작년 12월의 겨울에, 쌍계사의 불일폭포에서 빙벽 타기를 하다가 목숨을 잃었다. 빙벽 등반은 고려대 산악회에서 주관했고, 그녀는 고려대 1학년생으로서 산악회의 정회원이었다. 등반에 있어서, 수준급인 그녀는 나와 사귄 지 근 1년째가 되는 나의 연인이었다. 바람에 휩쓸린 자일이 뒤엉키는 통에, 균형을 잃고 헛발을 내디디며 떨어진 거였다. 싸늘한 암반으로 떨어져 내린 순간, 그녀의 두개골은 엉망으로 파열되어 즉사했다고 산악회장은 말했다. 사고는 12월의 마지막 토요일의 오후 4시를 막 넘어서던 시점이었다.

비보를 듣자마자, 나는 고속버스에 몸을 실었고, 실내에는 녹화 비디오가 상영되고 있었다. 미스 코리아 선발 대회의 녹화물이었고, 얼굴이 어슷비슷한 미녀들이 연달아 엉덩판을 흔들어대고 있었다. 연신 마음은 은주에게 머물렀지만, 나의 눈은 어느새 미녀들의 몸매로 이끌리고 있었다. 혼란한 마음을 추스르려고, 눈까지 감고 뒷머리를 받침대에 밀착시켰다. 하지만, 머릿속으로는 여전히 어느 여인이 결선까지 남게 될 것인가 하고 궁금하게 여겨졌다.

"이야, 정말 잘 빠졌네!"

옆 좌석에 앉은 중년의 사내가 연방 감탄하며 중얼거리고 있었다. 중년 사내에게는 그렇다고 치더라도, 은주를 찾아 내려가는 나에게는 선발 결과가 아무려면 어떻겠는가? 이제 나는 짝 잃은 기러기가 되었는데 말이다.

지난 세월을 돌이켜 보건대, 은주와 나는 누가 보더라도 다정한 연인 사이였다. 은주를 두고 내 친구들은 만날 때마다 나를 부러워하곤 했다. 친구들의 말에 따르면, 그들의 애인은 아무런 조형미가 없다는 거였다. 은주의 발걸음이 옮겨질 때마다 부러움과 시샘이 뒤따랐지만, 그녀는 일체 초연한 표정이었다.

나의 눈에 잔상으로 남은 은주는 봄바람에 깨어나는 매화꽃처럼 청순한 이미지의 여인이었다. 그녀와 나는 수시로 대화를 나누며 교정을 거닐었고, 주말이면 산야로 나가 하늘을 우러렀다. 그녀와 나의 이러한 평범한 생활조차도 주변의 친구들에게는 부러움의 대상이 되곤 했다. 은주와 나의 배낭에는 언제나 싱싱한 과일들과 음료가 풍성했었다. 거니는 벌판은 광활했고, 곳곳마다 솔숲이 푸르렀다. 나는 은주보다 두 살이 많은 대학 동문이었기에, 은주와는 환상적인 커플(couple)의 조건이 되었다. 바다를 향해 마주설 때면, 하늘은 언제나 비췻빛으로 열려 그녀와 나를 맞아 주었다. 그녀의 실력을 믿었기에, 빙벽 타기가 그녀와 나를 갈라놓으리라고는 꿈에도 생각지 못했다. 그녀가 세상을 떠나면서 내게 남겨 놓은 것은 처절한 공허함이었다. 나의 눈길이 닿는 시계(視界)에서 은주를 보지 못하리라는 것은 차마 생각하기조차도 끔찍스러운 일이었다. 나는 서둘러 그녀가 남겨 놓은 공허함으로부터 벗어나고 싶었다. 아니, 벗어나고 싶지 않더라도 그렇게 해야만 했다. 그녀를 산야에 묻고, 상경 열차에 올라서니 벌판은 어느새 하얗게 얼어붙고 있었다. 정말로 어깨가 축 처지는 느낌이었다. 그래도 그렇지 사지에 그처럼 힘이 빠질 수가 없었다. 경적을 울리며 열차가 고개를 넘을 때마다 감은 눈가로 눈물이 맺혀 흘렀다.

거침없이 휩쓸려 가는 세월이었다. 은주가 죽은 지 넉 달째가 되던 지난 4월 말이었다. 은주와의 추억을 떠올리며, 그녀의 묘지에 다녀오는 길이었다. 야간 통일호 열차편으로 상경하면서 나는 끝없이 은주에 대한 기억을 더듬고 있었다. 밀양을 지나면서부터 빈자리가 생기더니, 통로 건너편의 여인이 눈에 띄었다. 그래, 눈에 띄었다는 말 이외에는 다른 적당한 말을 찾기가 어려웠다. 40대 초반의, 미모가 수려하면서도 위엄마저 풍기는, 검정 원피스 차림의 여인이었다. 여인은 첫눈에 탄성을 자아내게 만드는 미모였었고, 가끔씩 섬광처럼 눈빛을 쏟아 내곤 했다. 회상컨대, 청량리역 광장에서 맞닥뜨릴 때까지 열차에서는 딱 두 번만 정면으로 시선을 마주쳤다.

청량리역 출구를 빠져 나와 광장의 중앙 지점에 들어섰을 때였다. 놀랍게도 여인과 나는 정면으로 맞닥뜨렸다. 부지불식간에 나의 입에서 독백처럼 불쑥 말이 튀어 나왔다.

“어, 여기서 또 만나게 되었군요.”

“어머, 정말 그렇네요. 아마 밀양을 지나면서부터 본 것 같네요. 첫눈에 수심이 가득한 안색(顔色)으로 느껴졌기에, 대번에 기억이 되더군요. 바쁘지 않으시다면, 잠시 카페에 들렀다 가지 않을래요?”

솔직히 나는 어안이 벙벙했다. 진작부터 여인과 대화를 나누고 싶었지만, 이렇게 상황이 구체화되리라고는 예측하지 못했었다. 쌍화차를 들면서부터 나는 외로움이 절절한 심정으로 은주의 묘지를 다녀온 얘기를 했다.

벌써 제법 잡초가 어우러져 묘지를 감쌌더군요. 그녀가 평소에 좋아하던 장미꽃을 한 아름 무덤에 올려놓고는 과거를 반추하다가 돌아왔었죠. 생각처럼 과거의 추억이 잘 떠오르더냐구요? 결코 그렇진 못했어요. 회상을 하다가는 자꾸만 가슴이 막혀 울먹이는 바람에, 제대로 과거를 추스르지도 못했어요. 문득 궁금해서 묻겠는데요, 실례지만 아주머니의 연세는 몇이세요? 갓 마흔살이 되었다구요? 그런데도 믿기지 않을 만큼 젊게 보이군요. 여인은 잠자코 고개를 끄떡거리며, 손지갑을 펼치더니만 담배를 꺼내 입에 문다. 담배를 권하는 여인의 몸짓에, 나는 고개를 저으며 눈부시게 수려한 여인의 얼굴을 들여다보았다.

담배 연기를 몇 모금 토해 낸 뒤에, 여인은 술과 안주를 주문했다. 튀김 새우를 집어 드는 여인의 손결이 조각처럼 섬세하고 고왔다. 문득 여인의 섬세한 손길에서 선율이 느껴지면서, 손등에 입 맞추고 싶은 충동이 일었다. 술잔이 오가면서부터는 아카시아꽃의 향기를 닮은 여인의 향수 냄새가 자꾸만 날아들었다.

그러면서 나의 눈길은 얄따란 원피스 자락에 감춰진 여인의 젖가슴과 둔부에 자꾸만 머물렀다. 나의 얼굴은 벌겋게 달아오른 반면에, 여인의 얼굴은 처음과 같이 추호도 변함이 없었다. 나의 얘기가 끝나기를 기다려 여인은 서경숙이라고 이름을 밝히며, 자신의 얘기를 들려주었다. 여인은 상계동에서 음악 학원을 운영하는 원장이라고 했다. 고등학생들의 대학 입시를 맡아 지도한다는 거였다. 끓어 넘치던 자존심으로 말미암아 혼기를 놓쳐버린 뒤에는 자유롭게 산다고 했다. 결혼을 염두에 두지 않으므로, 무엇 하나 걸릴 게 없이 편하게 지낸다는 거였다. 이번의 지방 여행은 진양호에서 음악적인 영감과 감수성을 얻기 위한 거라고 했다. 일주일간을 호수의 수면을 바라보며 사색에 잠기다가 올라오던 중이라고 했다. 문득 나에겐 여인의 개성 있는 삶과 넉넉함이 부러움으로 느껴지기 시작했다. 그럼에도 미혼 여인이라는 점에 있어서, 자꾸만 원초적인 질문이 떠올라 그만둘 수가 없었다. 마침내, 나는 몇 번이나 질문하려다가 그만둔 물음을 던졌다. 서 선생님, 혹시 지금껏 남자와의 교접 욕구는 어떻게 해결하셨나요? 나의 말이 끝나기도 전에, 여인의 눈빛이 심하게 흔들리고 있음이 느껴졌다. 그것도 잠시였다. 여인은 잠시 들고 있던 소설책 한 권을 건네주면서 화제를 바꾸었다. 현종 씨가 내게 관심이 있다면, 책의 뒷면에 전화번호가 있으니까, 다음에 연락주세요. 나의 아파트로 한 번 초대할게요. 내친 김에 노래방에까지 같이 가자고 하고 싶었지만 말이다. 나는 아쉬운 마음을 숨긴 채, 악수만 하고 헤어져서 돌아섰다.

계절이 바뀌어 어느덧 5월에 접어들었다. 서울 근교의 산야는 어디를 가나 곳곳에 신록의 물결로 출렁이고 있었다. 여인과 헤어진 지 이제 닷새 만이었다. 아침에 여인에게 전화를 걸었더니, 셋째 주의 토요일 아침에 그녀의 집으로 초대하겠다고 했다. 며칠 동안에 나는 그녀가 건네준 소설책을 면밀히 읽어 나가기로 했다. 여인이 준 책을 펼쳐 들자마자, 그녀의 얼굴이 컬러(color)로 새겨진 명함이 떨어져 내렸다. 나중에 갈무리해 둘 요량으로, 명함을 우선 책상 위에 올려놓았다. 소설은 루이제 린저(Luise Rinser)의 '안젤리나의 연인'이었다. 여인이 내게 책을 주었을 때는 분명히 뭔가 뜻이 있었을 거라고 여겨졌다. 그랬기에, 눈에 불을 켜고 숙독에 숙독을 거듭했다. 반나치 운동을 벌인 안젤리나라는 여인이 조국과 부모 및 연인마저도 결국은 버린다는 거였다. 그런 다음에, 수녀로 변신하는, 파란만장한 과정을 사실적으로 그려낸 작품이었다. 서경숙과 안젤리나는 자유로운 여성이라는 점에서는 공통점이 있었지만, 다른 점이 너무나 많았다. 책을 거듭 읽었지만, 여인이 내게 준 의미를 알아낼 수 없어서 가슴이 답답했다. 이따금씩 떠오르는 은주에 대한 추억으로 인해, 근래에도 나는 눈시울을 적시곤 했다. 묘하게도 은주의 얼굴이 사라질 때면 여인의 얼굴이 떠올랐다. 다름 아닌 윤기가 자르르 흐르던 검정 원피스 차림의 여인을 말함이었다. 청량리역에서의 만남 이후로, 나는 부쩍 여인의 환상을 키우며 살고 있었다. 사무치게 외로운 밤이면, 나는 거울 앞에 선 채 여인을 떠올리며 용두질을 해댔다. 그러다가 문득 여인의 미소 짓는 얼굴이 새겨진 명함에 생각이 이르렀다. 나는 허겁지겁 책상 위를 비롯하여 서랍 등을 뒤적이며 사진을 찾기 시작했다. 심지어 쓰레기통과 입지도 않은 옷의 호주머니까지 뒤졌건만, 끝내 명함을 찾지 못했다. 왠지 모를 불안감에 시달리며, 나는 점차 매사에 의욕을 상실해 갔다. 이 상태로는 내가 설사 여인을 만난다고 할지라도, 어떻게 처신할 것인지 막막하기만 했다. 무엇이 나로 하여금 정신을 멍들게 하는 것일까? 나의 이러한 심리 변화의 근저(根底)에는 분명 뭔가가 강력히 작용하고 있었을 터였다. 혹시 그 원인들 중의 일부가 여인으로부터 받은 소설책에 내재된 것은 아니었을까? 여인의 아파트를 방문하기로 한 하루 전날이었다. 나는 새벽부터 일어나 목욕을 하고, 면도를 하고 세탁한 양복을 꺼내 입었다가 벗었다가를 반복했다. 머리에 무스를 바르고 빗질도 정성을 들여 꼼꼼히 했다. 방문을 여닫으며 방에서 마루로, 마루에서 방으로 자꾸만 안절부절못하여 들락거렸다. 그러면서도 나는 거듭 회의에 빠졌다. 내가 굳이 여인을 만나고자 하는 이유는 뭘까? 내가 원하는 것은 여인과의 정상적인 만남인가 아니면 육체적인 교접일까? 내가 여인과의 교접을 원한다고 해서 그녀가 선뜻 나의 청을 들어줄지도 미지수였다. 아무리 생각에 생각을 거듭해 보아도 확실한 것은 대관절 하나도 없었다. 밤 8시 무렵에 텔레비전을 보고 있노라니까 초인종이 울렸다. 문을 열어 보니, 위층에 사는 40대 중반의 통장 아주머니였다. 그녀는 홀로 지내는 사내들만 찾아다니며 추파를 보내는 묘한 여자였다. 언제나 입보다는 눈이 먼저 생글거리며 웃었다. 여자는 종이 뭉치를 건네주며 말했다.

"총각, 이게 이번 달 반회보라구. 늘 애인과 붙어 지내더니, 요즘은 애인이 안 보이는 것 같아. 애인과 헤어졌니? 혹시 외롭다면 내가…….”

말이 길어지기 전에, 나는 얼른 회보를 받아 들며 대문을 닫아 버렸다. 하지만, 나는 통장을 괄세할 입장은 아니었다. 왜냐하면, 나는 전문대 1년생인, 그녀의 맏딸을 지도해 주는 시간제 가정 교사였기 때문이었다. 그렇지만, 근래에는 심신의 상태가 엉망이어서, 통장을 내쫓다시피 하여 문을 닫아 버린 거였다.

오전 10시 무렵이었다. 나는 상계동 주공 아파트의 7층에 올라 초인종을 눌렀다. 여인은 이내 문을 열면서 활짝 미소를 지으며 나를 맞았다. 나는 원예점에서 산 백합과 장미 등으로 어우러진 꽃다발을 건네주었다. 여인은 연두색 민소매 셔츠에 남색 미니스커트 차림새로 달려 나왔다. 여인은 꽃을 받아 들며 말했다.

“어머나, 눈부셔라! 그러잖아도 미남이신 데다가 이렇게까지 치장을 하셨으니, 너무나 눈부셔서 눈을 못 뜰 지경이에요. 게다가 꽃도 주실 줄도 아시고, 너무너무 마음에 들어요. 어서 들어오세요.”

여인은 경쾌한 몸놀림으로 꽃다발을 받아 향기를 맡더니, 곧장 피아노 위의 화병에 꽂았다. 여인은 준비해 둔 과일과 음료들을 진열해 놓은 밥상을 거실로 들고 나오며 말했다.

“쉽게 찾아 오셨군요. 시간은 많이 걸리지 않았어요?”

“구획 정리가 잘 되어서, 찾기가 쉬웠어요. 그간 별고 없었어요? 만나 뵌 지 얼마 안 되는 기간이었지만, 무척 보고 싶었어요.”

밥상을 사이에 두고 마주 앉으며, 여인은 양손으로 나의 오른손을 감싸 쥐었다. 여인과 나는 딸기와 파인애플을 먹으면서 서로를 따뜻한 눈망울로 바라보았다. 나를 바라보는 여인의 눈빛이 어딘지 친숙하다는 느낌이 들었다. 그래, 여인의 눈빛은 은주가 나를 바라볼 때면 취하던 바로 그 눈빛이었다구. 눈빛에 대한 기억을 더듬으니, 또 있었다. 대학을 갓 입학한 신입생 시절이었다. 입주식 가정교사로 머물던 방배동에서였다. 당시에 여고 2년생이던 인혜의 눈빛이 또한 그랬었다. 입주한 지 아마 한 달쯤 되었을 무렵이었다. 과외 지도를 받고 난 뒤에, 인혜는 방을 나가려다 말고 나에게 다가왔다. 인혜는 나의 등에 젖가슴을 밀착시키며, 나의 가슴에 손을 넣어 상체를 더듬기 시작했다. 사춘기를 맞는 소녀의 전형적인 몸짓이려니 여기고, 무안해 하지 않게 그대로 내버려 두었다. 지내고 보니, 과연 사춘기 소녀의 한때 일어날 수 있는 상황에 불과했었다.

여인은 금세 향긋한 작설차를 내왔다. 차에서 피어오르는 증기가 부드럽게 실내로 퍼져 나갔다. 거실의 벽면에는 각종 음악 콩쿠르에서 수여받은 상패와 상장들로 그들먹했다. 여인은 국내에서는 제법 이름 있는 피아니스트였다. 여인은 수시로 악곡의 영감을 살리러 주로 호수나 해변을 산책한다고 했다. 수면에서 반사되는 햇살이나 수면으로 번져 나가는 수파(水波)를 볼 때마다 가슴이 설렌다고 했다. 여인은 내게 그윽한 눈빛을 드리우며 말했다.

"나는 현종 씨의 상처 입은 눈빛을 대하자마자 마구 가슴이 떨려 왔었어요. 그러니까, 열차 안에서는 딱 두 번이었죠. 한 번은 밀양을 통과하는 순간이었고, 나머지는 대전을 눈앞에 둔 지점에서였죠. 그때 제겐 이런 생각이 들었어요. 어쩜 사내의 눈빛이 저렇게도 처절할 수가 있을까 하고 말이에요. 용케도 청량리 역에서 현종 씨가 일어서기에, 저도 뒤따라 일어나서 우연인 척 광장에서 만났던 거죠. 처절함이란 왕왕 예술 세계와도 밀접한 관계를 지니기에, 댁과 대화를 나눠 보고 싶어지더군요. 행선지가 서울까지이면 대화를 하고, 그렇지 않으면 그만둘 작정이었죠. 나는 현종 씨의 눈빛을 떠올리며 내내 차이코프스키의 6번 교향곡인 비창을 생각했었죠."

잠시 여인이 몸을 일으켜 전축을 틀자마자, 이내 비창의 장중한 음률이 흐르기 시작했다. 53세의 나이에, 콜레라로 숨지기 직전까지 차이코프스키가 혼신의 정열로 만든 최상의 걸작인 비창이었다. 러시아의 전형적인 침울한 서정에, 인생의 부정적인 정서가 어우러진 이 악곡을 누가 모르겠는가? 특히, 인생의 불안이나 공포, 절망, 패배 등이 설운 정서로 표현된 악곡이잖은가 말이다.

비창의 악곡이 흐르면서부터, 나의 의식은 채색 영롱한 과거의 터널 속으로 치닫고 있었다. 아무래도 꿈만 같았던 7개월 전인 작년 10월 하순의 일이 떠올랐기 때문이었다. 그날은 단짝인 성호의 전셋집에서, 성호와 나는 초저녁부터 술에 듬뿍 취해 있었다. 둘 다 주량은 얼마 안 되었지만, 이미 주량의 범위를 훨씬 넘어선 상태였었다. 온 세상이 그렇게 포근하고 아늑해 보일 수가 없었다. 하늘의 구름 속을 둥실둥실 떠가는 듯한 몽환의 상태에 젖어 있었다. 이때 성호가 눈빛을 빛내며 기발한 제안을 했다.

"형준아, 너는 나의 능력을 알지? 어떠한 딸애(그는 여대생을 이렇게 불렀다)들도 30분만 내 얘기를 들으면, 스스로 옷을 벗게 만들 자신이 있다구. 내 말이 허풍으로 들린다면, 당장 아무나 불러 와 봐. 시범을 보여 줄 테니까 말이야."

"성호야, 만약에 너의 말대로 안 되면, 어떻게 할 거야?"

"헛소리하고 자빠졌네. 당장 아무 년이나 불러 봐. 너의 눈앞에서 보여 줄게. 내 말이 허풍이라면, 나의 연인 영옥이를 네 앞에서 발가벗도록 해 줄게, 됐어?"

나는 취기도 올랐지만, 성호의 능력이 어느 정도인지 솔직히 확인하고 싶기도 했다. 즉시 핸드폰으로 은주와 영옥을 포함한 써클 여학생 다섯을 불렀다. 용케도 반 시간이 지나자, 여학생 다섯이 모두 도착했다. 나는 거실에서 텔레비전만 들여다보고 있었고, 성호는 여학생 다섯을 자신의 곁으로 불러 앉혔다. 성호는 서서히 무게를 잡더니, 나지막한 소리로 뭔가 열변을 토하기 시작했다. 여인들은 눈빛을 빛내며, 성호의 얘기에 귀를 기울이면서, 수시로 맥주잔을 건네고 있었다. 대략 20분쯤 경과되었을 때였다. 성호는 오디오를 켜 차이코프스키의 비창을 흘려보내고 있었다. 나는 취기로 인해, 자꾸만 눈이 감기려고 했었지만, 억지로 버텨 내고 있었다. 텔레비전 화면을 보다가 잠시 눈이 감겼을 때였다. 갑자기 주변의 분위기가 이상스럽게 느껴져 왔다. 고개를 돌려 보니, 성호와 함께 여학생 다섯이 눈물을 흘리며 잔뜩 감동한 표정이었다. 마침내 성호가 자리에서 일어서더니 독백처럼 침중한 목소리로 말했다.

"인생 자체가 환상일진대, 우리를 속박하는 헝겊 조각들을 아직까지도 소중하게 걸칠 필요가 있을까? 적어도 진정한 인생의 멋을 아는 사람이라면 말이다. 오늘 밤만은 바람에 흩날리는 도화(桃花)의 꽃잎처럼 가식을 훌훌 떨쳐 버리자구."

말을 마치면서 성호가 윗도리를 벗기 시작하자, 일순 실내는 정적에 휩싸였다. 바로 이때부터 깜짝 놀랄 일이 벌어지기 시작했다. 여학생 다섯이 거의 동시에 일어서더니, 눈물을 쏟아 내며 윗도리를 벗기 시작했다. 은주까지도 일어나 브래지어를 푸는 모습을 보게 되자, 나는 숨이 막힐 지경이었다. 잠시 후에 여인들은 속치마만 걸친 반라의 몸으로 성호와 어울려 원무(圓舞)를 추기 시작했다. 나도 숨이 막혀 도저히 견딜 수가 없었다. 나도 일어나 상체를 드러내곤 일행과 합류하여 혼몽한 정신으로 원무를 추기 시작했다. 여인들의 덩그렇게 드러난 젖가슴이 상체에 와 닿을 때마다 아뜩한 현기증을 느끼곤 했다. 그날 밤을 지새도록 오디오에서는 차이코프스키의 비창이 구름 속의 학처럼 나부끼고 있었다.

여인은 그윽한 눈빛을 빛내며 내게 속삭이듯이 말했다. 악곡마다 작곡가의 영혼이 깃들어 있다고 했는데, 비창을 현종 씨가 듣게 되어 무엇보다도 기쁘네요. 왜냐구요? 댁의 처절한 영혼을 말끔히 치료하는 약이 될지도 모르기 때문이죠. 그러고, 바로 그 눈빛 말이에요. 그 눈빛이야말로 지금까지 꽁꽁 얼어붙었던 제 가슴을 녹여 준 원천이었죠. 그랬기에 현종 씨를 꼭 초대하고 싶었어요. 여인은 칵테일 잔과 양주병을 꺼내 오더니, 술잔을 채워 내게 건넸다. 향긋한 술 냄새가 실내에 돌며 여인과 나는 술잔을 나누기 시작했다. 지난밤까지의 정신적인 쇠잔함이 가셔지면서 일시에 맑은 기운이 전신으로 뻗쳐올랐다.

여인의 청초한 눈빛과 미니스커트 아래의 늘씬한 각선미를 볼 때마다 가슴이 쿵쿵거리며 뛰었다. 나는 생각했다. 상경 열차에서 여인과 나의 눈길이 마주친 것은 혹시 전생의 인연은 아니었을까 하고 말이다. 여인은 나의 처절한 눈빛을 보고는 나의 영혼을 달래 주고 싶었노라고 했었다. 그리하여, 그녀의 집으로 나를 초대까지 한 거였다. 그런데, 내가 여인에게 해 준 것은 뭔가? 여인의 의도가 헌신적인 사랑이라면, 지금의 나는 도대체 무슨 생각으로 여기까지 온 걸까? 마음에 느낌이 일자, 말하지 않고는 견딜 수가 없었다.

"서 선생님, 저는 선생님으로부터 많은 것을 받았지만, 제가 선생님께 드릴 것은 없다구요. 저는 단지 연인을 잃은 슬픔만 고백한 거였고, 선생님처럼 베풀 것은 없는 몸이라구요."

여인은 깔끔한 맵시로 미소를 짓더니, 나의 눈을 들여다보며 말했다.

"천만의 말씀이세요. 저의 초대에 응해 주셨고, 풍성한 꽃다발까지 선물로 주시지 않으셨어요? 그리고, 무엇보다도 청순하면서도 탐미적인 눈빛이 너무너무 제 마음에 들어요. 거듭 말씀 드리지만, 댁의 눈빛만으로도 충분히 나의 마음을 사로잡을 수 있었어요. 삶 자체가 매사에 반드시 특정한 동기가 있어야만 되는 것은 아니잖아요, 그렇죠? 설사 별다른 동기가 없었다더라도 이렇게 만난 것 자체가 새로운 동기가 아니냐 말이에요."

나는 얼굴을 붉히며, 술잔에 든 담황색의 양주를 대꾸 대신으로 들이켰다. 나는 이렇게 편안하고 아늑한 세계가 존재하는 줄을 이전에는 미처 몰랐었다. 마음 같아서는 몇 달간이라도 여인의 품속에서 잠들고 싶은 심정이었다. 봄날의 강 언덕에 휘감기는 아지랑이처럼 술기운이 아른하게 퍼져 올랐다. 생각하면 생각할수록 몇 십 년의 세월 동안을 사귀어 온 지기 같은 생각이 들었다. 두 병째의 양주에 이르자, 여인의 얼굴에도 약간의 홍조가 일기 시작했다. 여인은 다소곳이 일어나, 오디오의 음반을 갈아 끼웠다. 이내 블루스 계통의 춤곡이 흘렀다. 여인은 팔을 뻗어 나를 일으켜 세웠다. 자연스레 여인과 나는 서로를 부둥켜안은 채 곡조에 따라 스텝을 밟았다. 가끔씩 서로의 뺨이 닿을 때마다 주기(酒氣)로 달아오른 열기를 느끼곤 했다. 여인의 몸에서는 아카시아꽃의 향기를 닮은 향수 냄새가 은은히 풍겨 나왔다. 여인의 얼굴도 술기운으로 홍조를 띠었지만, 자세만큼은 흐트러짐이 없었다. 어떠한 상황에서도 자신을 통제하는 정신력 같은 것이 내비쳤다. 취중이었지만, 나는 여인의 분명한 마음을 알고 싶었다. 오디오에선 여전히 블루스풍의 느린 춤곡이 흐느적거리며 흘러나오고 있었다. 간헐적인, 여인의 하체와의 접촉과 아카시아꽃의 향수 냄새로 나의 성기는 벌써부터 발기되어 있었다. 나는 여인의 귓전에 대고 낮은 목소리로 속삭였다.

"선생님은 정말 분위기와 기품을 갖춘 훌륭한 여인이세요."

이렇게 말하며, 나는 뺨을 맞을 각오를 하면서 여인의 엉덩이를 쓰다듬기 시작했다. 여인은 빙긋이 웃더니만, 천천히 얼굴을 나의 품에 묻어 왔다. 돌연히 나의 가슴이 쿵쿵거려 오며 은주의 얼굴이 떠올랐다. 이제 내 앞의 여인은 서경숙이 아닌 은주라고 여겨지기 시작했다. 이제 술기운이 머리끝까지 치솟아 올랐기에, 가만히 있을 수가 없었다. 예전의 은주에게 했듯이, 나는 여인의 무릎으로부터 허벅다리를 더듬어 올라갔다. 이제 여인은 두 손으로 나의 목을 껴안은 채 스텝을 밟고 있었다. 엄밀하게는 스텝이랄 수도 없었다. 그저 오가면서 거실을 돌며 춤을 출 따름이었다. 마침내 여인의 속옷에까지 손길이 닿았으나, 여인은 대수롭지 않은 듯이 몸을 내맡기고 있었다. 잠시 머뭇거리다가 팬티 안으로 손을 넣어 여인의 치모에 손이 닿는 순간이었다. 여인의 가슴이 격렬하게 쿵쿵거리면서 여인은 가늘게 몸을 떨고 있었다. 나는 이것만으로도 여인에게 고마움을 느끼며, 손을 빼고 물러섰다. 그러다가, 다시 포옹을 한 뒤엔 여인과 진한 입맞춤을 나누었다. 그림의 완성을 앞둔 화가처럼 다시금 가슴이 불안해지기 시작했다. 불안이 사그라질 때까지 그렇게 오래오래 나는 여인과 입맞춤을 나누었다. 오로지 들리는 것이라곤 그녀와 나의 쌔근거리는 숨소리였을 뿐. 사방은 바람 한 점 일지 않는 정적 속에 휩싸였다. 이윽고 몸을 풀고는, 시계를 본 뒤에 여인에게 말했다.

"서 선생님, 정말 여러 가지로 고마웠어요. 그립고 보고 싶을 때마다 전화 드릴게요. 건강히 지내세요."

"현종 씨! 참으로 멋진 남자세요. 멋과 감정의 절제가 너무나 돋보여요. 내게 부담감을 갖지 말고 때때로 찾아 줘요. 그럼, 잘 가요."

여인으로부터 신림동의 나의 아파트로 돌아와 보니, 우유 투입구를 통해 쪽지가 들어와 있었다. 그날은 토요일 저녁이었다.

*현종 오빠!*

*계속 전화를 했는데도, 연락이 안 닿아 이렇게 쪽지를 쓴다구. 이번 주에는 과 내 행사로 좀 바쁘거든. 그래서, 다음 주부터 지도를 받고 싶은데, 나를 이해해 줄 수 있는 거지? 그리고, 이번 주 토요일에는 오빠랑 함께 옥류계곡을 오르고 싶은데, 괜찮지? 그럼, 안녕!*

*- 윤희*

윤희는 서울의 전문대학 1년생으로 아파트의 같은 동에 사는 통장의 딸이었다. 호텔 경영학과에 다니는데, 영어 실력이 기초가 안 잡혀 나의 개인 지도를 받는 중이었다. 윤희가 나의 지도를 받기 시작한 것은 대입 수능 이후부터였으므로, 대략 6개월이 경과되는 셈이었다. 윤희는 은주가 죽고서부터는 은근한 눈빛을 보이면서, 주말이면 관악산을 함께 오르자고 보채곤 했다. 현재까지의 나의 눈에 비친 윤희는 관능미를 물씬 풍기는 빼어난 미모의 여인이었다. 하지만, 줄곧 내 가슴에는 은주가 자리잡고 있었기에, 윤희가 이성으로 느껴지지 못했다. 그리하여, 나는 윤희를 여동생쯤으로 대했고, 윤희도 내게 천연덕스럽게 응석을 부리며 오빠로 불렀다. 어쨌든 윤희와 나는 한 달에 한 번 정도는 관악산 등정을 해 왔다. 통상적으로 등산을 해 온 날은 매달의 마지막 주 토요일이었다. 제4 광장과 연주암 사이의 중간 계곡이 윤희와 내가 즐겨 찾는 곳이었다. 하지만, 나는 주말쯤에는 윤희가 아닌 '여인'과 함께 관악산을 오르리라고 별렀다.

어느새 5월의 마지막 주였다. 나는 며칠 전에 전화를 걸어, 여인과 함께 관악산을 오르자고 약속해 두었다. 도심 한복판까지 아카시아꽃의 향기가 남실거리며 흘러드는 5월의 마지막 토요일이었다. 여인과 함께 제4 광장과 연주암 사이의 계곡에 도착한 것은 오전 10시 무렵이었다. 넉넉한 수량(水量)을 지닌 관악의 계곡은 지형적으로 흔치 않았다. 계곡수가 유난히 풍부한 그곳은 가히 선경(仙境)이라고 할 정도로 경치가 빼어났다. 거기를 생전에 은주는 옥류계곡(玉流溪谷)이라 부르자고 했다. 거기는 커다란 바위와 해묵은 노송과 풍부한 계곡수가 어우러진 곳이었다. 또한 거기에서 은주와 내가 발가숭이로 목욕한 횟수도 적지 않았다.

옥류계곡에 도착하자마자 여인은 대번에 환호성을 질렀다.

“어머나, 관악산에도 이런 곳이 있었어요? 관악산은 주로 사질층(沙質層)의 계곡이라 물이 괴지 않는데, 여기는 지형이 좀 다른가 봐요.”

나는 즉시 응답하며 쾌재를 불렀다.

“그러잖으면 제가 모시고 왔겠어요? 제가 보기로 관악의 비경 중의 하나예요. 여기 있으면 온갖 세상사를 다 떨쳐 버릴 수가 있거든요.”

여인은 미소를 지으며 벌써 등산화와 양말을 벗어 든 채, 물가로 내려서고 있었다. 하늘은 구름 한 점 없이 맑았고, 솔숲을 스쳐 지나는 바람결조차도 솜털처럼 부드러웠다. 온 산야를 하얗게 뒤덮은 아카시아꽃의 향기가 연방 코끝에 남실거리고 있었다. 게다가 계곡은 외진 곳이어서, 하루 종일을 기다려도 인적이 드문 곳이었다. 여인이 물가에 앉아 손을 씻고 있었다. 나는 잠시 너럭바위에 드러누워 푸른 하늘을 올려다보았다. 올려다보이는 하늘은 끝없이 널브러진 푸른 바다로 느껴졌다. 1년 전만 해도 은주랑 같이 너럭바위에 드러누워 하늘을 올려다보곤 했었다.

문득 은주와 처음으로 옥류계곡에서 목욕하던 날의 일이 떠올랐다. 바로 작년 이맘때의 일이었다. 그때도 지금처럼 푸른 하늘에 아카시아꽃이 솜털처럼 휘날리고 있었다. 마치 눈이라도 내린 듯이, 아카시아꽃이 온 산을 하얗게 뒤덮고 있었다. 흐르는 물도 너무나 맑아, 물속을 들여다보며 은주가 말했다.

"어쩜 이렇게 맑을 수가 있을까? 현종 씨, 수영 잘 해? 여기서 한 번 시범 보여 주면 안 돼? 뭐라구? 나까지 옷을 벗어야 돼? 싫어! 아니, 날더러 현종 씨 앞에서 발가벗으란 말이야, 지금?"

은주의 말이 씨가 된 셈이었다. 그날 은주와 나는 발가숭이가 되어 처음으로 함께 멱을 감게 되었다. 펄쩍 뛰던 형세와는 달리, 은주는 희희낙락하여 좀처럼 물에서 빠져 나올 줄을 몰랐다. 오로지 들려오는 것은 산속을 스쳐 가는 맑은 솔바람 소리일 뿐. 새 소리 하나 들리지 않았다. 은주의 하얀 엉덩이가 나붓거리며 물속을 떠다니는 모습이 너무나도 귀엽게 느껴졌다. 그리하여, 일부러 쫓아가며 소리 나게 엉덩이를 손바닥으로 때려주면서 깔깔거리곤 했다. 뭐가 그리 즐거웠을까? 은주는 옷을 입을 생각도 않고서, 물방울을 뚝뚝 흘리며 내게 익살스럽게 따졌다.

"우와! 현종 씨는 왜 그리 짓궂어? 남의 엉덩이 갈라지면 책임질 거야?"

은주의 하얀 엉덩이와 매혹적인 미소는 어쩐지 아카시아꽃의 이미지와 너무도 많이 닮았다고 여겨졌다. 아마도 청순하면서도 향긋한 이미지와 걸맞았기 때문이었으리라. 누워서 올려다보는 숲속은 온통 하얀 아카시아꽃으로 나부끼고 있었다. 꽃송이들이 휘날릴 때마다 은주의 하얀 엉덩이가 물속을 유영하는 느낌으로 전해져 왔다. 언제나 얼굴에서 장난기가 떠날 줄 모르던 쾌활한 소녀의 얼굴이 아카시아꽃으로부터 환영으로 떠올랐다. 서서히 코끝이 맵싸해지면서, 눈시울이 젖어 들었다. 창졸간의 느낌이었다. 이대로 추억을 간직한 채 영영 화석이 되어 버리고 싶은 충동이 일었다. 갑자기 세상사가 부질없어 보이고 하찮게 여겨졌다. 정녕 이대로 은주의 추억만을 간직한 채, 눈을 감고 싶었다. 서늘한 솔바람에 실려, 아카시아의 꽃송이가 연방 바람에 춤을 추고 있었다.

어느새 눈가로 제법 눈물이 흘러 내렸나 보다. 서늘한 여인의 손이 부드럽게 나의 눈물을 지워 주고 있었다. 여인은 나의 두 뺨에 손을 갖다 댄 채, 내게 속삭였다.

"현종 씨 ! 마음이 괴롭죠? 또다시 옛 연인이 떠올라, 현종 씨를 울리나 봐요. 우리, 언제까지나 나이를 초월하여 연인으로 남았으면 해요. 은주 씨가 그립거들랑 언제라도 나를 가지세요. 현종 씨가 새로운 배우자를 만날 때까지만 말이에요. 그 이후론 영원한 연인으로 남고 싶어요. 그러고, 이제부턴 나를 선생님이라고 부르지 말고, 이름으로 불러 주세요."

나는 눈을 감은 채 조금 망설이다가, 눈을 뜨면서 말했다.

"경숙 씨! 경숙 씨는 언제까지나 이렇게 홀로 지내실 거예요?

다소 늦기는 했지만, 상대가 전혀 없지는 않을 텐데요."

"40대의 여자를 누가 데리고 가겠어요? 아기까지 달린 남자들도 재혼할 때엔 앳된 처녀들만 찾는다잖아요? 굳이 짝을 찾으려고만 들면 없지도 않겠지만, 절박하게 찾아 헤매고 싶은 생각은 없어요. 이러나저러나 흙에서 태어난 목숨인 걸요. 생명체로 태어난 것만으로도 축복받은 일이라고 생각하고, 즐거운 마음으로 감사하게 살아야죠."

여인의 말을 듣고 보니, 내게는 여인이 삶을 풍족하게 사는 선각자로 여겨졌다. 나는 몸을 돌려, 내가 누운 너럭바위 옆에 여인을 나란히 눕혔다. 그러고는 여인의 귓전에 작은 소리로 속삭였다.

"경숙 씨, 당신과 함께 있으면, 봄날의 따스한 햇살 속에 있는 느낌이 들어요. 현저한 나이 차이라, 아내로 맞아들일 수는 없지만 왠지 당신을 갖고 싶군요."

나의 말이 끝나자마자, 여인은 맑은 눈빛을 빛내며 내게로 입술을 내밀었다. 나는 평온한 마음으로 입을 열어 여인의 혀를 받아들였다. 내가 여인의 혁대를 풀 때에, 여인도 나의 바지를 벗겨 내리고 있었다. 우윳빛이 감도는 여인의 매끄러운 알몸. 마침내 아카시아꽃의 향기가 은은하게 배어나는 여인의 속살이 드러났다. 탄력적으로 치솟은 여인의 젖가슴 위로 바람에 휘날린 아카시아의 꽃잎이 이따금씩 떨어져 내렸다. 여인의 나신을 바라보는 순간 숨이 턱 막힐 지경이었다. 한마디로 여인의 나신은 너무나도 빼어난 형상미의 극치였다. 질식할 정도의 눈부신 아름다움이었기에, 감히 손을 댈 엄두가 나질 않았다. 여인의 배

위에 두 손을 얹은 채 가만히 눈을 감았다. 흐드러지게 핀 아카시아꽃의 향기가 연신 후각을 적셔 왔다. 때마침 뻐꾸기의 울음소리가 관악의 숲속 여기저기로부터 애절하게 끓어올랐다. 어쩜 저렇게도 울음소리에 애절함이 깃들어 있을까?

"뻐꾹 뻐꾸욱!"

들으면 들을수록 사무치게 설운 감정이 밀려들었다. 어느새 나 자신도 모르게 눈시울에 이슬이 맺혀 흘렀다. 뻐꾸기의 울음소리로부터 잠재되어 있던 은주의 상실로 인한 설움이 솟구쳐 올랐다. 나도 몰래 고개를 천천히 좌우로 흔들어 대었다. 바로 이 순간이었다. 여인은 나의 뺨을 '철썩' 소리가 나도록 매섭게 후려갈겼다. 상체를 벌떡 일으킨 여인이 눈을 앙칼지게 치켜뜬 채 말했다.

"현종 씨! 사람을 이렇게 무시해도 되는 거예요? 아무리 사별한 연인이 사무치게 그리울지라도 이렇게까지 사람을 굴욕스럽게 하지는 않는 법이에요. 우리의 인연은 없었던 걸로 해요. 정말 해도 너무 하군요. 나 먼저 갈게요."

뭐라고 변명도 하기 전에 여인은 부리나케 옷을 챙겨 입고는 순식간에 떠나 버렸다. 나는 여인을 탓하고 싶지가 않았다. 오히려 떠나는 여인에 대해, 연민의 정마저 느꼈다. 착잡한 심정으로 옷을 추슬러 입고는, 여인의 체온이 실린 바위 위에 다시 드러누웠다. 가만히 눈을 감으니, 작년 5월의 정경이 꿈결처럼 밀려들었다.

이끼가 하얗게 말라붙은 바위 위로 훈훈한 햇살이 쏟아져 내렸다. '쏴아쏴아'하며 솔바람 소리가 숲을 가로지를 때마다 눈송이처럼 아카시아꽃이 마구 휘날렸다. 은주는 옥류계곡에서 좀처럼 나올 기미가 없더니, 돌연히 비명을 지르며 달려 나왔다.

"어머나! 현종 씨, 이리 좀 와 봐. 물속에 뭔가가 있어."

은주의 소리를 듣자마자 나는 가슴이 섬뜩하여 그녀에게로 달려갔다. 경악에 찬 그녀의 시선이 멈춘 곳, 거기에는 분명 뭔가가 있었다. 달려가 자세히 들여다본즉, 커다란 두꺼비 한 마리가 배를 불룩거리며 고개를 내밀고 있었다. 나는 즉시 두꺼비를 붙잡아 손에 들고는 은주를 향해 들이밀었다.

"엄마! 엄마야!"

숨넘어가는 소리로 고함을 꽥꽥 질러대며, 은주는 알몸으로 숲속을 정신없이 내달렸다. 혹시라도 숲속에 독사가 있을까 염려되어, 나는 두꺼비를 버리고 은주를 불렀다. 은주는 금세 달려오더니, 물기를 말리고 있던 발가숭이 상태의 나를 껴안으며 말했다.

"아이! 사람을 이렇게 마구 겁을 주어도 되는 거야, 응? 말 좀 해 봐. 한 번만 더 그랬단 봐라. 확 이것을 잡아 뽑아 버릴 거야, 응?"

은주는 사뭇 위협적인 자세로(그래 봐야 더욱 귀여워 보였을 따름이었지만) 나의 성기를 향해 두 손을 들이밀었다. 창졸간에 나는 어이가 없어, 낄낄거리며 배를 쥐고 허리를 꺾었다. 어느새 은주의 부드러운 손길이 나의 알몸을 애무하기 시작했다. 그녀의 손길이 닿는 곳마다 피부가 흥분하여 깨어나고 있었다. 그녀의 손길이 지나는 곳마다 희열이 마구 소용돌이쳐 올랐다. 너무나 황홀하여 선 채로 화석이 되어 버리고 싶은 심정이었다. 은주의 애무를 받는 정경을 떠올릴 무렵에, 의식이 허물어져 내리면서 풋잠이 들었던 모양이다.

비몽사몽간에 뭔가 실제로 부드러운 감촉이 피부로부터 느껴져 왔다. 가물거리는 의식 세계로부터 부드러운 감촉이 점점 또렷이 살아났다. 순간적으로 섬뜩한 느낌이 들며, 급히 눈을 떠 정신을 차렸다. 그리고는 하도 놀라 자지러질 뻔했다.

“어, 윤희 아냐? 네가 여기는 웬일이야?”

놀랍게도 너럭바위 위에는 윤희가 앉아, 나의 가슴에 손을 넣어 쓰다듬고 있었다.

“아이, 오빠! 날더러 여기는 웬일이냐구? 내가 쓴 쪽지 못 읽었어? 여기 이 자리는 오빠와 내가 등산만 오면 앉아 머무는 고정 자리잖아? 잠을 자더니, 모든 걸 잊어 버렸나 봐. 과내 행사를 마치고 오빠를 만나러 갔더니 없었고, 또 오늘이 마지막 주의 토요일이잖아? 우리가 지금껏 관악산을 오른 날이 바로 마지막 주의 토요일이잖아? 또한 관악산을 올랐다고 하면, 옥류계곡이라는 여기 이 자리에 머물렀던 것을 잊었어?”

내가 일어나 앉는 동안, 윤희는 나를 바라보며 말했다.

“오빠! 잠이 든 오빠를 처음 봤을 때, 얼마나 놀랐는지 몰라. 처음에 나는 오빠가 비관 자살을 한 거라고 믿었어. 두근거리는 가슴을 안고 오빠를 들여다보았더니, 뜻밖에도 숨을 쉬고 있었다, 글쎄? 이번에는 누군가 여자가 있어서 잠시 용변을 보러 갔나 하고 지켜봤었어. 그런데, 그것도 아니었어. 그래서, 결국은 이렇게 생각했어. 오빠가 은주 언니와의 5월의 추억을 못 잊어서, 이렇게 누워 있는 거구나 싶었어. 그런데, 난 오빠를 찾아 여기까지 왔을 뿐더러, 애무까지 했었다구, 기억이 나? 오빠는 날 어떻게 생각해? 뭐라구? 날 강심장이라구? 그런 대답 말고 말이야. 난 정말이지 지난 6개월 동안을 나 혼자서만 오빠를 짝사랑했었어. 나 정말 오빠를 위해선 뭐든지 할 수 있단 말이야. 오빠는 날 아내로 삼고 싶지 않아?"

나는 대답 대신 하늘을 우러렀다. 파란 하늘이 눈부시도록 쾌청했다. 바람이 일 때마다 눈송이처럼 하얀 아카시아꽃들이 솜털처럼 나부끼고 있었다. 연신 콧속으로 스며드는 아카시아꽃의 향기. 온종일을 맡아도 질리지 않는 향긋한 냄새. 생각을 하자니까, 또 은주의 환영이 떠오르려고 했다.

여인이 머물렀던 너럭바위 위로 연신 아카시아나무의 작은 꽃송이들이 떨어져 내렸다. 이걸 보는 순간에, 새로운 생각이 자리를 잡았다. 옥류계곡에서 만난 5월의 윤희라면 은주가 느꼈던 정서를 지닐 수도 있으리라는 생각 말이었다. 이러한 생각이 마음에 자리 잡자마자, 나는 윤희의 얼굴이며 몸매와 심성을 헤아려 보았다. 한마디로 흠잡을 데가 없었다. 게다가 나에게 솔직히 사랑을 고백해 온 여인이 아닌가! 나를 사랑한다는 윤희의 진솔한 마음과 청순한 모습이 어우러져, 순간적으로 나를 감동시켰다. 그리하여, 나는 윤희의 그윽한 눈빛을 바라보며 그녀를 연인으로 삼기로 마음을 정했다. 더 이상 얼쩡거리다간 윤희한테서까지도 따귀를 맞을지 모르리라는 생각을 떠올리며, 미소를 지으며 말했다.

"윤희야, 예전에 내가 발가숭이 은주의 얘기를 한 적이 있지?

내가 원한다면, 너도 이 자리에서 발가숭이로 옥류계곡에 뛰어들 수 있겠니?"

"오빠! 내가 매달릴 수 있는 길을 열어 주어서 고마워. 오빠가 원한다면, 뭐든지 다 할게, 됐어?"

나는 옷을 벗으려는 윤희를 제지한 채, 한껏 그녀를 들어 안고 맴을 돌았다. 감격한 그녀의 눈에선 맑은 눈물이 방울방울 떨어져 내렸다. 나는 윤희의 손을 잡고, 눈송이처럼 하얀 아카시아 숲속 길을 걸어 나갔다. 또다시 멀리서 뻐꾸기의 울음소리가 끓어오르며, 아카시아꽃이 바람에 휘날리고 있었다. 나는 윤희 몰래 손등으로 눈물을 지우며 푸른 하늘을 올려다보았다.

[순수문학, 1999. 7월호 발표]

## 인사동길의 여로(旅路)

◇◇◇◇

대형 판유리 창으로 저녁의 어스름이 살며시 내려앉기 시작한다. 썰물처럼 햇살은 서둘러 골목길을 빠져 나가고 있다. 도로에는 퇴근길을 재촉하는 인파로 술렁대기 시작한다. 화방이며 골동품 상가의 곳곳에서, 불빛이 고개를 내밀며 깨어나고 있다. 마지막 1년을 채우기 위해, 나는 양 선배의 화방에서 야간 아르바이트를 하고 있다. 거기에서 나는 매일 저녁 6시부터 밤 9시까지 일을 한다. 나의 업무는 주로 커다란 진열창이 한눈에 들어오는 계산대에서 치러진다. 지금 나는 도로에 면한 판유리 면을 통해 인사동길의 정경을 내다본다. 퇴근 시간을 넘기고도 거리는 여전히 오가는 사람들로 북적댄다. 화방의 왼쪽으로는 골동품 상가들이 밀집해 있고, 오른쪽으로는 제3 미술관을 비롯한 미술 전시관들이 곳곳에 깔려 있다. 길 건너편 중앙에는 관훈 미술관이 보이고, 왼쪽으로는 백상 빌딩과 성화

빌딩이 우뚝 솟아 있다. 오른쪽으로는 중앙교회의 첨탑이 아슴푸레하게 잡힌다. 그 이외에도 사이사이로 할인 매장, 경양식점, 카페, 서점 등이 즐비하게 깔려 있다.

거리에는 네온사인의 불빛이 실뱀처럼 흘러내리고 있다. 현란한 불빛에 실려, 문득 목포의 밤하늘이 떠올랐다. 어릴 적에 효정이와 함께 올려다보던, 별빛이 사무치게 빛나던 밤하늘 말이었다. 어쩜 그리도 별빛이 영롱했었던지, 지금 생각해도 가슴이 저려 온다. 한때 같이 살았던 효정이는, 한 살 아래의 이종사촌 여동생이다. 그녀가 나의 자취방에 놀러 오겠다고 한 날이 바로 오늘이다. 나는 효정이만 떠올리면, 친동기간이나 다름없는 애틋한 정을 느낀다.

'고궁 화방 및 사진관'이라는 상호에 걸맞게, 화방에는 표구점 및 사진관의 시설이 부속으로 깔려 있다. 어느덧 여기서 근무해 온 지 2년 만이다. 이 골목에서 나는 감각이 제법 섬세한 대학생 사진사로 알려져 있다. 좌측의 사진실에는 자동 현상 인화기를 비롯한 대형 사진기, 의자, 부대 촬영 보조 장치 등속이 쫙 깔려 있다. 그 안쪽 구석 자리에는 암실이 자리 잡고 있다. 근래에 들어, 암실은 종종 누드모델들의 탈의 장소로 이용되고 있다. 거기에서 화가들은 취향에 맞는 모델을 골라잡곤 한다. 계산대 우측의 진열대에는 각종 그림 기자재들이 가지런히 놓여 있다. 안쪽 벽면에는 유명 화가들의 작품들로 그들먹하다. 화방을 찾는 사람들은 슈퍼마켓을 찾는 사람들만큼이나 다양하다. 단순히 필름을 맡기러 오는 화가들도 있고, 그림 도구를 구입하러 오는 사람들도 있다. 그림 표구를 맡기러 오는 화가들도 있고, 맡긴 작품을 팔아 달라는 신진 작가들도 있다. 이들의 작품에 눈독은 들이되 구경만 하고 가는 사람들도 있고, 들를 때마다 한 작품씩 사 가는 단골손님들도 있다. 또한 손님들 중에는 누드모델들의 수도 적지 않다. 그녀들은 누드 사진첩을 건네면서, 좋은 화가를 소개시켜 달라며 하나같이 아양을 떤다. 방울소리가 울리며, 간식 배달 소녀가 들어선다.

"어머, 언니! 오늘 새 옷이네요. 맛있게 드세요."

소녀는 켄터키 치킨과 우유 한 팩을 건네고는 돌아서서 나간다. 유리문이 열렸다 닫히며, 8월의 후덥지근한 공기가 실내로 왈칵 달려든다. 배달 소녀가 다녀가는 시간은 언제나 저녁 6시 반이다. 뭐가 즐거운지 깡충거리며 소녀는 벌써 횡단보도를 건너가고 있다.

화방의 주인인 양미선(楊美嬋)은 나와는 대학 동문으로 미술학과의 5년 선배다. 2년 전에 교통사고로 남편과 자식을 잃고는 여태껏 그녀는 홀몸이다. 양 선배는 누가 보더라도 뛰어난 중견여류 화가다. 그녀는 낮에는 화방을 지키다가, 밤이면 자택에서 작품 활동을 하곤 한다. 내가 그녀를 알게 된 것은 순전히 지도교수의 덕이다. 나의 어려운 생활고로 인해, 지도 교수는 양 선배의 화방을 나의 아르바이트 자리로 소개했다. 나는 양 선배와 접촉하면서부터 점차 그녀를 닮으려고 애쓰는 자신을 느낀다. 내겐 그녀의 우아한 품격과 당당한 실력이 언제나 부럽다. 그녀 앞에 서면 감전이라도 된 듯 예술의 혼에 동화되곤 하는 자신을 느낀다.

50대 초반의 머리 벗겨진 채명국 화백이 들어선다.

"어이구, 수고 많네요. 오늘 손님들 좀 다녀갔어요?"

그의 곁에는 30대의 늘씬한 여인이 붙어서 있다. 그는 들어서자마자 진열대 후면 벽에 걸린 자신의 표구된 그림들을 쓱 훑어본다. 변동 없는 자신의 액자 수를 확인하고는, 담배를 입에 물며 말을 건넨다.

"요즘은 말이야. 물난리까지 겹쳐서, 경기 회복이 언제쯤이나 될지 알 수가 없어, 정말. 우와, 홍 양! 옷을 그렇게 입으니까, 달에서 방금 내려온 항아 같아. 아부가 아니라, 정말로 그렇게 보인다니까 그러네. 혹시 받아 놓은 사진첩 있으면 좀 줘 봐요."

저녁 무렵부터 다녀간 모델만 해도 십여 명이 넘는다. 받아 둔 사진첩만 해도 5권이다. 한때 대한민국 미술대전 상임 심사 위원이기도 했던 채 화백이었다. 또한 그는 특선 작가를 역임한 원로급 화가로도 잘 알려져 있다. 하지만, 탁월한 명성에도 불구하고 난잡한 바람기로 인하여, 그는 세인들의 비난을 벗어나지 못했다. 버젓한 가정을 지녔으면서도 그는 유난히 여자를 밝혔다. 내가 볼 때만 해도 그랬다. 그는 2~3주 단위로 다른 여자를 데리고는 화방을 찾는다. 언제나 그의 입에서는 알코올 냄새가 절어 있다. 나의 기억으로는, 그가 맑은 정신으로 화방을 찾았던 적은 없었던 것 같다. 그는 심드렁하게 사진첩을 넘기더니만, 세 번째 사진첩을 펼쳐 들면서부터는 표정이 달라진다.

"이 봐, 홍 양. 주옥란이란 이 모델 말이야. 내일 밤 7시까지 일단 화방으로 나오라고 해 줘. 암실 테스트를 해 본 다음에, 쓸지 안 쓸지를 결정해야겠어."

말을 하다 말고는 흘낏 나의 눈치를 한 번 본다. 그리고는 멋쩍은 듯 헤벌쭉 웃는다. 그런 뒤엔 어김없이, 오른손을 뻗어 옆의 여자의 손을 잡고는 가게를 나선다. 아내가 아닌 다른 여인과 번번이 다정하게 손을 맞잡고 거리를 나서는 채 화백이었다. 이런 채 화백에게 양 선배는 어떻게 후한 점수를 주는지 알다가도 모를 일이다. 하지만, 나는 양 선배를 떠올리며, 돌아서 나가는 그들을 언제나 상냥하게 배웅한다.

"재질 좋은 걸로 파스텔 한 통하고 픽사티브 있으면 1통만 줘요."

미술 학도인 듯한 청년이 계산대 앞에 서 있다. 나는 즉시 광분해성 비닐봉지에 물품을 넣어 청년에게 건넨다. 청년이 떠나자마자 대여섯 명의 여고생들이 재잘거리며 들어선다. 여학생들은 일제히 흩어지더니, 각자의 물품을 고르느라고 여념이 없다.

어느새 벽시계는 8시 40분을 가리키고 있다. 마지막 고객이 다녀갈 시간이다. 창밖을 내다보니, 예견한 대로 길을 건너오는 홍섭(洪涉)이 눈에 띈다. 대학 2년생인 그는 전년도에 세인들의 부러움을 사며, 화려하게 등단한 신예 화가이다. 그는 주로 여인의 나신을 그려내는 데 천부적인 자질을 가진 화가라고 알려져 있다. 홍섭은 자기 집 드나들듯 당당하게 들어서며 입을 연다.

"안녕하세요? 언제나 절 반겨 주는 유림 씨가 좋아요."

잔잔한 웃음과 함께 그는 두 통의 필름을 건네준다. 그러고는 등을 돌려 후면 벽으로 간다. 그의 시선은 언제나 채 화백의 그림에서 떠날 줄을 모른다. 그의 시선이 닿는 곳마다 금세라도 시퍼런 불꽃이 피어오를 듯한 느낌이다.

"왜 그토록 채 화백의 그림에만 눈독을 들이죠?"

진작부터 묻고 싶었던 질문을 던졌다. 그는 움찔 놀란 듯하더니, 금세 온화한 표정으로 대답했다.

"분명한 건 말이죠? 구상 계열에서는 채 화백의 작품만 한 것이 없다는 점이죠. 모방할 수 없는 독창성에다가 볼 때마다 치솟는 새로운 감흥, 이게 바로 그분의 독보적인 작품 특성이죠. 제가 매일이다시피 이곳에 들르는 이유가 뭔지 아세요? 어떡하면 그의 기법을 알아낼 수 있을까 하는 점 때문이죠. 그렇다면, 작품을 사 가면 될 게 아니냐고 묻고 싶은 거죠? 작품 한두 점으로는 특성을 살피기가 쉽지 않잖아요? 그렇다고 이 많은 그의 작품을 사기에는 경제적으로 역부족이죠."

그래서 그런지 채 화백의 그림을 들여다보는 그의 자세는 경이에 찬 모습 그 자체다. 홍섭이 맡기고 가는 필름에는 하나같이 여인들의 나신이 담겨져 있다. 필름당 누드모델의 통상적인 수는 대여섯 명에 달한다. 대상은 다르지만, 하나같이 쭉쭉 곧은 몸매와 볼륨감 넘치는 가슴을 지니고 있다. 누드 사진을 뽑아들 때마다, 왜 수많은 사람들이 여인의 누드에 황홀해 하는지를 알 것만 같다. 정녕 발가벗은 여체만큼 아름다운 예술품은 없을 거라는 생각이 들기 시작한 것도 이 무렵부터였다. 채 화백의 작품 감상을 끝내고 나면, 홍섭은 계산대 앞으로 와서 즐겨 말을 건넨다. 대화할 때면, 그의 맑은 눈빛이 강렬하게 느껴질 때도 더러 있다. 간혹 시선이 마주칠 때면, 그의 눈길은 안개 속처럼 그윽하게 느껴지기도 한다. 그의 시선에는 뭔가 내밀한 뜻이 포함되어 있지는 않을까 하고 더러 곤혹스러워질 때도 있다. 홍섭이 떠날 때쯤이면, 시계는 아홉 시를 가리킨다. 셔터를 내리고 자물쇠를 채우고 나니, 온몸이 나른해져 온다. 나는 이제 걸어서 십여 분 거리의 자취방을 향해 부지런히 발걸음을 옮긴다. 위력적인 저기압 세력권에 놓여 있는 8월 초순의 밤이다. 언제 또 폭우가 쏟아지려는지 하늘은 잔뜩 험악한 기세를 보이고 있다.

집으로 내려서는 길은 언제나 인왕산 골바람으로 서늘하다. 가슴까지 서늘하게 적셔 주는 바람을 맞으며, 나는 양껏 팔 벌려 심호흡을 한다. 빌라로 통하는 길목쯤에서, 나는 효정을 위해 슈퍼에 들른다. 자취방에 오르는 층계쯤에서 기다리던 효정은 나를 발견하자마자 반색하며 달려든다.

"언니, 나야. 퇴근이 만날 이맘때야? 나도 방금 도착했어."

"효정아, 우리 정말 오랜만이지? 너 많이 예뻐졌구나!"

말이 끝나기도 전에 연인들처럼 얼싸안는다. 저녁 밥상을 마주하면서부터 우리는 소중하게 갈무리된 이야기꽃을 펼친다. 저녁 안개에 잠긴 강물처럼 고적한 분위기에 젖어, 우리의 기억은 과거를 향해 치닫고 있었다.

나는 엄마를 잃고서부터 목포의 이모 댁에서 자랐다. 엄마를 여읠 때의 나는 초등학교 6학년의 어린애에 불과했다.

"새벽에 돌섬 물뱀이 벼랑 아래로 물질을 나섰다가 변을 당했댔지? 피붙이라곤 유림이밖에는 없는 청상이잖아? 애고 불쌍해서 어쩌나?"

수업을 하다 말고 연락을 받고는 곧장 교실을 떠나 달려왔다. 소식을 듣는 순간엔 오로지 아뜩한 현기증뿐이었다. 나는 달리면서부터 서슬 퍼런 슬픔이 북받쳐 올라 치마에 오줌을 지리고 있었다. 동구 밖 느티나무 아래에는 마을 아낙들이 떼를 지어 몰려섰다. 원형으로 둘러싼 아낙들의 울안에는 엄마의 싸늘한 주검이 땅바닥에 누워 있었다. 바닥에 누운 엄마를 보자마자 설움이 북받쳐 올라 나는 엄마를 향해 왈칵 몸을 던졌다. 바로 그 순간에, 흙냄새가 빛살처럼 날아오르며 나는 실신해 버리고 말았다.

습기가 차오르며 멀리서 천둥소리가 간헐적으로 들려온다. 후드득거리는 빗소리가 사방에서 밀려들더니, 급기야는 창밖으로 굵은 빗방울이 마구 쏟아진다. 요즘 들어서는 밤만 되면 서울의 하늘은 구멍이 뚫린다. 한강 홍수 주의보가 해제된 지 며칠이나 된다고 이 지경일까? 나는 밥상을 밀쳐놓고는 열린 창문을 닫으며, 효정과 마주 앉았다. 비는 연방 억수로 쏟아져 내리며, 창문을 씻어 내린다. 쏟아져 내리는 빗물은, 어쩌면 아이엠에프(IMF)로 목 잘린 실직자들의 눈물일지도 모른다는 생각이 얼핏 들었다.

나의 자취방에는 종환이의 체취가 배어 있다. 입대하기 2년 전서부터 그는 나의 자취방에서 살갗을 맞대며 살았다. 살다가 때가 되면, 결혼을 하자는 묵계가 담긴 동거 생활이었다. 그의 집은 제주였고, 함께 지내는 동안 이따금씩 그는 고향 나들이를 하곤 했다. 철학과에 재학 중이던 그는 동양 철학에 심취하지 못해 늘 안달이었다. 그러더니, 관상이나 사주를 보는 일에 흥미를 갖기 시작했다. 군 입대를 며칠 앞두고서였다. 그는 나에게 선언을 하듯이 말했다. 제대하고 돌아오면, 정통 무속인으로서의 한평생을 살아가겠노라고 말이다. 왠지 섬뜩한 말로 받아들여졌지만, 나는 그를 이해해 주고 싶었다. 설사 그래도 그렇지, 하고 많은 직업들 중에서 하필이면 무속인이라니? 전신의 맥이 탁 풀리며, 가슴이 답답해져 왔다. 시대의 조류와는 안 맞는 직업관으로 인해, 우리의 미래도 밝지는 못하리라는 예감이 들었다.

벌써 반 시간을 넘게 세찬 빗줄기가 쏟아지고 있다. 아니나 다를까, 텔레비전에서는 중랑천의 범람을 예고하며, 대피하라는 계도(啓導) 방송이 한창이다. 창밖은 세찬 빗줄기로 인해, 온통 포말이 튀어 사방으로 흩날린다. 억수같이 쏟아지는 장대비에 겹쳐, 매화도의 응봉 골짜기에서 맞닥뜨렸던, 지형성 강우의 끔찍한 소나기가 떠올랐다.

목포에서 뱃길로 세 시간 거리의 해상에는 나의 고향인 매화도가 떠 있다. 매화도 주위로는 다도해의 전형이랄 수 있을 정도로, 섬들이 별을 뿌린 듯 깔려 있다. 고2 시절의 여름 방학 때였다. 엄마가 누워 있는 매화도가 불현듯이 그리워졌다. 섬에 내리자마자 엄마의 무덤이 있는 매화도 북서쪽의 응봉 계곡을 찾아 길을 나섰다. 거긴 나의 고향이었다. 응봉의 골짜기와 능선을 위시하여, 작은 실개천에 이르기까지 안 가 본 곳이 있었던가? 엄마의 무덤은 찔레꽃과 인동 꽃의 향기가 그윽이 서린 응봉 골짜기의 양지쪽에 있었다. 무덤 주위로는 해묵은 소나무 숲으로 뒤덮였고, 무덤에서 올려다보는 하늘은 눈부시게 푸르렀다. 엄마의 무덤에 드러누운 채, 나는 조용히 눈을 감았다. 눈을 감자마자 산새들의 울음소리가 청신경을 간질이며 빛살처럼 날아올랐다. 그 틈새로는 맑은 음향의 솔바람 소리가 '쏴아쏴아'하며 파도처럼 밀려들었다. 청솔가지를 스쳐 흐르는 바람 소리는 마치 천 년의 정밀을 깨뜨리는 자연의 속삭임 같았다.

나는 눈을 감은 채 생각에 잠겼다. 내가 초등학교 4학년이 되던 봄날이었다. 집 뒤뜰의 언덕배기에는 흐드러지게 만발한 배나무가 한 그루 서 있었다. 소담스럽게 핀 배꽃 송이마다 수많은 꿀벌들이 들락거리며 날아오르는 모습이 장관이었다. 꿀벌의 윙윙거리는 날갯짓 소리는 언제나 내게 꿈결같이 아늑한 정취를 불러 일으켰다. 바람이 일 때마다 은박지처럼 반짝거리던 꽃잎들이었다. 잔뜩 아름다움에 취해, 홀린 듯 꽃송이들을 올려다볼 때였다. 갑자기 누군가 나의 두 눈을 손으로 가렸다. 눈꺼풀의 감촉으로 나는 엄마임을 알았다.

"아이, 엄마는? 놀랬잖아?"

나는 포근한 느낌에 젖어, 두 팔을 뒤로 돌려 엄마를 안았다.

"유림이가 이렇게 배꽃을 좋아할 줄은 몰랐구나! 어쩜 배꽃이 이렇게 소담스럽게 피었을까? 옛다, 손에 들고 보렴."

엄마는 가렸던 손을 풀며, 열대여섯 송이가 총총히 매달린 작은 꽃가지를 꺾어 건네주며 활짝 미소 지었다. 배꽃의 향기와 어우러진 엄마의 미소는 눈부시게 아름다웠다. 조업 중의 풍랑으로 아버지를 잃었을 때부터 우리 가족은 모녀 둘뿐이었다. 어려울 때마다 내게 힘을 준 것은 엄마의 환한 미소였다. 언제나 그렇듯이, 꽃가지를 건네주는 엄마의 미소는 구름에 가려졌다가 드러나는 달빛만큼이나 눈부셨다. 그날 이후로는 줄곧 그랬었다. 배꽃을 바라볼 때면, 나는 언제나 꽃송이마다 넘쳐흐르는 엄마의 미소를 느낀다.

이틀간의 연가를 이용하여 놀러 온 효정이었다. 나의 잠옷으로 갈아입은 그녀는 깔끔한 용모에 미색이 돋보이는 여인이다.

“언니, 내가 일하는 염색 가공반의 유 반장 있잖아? 전에도 얘기했다시피 사귀어 온 지가 여섯 달이 되었거든. 공고 출신의 서른네 살의 공돌이지만, 사람이 듬직하고 성실해 보여 사귀었는데, 내가 사람을 잘못 본 것 같아. 혼자 사는 그의 전세방에 출입한 지 두 달쯤 된 지난 토요일이었어. 그는 고등학교 동창들과의 회식 때문에 늦을 거니까 오지 말라고 했어. 처음엔 나도 집에서 좀 쉴까 했지. 그러다가 빨래라도 좀 해 주려고 그의 집에 들렀어. 그날 왜 내가 거길 들렀는지 생각만 해도 치가 떨려.”

그녀의 파들거리는 떨림이 맞잡은 손길로부터 전해져 왔다.

나는 긴 시간 동안을 무덤에 누워 하염없이 울먹이며 회포를 풀었다. 어느덧 태양은 중천으로 치솟아 핏빛으로 타오르고 있었다. 일어나서 거북 바위를 지나, 방아골로 내려설 무렵이었다. 물방앗간의 터가 지척에 바라보이는, 억새풀이 지천으로 돋아 있는 곳에서였다. 외지에서 온 듯한, 중학 마크가 새겨진 운동복 차림의 소년 셋이 길을 막아섰다. 덩치로 보아 중3쯤 되어 보였다. 말이 중학생이지 덩치는 고등학생과 다를 바가 없는 거구들이었다. 셋이서 나를 에워싼 채, 키가 가장 크고 얼굴이 갸름한 소년이 말했다.

“저……, 누나! 우리 몹시 궁금한 게 있거든요. 비디오로는 가끔 숨어서 보았지만, 여자의 알몸을 실물로 보지는 못했어요. 한마디로, 누나의 발가벗은 몸을 좀 보고 싶어요. 맹세하지만, 몸만 좀 보여 준다면 우린 절대 딴짓은 않을게요.”

소년들은 내가 응봉 골짜기에 들어서면서부터 줄곧 미행해 왔다고 밝혔다. 내가 무덤 위에 드러눕는 것을 보고는 자살하려는 걸로 알고는 두려웠다고 한다. 나는 주변의 상황을 순식간에 헤아려 보았다. 방아골은 한낮의 깊은 산골짜기라 하루 종일을 기다려도 인적이 뜸한 곳이었다. 본능적으로 온몸이 저릿하게 떨려 왔다. 같이 오겠다는 이모를 데려오지 않은 것이 너무나 후회스러웠다. 설마 고향 뒷산인데 무슨 일이 있겠느냐며, 큰소리를 쳤던 자신이 미웠다. 이제는 후회해도 너무 늦었다는 생각이 전신을 엄습했다. 자신도 모르게 이빨이 덜덜 떨렸지만, 최대한 침착하기로 했다. 머릿속이 졸지에 윙윙거리며 구토가 일어날 것만 같았다.

효정이는 머리카락을 쓸어 넘기며 계속해서 말했다.
"내가 그의 복제 열쇠로 문을 따고 막 들어갔을 때였지. 낯선 여인의 구두가 먼저 눈에 띄었고, 직감으로 뭔가 일이 꼬임을 느꼈어. 마루에는 남녀의 옷이 아무렇게나 널브러졌고, 방문은 반쯤 열려 있었지. 나는 숨을 죽여 방 안을 들여다봤어. 벌거벗은 남녀가 뒤엉켜 한창 격정에 떨고 있지 않겠니? 머리의 피가 확 식는 느낌이었어. 뒤엉킨 남자는 유 반장이었고, 여자는 석 달 전에 입사한 경옥이었어. 내가 믿었던 사내로부터의 배신감으로 인해, 난 그만 미쳐 버릴 것만 같았어. 난 거기를 빠져 나와서는 곧장 거리를 정신없이 내달렸어. 극도의 분노로 달리는 중에서도 머리는 펄펄 끓어올라 도저히 주체할 수가 없었어."
말을 하다 말고 입술을 달싹이는 효정의 눈에는 뽀얀 안개가 서린다. 여전히 창밖에는 비바람이 사납게 들이치며, 쏟아지는 빗줄기로 후드득거린다. 하얀 포말들이 뿜어내는 냉기가 등줄기를 서늘하게 한다.

나는 주변의 상황을 신속히 헤아려 보았다. 그들은 응봉 골짜기에서부터 줄곧 미행해 왔다지 않은가? 보아 하니, 내가 거절한다고 해서 순순히 물러갈 소년들은 아니라는 생각이 들었다. 인적이 드문 곳이라 소리를 질러 주위로부터 도움을 받을 상황도 못되었다. 도망을 치자고 해도 발 빠른 소년들을 따돌릴 수는 없을 터였다. 그렇다고 놓아 달라고 빈다고 하여, 놓아 줄 그들이 아니라고 생각되었다. 나는 마음을 굳게 정하고 소년들의 얼굴을 침착하게 둘러보았다. 의외로 그들은 선량한 눈매를 지니고 있었다. 일단은 버틸 수 있는 데까지는 버텨 봐야겠다고 작정했다. 가능한 한 차분한 어조를 유지하며, 나는 그들에게 설명해 나갔다. 누구에게나 사춘기에는 이성의 알몸을 보고 싶은 욕망과 충동은 있기 마련이라고. 하지만, 그러한 충동이 가라앉고 나면, 한갓 환상에 불과할 따름이라고. 어쩜 이 세상에 태어난 것 자체부터가 환상일지도 모른다고 말이다. 설명을 듣는 그들은 숙연하기까지 했다. 타오르는 감정을 절제할 수 있어야 하며, 그게 훨씬 아름다운 인간의 모습이라고 덧붙였다. 설명을 끝까지 듣던 키 큰 소년이 두 손을 맞잡은 채 간청했다.

"누나! 누나의 설명을 들으니까, 우리들이 한없이 부끄럽게 느껴져요. 하지만, 우리들은 아직 어른들이 아니잖아요? 그리고, 이 세상에 태어난 것이 정녕 환상에 불과하다면 말이에요. 우리를 위해 누나가 한 번쯤 옷을 벗어 주는 것도 의미가 있는 일이잖아요? 우리가 다짜고짜로 누나를 발가벗겨 버릴 수도 있지만 말이에요. 이렇게 부탁드리는 것은 일생 동안 서로 간에 좋은 추억이 되었으면 하는 바람에서예요. 누나의 벗은 몸매를 정말 한 번 보고 싶어요. 태어나서 이렇게 남에게 부탁해 본 일이 없다구요. 제발 누나! 절대 딴짓은 않을 테니까 한 번만 보여 주지 않을래요? 정말 부탁이에요, 누나!"

정말 이제는 어쩔 수 없는 일이라고 생각했다. 고향이라고 너무나 마음을 편하게 먹어 돌발 사태를 예측하지 못한 점이 정말 한스러웠다. 나는 마지막 안간힘을 써서 떨지 않으려고 노력하며 말했다.

"내가 거절한다고 해서 너희들이 나를 놓아 주겠니? 하지만, 너희들이 신의를 지켜 주기 바란다. 또한 나를 비참하게 만들지는 말아 주었으면 해."

이제는 정말 어쩔 도리가 없다고 여겨졌다. 기왕에 궁지에 몰린 바에야 말이다. 소년들에게 발가벗기는 것보다는 내 스스로 벗는 것이 나을 것 같았다. 그래야 자존심이 덜 상할 것 같았다. 또한 그래야만, 소년들의 성적 충동을 어느 정도는 억제시킬 수도 있을 것 같았다. 나는 떨리는 손을 추스르며, 블라우스의 단추를 풀며 천천히 옷을 벗기 시작했다. 스커트의 지퍼를 내리면서부터는 잔디가 곱게 깔린 평지로 걸어갔다. 마침 평지의 중앙에는 커다란 소나무가 한 그루 서 있었다. 잔디에 누울 것인지 소나무에 기댈 것인지를 놓고, 나는 순간적으로 망설였다. 아무래도 소나무에 기대는 것이 심리적으로 덜 불안할 것만 같아, 소나무에 기대기로 했다. 이윽고, 마지막 속옷을 떼 내고는 소나무에 몸을 기대어 앉으며 스르르 눈을 감았다. 내가 할 수 있는 일이란 죽은 듯이 눈감고 나무에 기대어 있는 거였다. 잠시 망설이는 듯하더니, 소년들은 이내 내게 다가와 나의 알몸을 들여다보기 시작했다. 족히 반 시간은 지났으리라. 소년들은 계속 가쁜 숨을 몰아쉬며, 나의 알몸을 뚫어져라 바라보는 기색이었다. 오로지 들리는 것이라곤 소년들의 침 삼키는 소리와 가쁜 숨소리뿐. 솔숲을 스쳐 가는 바람 소리까지도 멈춰 버린 듯했다. 바싹 근접하여 관찰하는 탓인지, 그들이 내뿜는 숨결이 성감대를 자극하고 있었다. 분명히 나는 도마 위의 고기 신세였다. 소년들의 마음이 변하여 겁간을 한대도 이제는 속수무책이다. 내가 누워서 할 수 있는 일이란 평생 믿어 보지 못한 신(神)에게 기도하는 일이었다. 제발 소년들이 약속을 지켜 나의 육체적 순결이 지켜지기만을 간절히 빌었다. 오늘의 위기를 넘기게 도와 달라고 떨리는 마음으로 산신(山神)에게도 빌었다. 산신에 이어 엄마를 떠올리자 목이 콱 메어 오며, 서서히 눈물이 스미어 나왔다. 소년들의 숨결은 여전히 뜨거웠다. 거기에는 오뉴월의 보리밭을 스쳐 가는 바람결 같은 부드러움이 실려 있었다.

내리는 빗줄기가 다소 약해진 듯하다. 정신없이 창문을 두들겨 대던 기세가 확실히 누그러졌다. 점차 비가 개려는 조짐이 보인다. 비갠 뒷날이면, 효정과 나는 하늘의 별을 올려다보기를 좋아했다. 고교 시절에 효정과 나는 집에서 십여 분 거리의 유달산 공원을 오르내리기를 즐겼다. 쾌청한 여름날 밤이었다. 이난영의 노래비가 선 지점에서는 유난히도 하늘의 별이 눈부시게 보였다. 가슴속에 숱한 꿈을 심어 주던 별들이었다. 때론 가슴 격한 설움을 달래 주기도 하던 하늘의 별이었다. 효정과 나는 일어서서, 창밖을 바라보았다. 멀리 인왕산의 형상이 아슴푸레하게 잡힌다. 먼 데서부터 하늘이 열리며, 별빛이 초롱초롱히 살아나고 있다.

"됐다. 이제 우리 그만 돌아들 가자! 누나, 정말 너무 고마웠어요."

그들은 일어서기 전에, 옷을 건네주며 인사말을 해댔다. 그러다가 나의 옷을 입혀 주기까지 했다. 셋이 모두 고맙다는 말을 연발하며 고개까지 꾸벅거려 인사를 해댔다. 그러고는 조용히 손을 흔들어 주며 응봉 고개를 넘어갔다. 나는 그들이 떠난 뒤부터 물 먹은 솜처럼 온몸이 나른해져 왔다. 그러면서, 긴장했던 마음이 풀리면서 삭신이 뒤틀리며 쑤셔 오기 시작했다. 비록 처녀성을 잃지는 않았지만, 소녀 시절의 소중한 순결이 바람처럼 날아가 버린 듯한 느낌이었다. 하여, 정녕 나무에 기댄 자세 그대로 다시는 일어나고 싶지 않았다.

감았던 눈을 뜨고 하늘을 바라보니, 하늘 가장자리로부터 뭉게구름이 피어오르며 치솟았다. 그러더니만, 여기저기서 어둑어둑해져 오더니, 빗방울이 듣기 시작했다. 책에서 배운 적이 있는 지형성 강우였다. 갑자기 바가지로 물을 들이붓듯 소나기가 내리기 시작했다. 비를 피한답시고, 해묵은 소나무 아래에 섰지만, 순식간에 속옷까지 죄다 젖어 버렸다. 폭우를 맞는 동안은 등줄기가 내내 얼어붙는 느낌이었다. 천둥 번개를 동반한 소나기는

20여 분간이나 지속되었다. 그런 뒤엔 거짓말처럼 파란 하늘이 드러났고, 뜨거운 햇살이 작열했다. 파란 하늘에 작열하는 태양을 바라보는 순간, 응봉 계곡의 일들이 어쩌면 환상은 아니었을까 싶기도 했다.

시계를 보니, 어느덧 자정 무렵이다. 효정과 나는 이부자리를 펴고 누웠다. 창밖에는 수많은 별들이 살아나 빛을 뿜고 있다. 빼꼼히 열린 창문으로 인왕산 자락을 흘러내려 온 청아한 산 공기가 밀려든다.

"유림아, 이 정도면, 인계 작업은 끝났지? 어머, 저녁 안개가 골목으로 흘러들고 있네. 오늘 저녁은 제법 정취가 서린 밤이 될 것 같아. 그럼 수고해."

유리문이 열렸다 닫히며, 양 선배는 골목길로 사라져 간다. 몇 차례의 손님들이 다녀간 뒤였다. 유리창 밖으로 내뿜는 수은등의 불빛이 은은하게 느껴진다. 물품 출납 장부를 뒤적거리며, 매상 실적을 점검하고 있을 때였다.

방울 소리가 울리며, 채 화백이 유리문으로 들어섰다. 곁에는 처음 보는 30대 중년의 여인이 생글거리며 나를 보고 있다. 남색의 미니스커트에 흰색의 블라우스 차림이다. 채 화백은 코를 벌름거리며 여인을 향해 말했다.

"이봐, 신 여사! 잠시만 길 건너의 동백 카페에서 기다려 줘. 내 잠시 이곳에서 미술품 심사할 것이 좀 있거든. 끝나는 대로 곧 갈 테니까. 조금 시간이 걸리더라도 기다려 줘. 그럼 잠시 후에 봐."

여인은 고혹적인 미소를 띠며, 고개를 까딱거리고는 유리문을 나선다. 채 화백은 곧 머리를 돌려 나를 보며 입을 열었다.

"홍 양, 주옥란이라는 모델한테 연락해 봤어? 오, 그래? 저 암실 안에서 대기 중이란 말이지? 역시 홍 양이 최고야."

그는 손을 한 번 들어 보이곤 암실로 들어간다. 암실 문이 닫히고 나자 실내는 정밀에 휩싸였다. 거리를 누비는 연인들의 몸짓과 어우러져 두 달 전 종환과의 면회 장면이 떠올랐다. 외박 신청을 한 지 20여 분만이었다. 반듯한 군복 차림의 그가 대기실 안으로 들어섰다. 그의 얼굴과 눈빛에는 반가움이 넘쳐흘렀다. 그러한 그의 표정을 보는 나의 마음도 날아갈 듯이 기뻤다. 부대를 벗어나 철원 평야에 들어서니, 저녁 6시 무렵이었다. 논마다 심긴 모가 불어오는 바람결을 타고 끝없이 나풀거리고 있었다.

개구리의 울음이 펼쳐진 평야 면을 타고 정겹게 흘렀다. 광막한 평야면 위로는 구름이 낮게 깔려 적요로이 흐르고 있다. 유년 시절 내내 듬뿍 젖어오던 시골의 정취였다. 논둑에 나란히 앉아, 졸졸 흘러내리는 물줄기를 바라보며 대화를 나누었다.

"유림아, 지난번에 만나고 한 달 만이지? 꽤 오래된 느낌이야. 잡념이 파고들 틈이 없는 곳이 병영 생활이거든. 그간 너는 어떻게 지냈니? 확실히 더욱 예뻐져서 못 알아볼 지경이야."

그는 이야기를 하며, 자연스레 나의 어깨 위로 팔을 둘렀다. 따스한 그의 체온이 좋아, 나도 그의 허리를 감싸 안았다. 매를 닮은 쏙독새 두 마리가 평야 지대를 저공으로 날며, '쏙쏙쏙 촉

촉촉' 울어댔다.

그가 지난달부터 맡은 일은 전방 진지를 구축하는 일이었다. 진지를 구축하기 위해서 그의 부대원들은 중장비를 동원해 산야를 깎아야만 했다. 작업하는 과정에서 그는 비무장 지대의 접경지에서 많은 인골(人骨)을 발굴했다. 인골을 발굴할 때마다 생전의 그들의 직업과 역할이 무엇이었을까를 헤아려 보았다. 아무리 헤아려 보아도 상상이 가지 않는 인골들이었다. 결국 종환의 손에 발굴된 그들은 주인 없는 싸늘한 인골들일 따름이었다.

종환은 인골이 집중적으로 발굴될 때마다 위령제를 지내자고 건의했다. 부대장은 의외로 선선히 승낙해 주었다. 종환은 위령제를 지낼 때마다 인골들의 영혼을 만나는 느낌이었다. 위령제를 지내야만 속이 후련해지며 마음이 가라앉는다고 했다. 인골들의 영혼을 말할 때의 그의 눈빛은 아무리 봐도 신들린 눈빛이었다. 신이니 영혼이니를 말하는 그에게서 이질감을 못 느끼도록 나는 어느새 동화되어 있었다. 내 스스로를 돌이켜 봐도 놀라운 변화였다.

밤이 이슥할 무렵에야 철원 시내의 여관에 들어섰다. 침상에 올라 알몸으로 서로를 탐닉하며, 그와 나는 많은 이야기를 나누었다. 즐거운 이야기들의 연속이었다가, 그는 표정을 굳히며 담배를 꺼내 물었다.

"유림아, 결혼은 천상 우리 둘만 조용히 산사(山寺)를 찾아가서 해야 할까 봐. 벌써부터 부모님께 네 얘기를 했었어. 부모님 모두 부모 없는 며느리는 맞아들이지 않겠다잖아? 내가 너를 포기할 수 없는 마당에, 별 수 있니? 우리라도 산사를 찾아가 식을 올릴 수밖에는."

나는 또 하나의 단절된 벽을 느껴야만 했다. 일생일대의 결혼식인데, 주위의 축복을 받지 못하다니? 시간이 걸리더라도 떳떳이 결혼을 하고 싶다. 일단 내가 종환의 부모를 만나는 수밖에는 달리 방법이 없을 것 같다. 무참히 모멸을 받는 한이 있더라도 나는 그들을 설득해야만 한다. 왜냐하면, 내가 종환을 진심으로 사랑하고 있기 때문이다. 또한 그를 위해서라면, 나의 자존심은 기꺼이 바람에 날려 버릴 수도 있기 때문이다. 만약에 설득을 못 시킨다면 말이다. 내게는 며느리가 될 만한 역량이 부족하다는 것을 자인하는 셈이다. 절대로 그럴 수는 없는 일이었다. 슬그머니 설움이 핏물처럼 끓어올랐다. 가슴을 적셔 오는 아득한 절망감을 느꼈다. 나는 절망감에 젖어, 전신이 노곤해진 상태로 그를 받아들였다. 스산한 심경 때문이었는지 그의 애무가 진해질수록 설움이 핏물처럼 배어들었다.

암실 문이 열리며, 채 화백과 주옥란이 희희낙락하게 계산대 앞으로 걸어온다.

"홍 양, 당분간 내가 주 양을 모델로 쓰기로 했으니까, 그렇게 알고 있어. 다음에 저녁 한 끼 살게. 그럼, 다음에 봐."

채 화백은 주옥란을 데리고 유리문을 나섰다. 그 사이에도 미술학도들이 네댓 명이나 재료며 기자재를 사 갔다. 손님들이 있을 땐 붐비던 실내였지만, 빠져 나가고 나면 금세 정밀이 밀려든다. 얼핏 눈을 들어 밖을 내다보니, 홍섭이 막 가게 문을 들어서고 있다. 습관적으로 그는 두 통의 필름을 맡기고는 벽면으로 걸어간다.

예상대로 그는 채 화백의 '시공을 초월한 도회 풍경'이란 작품 앞에서 넋을 잃고 있다. 작품을 스쳐 가는 그의 눈빛에서는 파르스름한 광채까지 일고 있다. 그의 눈빛이 지나는 자취마다 식물의 싹이 트고, 바람이 불어 나오는 느낌이다. 그의 눈빛은 열정이었고, 열정에 타는 화가는 아름다운 자연인이었다. 저러다간 필시 사람마저도 그림에 휩쓸려 들어가 버리지는 않을는지? 아무튼 나는 그의 열정이 좋았다. 신예로서 중견의 기량을 준비해 가는 삶의 방식이 아름답게 느껴진다.

갑자기 전화기가 울어댔다. 전화기를 통해 울려 나오는 목소리는 효정이었다.

"언니, 나야. 나 어쩜 좋아? 계속 구토가 치밀어 오르기에, 병원에 들렀더니 임신이래잖아? 정말 화가 나고 나 미쳐 죽을 지경이야. 유 반장 그치는 나 몰래 사직서를 내고는 외국 회사로 날아 버린 거 있지? 언제적 일이냐구? 사흘 전에 출국했다는 걸 나도 조금 전에야 알았어. 어쩜 내 인생이 이 모양인지 정말 미쳐 버리겠어. 언니, 제발 말 좀 해 줘. 이제 난 어쩜 좋겠느냐구?"

효정과 통화를 끝내고, 계산대에 앉아 있으려니까 가슴이 답답해져 오며 머리가 어지러웠다. 왜 이렇게 현실이 고달프고 암담한지 그저 가슴에 구멍이 펑 뚫린 느낌이다. 이렇게 방향성 없는 표류의 끝은 어디로 통할까? 늘 철학적으로 거론되곤 하던 인간 실존의 무게는 어디에 가야 느껴질 것인가?

"유림 씨! 뭘 그렇게 골똘히 생각해요? 저는 한라미술대전에 출품할 작품 준비 관계로 당분간은 못 들를 것 같군요. 이건 제가 유림 씨께 드리는 선물입니다. 부담스러워하실 내용은 아니니까, 그건 염려 않으셔도 돼요. 그럼, 천천히 뜯어보세요, 안녕."

언제나 쾌활한 표정의 홍섭은 나와 악수를 하고는 밤의 어둠 속으로 사라졌다. 계산대 위에는 정방형으로 포장된 액자 같은 것이 놓여 있었다. 홍섭이 두고 간 선물이었다. 포장지를 풀자마자 나는 어안이 벙벙했다. 너무 놀라 입을 다물 수가 없었다.

액자에는 수려한 한국화가 그려져 있었는데, 작품의 무대는 매화도 응봉의 산골짜기였다. 어쩜 이럴 수가 있단 말인가? 홍섭이 어떻게 매화도를 알며, 매화도의 진경 산수도를 내게 선물할 생각을 했을까? 생각할수록 머리가 혼란스러워졌다.

벽시계를 보니까, 어느덧 아홉 시에 가까웠다. 퇴근 준비를 해야 했다. 홍섭이 준 액자를 보자기로 싸려는데, 액자 뒷면으로부터 쪽지 하나가 떨어진다.

*유림 씨!*

*빙산의 일각이긴 하지만, 저는 이제 채 화백 화풍의 진수를 파악했어요. 저는 이제 더 여기를 방문할 이유가 없어진 셈이죠. 왠지 유림 씨의 얼굴을 보면, 어린 시절의 매화도의 소녀의 얼굴이 떠오르곤 해요. 매화도의 소녀가 누구냐구요? 그건 제 가슴 속의 비밀이에요. 하지만, 유림 씨껜 털어놓고 싶군요. 소년 시절에 제 가슴을 송두리째 뒤설레게 했던 매화도 산 속의 누나였다구요. 제가 괜히 엉뚱한 얘기를 늘어놓았군요. 이제는 언제 다시 만날지 기약 없는 인생이군요. 왠지 소녀의 얼굴과 유림 씨의 이미지가 많이 닮아 있다는 느낌이 들곤 했어요. 부디 저의 엉뚱한 생각을 질책하진 말아 주셨으면 해요. 왠지 가장 비슷한*

*이미지의 여인께 매화도의 진경 산수도를 드리고 싶었어요. 부디 사귀시는 분과 좋은 인연이 맺어지기를 빌게요, 안녕.*

*- 민홍섭 드림*

나는 또 한 번 놀랐다. 도저히 숨이 막혀 못 견딜 지경이었다. 어쩜 홍섭은 진작부터 나의 정체를 알고 접근했던 걸까? 올 때마다 누드 필름을 맡긴 것도 또 다른 이유 때문이었을까? 나도 모르는 사이에 그에게 속옷까지 죄다 벗긴 것만 같아 얼굴이 달아올랐다. 아니면, 이런 모든 일이 정말 우연이었을까? 아무리 생각해도 뭐가 옳은 판단인지 도저히 갈피를 잡을 수가 없었다. 이때 전화벨이 다시 요란하게 울렸다.

"유림아, 나야. 여기가 어디냐면 육군 병원이라구. 나 원래 다음 주에 휴가 나가기로 되어 있었잖니? 그런데, 물자 수송을 하던 중에 그만 브레이크가 파열되어 버렸어. 그 바람에 트럭은 골짜기로 처박혔고, 나는 대퇴부 골절을 입었어. 많이 부러졌나 봐. 최소한 두 달은 입원해야 된 댔어. 휴가는 다 날아갔지만, 폐인이 안 된 것만 해도 위령제를 부지런히 올렸던 덕인 것 같아. 틈나는 대로 면회 와, 안녕."

오늘은 이래저래 마음이 너무나 혼란스럽다. 뭐가 뭔지 머리가 핑글핑글 돌 지경이다. 셔터를 내리고 자물쇠를 채운 뒤 골목길에 들어섰다. 서늘한 인왕산 바람이 골목길을 어루더듬어 주고 있었다. 화방을 지나 남쪽으로 난 첫 사거리의 초입 부근에서였다. 현대 아파트 12동 107호 앞에 구급차가 경적을 울리며 들어서고 있다. 107호에는 채 화백이 살고 있는 곳이어서, 골목을 지나갈 적마다 눈여겨보곤 했다. 왠지 섬뜩한 직감이 와 닿았다. 뛰다시피 그곳으로 달려가 보았다. 구급차에는 담가에 실려 온 채 화백이 막 옮겨지고 있었다. 채 화백의 머리에는 온통 붕대가 칭칭 동여매어져 있었다. 그러고, 붕대 곳곳에는 혈흔이 낭자했다. 주민들과 경비 간의 대화가 이어지고 있었다.

"바로 십여 분쯤 전이었죠. 하도 비명 소리가 요란하기에 달려가 보니 이 지경이었어요. 화가라고 들었는데, 여자관계가 얼마나 복잡했는지 몰라요. 아마 오늘 일도 화가와 관계를 가졌던 여자들의 남편들이 사주한 폭력배들의 짓이라고들 해요. 험상궂은 패거리들이 아마 대여섯 명은 되었던 것 같네요. 신고를 하고 형사들이 달려왔을 땐, 이미 그들이 도주한 뒤였죠. 아무래도 생명을 건지기는 어려울 것 같죠?"

머리가 너무나 어지러운 나머지 구토가 치밀어 오르려고 했다. 전봇대 뒤를 찾아 억억거려 보았지만, 정작 토사물은 나오지 않았다. 잔뜩 냉기를 품은 인왕산 바람이 옷자락을 풀어헤치며 마구 스며들고 있었다.

[순수문학, 1999. 11월호 발표]

# 저녁 안개에 잠긴 달빛

◇◇◇◇

그는 낚싯대를 놓고 기지개를 켠다. 정오의 햇살은 수면 위로 은비늘처럼 파드득거리고 있다. 목선(木船)을 타고 수줍은 듯 사래질하는 바람결은 청정하다 못해 현란하기까지 하다. 그 바람 줄기에 매달려, 목선의 노(櫓) 그림자가 강심(江心)으로 자꾸만 곤두박질한다. 강심을 향해 예리하게 내뻗은 낚싯대는 매달린 시울마다 강팔진 음색으로 적막을 가르고 있다. 옅은 색조의 물안개는 음부를 슬쩍 가린 여인의 속옷마냥 고혹적이다. 강 건너편으로는 미루나무가 줄지어 섰고, 미루나무 숲 뒤쪽으로는 밀밭이 끝없이 널브러져 있다. 햇살은 아주 천천히 갑판 아래로 몸을 사려 숨어들고 있다. 그는 강가에 서서 가만히 숨을 죽이고 귀를 열었다. 그리하여, 그는 바람의 몸짓과 목선에 매달린 노의 움직임을 귓전의 파문으로 읽고 있다.

강 건너 미루나무 숲을 향해, 그는 쌍안경을 든다. 아까부터 미루나무 숲 오솔길에는 백색의 승용차가 멈춰 서 있다. 주차된 지 반 시간쯤 되었을까? 이윽고 밀밭으로부터 승용차를 향해, 청춘 남녀가 내닫는다. 짐작대로 여자는 카프란 카페의 민 양이다. 여자는 그와 같은 층의 오피스텔을 사용하는 이웃이다. 관측한 바로는 벌써 일주일째였다. 여자가 상기된 얼굴로 밀밭에서 남자들을 만나온 지가. 감았던 허리를 풀며, 그들은 차에 오른다. 미끄러져 가는 차창 밖으로 유월(六月)의 정밀(靜謐)이 밀려나고 있다.

그는 쌍안경을 내리고 하늘을 우러러본다. 청명한 하늘엔 새털구름 몇 조각이 흐른다. '웅웅'거리는 엔진 소리를 내며, 비행기가 남동으로 날고 있다. 은색의 비행기를 보자마자, '아, 날고 싶다.'며 짧게 내뱉는다. 허허로운 새털구름에서, 반짝 빛나는 솜털의 자유랄까?

"이봐, 윤 과장! 개포동의 공사업체 선정 건으로 아마 감사원에서 냄새를 맡았나 봐. 뭔가 심상치 않아."

잔뜩 긴장한 채 내뱉는 임 부장의 말에, 그의 사지는 일시에 얼어붙는 느낌이었다. 자신의 비참한 말로가 섬광처럼 펼쳐져 보이는 듯했다. 그는 머리를 감싸 쥐며 퍼렇게 눈을 치떴다.

걸어서 반 시간 거리의 양수리 강변에 그의 오피스텔이 있다. 오피스텔을 떠나 강가에 머문 지 벌써 한 달째다. 그는 걸음을 옮겨 텐트 속으로 들어선다. 나흘째 갈아입지 않은 내의로부터 시큼한 땀내가 코를 찌른다. 그는 끈적거리는 몸뚱이로부터 너

저분한 옷을 벗어 던진다. 순식간에 알몸이다. 문득 뇌리에 새털 구름 같은 허허로움이 스멀거린다. 그는 물수건으로 몸을 닦고는 나른해진 신색으로 드러눕는다. 드러누운 그의 시야로 파란 수평선이 활짝 열린다. 수평선 위로는 태깔 좋은 백로 한 마리가 마침 날아 내린다. 백로의 자유로운 활강이 이채롭다. 백로의 자유로운 활갯짓에 취해, 그의 의식은 점차 무색계로 빨려든다.

갑자기 물안개가 짙게 깔리며, 하늘에는 온통 거미줄로 뒤덮였다. 거미줄은 뜯어낼수록 기승을 부리듯 더욱 늘어만 갔다. 그는 거미줄에서 헤어나기 위해 발버둥질을 쳤다. 이때였다. 하늘 곳곳에서 소나기처럼 독거미들이 떨어져 내렸다. 그러더니만, 금세 형사들로 변하더니, 곧바로 그를 체포하려고 달려들었다. 놀란 나머지, 마구 비명을 질러대다가 그는 눈을 떴다. 잠을 깨었어도 불안감으로 인해, 이마에선 식은땀이 흘러내렸다.

그는 눈을 비비며, 채광창을 연다. 잔디밭 언저리에 등나무 덩굴이 우거졌고, 그 아래로 중년 사내가 누워 있다. 잠든 사내는 잔디밭 위에 다듬어 세운 석조물인 양 미동도 없다. 풀밭 언저리로 백색 점퍼로부터 반사된 빛살이 눈부시다. 노출된 사내의 정물상처럼 그도 채광창 앞에 물끄러미 앉아 있다.

사내의 복색은 언제 봐도 흰색 점퍼와 낙낙한 평상복 차림새다. 아마 차림새에는 무관심한 모양이다. 사내의 행동반경은 언제나 등나무 덩굴 밑이다. 늘 아침이면 등나무 덩굴에 인접한 물가에서, 사내는 낚싯대를 들고 서성인다. 마치 금세라도 대어를 낚아 올릴 태공이기라도 한 듯. 계속 그러다가 점심시간이면 식사를 하러 슬그머니 자리를 떠난다. 그러고, 잠시 후엔, 어김없이 되돌아와 낚싯대를 드리운다. 그렇게 시작된 낚시는 저녁 어스름까지 지속된다. 사내의 거동으로 보아 자신의 존재마저도 초연해 버린 듯하다.

좌대에 걸터앉은 사내를 배경으로 강물이 낙조를 받아 은빛으로 부서진다. 강 건너 물가로는 준설선 한 척이 떠 있다. 작업 인부 네댓이 달라붙어 준설 작업이 한창이다. 준설선의 선수로부터 엔진 소리가 빛살처럼 날아오르며, 연이은 파문이 동심원을 그린다. 수면 위로 퍼져 흐르는 동심원은 거대한 물고기의 군무(群舞)처럼 보인다. 사내는 쉼 없는 물고기의 군무를 다스리는 조련사 같다.

그는 고개를 돌려 옷을 갈아입는다. 그의 발치에 휴대전화기가 눈에 띈다. 그는 휴대전화기를 들고, 전원을 켠다. 디지털로 표시된 메시지 접수창을 열어 본다. 음성 메시지가 일곱, 문서 메시지가 아홉이다. 첫 번째 음성은 격앙된 소리로 마구 짖어댄다.

"나 임 부장인데, 사람이 그럴 수가 있어? 삼 주일 동안이나 그렇게 말렸고, 또 원하면 뭐든지 붙여 준다고까지 했는데도 말이야. 정말 이럴 수가 있어? 나 도대체 당신을 이해할 수가 없어. 정말 머리통이 돌인지 아니면 돌인 척하는 건지, 내가 미칠 지경이야 정말! 그건 그렇고, 감사원에서 네댓 놈이 청사로 들어왔는데 어떡할 거야? 자네만 손을 뺀다고 해서, 수습될 일이 아니잖아? 하여간 오늘 자정까지 연락해 줘, 알았어?"

그는 종료 버턴을 누르며 텐트 밖으로 나온다.

그는 수면을 바라보며, 낚싯대를 쥔다. 등 뒤의 자갈밭의 돌 구르는 소리가 들린다. 멈춰 선 소나타 III의 창밖으로 나폴리 여인은 손을 흔들며 미소를 짓는다.

나흘 전 해거름 때였다. 그의 낚시 간이 의자 옆의 지척에 연두색의 승용차가 멈춰 섰다. 그는 순간적으로 놀랐다. 여태껏 그가 자리 잡은 곳에 차량이라곤 들어온 적이 없기 때문이다. 스물서너 살쯤의 중키에 늘씬한 골격의 여인이 차에서 내렸다. 여인은 썬글라스를 벗어 들고는 그에게로 다가왔다. 하지만, 그에게는 차도, 여인도 낯설었다. 무척 요염하게 생겨, 온몸으로 관능미를 자아내는 여인이었다. 여인은 쌩긋 미소를 지으며, 구면인 것처럼 그의 곁에 바짝 다가앉았다.

“고기 많이 잡았어요? 저도 고기 꽤나 잡아 봤거든요. 낚싯대 하나 써도 되죠? 그럴 줄 알았어요. 선생님의 맑은 눈빛이 이거예요.”

말을 끝내면서, 여인은 엄지손가락을 하늘로 치켜세운다. 이렇게 하여 그는 나폴리 여인을 만났다. 나폴리 여인이란, 그녀의 이국적인 미모를 반영하여, 모델 동료들이 붙여 준 별명이라고 했다.

여인은 방긋 미소 띤 얼굴로 그의 곁에 앉는다. 어망(魚網)을 들어보곤 ‘어머 많이도 잡았네요.’라며 놀란다. 반년 동안의 모델 생활을 거쳐, 지금은 사우나탕의 전속 안마사로 있다는 여인이었다. 그녀는 언제 보아도 생기발랄하다. 여인은 지저귀는 제비처럼 입을 연다.

그는 여인을 대하자마자 의문에 휩싸였다. 혹시 이 여인이 수사 요원들이 보낸 미끼는 아닐까? 그가 무슨 강력범이나 살인 용의자가 아닌 다음에야 이렇게까지 뜸 들일 필요는 없으리라고 생각했다. 도피 생활이 길어지자, 그는 심한 정신적인 불안감과 짙은 고독감에 휩싸였다. 그는 더 이상의 고독을 반추하고 싶진 않았다. 설사 여인을 믿다가 뒤통수를 맞는다고 할지라도, 믿어 보는 자체가 새로운 돌파구일 듯도 싶었다. 그는 일단 정직하기로 마음먹고, 경건한 마음으로 여인을 대했다.

"선생님은 세무과장님이라 그러셨죠? 서울 강남에 근무하셨다구요? 그 지대는 퍽 물 좋은 지역이었을 텐데, 혹시 너무 챙기신 것은 아니겠죠? 아니 뭐라구요? 바로 그것 때문에 강가에서 세월을 보내게 되셨다구요? 세상에 어쩌면 그럴 수가? 남들 다 하는 것, 표시 나지 않게는 할 수 없었나요? 그럼 어떡허죠? 정년까지 보장되는 공직 생활에서 쫓겨나게 되었다구요? 그뿐이 아니라구요? 검찰에 소환되어 조만간 구속될 게 확실하다구요? 그래도 생명이 사라지는 것은 아니잖아요? 사실상의 생명이 사라지는 순간이라구요? 너무 엄살 부리지 마세요. 시야만 좀 돌리면 얼마든지 다른 활로가 있잖아요? 남의 이야기라고 마구 해서는 안 된다구요? 그건 절대로 아니에요. 저의 처지에 비한다면 아무 일도 아니에요. 저의 처지가 어떤지 알고 싶지 않으시다구요? 그럼 전 갈게요. 왜 붙잡으세요? 제 얘기를 들어 주시겠다구요? 진작 그러실 일이지, 저도 왠지 선생님께만 고백하고 싶었어요."

그로부터 60여 미터 떨어진 등나무 아래의 강변에서였다. 낚싯대를 드리운 중년 사내는 석상처럼 미동조차 없다. 낚싯대를 수평으로 드리운 자태는 마치 검객이 검(劍)을 빼 든 형세처럼 근엄하고 위풍스럽게까지 느껴진다. 석양빛을 받아 강물은 울긋불긋 파드득거리고 있다. 파랗게 잠겨 드는 물색과 수면을 뿌옇게 뒤덮는 강 안개에 젖어, 사내의 모습은 신비스럽기까지 하다. 돌연 낚싯대가 활처럼 휘어지더니, 사내는 민첩한 손놀림으로 물고기를 낚아 올린다. 팔을 내뻗고 거두어들이는 품이 이만저만 한 솜씨가 아니다. 잠시 흐트러졌던 자세를 추스른 뒤, 사내는 이내 석상처럼 저녁 안개에 휘감겨 들었다.

그는 휴대용 축전지로 휴대전화기를 충전시킨다. 휴대전화기를 켜 둔 채, 다시 낚싯대를 잡는다. 그는 저녁 안개가 휘몰아치는 강심을 그윽이 지켜본다. 돌연 핸드폰의 불빛이 깜박거리며, 메시지가 수신되고 있다. 그는 음성 서비스를 통해, 두 번째의 음성 메시지를 청취한다.

"윤 과장님, 저 형균데요, 오늘 아침에 세무1과로 검찰의 소환장이 내려왔습니다. 일곱이나 되는 부서원들은 모두 자리를 피해 버리고 저만 남아서, 전화를 받고 있습니다. 개포동의 양재천 하천 공사 업체에서 임원들이 고소장을 낸 것 같습니다. 피하신다고 해서 해결될 일이 아니라고 여겨집니다. 과장님, 저의 음성을 듣는 대로, 연락 바랍니다. 되도록 빨리요, 거듭 부탁드립니다."

종료 버턴을 누른 뒤에 휴대전화기를 간이 의자에 밀쳐놓는다. 그러고는 다시 낚싯대를 쥔 채, 물무늬 부서지는 강심을 지켜본다.

느닷없이 찌가 쏙 들어가면서 낚싯줄이 팽팽해진다. 저녁 무렵부터는 끌어올리는 족족 우람한 메기다. 메기는 목구멍까지 바늘을 삼키고서도 탐욕스럽게 버둥거린다. 메기를 낚아 올릴 때마다 그는 자꾸만 수사 기관에 붙잡히는 자신의 모습을 떠올린다. 물색이 짙어지는 강심을 바라보며 그는 생각에 잠긴다. 양수리 강변을 찾아온 첫날이 떠올랐다. 분명히 그때는 그랬었다. 마음 정리가 끝나는 대로, 곧바로 몸을 강물에 날려 버리려고 했다. 하지만, 정리하려 들수록 마음은 더욱 혼란스러워지기만 했다. 그러다가 어느새 한 달째에 접어든 거였다.

나폴리 여인은 그의 오른쪽 다리를 안마하고 있다. 복사뼈와 무릎 사이의 구간을 실뱀처럼 나붓거리며 손가락이 오르내린다. 피로가 풀리는 듯한 시원한 느낌이 그의 전신을 누벼 흐른다. 힐끗 그의 표정을 살피더니, 그녀의 손길은 무릎을 지나 그의 허벅지를 더듬어 오른다. 허벅지부터는 엄연한 성역(聖域)이다. 반바지 가랑이 사이로 매끄러운 손을 넣어, 무릎부터 허벅지 쪽으로 거슬러 더듬어 오른다. 고간(股間)까지 올라와서는 슬그머니 허벅지로 내려간다. 고간과 무릎 사이를 오르내리며, 그녀의 손길은 마음껏 기교를 부리고 있다. 그는 전신이 나른해지며, 낚싯대를 쥔 손에서 힘이 슬슬 풀려 나간다. 이때부터 나폴리 여인은 자신의 처지를 읊조리기 시작한다. 흡사 여름 나절에 정신없이 지저귀는 제비를 닮았다고 느껴진다.

그때가 지난 정월 말이었죠. 새벽 다섯 시에 사우나탕에 들어선 손님은 쑥탕으로 들어가 몸을 녹이고 있었어요. 보통 쑥탕을 찾는 손님은 거의 다 안마사와 교접을 원하는 축들이거든요. 아니나 다를까 쑥탕으로부터 걸려온 인터폰은 교접 대상의 안마사를 찾는 거였어요. 총 네 명의 안마사들 중에서, 두 명은 외박에서 아직 안 들어온 상태였었구요. 한 사람은 몸살로 앓아누워 있었거든요. 그랬기에, 손님의 상대는 당연히 저의 몫이었어요. 김이 무럭무럭 오르는 쑥탕에 팬티만 걸친 채 들어섰을 때였죠. 머리가 벗겨진 비만형의 손님이 벌겋게 익은 얼굴로 저에게 만족스런 미소를 지어 보였어요. 50대 초반의 손님은 퇴직한 외항선 선장이라고 자신을 밝혔죠. 20분쯤의 안마가 끝날 무렵, 선장은 수표를 두 장 쥐어 주고는 말했죠.

"아가씨, 나는 장화를 신는 것은 싫어하거든, 체형에 맞춰 잘 좀 해 줘."

그의 욕구를 채워 주자, 그는 다시 석 장의 수표를 쥐어 주곤 떠났어요. 그 뒤로 두 달간 여섯 번을 찾아와 교접을 나눈 뒤엔 종적이 묘연했죠.

이제 어망에는 잡힌 물고기들로 제법 그들먹하다. 잠시 후의 운명도 모른 채, 물고기들은 어망 속의 자유에 심취해 있다. 유영하고 노니는 품이 전혀 속박당한 것 같지가 않다. 문득 그는 자신을 되돌아봤다. 그가 누리는 자유는 나폴리 여인이 제공한 '여인 속의 자유'에 불과할지도 모르는 일이었다. 여인 속의 자유란 폭양 아래의 포플러 그늘이 주는 풍성함에 비견될 수 있잖을까? 마침내 그는 여인의 그늘에 길들여지는 자신을 발견해 낸다. 그러고도 아무도 몰래 만족한 미소를 짓는다.

그러던 지난 5월 밤이었어요. 선장은 전화로 자신은 여러 날 몸져누워 있는데, 아무래도 에이즈일 것 같댔어요. 그러면서, 저도 에이즈에 감염되었을지 모르니까 병원에 가 보라고 했어요. 그러고, 덧붙이기를 만약 감염되지 않았으면, 신의 축복이라고 생각하라고 했어요. 그러면서, 한 번 주어진 생을 소중하게 가꾸어 가길 바란다며 전화를 끊었어요. 갑자기 세상이 무너져 내리는 듯한 충격을 받은 거죠. 부디 농담이기를 바라며, 병원을 찾기로 마음먹었죠. 날이 샐 때까지 오들오들 떨다가, 서울대 병원에 들렀죠. 검진의 결과가 나올 때까지를 못 기다려서 얼마나 가슴 졸였는지 모를 거예요. 처참한 심정으로 의사를 만났으나, 결과는 아주 정상이라는 거였죠. 선장의 얘기를 들려주었지만, 의사는 빙그레 웃으며, 부언해서 설명했죠. 분명히 에이즈 바이러스는 검출되지 않았다고 잘라 말했어요. 추측건대, 선장이 저를 이용하여 자신의 감염 여부를 확인하려는 시도였을 거라고 말이죠. 혹시나 하는 두려움에서, 두어 군데의 다른 병원을 더 찾았으나 결과는 역시 마찬가지였어요. 찌르르하고 전신을 누벼 흐르는 안도감으로 인하여, 저는 완전한 새 삶을 부여받은 느낌이었죠. 저는 그때서야 외항 선장의 의도를 알아차렸어요. 제게 현실의 소중한 의미를 재발견하게 하려는 뜻이라고 말이죠. 하여간 저는 선장으로 인하여, 최대의 선물을 받은 셈이었죠.

터질 것 같은 환희를 발산할 길 없어, 저는 강변을 찾아 나섰죠. 그러다가, 강가에서 제가 처음 만난 분이 선생님이었어요. 첫인상 말이시죠? 30대 후반의 깔끔한 용모였지만 말이에요. 전신으로부터 뻗쳐 나오는 고뇌의 빛이 너무나 강렬하게 제게 느껴졌다구요. 그 순간부터 제 가슴속엔 까닭 모를 소용돌이가 일기 시작했죠. 왠지 가슴속을 짓눌러 오는 암울하고도 답답한 느낌 같은 거 있죠? 착잡하다 해야 할지 비통하다 해야 할지 형언할 수 없는 심정에 휘말려 버렸죠. 굳이 말하자면 말이에요. 절망감으로부터 갓 벗어난 저의 처지인지라, 선생님에 대한 일종의 동병상련의 정이 아니었을까 싶어요.

바로 이때였다. 엔진 소리를 붕붕 내며 오토바이 2대가 등나무 밑의 사내를 향해 달려가더니 멎는다. 건장한 체격의 두 청년은 깎듯 인사를 하더니, 공손한 자세를 취한다. 사내는 낚싯대를 간이 의자에 걸어 놓은 뒤, 청년들을 데리고 인접한 텐트 속으로 사라진다. 텐트 속에서 무슨 일이 벌어지는지는 몰라도 잠잠해 보인다. 사람들이 사라진 적막감에 젖어 있노라니까, 텐트 속으로부터 남자 셋이 다시 나온다. 청년들은 죄인이라도 된 듯 연방 굽실거리더니, 다시 오토바이를 타고는 시야에서 사라져 간다. 중년 사내는 치를 떠는 듯 허공을 향해, 한동안 주먹질을 해댔다. 그러더니만, 담배를 피워 문 채, 강가를 서성거린다.

두 청년의 출몰과 중년 사내를 떠올리자 그는 슬며시 불안해졌다. 혹시 그들이 형사들은 아닌지 가슴이 떨렸다. 하지만, 지금까지의 관찰 결과로는 절대로 중년 사내는 아니었다. 그렇다면, 두 청년들이 굽실거리며 떠받드는 그는 대관절 누구란 말인가? 그리고, 며칠 전에 불쑥 나타난 나폴리 여인만 해도 여전히 수상했다. 혹시 그녀가 수사 기관의 끄나풀은 아닌지?

핸드폰에서 불빛이 반짝거리더니, 새로운 음성 메시지가 도착했다.

"동진 씨! 저를 너무 타산적인 여자로만 보지 마세요. 현실상으로 생계를 유지하기 어렵고, 나래의 학업에도 지장이 없어야 되잖아요? 마음이야 제가 더 아프지 동진 씨가 더 아프겠어요? 기왕 합의로 갈라선 마당에 혹시 나래가 전화를 하더라도 받지 마세요. 마음이야 아프겠지만, 그게 나래에게나 동진 씨 모두를 위하는 길 아니겠어요? 지난 10년간의 부부 생활에서 저의 좋은 모습만을 기억해 주세요. 동진 씨, 너무 절망 마시구요, 당당한 삶을 사시기를 바랄게요, 안녕."

복잡한 상념에서 헤어나기 위해, 그는 눈에 띈 조약돌을 힘껏 걷어차 버린다. 걷어차인 돌이 휑하니 허공을 날아 강물에 박히며 물거품을 튕겨 올린다.

이제 해는 지평선으로 몸을 숨기려 한다. 나폴리 여인은 텐트 속에서 냄비와 양념류 및 버너를 꺼내, 잔디 위에 펼쳤다. 그런 뒤에, 잡힌 물고기들을 깨끗이 씻어 매운탕을 끓이기 시작한다.

구수한 냄새가 곧 사방으로 내리깔린다. 그는 텐트 속으로 들어가 소주병을 들고 나오더니 사내를 향해 고함을 지른다.

"여보슈, 형씨! 이리 와서 술 한잔합시다."

석상처럼 굳어 있던 중년 사내가 이내 몸을 돌리더니,

"지금 나를 부른 거요?"

라고 대꾸해 왔다.

"그럼요. 지금 형씨 말고 여기 누가 더 있겠소? 이리 와서 술잔을 나누며 세상을 사는 이야기나 나눕시다."

매운탕을 술안주 삼아, 셋은 둘러앉아서 소주잔을 기울인다. 나폴리 여인은 차를 몰아야 한다면서, 술잔에 살짝 입술만 댄 뒤 물러섰다. 이윽고, 여인은 잠시 후 차를 몰고 떠난다.

이제 남자 둘만 남아, 술잔을 기울인다.

"통성명을 하고 지내자구요? 좋아, 그럽시다. 나는 남기철이라는 놈이오. 직업 말이오? 계집애들 사타구니 감상하는 것이 나의 직업이란 말이오. 에헤, 왜 사람 말을 못 믿어? 그 왜 있잖소? 처음에는 말이오. 무작정 상경하는 처녀애들만을 꾀어서 포르노를 찍었거든. 지금은 서로 포르노 모델이 되겠다면서 하루에도 20~30명씩 촬영소를 다녀간다구요. 놀라운 것은 여대생들마저도 쉽게 용돈을 벌려고 재학 증명서까지 떼 와서는 어쩌는지 아시우? 자신들을 엘리트 모델로 써 달라고 팬티를 마구까 내리는 세상이라 이 말이요. 그 년들의 말이 뭐라는지 아시우? 대학생이든 나발이든 간에, 여성의 성기를 만들어 놓은 것은 말이오. 이 세상의 수컷을 찾으라는 신(神)의 고의적인 농간이 아니겠느냐는 거요. 포르노 비디오는 왜 찍느냐구요? 솔직히 말해, 당신은 포르노 비디오를 본 적이 없소? 대답 못할 줄 알았소. 찾는 사람이 있으니까 찍는 거 아니오? 우리나라 처녀애들의 몸매가 동남아에서는 탐욕의 선풍적인 대상이 된다는 것은 들었지요? 국내에서 제작된 80%가 태국, 싱가포르, 인도네시아 등지로 암거래되고 있는 실정이 아니오? 이 세상의 수많은 예술품들을 나열한대도 말이오. 역시 인체의 오묘한 형상미와는 비교가 안 된단 말이오. 삼삼하게 생긴 년은 내가 먼저 맛을 본 뒤에, 비디오 촬영장으로 데려가거든. 한데도 촬영장에서 보면 다시 손대고 싶을 정도의 매력을 풍긴다니까요, 글쎄."

사내가 매운탕을 푹 떠서 입에 넣으면서 연신 탄성을 질러댄다. 상당히 그의 미각을 충족시킨 모양이다. 사내가 발동이 걸린 듯 말을 잇는다.

"전직이 뭐냐구요? 아, 그건 척 들어보면 알 일이지. 나는 도무지 글자 나부랭이에는 흥미가 없는 놈이었거든. 그래서, 중학교까지만 근근이 졸업하고 나서는, 곧바로 가출을 해 버렸소. 그 후에 사창가를 넘나들면서 배우고 익힌 것이라곤 계집년들의 엉덩이나 까 내리는 거였소. 하지만, 지금껏 나는 처녀애들을 화나게 하거나 울려 본 적이 없소. 당신이 내 말을 믿어 줄지는 모르지만 말이오. 나에게 몸을 준 년들치고 진정으로 나와 사귀고 싶어하지 않은 년은 아무도 없었소. 나는 경찰서나 교도소 같은 곳의 출입 경력도 전혀 없는 놈이란 말이오. 남이 나를 어떤 눈으로 보건, 내 나름으로는 나의 직업이 떳떳하다고 믿고 있소. 나는 절대로 남에게 해를 주지 않는 인생을 살고 있다고 자부하고 있소. 적어도 나는 높은 권좌에 앉았다가, 교도소 신세를 진 누구들처럼 비양심적이지는 않다는 얘기요. 내가 만드는 테이프는 오로지 성인용으로서만 제작되고 있소. 나는 나의 판매 조직을 통해, 오로지 성인에게만 판매하고 있소. 이것은 엄연한 나의 직업관이자 판매 철학이오. 그렇기 때문에 적어도 나를 아는 사람은 나를 이해하고 있소. 오늘도 촬영소 종업원 애들 둘이 녹화 필름을 갖고 왔었거든. 그런데, 텐트 안에서 돌려 본 결과, 모델의 연기가 영 신통찮았소. 홧김에 애들만 호통을 쳐서 보내 버렸죠. 인도네시아 애들이 원하는 바로 그러한 장면들이 빠져 있었거든요. 한 시간 이내에 재촬영하도록 애들을 닦달하여 돌려보냈소. 한 대씩 차 안길까도 생각했지만 말이오. 5년을 넘게 따라다니는 정리를 생각해서, 호통만 쳐 주었을 뿐이오. 계속해서 등나무 덩굴 밑만 고수하는 이유가 뭐냐구요? 그건 일종의 작품 소재를 만들기 위한 영감을 얻으려는 것이 가장 큰 이유죠. 그 다음으로는 취미 생활을 살리려는 거죠, 뭐. 그런데, 왜 안개가 자꾸만 짙게 깔리죠? 술이 확 취하는 것 같은데, 다음에는 내가 부르겠소."

중년 사내는 손을 휘젓더니, 비칠비칠 걸음을 옮기며 등나무 덩굴 아래로 사라져 간다.

사라지는 사내를 바라보며, 그는 중얼거린다. 언중유골이라도 이건 너무 심해. 사람을 정면에 두고 바보로 만들어 버리다니? 나는 도대체 뭔가? 나도 높은 권좌에 앉았다가, 밀려난 비양심적인 누구들 중의 하나라고 비아냥거리는 거야 뭐야?

그는 정갈하게 설거지를 해 놓고는 텐트 안으로 들어간다. 이동용 축전지에 전압계를 연결해 보니, 눈금이 바닥에서 까딱거린다. 축전지를 충전시키든지 갈아야 할 때다. 텐트와 낚시 장비는 그대로 놓아 둔 채였다. 그는 텐트 옆에 세워 둔 자전거를 타고 그의 오피스텔로 향해 떠난다.

강남 지역의 45평짜리 아파트를 처분한 결과는 뭐였던가? 처자식의 위자료로 정리해 주고 나니, 남은 것이라곤 달랑하니 임대한 오피스텔 1칸뿐이다. 오피스텔에 들어서 커튼을 젖히니, 복도 맞은편의 오피스텔 창문에 여인의 모습이 비친다.

불 꺼진 방에 창문을 열어 놓고 여인은 밖을 내다보는 중이다. 그와 눈이 마주치자 오른손을 접었다 펴며, '잠깐 건너갈게요.'라며 창을 닫는다.

잠시 후 민 양은 잠옷 차림새로 그의 오피스텔로 들어선다. 그는 움찔 놀라 표정이 복잡해진다.

"아저씨, 뭘 그렇게 놀라세요. 아저씬 제 직업을 알고, 저는 아저씨가 혼자란 걸 알고 있는데 새삼스럽게 놀라긴요? 잠옷이라 신경이 쓰이세요? 저는 막 자리에 누우려다 아저씨 댁에 인기척이 들리기에 그냥 들어와 본 것뿐이에요. 혹시 죄지은 것 있으세요? 삼 일째 경찰이 다녀갔어요. 내가 보기엔 아저씬 법이 없어도 살 사람으로 보이는데, 뭐가 잘못됐지?"

그녀는 품에 안고 있던 앨범을 내려놓고는 연이어서 주절거린다.

"아저씨, 저는요. 지난번에 아저씨가 들려준 말을 계속 생각했어요. 거기에 따라, 나도 건전하게 살아 볼 생각을 했는데, 아무래도 난 체질인가 봐요. 하루라도 남자의 애무를 받지 못하면, 살아갈 의미가 없게 느껴져요. 처음엔 2년만 이 짓을 하다가 화장품 가게를 열어 볼 생각이었거든요. 난 이 일을 도저히 그만 둘 수 없을 것 같아요. 자꾸만 피가 달아오르고 아무 남자에게나 몸을 주고 싶더라구요. 아저씨 그렇게 섰지만 말고, 이리 좀 와 봐요."

그녀는 이내 그의 허리에 팔을 감은 채 그의 침대로 다가간다. 침대에 걸터앉자마자 그녀는 그의 품에 얼굴을 묻으며, 손으로는 그의 가슴을 더듬는다.

그는 그녀를 내버려 둔 채, 그녀의 앨범을 펼친다. 배경은 양수리 강변의 밀밭이다. 자동으로 설정하여 촬영된 남녀의 교접 장면이 펼쳐진다. 여인은 모두 민 양인데, 대상은 모두 다 다르다. 그는 아득한 현기증을 느끼며, 앨범을 밀쳐놓고는 담배를 꺼내 입에 문다. 여인은 기다렸던 것처럼 불을 붙여 준다. 담배 연기가 실내를 뒤덮는다. 신비에 쌓인 동굴에 첫발을 내딛는 듯한 숙연함이 일시에 주변으로 내리깔린다.

부장은 그의 사직서가 수리될 수 없는 상황이라고 했다. 사직이 아니라면 오로지 파면이다. 세무직에 있던 남들은 다 까딱없는데 하필이면 강남 지역이 표적이 될 건 뭔가? 생각할수록 치가 떨린다. 메뚜기도 한철이라고 했잖은가? 물 좋을 때, 한몫을 잡는다는 게 그만 덜컥 덜미를 잡힌 것이다. 사직서를 낸 뒤, 일주일간을 자포자기의 심정으로 몸살을 앓았다. 실성한 듯이 미아리 일대를 누비며, 숱한 창녀들의 사타구니에 마구 정액을 쏟아냈다. 그래도 가슴에 쌓이는 것은 끝을 알 수 없는 절망감과 허탈감뿐이었다. 그래서 그는 미친 듯이 양수리 강변으로 달려가게 된 터였다. 창틈으로 들어오는 공기로 밤이 깊었음을 느꼈다. 잠자코 있던 그녀가 그의 혁대를 풀며 그의 바지 섶을 열어젖힌다. 그는 점차 아득한 현기증에 휘감겨, 천 길 벼랑 아래로 떨어져 내리는 느낌이었다. 심신이 나른해지면서, 그는 그녀가 하려는 대로 내버려 둔 채 눈을 감는다.

강가에 도달해 보니, 아침 해가 막 수평선 위로 떠오르고 있다. 중년 사내가 자전거 위의 그를 보자마자 오라고 한다. 등나무 덩굴 밑의 텐트 안으로 들어선다. 건설 공사장에서 끌어온 전원으로 작동되는 비디오 화면에서였다. 줄줄이 포르노 미인들이 벌거벗은 채 선정적인 행위를 해대고 있다. 포르노 여인들은 모두 우리나라의 처녀들이다. 싱가포르 밀수출용이라고 한다. 화면을 보자마자 사타구니 부위가 우련해 오면서 차츰 성기가 발기해 오른다. 중년 사내는 의미 있는 웃음을 띠며, 소주를 따라 술잔을 건넨다. 지금껏 보던 외산 포르노와는 다른, 눈에 띄는 장면들이 곳곳에 깔려 있다. 포르노 여인들의 표정부터가 완연히 다르다. 한결같이 지극히 평온하고 그윽한 기품마저 서린 미소를 짓고 있다. 중년 사내의 설명에 따르면 말이다. 그녀들은 강요에 의해서가 아닌 자신들의 신성한 직업 정신에 의해, 동작을 연출했다는 거였다. 비디오를 들여다보던 그는 돌연히 감전이라도 된 듯 내면으로부터 치솟는 부끄러움으로 치를 떤다. 명치끝을 후벼 파는 듯한 통렬한 느낌이 들며, 술기가 확 퍼져 오른다. 결코 여인들의 몸짓이 부끄러운 것이 아니었다.

그의 세무를 빙자한 금품 강요 행위가 느닷없는 부끄러움으로 떠올랐다. 여인들의 선정적인 몸짓을 보는 도중에 느낀 순간적인 깨달음이었다. 이전에는 수뇌 행위가 그렇게까지 부끄러운 일은 아니라고 여겼기 때문이었다. 남들이 치욕스럽게 여기는 포르노마저도 중년의 사내는 프로 정신과 예술의 혼으로 승화시키지 않는가? 무엇을 하든 경건함에 달린 모양이다. 부끄러움을 부끄러움으로 알지 못한 채, 아귀같이 탐욕에만 집착했던 자신이 너무나 혐오스러웠다. 차라리 그에 비한다면 말이다. 포르노 미인들의 교접 행위는 가식 없는 인간 본성의 메아리로 느껴진다. 만류하는 중년 사내를 밀치고 그는 사내의 텐트를 떠나온다. 취기로 눈앞에 서린 안개가 빙벽처럼 느껴진다.

그는 그의 텐트 속에 들어서자마자 술기운이 뼛속까지 스며들어 깊은 잠에 빠져든다. 잠든 그의 곁에서, 핸드폰만이 단조로운 신호음을 반복하여 날려 보내고 있다. 긴 터널 같은 악몽에 시달리다가 눈을 뜨니, 석양의 햇살이 사방에 내리깔려 있다. 눈을 뜨고 텐트 밖을 나선 뒤에는 낚싯대를 드리우며, 담배를 피워 문다. 직장 생활을 할 때까지만 해도 피우지 않던 담배였다. 겹겹으로 쌓여 가는 울화로 인해, 그는 어느새 담배를 찾게 되었다. 입을 잔뜩 벌린 채, 숨을 끊듯이 내뱉으며 고리 연기를 연방 피워 올렸다. 갑자기 낚싯대가 휘청 꺾이며, 낚싯줄이 사정없이 끌려 들어간다. 낚싯줄을 통한 느낌으로, 아무래도 굵은 메기일 듯했다. 수면이 갈라지면서 낚싯줄에 매달려 올라온 것은 예상대로 굵은 메기였다. 낚시 바늘을 빼 내려고 몸뚱이를 잡으니, 이만저만 미끄러운 것이 아니다. 파득거리는 메기를 움켜쥔 채, 그는 생각에 잠겼다. 이 귀중한 시간에 메기나 움켜쥐고 있는 자신이 못나고 서러웠다. 그는 메기를 어망에 던져 넣고는 두 손으로 머리를 쥐어뜯으며 고개를 수그렸다. 피우던 담배도 반쯤 태운 채 강물에 뱉어 버렸다. 세상으로부터 버림받은 고적감에 치를 떨며, 한없이 머리를 쥐어뜯으면서 상념에 잠겼다. 물무늬 부서지는 수면을 보자, 자꾸만 구토가 치밀어 오르려고 했다. 머리를 처박은 채, 끝없는 회한에 잠겨 자신의 처지를 비관하고 있을 때였다. 돌연히 등 뒤로부터 하얀 손길이 뻗쳐 오면서 그의 눈물 젖은 뺨을 어루더듬었다. 그는 화들짝 놀라 뒤를 돌아봤다. 그녀는 다름 아닌 나폴리 여인이었다. 그가 너무나 상심해 있던 나머지, 그녀가 차에서 내려 접근하도록 모르고 있었다. 사슴의 눈빛처럼 맑은 그녀의 눈동자가 마침 그의 눈을 들여다보고 있었다. 그녀는 두 눈에 눈물을 글썽이며 말없이 그의 얼굴을 쓰다듬고 있었다. 그러한 그녀를 보자 그는 서서히 자리에서 일어섰다. 순간적으로 전율할 듯한 감동이 그의 전신을 휩쓸었다. 어느새 남녀는 서로를 깊숙하게 포옹하고 있었다. 가슴 벅찬 심정으로 그녀를 바라보자 그녀는 조용히 입을 열었다.

"선생님, 저는 다음 주부턴 홍익대 미대의 누드모델로 나가게 되었어요. 어차피 사람으로 태어난 것이 세상의 다시없는 축복이라면 말이죠. 이제부터라도 제가 가진 몸매를 제가 추구하는 방향으로 사용하고 싶어요. 어제 날짜로 안마사라는 직업은 그만두었어요. 그러고, 그 동안 모아 두었던 자금으로, 지금부터는 학원에 다닐 작정이에요. 그리하여, 내년 초엔 미술대학에 진학하여 새로운 인생을 열어 나갈 작정이에요. 그때쯤이면 말이에요. 선생님도 모든 굴레로부터 벗어나 있을 거니까, 제가 구혼 신청을 하더라도 웃으시지는 않겠죠? 갑자기 눈을 반짝이더니, 그녀가 정감 어린 목소리로 말했다. 사실은 1시간 전에 저쪽 강가에서 형사 두 명이 선생님을 체포하러 왔었거든요. 제가 선생님의 약혼자라고 말하고는 책임지고 출두시키겠다고 약속했어요. 그랬더니, 그들은 선선히 제 말을 믿고 돌아갔어요. 제 친척들 중에도 법조계에 몸담은 사람들이 더러 있거든요. 선생님의 경우에 대해 한 번 알아 봤죠. 폭행이나 절도처럼 죄질은 나쁘지만, 일단 공직으로 봉사해 왔고 초범이라는 점을 고려한 댔어요. 벌금형일 확률이 가장 높고, 실형이 떨어질지라도 보통 집행유예로 선고된 댔어요. 크게 두려워하지 말고 제 말대로 자진 출두해 주시는 거죠? 제 말을 들어 주셔서 고마워요. 일단 소용돌이를 빨리 돌파하는 것이 중요할 것 같아요. 하여간 속죄하는 자세로 결과를 받아들이셨으면 해요."

그는 고개를 빼 멀리 떨어진 강가의 느티나무 그늘을 본다. 형사들이 섰던 강변은 하늘과 물빛이 어우러져 아늑한 정취를 자아낸다. 그는 고개를 돌려 나폴리 여인을 본다. 안개 깔린 물 위의 수련꽃만큼이나 청아한 그녀의 눈매가 절망에 처한 그를 감동시킨다. 그는 용기 있는 그녀의 사랑에 감동하여, 그녀를 소중하게 들어 안고는 텐트 속으로 들어간다. 그녀는 감은 눈에 미소를 띤 채, 그에게 몸을 맡기며 말한다.

"선생님, 저는 이미 선생님께 저의 마음을 열었어요. 우리의 가슴에 영원히 남는 오늘이 되게 해 주시는 거죠, 네?"

그는 서서히 그녀의 옷을 벗기며 대답한다.

"물론이죠. 이 세상의 쓰레기 같은 나를 말입니다. 그래도 사람이라고 예로서 대해 주는 당신을 만나다니요! 어쩜 이런 행운이 있을 수 있을까요? 당신의 맑은 눈물을 본 순간, 마치 전설 속의 공룡의 눈물을 본 느낌이었어요. 하필이면 왜 공룡의 눈물이냐구요? 중생대를 제왕처럼 군림했던 전설 속의 동물이 바로 공룡 아니었겠어요? 어째 공룡이란 단어에서, 과거의 찬란한 영화에 대한 그리움을 느끼지 않아요? 당신의 말대로 더 이상 비겁한 자로 움츠러들지는 않을게요. 내가 왜 한 달 가까이를 양수리 강가에서 보낸 줄 알아요? 정녕 치졸하고도 고달픈 생을 강물에 날려 보내고 싶은 마음, 그 하나뿐이었어요. 태양이 떠오를 때마다 석양에는 차디찬 시신으로 드러누울 나의 주검을 생각했어요. 비록 들판에는 나를 위해 울어 주는 새 한 마리 없을지라도 말이에요. 그냥 허허로이 흘러가는 강물에 생을 마감하고 싶었어요. 한 달여의 세월을 결단도 못 내린 채, 하염없이 방황에 방황을 거듭했죠. 문득 전설 속의 공룡의 비애가 당신의 눈매로부터 반짝 되살아나는 느낌이었어요. 그렇게도 끝이 안 보이던 돌파구를 이제야 찾은 느낌입니다. 나의 잦아들던 불꽃이 정녕 당신으로 말미암아 다시금 불붙게 되었어요. 내 죽는 날까지 오늘의 감동을 절대로 잊지 않을게요. 그런데 말입니다. 정말 내가 당신의 남편이 되더라도 후회는 없겠어요?"

그녀는 초롱초롱한 눈매에 방긋 미소를 짓더니 말했다.

"그럼요, 저는 왠지 첫 만남에서부터 선생님의 강렬한 흡인력을 느꼈거든요."

일순 주위에는 얼음 같은 정밀이 감돈다. 천년 빙하에서 솟구치는 바람결인 양, 서로를 향한 눈매가 너무나 청순하다. 선홍으로 타는 저녁놀에 잠겨, 강물은 끝없이 금빛 은빛으로 반짝인다. 하늘에는 저녁놀이 타오르고, 강물에는 반짝이는 선율이 춤추는 석양이다. 그들은 생각한다. 이렇게 평온하고 아늑한 석양을 맞은 적은 없노라고. 자연의 정취에 젖어, 마침내 그들은 상기된 얼굴로 한 몸이 된다. 혈관마다 치솟는 기쁨으로 박동이 불길처럼 번진다. 그들은 하늘을 날아오를 듯한 강렬한 절정감에 휩싸여 몸을 떤다. 이윽고, 그들은 나란히 엎드려 채광창을 열고는 강물을 본다. 무변대하(無邊大河)로 널브러진 수면은 낙조를 받아 한껏 휘황찬란하게 반짝인다. 점차 강바람이 일며 저녁 안개가 피어오른다. 농염한 여인의 얼굴인 양, 지평선으로부터 보름달이 살며시 얼굴을 내민다. 차츰 땅거미가 밀려들며, 저녁 안개에 잠긴 달빛이 미소 짓는 박꽃처럼 깨어나고 있다.

[문학21, 1999. 12월호 발표]

## 석모도

◇◇◇◇

굵직한 음향의 뱃고동이 연거푸 두 차례나 빛살처럼 날아올랐다. 이윽고, 카페리호는 강화도의 외포리항을 떠나, 통통거리며 바다를 가르기 시작했다. 뭉게구름이 하얗게 치솟은 8월 중순의 쾌청한 날씨였다. 정오 무렵의 햇살이어선지 날아드는 빛살마다 강력한 활력으로 꿈틀댄다. 그런데도 내겐 자꾸만 8월의 태양과 다가오는 석모도의 전경이 버겁게 느껴지기 시작했다. 시선을 어디로 돌려도, 금세 나의 눈은 초점을 잃은 채, 어느새 '펑'하고 구멍이 뚫리는 느낌이었다. 나는 배의 난간에 기댄 채, 자꾸만 고개를 흔들며 정신을 차리려고 안간힘을 썼다. 하지만, 섬뜩한 느낌의 푸른 섬광만이 연신 나의 뇌수를 뒤흔들고 있었다.

"이보세요. 혹시 몸이 불편하신가요?"

움찔 놀라, 나도 몰래 눈을 크게 떴다. 첫눈에 동갑내기쯤 되어 보였으리라. 청순한 미모의 여인이 근심 어린 표정으로 나를 바라보고 있었다.

"아뇨, 간밤에 잠을 좀 설친 모양이에요."

원래의 생각으로는 잠시 대꾸만 하고는 고개를 돌릴 작정이었다. 하지만, 그게 아니었다. 여인을 바라보는 순간, 뜨끔하고 심장의 박동이 멎는 느낌이었다. 아니 이럴 수가? 자꾸만 가물거리던 눈빛이 어느새 천연덕스레 깨어나 있었다.

갑자기 거센 풍랑에 휩쓸린 듯, 심장의 박동이 급속도로 고조되기 시작했다. 아련한 통증이 일며, 순식간에 몸이 뒤틀리는 느낌이었다. 그러면서부터였다. 여인의 얼굴에 겹쳐, 문득 희연의 얼굴이 떠올랐다. 희연의 영상이 떠오르자마자, 어느새 먹먹한 설움이 끓어올랐다. 올해 초 대관령 고개에서의 빙판 길 교통사고만 아니었더라도 말이다. 아니면, 그날 희연이 문제의 관광버스만 타지 않았더라도 말이다. 나의 인생이 이렇게까지 황량하고 애달프지는 않았으리라. 희연을 떠올릴 때면, 나의 기억은 어느새 작년 7월의 영월 동강으로 치닫곤 했다. 어라연 계곡의 비경에 취해, 밤새도록 모닥불을 피우며 물가에서 밀어를 나눌 때였다. 숨 쉬는 일체의 세상이 희연과 나를 위한 구조물인 듯한 착각마저 일었다. 그리하여, 그녀와 나는 수시로 조물주의 전능에 대해 감탄했고, 밤새도록 경이로워하곤 했다. 당시의 나는 휴가 중인 군인이었었고, 희연은 스무 살의 대학 2년생이었다. 일시의 시간도 허비할세라, 희연과 나는 서로의 눈망울을 바라보며, 이야기꽃을 피우느라고 여념이 없었다. 어라연의 흐르는 물줄기처럼 희연의 열정은 맑고도 아름다웠다. 그때 희연은 감미로운 목소리로 속삭였다.

"준호 형, 난 정말 고려 도예의 비색 청자를 격조 높게 재현하고 싶어. 비단 비색뿐이겠어? 시골 뜰에 핀 삼잎국화의 고운 황색도 나타내고 싶고, 또 뭐가 있지? 빗방울에 젖은 작약꽃의 화사한 선홍색도 살려내고 싶고 말이야. 색채의 재현이란 마치 미궁 속에 빠진 방황하는 혼백의 구조에 비견되지 않을까? 내가 너무 과장된 표현을 한 것은 아닌가 모르겠네? 하여간, 나의 가슴에 준호 형의 이미지가 와 닿은 것은 말이지? 준호 형의 문학도적인 관점에서의 추구하는 바가 나의 색채 구현과 일맥상통한다는 점 때문이야. 구도자의 눈빛은 구도자들끼리만 알아볼 수 있는 게 아닐까?"

바로 이때였다. 희연의 구도자란 말을 듣자마자, 기억 속으로부터 아슴푸레하게 세상 떠난 아버지의 영상이 떠올랐다. 내가 초등학교를 막 졸업한 시점이었다. 변산이란 곳으로부터 날아든 전보를 받고, 어머니가 울면서 떠난 지 3일 만이었다. 아버지는 변산의 적벽강 해안에서 객사체(客死體)로 가족의 품으로 말없이 돌아왔다. 몇 날 며칠간이나 거듭되던 어머니의 통곡이 점차 가라앉을 무렵이었다. 그때가 되어서야 나는 비로소 깨달았다. 나의 아버지야말로 진정으로 멋을 아는 사람이라고 말이다. 방랑벽이 유달리 심해, 판소리와 시조에 취해 남도를 구름처럼 떠돌던 아버지였다. 일자무학(一字無學)이면서도 그저 소리가 좋아, 들판에서 일하던 차림새 그대로 길을 떠나곤 하던 아버지였다. 늪지에서 분출되던 인광(燐光)처럼, 나의 유년의 어느 굽이에 선가는 아버지의 자애로운 인상이 새겨져 있었다. 아마도 초등학교 3학년 무렵이었으리라. 4월 말이라, 남도의 들녘에선 흐드러지게 핀 배꽃이 바람에 지천으로 나부낄 때였다.

보름달이 뜬 날 밤, 아버지는 나의 손을 이끌고 배 밭길을 거닐면서, 뭔가를 노래했다. 그렇게 절절하고 사람의 심혼(心魂)을 뒤흔드는 노랫소리가 있다는 사실을 그때 처음으로 알았다. 그때의 노랫가락이 바로 심청가였음을 뒤늦게야 알게 되었었다. 사람의 숨결이 별안간에 멎는 듯도 했고, 창자의 피가 괴어 끓는 듯도 했다. 마치 캄캄한 밤중에 길을 잃었다가 마중 나온 어머니의 목소리를 듣는 듯도 했다. 배꽃이 하얗게 달빛에 젖던 새벽 무렵까지도 나는 아버지의 노랫가락에 넋을 잃고 있었다.

그때 이후로, 나는 아버지의 잦은 외출을 당연하게 받아들였다. 그러고, 해가 바뀌어 배꽃이 눈부시게 피어날 무렵이면, 나는 어느덧 아버지를 그리워하곤 했었다. 꿈결처럼 아버지의 손결이 피부에 느껴질 때면, 이 세상이 그렇게 눈부실 수가 없었다. 봄바람이 피부에 나부낄 때마다 자지러질 듯한 황홀감으로 전율하곤 했다. 그리하여, 나는 배꽃이 피어나는 봄만 되면 달그림자를 좇는 소년이 되곤 했었다.

구도자란 말을 읊조리던 희연의 눈빛에서 문득 아버지의 애잔한 눈빛을 느꼈다. 그러자, 나의 가슴은 심하게 떨려 오기 시작했다. 그때의 내겐 사무치게 아버지의 손결이 그리웠던 터였다. 나도 몰래 처음으로 희연의 두 손을 조심스럽게 붙잡았다. 희연은 잠시 나의 눈동자를 조용히 올려다보더니만, 이내 눈을 감은 채 상반신을 기대어 왔다. 놀랍게도 나의 가슴에 밀착된 희연의 상반신이 전과 다르게 심하게 떨고 있었다. 바로 이때였다. 희연이 처음으로 나의 목을 양팔로 껴안으며, 눈을 감은 채 입술을 내밀었다. 사귀어 온 지 2년 만이었지만, 내게 처음으로 드러내 보인 여성다운 자세였다. 확실히 부드럽고도 감미로운 강변의 바람결이었다. 하늘에는 온통 은가루를 뿌린 듯, 별들이 초롱초롱하게 깨어나고 있었다. 나는 작은 한 마리의 새처럼 가슴을 떨며, 다소곳이 희연의 입술에 입을 맞추었다. 감미롭고도 청량한 입술이었다. 모닥불을 배경으로, 희연과 나는 별빛이 눈부신 밤하늘을 우러러보며, 기나긴 입맞춤을 나누었다. 이윽고, 희연과 나는 은빛으로 반짝이는 강물을 바라보며, 밀어를 속삭이면서 밤을 지새웠다. 창백한 달빛 아래로, 시간이 흐르면서부터 강 안개가 하얗게 피어오르고 있었다.

스멀스멀 피어오르는 강안개의 언저리쯤에서였으리라. 반백의 머리카락을 바람에 휘날리고 선 아버지의 자애로운 얼굴이 슬쩍 어른거리는 듯도 했다. 꿈에서조차 자애로운 눈빛의 아버지를 본 날이면, 그날은 언제나 즐거운 날이 되었다. 애달픈 것이 있다면, 아버지가 객사를 하면서까지 얻은 실체를 자식인 내가 모른다는 사실이었다. 설사 당신은 뜻을 이루었을지라도 아들인 내가 본 실체는 어디에도 없었기에 막막했었다. 평생을 탐미적인 눈빛과 구도의 정신으로 일관된 삶을 산 아버지야말로 진정한 구도자가 아니었을까? 희연을 만난 어라연 계곡에서조차도 말이다.

나는 희연의 눈빛과 아버지의 눈빛이 무척 닮아 있다는 것을 느끼곤 숨을 죽였었다. 나는 가슴 밑바닥을 휩쓸며 차오르는 회한에 눈시울을 적시며 입술을 깨물었다. 나의 착잡한 심사를 헤아리기라도 한 듯, 개똥벌레의 무리가 어라연을 종횡으로 날아다니고 있었다.

"졸지는 않는 것 같은데요, 무척 피곤한 기색이군요. 저기 뒤편 의자로 가서 좀 앉으시겠어요?"

여인은 금방이라도 흘러내릴 듯한 맑은 눈망울로 나를 응시하며 말했다. 나는 여인의 호의를 무시할 수가 없어, 의자에 가서 나란히 앉았다. 휴가의 끝 무렵이어선지 사람들이 많은 편은 아니었다. 일단 여인의 존재를 잊지 않고 있다는 예의를 보여 주기 위해 말을 건넸다.

"일행과 함께 오신 모양이죠? 종종 석모도를 찾는 편이세요?"

여인은 내가 말을 걸어 준 것에 대해 무척 고마워하는 표정이었다.

"아뇨, 전 아직 미혼이구요, 여태껏 애인도 없어요. 혹시 댁이라면 가능할 듯도 하지만, 댁에겐 일행이 많을 듯 느껴지네요."

여인과 나는 함께 푸른 바닷물을 바라다보며, 서서히 대화를 나누었다. 낯선 남녀가 만나게 되면, 혐오감을 갖거나 아니면 친숙해지거나의 하나에 대개는 귀속되리라. 여인과 나는 후자에 가까운 경로를 밟고 있었다. 대화를 하면 할수록 전생의 어디에선가 친숙하게 만났던 느낌마저 들었다. 석모도의 석포리 선착장에 내려서면서부터, 나는 여인의 제안대로 여인의 승용차에 동승했다.

"준호 씨, 아직 1시도 안 됐네요. 우리 드라이브나 좀 하다가 시간이 되면 식사나 하자구요. 우선 해수욕장과 보문사가 있는 왼쪽 해안도로부터 타는 게 좋겠죠? 그럼, 곧장 진행할게요."

"뜻밖에 미혜 씨를 만나, 편안하게 여행을 하게 됐네요. 언제라도 제가 부담스럽게 느껴지시면, 아무 데나 떨어뜨려 주세요, 아시겠죠?"

9월의 복학을 앞둔 나보다도 미혜는 1살이 많은 24살의 여인이었다. 그녀는 체대를 졸업한 무용수로서, 때때로 매스컴에도 얼굴을 내밀곤 하는 미모가 수려한 여인이었다. 그 흔한 연분도 못 찾아 여태껏 애인도 없는 처지라며 여인은 살짝 미소 지었다. 하지만, 내가 느끼기로는 여인의 남자 보는 눈이 너무 높았던 탓으로 보였다. 그저 사내란 말이다. 신체가 건강하고, 마음이 너그러우며 제 할 일을 한다면 그만 아닌가 말이다. 뭘 이리 재고 저리 재고 야단이란 말인가? 나의 전공이 국문학이라고 밝혔을 때, 여인은 의외로 눈빛을 빛내며 관심을 보였다. 하지만, 아직 속단할 계제는 아니었다. 관심이 없으면서도 관심 있는 체할 수도 있잖은가 말이다. 하여간 여인의 관심 어린 표정이 싫지만은 않았다. 아니, 정직하게 말하자면, 어느 정도는 구미가 당기는 면도 있었다.

해수욕장이 바라보이는 해안도로 부근에서였다. 토종 미꾸라지 전문의 음식점 하나가 눈에 띄었다. '산내들'이란 간판을 내건 음식점은 전원풍의 격식을 갖춘, 운치 있어 보이는 건물이었다. 자리를 잡고 마주 앉아 나는 여인을 바라보았다. 여인은 빼어난 미모에 눈빛마저 영롱했었기에, 나는 반쯤 넋이 나간 기분이었다.

충남 서천의 갯마을이 고향이라며 미혜라는 여인은 말문을 열었다. 여인이 다섯 살이었을 때, 그녀의 아버지는 해난 사고로 세상을 떠났다. 그리하여, 세 살 위의 오빠와 함께 홀어머니 슬하에서 자랐다. 어머니의 잠수질만이 유일한 생계의 수단이었기에, 어려서부터 삶의 고달픔에 젖어 지냈다. 아버지를 잃은 그해 겨울이었다. 유난히 폭설이 심해, 들판이건 건물이건 간에 정강이 높이까지 차 오른 눈으로 뒤덮여 있었다. 여러 날 앓던 감기 끝 무렵에, 복병처럼 여인에게 홍역이 찾아 들었다. 굶다시피 한 몸에, 고열이 마구 끓어오르며 기승을 부렸다. 점차 끓어오르던 열에 시달리다 못해 의식을 잃고 막 쓰러진 순간이었다. 바다에서 막 돌아오던, 여인의 어머니가, 황급히 여인을 부둥켜안고는 동구 밖으로 내달렸다. 그러면서, 고함을 질러 또래들과 섞여 있던 여인의 오빠를 불렀다. 여인의 어머니는 5년간이나 무릎 관절염을 앓고 있었던 터라, 언제나 다리를 절며 걸었다. 밤이면 누렇게 흘러내리는 고름을 닦아내느라, 다리도 제대로 못 편 채 울먹였다. 그러한 여인의 어머니가 여인을 업고는 집을 나선 거였다.

“애, 민철아! 산 너머 죽동의 보살 할머니 댁으로 어서 가자꾸나.”

작은 산 고개 하나를 넘어야만 죽동(竹洞) 마을이 있었다. 죽동은 기다란 저수지를 따라 이루어진 죽림 속에 터를 잡은 마을이었다. 그 마을에는 신통력으로 소문 난 박 보살이란 무녀가 있었다. 50대 중반의 박 보살은, 다급할 때엔 의원으로서도 이름이 알려진 여인이었다. 침술과 환약의 조제를 위시하여, 곧잘 병구완도 잘하여 근동에서는 명성이 자자했다. 미끄러지거나 굴러 내리기도 하면서, 여인의 어머니와 오빠는 번갈아 여인을 업고 산을 넘었다. 눈에 젖어 발은 감각이 없었지만, 허위단심으로 숨을 내몰며 죽동에 닿았다. 박 보살의 대문 앞에 막 도착했을 때였다. '휘유우'하고 휘파람을 토해 내며, 곱상한 얼굴의 박 보살이 달려 나왔다. 보살은 당장 여인을 안아 들더니, 수건에 물을 적셔 연방 여인의 몸을 닦았다. 한동안 동작을 반복하더니, 여인의 눈꺼풀을 뒤집어 본 뒤에 고개를 끄떡거리며 말했다.

"아이구, 참 다행이네요. 신장(神將)님이 따님을 잘 보살펴 줄 것 같네요."

그러면서, 여인을 방바닥에 다독거려 눕혀 놓고는 다시 뜰에 섰다.

"보소, 미혜 엄마요! 동서남북의 네 방위에 넓적한 돌 조각을 하나씩만 깔아 놓고 오소. 이제 마음 놓고 천천히 하세요."

그러면서, 무녀는 복숭아나무의 가지를 낫으로 잘라, 사 방위에 깔린 돌 위에 반듯이 놓았다. 그리고는 연방 '휘이휘이' 휘파람을 불더니만, 여인의 어머니더러 신장님께 절을 하라고 일러 주었다. 그러고 나서, 십여 분쯤 지난 뒤였다. 여인의 몸에 가득했던 열꽃이 점차 사그라지며, 여인의 안색은 정상으로 되돌아갔다.

"준호 씨, 저는 어머니의 이야기를 듣고서부터 이 세상의 무녀들을 존경하게 되었죠. 아울러 무녀들의 신통력마저도 저는 확실히 믿게 되었어요. 요즘도 고향에 내려가면, 죽동의 보살님의 생가에 들러, 유년기의 저를 떠올리곤 해요. 비록 보살님은 유명을 달리하셨지만, 그분의 생가에는 언제나 복사꽃의 향기가 남실대는 느낌이었어요."

음식점을 나서서, 민머루 해수욕장의 입구까지 차를 몰아갔다. 차를 버려 둔 채, 여인과 나는 해변을 산책하기 시작했다. 하얀 모시처럼 곱게 부서진 모래알들이 해변 가득히 펼쳐져 있었다. 바다는 언제 보아도 젊은 색채로 출렁이고 있었다. 아득한 선조들의 시절에서부터 바다는 인간에게 숱한 미래와 희망을 안겨다 주었으리라. 숱한 세월과 사람들이 휩쓸고 간 그 해변의 언저리에서 나는 또 바다를 본다. 부서지는 모래알에 휘감긴 한숨과 눈물과 그리움의 색채는 어떤 것일까? 작열하는 태양 아래에서조차 내 가슴을 서늘하게 적셔 오는 슬픔과 연민의 숨소리를 듣는다. 어느새 여인은 나의 왼팔을 감싸 안은 채, 나의 눈길을 좇아 수평선을 바라본다. 대관절 만남의 실체는 무엇이며, 왜 과거는 추억 속에서만 아름답게 빛나는 걸까?

"준호 씨, 여기까지 온 김에 해수욕이나 하면서 몸을 좀 식히시죠? 전 벌써부터 바닷물에 뛰어들고 싶었거든요."

나는 문득 고개를 들어 하늘을 올려다보았다. 오후 두 시 무렵의 태양열은 가히 살인적이었다. 벌써부터 아닌 게 아니라, 등에는 땀방울이 흘러내리고 있었다. 즉시, 여인을 향해 밝은 목소리로 말했다.

"오, 정말 너무 덥네요. 수영복을 가져오려면, 어차피 차로 되돌아가야겠죠?"

푸른 바다와 흰 모래와 붉은 태양이 조화를 이루는 곳. 그곳은 다름 아닌 석모도의 민머루 해수욕장이었다. 수영복 차림새를 하고부터는 오래 사귄 연인들처럼 손을 맞잡은 채, 해변을 향해 달렸다. 비록 인생살이가 환상에 불과할지라도, 깨어서는 안 될 꿈을 꾸는 느낌이었다. 둘 다 조금 큰 키인 데다가, 미모의 소유자들이라고 자처하는 터였다. 발밑에서 사각거리는 은빛 모래의 감촉과 허벅지를 적시는 물결의 느낌이 너무나 감미로웠다. 감청색 파라솔 아래에서는 가슴에 털이 무성한 청년이 '진주조개'를 기타로 연주하고 있었다. 바다에는 청춘 남녀들의 축제인 양, 앳되고 젊은 연인들로 북적대었다. 수영복 위로 돌출된 젖가슴과 매끄러운 엉덩이의 윤곽은 젊은 여성들의 아름다움의 원천이기도 했다. 젊은 여인들이 지나칠 적마다 살아 있는 최상의 예술품들이 걷는 듯한 착각마저 일었다. 언제까지나 물빛만을 보고 있을 수는 없었다. 물고기처럼 유연하게 수영을 시작했다. 여인의 수영 동작에도 꽤나 수련한 듯한 부드러움과 평온함이 실려 있었다. 여인의 자유 수영의 자세를 보노라면, 마음까지도 평온하게 느껴질 정도로 안정되고 유연스러웠다.

바다의 물살을 가르며 수영을 하자니까, 슬그머니 희연의 얼굴이 떠올랐다. 희연과는 동강에서 만났지만, 낚시질하는 이외에는 수영은커녕 물놀이 한 번 못한 터였다. 문득 여인이 희연이었으면 좋겠다는 생각이 들었다. 나는 이내 무의식적으로 고개를 내저으며, 여인의 뒤를 좇고 있었다.

얕은 물밑으로는 멸치를 닮은 물고기 떼들이 무리를 지어 몰려다니고 있었다. 물고기에 대한 생각에 이르자, 바다낚시의 단짝인 영태의 얼굴이 떠올랐다. 영태는 대학을 중퇴하고 민물 양어장을 운영하는 나의 절친한 친구다. 서로 마음이 통했기에, 누구보다도 자주 만나는 사이였다. 두 달 전, 인천 연안 부두의 횟집에서 만나 술잔을 기울일 때였다.

“준호야! 나 말이지? 사흘 전에 하마터면 구속되고 난리가 날 뻔했었어.”

나의 기억으로는 영태가 내게 거짓말을 늘어놓은 적은 없었다. 그랬기에, 나는 뭔가 심상치 않은 일이 벌어졌음을 느끼고는 잠자코 듣고만 있었다. 영태는 양어장에 주력했지만, 그의 아내는 틈틈이 청과 채소류도 가꾸고 싶어 했다. 소꿉놀이처럼 조금씩 가꾸던 상추와 시금치, 고추, 가지 등속은 나날이 풍성해져 갔다. 한 달 전부터는 그의 아내가 시장에 조금씩 내어다 팔아 용돈을 마련하고 있었다. 처음에 영태는 그의 아내를 말렸었다.

“여보, 뭐 하는 거야? 양어장 일도 바쁜데, 어느 짬에 농사일까지 하려고 그래? 내가 먹고 살 만큼 해 볼 테니까, 제발 좀 그만둬.”

그의 아내는 자꾸만 채소를 가꾸고 싶어 했고, 마침내 허락하고 말았다. 넉 잔째의 술잔을 들면서 영태는 말했다.

“일주일 전의 해거름 때였어. 향어 백여 수를 횟집에 갖다 주고 오는 길에, 바람을 좀 쐬고 싶었어. 그래서, 봉고차를 버려둔 채, 청과물 시장 골목을 어슬렁거리며 돌아다녔었지. 한데, 순댓집 모퉁이를 돌아서는 순간에 예기치 못한 일이 벌어지고 있었어. 정말 뜻밖의 일이었기에, 처음에는 심장이 멎는 기분이었어. 금방 다녀오겠다며 집을 나섰던 아내가 청과물 시장 골목에서…… 글쎄 이걸 이야깃거리라고 말해야 하나 말아야 하나? 행인들이 나다니는 길목에 주인이 어디 있느냐 이 말이야? 그런데도, 먼저 자리 잡은 우악살스런 여편네들 몇이 달려들어 아내의 머리채를 잡아당기고 있었것다, 글쎄? 그리고, 아내가 정성스레 가꾸었던 채소류들이 엉망진창으로 길바닥에 짓밟혀 있었것다? 순간적으로 눈에 뵈는 게 없었어. 닥치는 대로 여편네들을 발로 차고 주먹으로 두들겨 패 댔었어. 잠시 후에는 행상인들로부터 자릿세를 갈취해 오던 폭력배까지 서넛이 인상을 쓰며 나타났었네. 아, 글쎄 이것들이 나타나더니, 다짜고짜로 나의 멱살부터 움켜쥐려고 덤벼들었단 말이야. 준호 네가 알기로도 내가 덩치가 있어? 싸움을 잘해? 하지만, 그땐 빽 돌아버린 상태라, 손발이 절로 나가더구만. 멱살을 잡으려던 놈을 향해 그대로 면상을 들이받고는 쇠 파이프를 주워들었어. 그때부터는 닥치는 대로 무조건 박살을 냈었어. 그러자니까, 누가 신고를 했나 봐. 나와 깡패들 셋이 나란히 경찰차에 실려 갔었지. 그러고는 조사를 받는다 대질 심문을 받는다 하여, 세상에 그런 난리가 없었어. 그뿐이랴? 반창고를 붙인 채 몰려온, 시장 골목의 여편네들과의 말다툼도 가관이었지. 이에 뒤질세라 교도소에 처넣겠다고 발발 떨며 혈압을 올리는 여편네들의 남편이란 놈들도 만만찮았었다구. 어쩌다가 내가 이런 신세가 되었을까 하고 시간이 지날수록 후회스러웠었어. 하지만, 후회해 본들 어쩔 수가 없는 일이잖아? 이틀을 유치장에서 머문 후에야, 나는 자존심을 버리기로 했었어. 할 수 없이 나는 부장 검사로 있는 문중의 형님께 전화를 걸고야 말았어. 지금 생각해도 께름칙해 죽을 맛이야. 평소에는 전혀 왕래도 없다가 낯 뜨거운 일을 당해서야 전화를 했으니 말이다. 유치장을 나온 뒤에, 나는 아내와 함께 포장마차에 들렀어. 아내는 울먹이며 그녀의 잘못으로 이번 일이 발생했다며 계속 내게 용서를 빌었었네. 그런데 말이야, 솔직히 말해서 아내한테 무슨 잘못이 있냐구? 내가 허락을 했기에 채소를 가꾸었고, 그걸 시장에 팔려고 나간 건데 죄가 되냐구? 나는 아무 소리도 않고서, 포장마차의 주인이 보든 말든 아내를 힘껏 포옹해 주었지. 너 알잖아? 나는 남의 시선에 구애받는 사람이 아니거든. 잠시 후에 소줏잔에 술을 채워 아내에게 건네면서, 아내의 등을 두드려 주며 말했어. 절대로 당신이 잘못한 것은 없다구, 알아? 모두가 다 남편을 잘못 만난 소치라고 생각해 줘. 한동안 아내는 입술을 질겅질겅 깨물더니만, 고개를 푹 수그리며 눈물을 닦기 시작했어. 소리 없는 눈물의 절규가 나의 전신을 마구 찔렀었네. 아내의 푸른 한숨과 눈물을 대하자마자 다시 한 번 발작할 것만 같았네. 나는 소줏잔을 으스러뜨릴 듯이 움켜쥐고는 내심으로 신음을 삼켰어. 아울러 그날 이후로 굳게 결심했어. 어떤 경우에도, 아내의 눈에서 서러운 눈물이 흐르는 일이 없도록 하겠노라고 말일세."

한동안 바다를 종횡으로 헤엄치던 여인이 상기된 얼굴로 해변으로 올라서며 말했다.

"우와, 정말 오랜만에 원 없이 수영했네. 준호 씨, 저쪽에서 모래찜질을 하고 싶거든요. 저를 살짝 좀 묻어 주시겠어요?"

모래찜질을 하는 여인의 곁에서, 나는 바다를 바라보며 자신을 돌아보았다. 무엇 때문에 이 섬을 찾았던가? 누가 날 보고 오라고 했던가? 복학을 앞둔 시점에서, 희연과의 사별의 정한을 조용히 정리해 보고 싶었었다. 그래서, 서해의 조용한 섬인 석모도를 찾은 터였다. 그런 상황에서 여인이 자연스레 끼어든 터였다. 정직하게 말하자면, 여인도 여인이었지만 단호하게 거절하지 못한 내 마음의 요소가 더 컸으리라. 지금이라도 얼마든지 자리를 털고 일어날 수는 있었다. 하지만, 왠지 모르게 여인과는 구도의 길을 함께 걷는 동반자라는 느낌이 일기 시작했다. 그리하여, 당장 여인을 떠나고 싶지는 않았다. 여인과의 대화를 통해서거나 여인의 인생에 귀를 기울이기만 해도 뭔가는 깨달을 듯도 했다. 모래를 털고 바닷물에 몸을 헹구면서 여인은 말했다.

"준호 씨는 문학을 통해 인간의 삶을 탐색해 보겠다고 하셨죠? 저는 춤과 선율(旋律)을 통해, 인간의 섬세한 영혼의 메시지를 표현하고 싶어요. 저는 고전적인 춤사위에서부터 현대 무용에 이르기까지 춤이란 춤은 빠짐없이 연구하는 중이에요. 제가 이 섬을 찾은 동기는 춤동작에 섬세한 이미지를 심기 위함이었어요. 바닷물과 해풍과 저녁 안개 자락으로부터도 뭔가 섬세한 생명력을 추출할 수 있잖을까 싶어요. 그런데, 여자 혼자서는 뭔가 좀 두렵잖아요? 준호 씨가 석모도에 머물 동안만이라도 제 곁에 있어 주지 않을래요? 절대로 준호 씨의 일에는 방해를 주지 않을게요. 혹시 오늘 당장에 섬을 떠나는 건 아니시죠? 잘 모르겠다구요? 하여간 계실 동안만이라도 제 곁에 머물러 주시는 거죠?"

나는 파랗게 펼쳐진 수평선을 바라보며, 나도 모르게 천천히 고개를 끄떡거렸다. 그러자, 여인은 눈빛을 반짝 빛내더니, 나의 팔짱을 끼며 말했다.

“그러실 줄 알았어요. 처음 본 순간부터 준호 씨와는 잘 통할 줄 알았다니까요. 이제부턴 아무런 부담 없이 같이 다니자구요.”

어느덧 오후 4시 무렵이었다. 여인과 나는 상쾌한 마음으로 보문사의 경내에 들어섰다. 석불들이 안치되어 있는 통바위의 석실을 지나면서, 100여 평의 실내 규모에 압도당하는 기분이었다. 서서히 430여 개의 화강석 계단을 따라, 뒷산을 오르기 시작했다. 발아래로는 청정한 물빛의 서해 바다가 파랗게 빛나고 있었다. 산중턱에 자리 잡고 있으면서도 바다가 시원스레 바라보이는 사찰이었다. 산의 울창한 숲과 쪽빛의 바다가 절묘한 조화를 이루며 펼쳐져 있었다. 20여 분이 지나서야, 미혜와 나는 낙가산 중턱의 눈썹바위에 도착했다. 눈썹바위는 사람의 눈썹처럼 생겨, 남쪽의 절벽 면으로 비쭉 돌출되어 있었다. 눈썹바위 아래로는 커다란 마애 관음보살상이 새겨져 있었다. 평소에 보아오던 부드럽고도 잔잔한 미소의 관음상과는 너무나 거리가 먼, 무표정한 모습의 얼굴이었다. 어찌 보면 조각된 시대의 아픔이 깃들어 있는 듯도 했다. 암울한 일제 강점기인 1928년에, 보문사의 주지와 금강산의 승려가 합동으로 만든 작품인 탓이리라. 높이는 9.2m요, 폭은 3.3m에 달했으며, 연화대 위에 앉아 있는, 세속을 초월한 모습이었다. 또한 이것은 인천시 유형 문화재 제29호로 지정된 유적이기도 했다. 새겨진 조각상의 표정보다는 외로운 산중에서도 대작(大作)을 완성시켰던 승려들의 구도의 열정이 돋보였다. 한동안은 침묵의 연속이었다. 약속이라도 한 듯,

여인과 나는 관음보살상을 바라보며, 점차 깊숙이 상념에 잠겨 들었다.

지난 5월 초순경이었다. 평소에 어머니가 자주 다니던 함안의 관음정사로부터 조전(弔電)이 날아들었다. 숨을 몰아쉬며 산사에 도착하니, 석양빛이 곱게 깔린 어스름 무렵이었다. 주지승은 당황한 빛을 감추지 못한 채, 당시의 상황을 이야기하기 시작했다.

"오늘 점심 무렵이었어요. 절 뒷산의 중턱에 자리 잡은 천연 미륵상 앞에 불공을 드리기 위해 산을 올랐었죠. 하늘에 구름이 잔뜩 낀 게 다소 마음에 걸리기는 했지만, 예정대로 산을 올랐죠. 일행은 저를 포함해 모두 열둘이었고, 자당이신 보살님께서도 힘들어하지 않고 산을 올랐어요. 계획대로 불공도 순조롭게 마치고, 홀가분한 마음으로 하산하던 중이었죠. 하산을 시작하면서부터 빗방울이 듣기 시작했죠. 바위와 풀잎 위로 빗방울이 떨어져 내리자, 산길은 금세 미끌미끌해졌어요. 일흔의 연세에도 정정하시던 보살님께서 다리가 휘청거린다고 여겨지자, 어느새 골짜기로 곤두박질쳤죠. 너무나 창졸간에 일어난 일이라, 미처 붙잡을 틈도 없었죠. 구급차를 불러 곧장 병원으로 달려갔지만, 보살님은 끝내 운명하고 말았어요."

주지승과 함께 들른 영안실에서 나는 희연에 이어, 두 번째의 주검과 마주했다. 사위는 적막 속에 휩싸였고, 터져 나오는 울음을 주체할 길이 없었다. 갑자기 나의 몸이 추워지기 시작했다. 심장의 박동마저도 멎는 듯한 느낌이었다. 나는 점차 영안실에서 오그라드는 하나의 새카만 점이 되었다. 점은 점점 작아지기 시작하여, 우주의 잿빛 속으로 휩쓸리고 있었다. 늦은 나이에, 외자식인 나를 출산하고는 용왕제를 지내며 천지신명께 거듭거듭 감사를 드렸다는 어머니였다. 어머니는 나에게 혈육이기 이전에, 온 우주였으며 나의 생명의 보금자리였었다. 희연을 잃을 때만 하더라도 나의 마음속에는 어머니라는 정신적인 위안처가 있었다. 이제 온 우주를 지탱해 주던 어머니마저 노쇠로 인한 실족사고로 세상을 떠난 터였다. 나를 붙잡는 스님과 간호사에게 혼자 있고 싶다는 눈빛을 보냈다. 그들도 이내 눈빛이 젖어들며 살며시 나를 내버려 둔 채 영안실 밖으로 나갔다. 관에 못질하기 직전이었기에 나는 명주 천 덮개를 열어, 호수처럼 조용하게 가라앉아 있는 어머니의 평온한 모습을 바라보았다. 지나간 날들의 추억이 일시에 파노라마로 휩쓸려오며 나의 의식계에 휘감겼다. 나는 어머니를 말없이 껴안고는 하염없이 어머니의 뺨에 나의 뺨을 맞대었다. 갑자기 파랗게 떠 오른 봄 하늘 아래로 청량한 솔바람 소리가 들려오는 듯했다. 초등학교 3학년 무렵이었으리라. 집 뒤의 산밭에서 고구마를 처음으로 캘 때였다. 고구마를 캐어 추스르던 나의 모습을 지켜 보다 말고, 어머니는 나를 껴안으며 말했다. 준호야, 네가 벌써 이만큼이나 자랐구나. 지금 네 아버지는 어디에서 낮술에 얼굴을 붉히며 노랫가락을 풀어 놓으실지 모르겠구나. 나는 네가 있으므로 전혀 외롭지 않단다. 그 망할 놈의 노랫가락이 무엇인지 여편네의 마음 하나 다독거려 줄 줄도 모르니…… 준호야, 너는 커서 절대로 …… 아니, 내가 어린애 앞에서 무슨 푸념이지? 하여간 나는 너의 반짝이는 눈빛만으로도 이 세상의 누구보다도 행복하단다. 그렇게 하여 나는 먹먹한 가슴만을 안은 채, 어머니를 떠나보냈다. 나는 그때 지고지순한 아름다움을 보았다. 세상사를 초월한 맑고도 기품 어린 어머니의 마지막 모습 말이었다. 흔들어 깨우면, '아이구 내 강아지 왔나' 하며 금세 눈을 뜰 것만 같은 모습이었다. 덥다고 보채면, 어느새 미소 짓는 얼굴로 부채질을 하며, 내려다볼 것만 같은 얼굴이었다.

향을 사르는 신도들의 무리가 끝이 없었다. 마애 관음상 앞에서 지난날의 어머니를 떠올리다가 문득 배를 타고 싶었다. 생시에 어머니가 좋아하던 것은 마을 앞을 지나 새 동네에 이르는 나룻배를 타는 거였다. 나룻배는 마을 공동으로 관리하는 거였고, 나는 즐겨 어머니를 태워 강을 건너곤 했다. 내가 배를 몰 때면, 천천히 몰아라면서, 수면과 나를 번갈아 바라보며 미소 짓곤 했었다. 혹시나 어머니의 모습이 마애 관음상에 어리지는 않았나 싶어 물끄러미 들여다보았다. 하지만, 나는 금세 실망하며 고개를 젓지 않을 수 없었다. 아무리 들여다보아도 표정이라곤 전혀 없는 관음상이었다.

저녁을 먹고 난, 밤 8시 무렵이었다. 석모도의 해변에서 나룻배로 10여 분쯤의 거리에 '섬돌나루'라고 부르는 무인도가 있었다. 해변을 거닐다가 문득 밧줄로 묶인 나룻배가 눈에 띄었다. 가까이 다가가 살펴 본 바로는 근래에는 거의 이용된 흔적이 없었다. 나룻배를 타고 싶다는 나의 말을 듣자, 여인은 쾌재를 부르며 같이 가자고 했다. 먼저 민박 집을 예약해 두고는, 나룻배 주인의 동의를 얻어 바다에 나룻배를 띄었다. 나룻배를 소나무

등걸에 묶어 놓고는 섬돌나루에 올랐다. 섬돌나루엔 소나무와 잡목이 어우러졌고, 사이사이로는 황토와 백사가 뒤엉킨 모양의 토양이 자리 잡고 있었다. 작은 언덕이 교차하는 굽이에 반석이 넓게 자리 잡고 있었다. 주위로는 윤기가 흘러넘치는 솔숲이 해풍에 한껏 교태를 부리며 춤추고 있었다. 게다가, 머리 위로는 은가루를 쏟아 부은 듯 별들이 지천으로 빛을 뿜고 있었다.

여인은 모닥불이 있었으면 좋겠다면서 나의 눈치를 살폈다. 공터에 마른 잡목의 나뭇가지를 모아, 모닥불을 피우며 여인과 나는 마주 앉았다. 주변에는 밀려드는 파도 소리요, 하늘에는 쏟아져 내리는 별빛이요, 공터에는 타오르는 불길이 있겄다. 가만히 있어도 뭔가 아늑하고도 황홀한 일들이 벌어질 것만 같은 분위기였다. 모닥불의 열기가 서서히 몸에 배어들면서부터였다. 여인이 덥다면서 블라우스의 단추를 풀어 젖히자, 하얀 브래지어가 반쯤 드러나 보였다. 뽀얀 속살과 두드러지게 돌출한 젖가슴이 무척 선정적인 분위기를 연출했다. 나는 고개를 들어 하늘을 올려다보며 맑은 공기를 들이마셨다.

타오르는 모닥불을 바라보며 여인은 말했다.

“준호 씨, 오늘밤은 시간에 구애받지 말고 이야기를 좀 오래 했으면 하는데, 괜찮으시죠?”

나는 고개를 천천히 끄떡거려 동의했다. 이윽고, 여인은 자신의 이야기를 풀어놓기 시작했다.

“제가 처음에 준호 씨를 본 것은 배가 강화도의 외포리 선착장을 떠난 직후였어요. 지금 심정으로는 젊은 사람들끼리니까, 말 놓고 이야기하자고 싶지만 왠지 좀 두렵네요. 저야 좀 왈가닥

기질이 있는 여자로 보이지 않으세요? 하지만, 준호 씨의 경우에는 뭔가 강한 절제력 같은 것이때때로 엿보이곤 했어요. 그랬기에, 괜히 말을 잘못 꺼내 준호 씨의 비위를 상하게 하고 싶지는 않았다구요. 지금이라도 말을 놓아도 괜찮다구요? 에이, 설마 정말이실라구요? 하지만, 이제는 제가 계속 경어를 쓰고 싶은 걸요. 왜 있잖아요? 여자의 변덕은 죽 끓듯 하다는 말도 모르세요? 호호, 저도 그저 평범한 여자일 뿐이라구요. 준호 씨의 수심에 잠긴 얼굴, 깊이를 알 수 없는 그윽한 눈빛. 냉소주의자에 가까울 만큼의 절제된 행동과 깍듯한 예절이 서서히 저의 마음을 뒤흔들기 시작했어요. 원래 사람이란 사소한 느낌이나 분위기에 의해서도 쉽게 감정이 싹 트는 것 아니겠어요? 애끓는 듯한 수심을 지우려고, 저도 오랜 세월을 발버둥질해 왔었죠. 제겐 세 살 연상의 오빠가 있었다고 얘기한 적이 있었죠? 그 오빠 말인데요, 오빠는 이미 이 세상 사람이 아니거든요. 제가 초등학교 5학년 때의 여름철이었죠. 마을 앞의 강에서 친구들과 멱을 감다가, 그만 급류에 휘말려 버렸어요. 장마 뒤끝이라, 강물이 불어나 있었지만 수영에 자신이 있었기에 뛰어든 거였죠. 하지만, 한번 휩쓸리자 도저히 헤어 나올 재주가 없었죠. 영락없이 죽는 거구나 하고 생각했죠. 내가 눈을 떴을 때는 오빠는 거적때기에 덮여 제 대신 강가에 드러누워 있었어요. 저를 구하고는 대신 숨을 거둔 거였죠. 오빠의 수영 솜씨는 근동에서도 겨눌 상대가 없을 정도라고 알려졌었죠. 그때 이후로 제 가슴속에는 엄청난 깊이의 설움이 들어차 있었죠. 잠을 자나 눈을 뜨나 간에 말이에요. 가슴속 깊숙한 곳에는 언제나 오빠를 잃은 슬픔과 죄책감이 뒤엉켜 있었던 거죠. 어릴 땐 다 그랬겠지만, 저는 오빠를 한없이 좋아했었거든요. 내내 죄책감으로 시달려 오다가, 제가 무용의 길에 들어서면서부터 차차 마음이 가벼워졌어요. 아니, 춤 자체가 오빠와 통하는 영적인 세계로 느껴지면서부터 한없이 무용에 매료되었어요. 이제는 삼라만상의 숨소리나 몸짓 모두에서 고유한 깊이의 선율을 느낄 수 있어요. 그런 중에서도 유년기의 오빠의 이미지와 정서가 준호 씨를 본 순간부터 놀랍도록 생생하게 되살아났어요. 물론 두 사람의 외모가 닮았다거나 분위기가 비슷하다는 것은 아니에요. 하지만, 가슴이 떨릴 만큼 선명하게 오빠의 이미지와 정서가 준호 씨의 전신으로부터 풍겨져 나왔어요. 줄곧 그 원인이 뭔가를 생각해 봤지만, 여전히 알 수 없을 뿐이에요. 하지만, 시간의 흐름에 따라, 저의 마음이 자꾸만 준호 씨한테로 이끌리고 있음을 느끼게 되었어요. 너무나 일방적인 저의 감정 탓이라고 봐야 하나요? 저도 지금껏 살아오면서 꽤나 분별력 있는 여자라고 자부해 왔거든요. 놀랍게도 말이에요, 준호 씨의 이야기만을 듣고도 준호 씨의 부모님의 모습을 선명하게 그려낼 것만 같아요. 그뿐이겠어요? 몹시 질투는 나지만, 준호 씨의 마음을 송두리째 뒤흔든 희연 씨의 얼굴마저도 선하게 떠오르는 느낌이에요. 제가 왜 여태껏 남성을 사귀지 못했는지 아세요? 저 때문에 오빠가 죽었다는 강박관념에 줄곧 시달려 왔기 때문이에요. 여태껏 제가 느낀 바로는, 남성들은 그냥 단순한 사내들이었을 따름이에요. 하지만, 카페리호에서 제가 처음 바라본 준호 씨의 모습은 너무나 강렬한 인상으로 느껴져 왔었어요. 틈만 나면 엉큼한 눈빛으로 여자들을 흘깃거리는 부류들과는 풍겨 오는 분위기부터 확연히 달랐어요. 뭐라구요? 준호 씨도 엉큼한 속성을 지닌 평범한 사내일 뿐이라구요? 에이, 설마? 설사 그렇다 치더라도, 준호 씨 같은 분이라면 기꺼이 마음의 문을 열어 드리고 싶어요. 준호 씨! 별빛이 눈부신 이곳 섬돌나루에서, 저는 저의 과거를 모두 다 털어놓았어요. 오랜 세월 동안을 시달림에서 살아온 제가 불쌍해 보이지 않으세요? 만약 준호 씨만 괜찮으시다면, 별빛이 눈부신 이 섬돌나루에서 저의…….”

나는 더 이상 여인의 얘기를 듣고 있을 수만은 없었다. 우뚝 일어선 뒤에, 천천히 자갈밭 위를 거닐었다. 단순한 욕정 같으면 당장이라도 여인을 하나의 암컷으로 만들 수도 있었다. 하지만, 처해진 나의 심경은 결코 그런 게 아니었었다. 희연을 잃은 슬픔을 어떻게 승화시킬 것인가? 그리하여, 어떠한 모습으로 새로운 삶을 살 것인가에 온통 마음이 쏠렸던 탓이었다. 마음이 정리되지 못한다면, 당분간은 그 누구도 사랑하지 못할 것만 같았다. 설사 그렇다 치더라도, 어쩔 수 없는 일이지 않는가? 나는 탁 트인 하늘을 올려다보며 숨을 한껏 들이켠 뒤에, 조심스럽게 여인에게로 다가갔다. 그리하여, 가능한 한, 여인의 섬세한 정서와 분위기를 이해하려고 노력했다. 그러면서, 여인의 자존심이 상처받지 않도록, 진정을 다해 여인에게 내 마음을 이해시키려고 노력했다. 모닥불을 지피면서 바닷물을 바라보다가, 그래도 시들해지면 섬돌나루의 해변을 함께 거닐었다. 자연에 심취해 밤을 지새우려는 여인을 달래어, 자정 무렵에야 나룻배를 띄워 석모도로 향했다.

섬돌나루를 떠난 지 십여 분쯤 지나자, 나룻배는 석모도의 해안에 도착했다. 은빛 실타래를 풀어놓은 듯, 해변의 잎사귀들 위로 달빛이 눈부시게 흩날리고 있었다. 여름철이라지만, 해풍만은 칼날처럼 매섭게 울부짖고 있었다. 나룻배를 말뚝에 묶어 놓은 뒤에, 여인과 나는 숙소를 향해 나란히 걷기 시작했다. 은가루를 뿌려 놓은 듯 무수한 잔별들이 허공에 박혀 빛을 뿜고 있었다. 사방이 정적 속에 묻혀, 자정 무렵의 해안 도로엔 불빛 하나 없었다. 민박촌에 들어서면서, 여인과 나는 눈빛을 빛내며 서로를 마주보았다. 나는 느꼈다. 이제 작별의 순간이 다가왔음을 말이다. 나의 눈을 응시하는 여인의 눈빛이 파들거리며 떨기 시작했다. 여차하면, 눈물이라도 금세 떨어져 내릴 듯한 분위기였다. 왠지 '찡'하고 가슴이 떨려 오기 시작했다. 이때 여인은 한껏 고개를 쳐들어 하늘을 올려다보며 나직한 목소리로 말했다.

"준호 씨, 제가 지금껏 목마르게 찾던 세계가 뭔지 아세요? 그건 바로 오묘한 선율의 세계였어요. 죽동 마을에서조차도 느끼지 못했던 강렬한 삶의 환희를 오늘에야 비로소 맛보게 된 거예요. 어쩜 우린 전생에서부터 인연이 있었던 것은 아닐까요? 준호 씨의 눈빛과 목소리는 시간에 따라 굽이치는 다채로운 선율이었어요. 이젠 단 한 순간이라도 곁에 있지 않으면 가슴이 터져 버릴 것 같아요. 어린 나이에도 언제나 포근히 다독거려 주던, 유년기의 오빠의 눈빛을 오늘에야 되찾은 느낌이에요. 제가 왜 이다지도 가슴 졸이며 준호 씨께 저의 진정을 털어놓는지 저도 모르겠어요."

"미혜 씨! 조금만 더 냉정하게 생각해 주셨으면 해요. 저는 결코 미혜 씨께 높은 평가를 받을 정도의 사람이 못 된다구요. 아시다시피 저도 황량한 가슴을 서해에 풀어놓으려고 온, 평범한 사내일 따름이라구요. 저도 미혜 씨만 없었다면 아마도 눈꺼풀이 부풀어 터지도록 피눈물을 쏟아내었을 거예요. 가슴이 텅 빈 제가 어찌 미혜 씨의 섬세한 선율을 감당할 수가 있겠어요? 분명히 말씀 드리지만, 저는 결코 미혜 씨께 어떠한 정신적 위안도 되지 못할 거예요. 그러니, 제발…….”

이때였다. 어느 결에 여인이 달려들어 나의 목을 얼싸안으며, 나의 품에 얼굴을 묻었다. 펄떡거리는 여인의 심장 박동 소리가 선명하게 청신경을 울려 왔다. 온통 펄떡거리는 느낌. 마치 폭발 직전의 화염병을 안고 있는 느낌이었다. 나는 엉거주춤한 자세로 팔을 늘어뜨린 채, 하늘을 올려다보았다. 놀랍게도 이때 나의 눈을 찔러 온 것은 하늘의 달빛이었다. 파르스름하게 젖어, 도무지 기운이라곤 없어 보이는 달빛 말이었다. 꼭뒤를 지르듯 하얀 영상이 달빛을 가르는 느낌이 전율처럼 가슴으로 전해져 왔다. 올해 초에 희연의 비보를 접하자마자, 특별 휴가를 얻어 희연을 보러 갔다. 냉동실에서 명주 천 덮개에 가려졌던 희연의 얼굴을 대할 때의, 아뜩하고도 섬뜩한 느낌이 되살아났다. 부디 이 모든 것이 날이 밝으면 깨어날 수 있는 악몽이기만을 바랐다. 하지만, 확인된 실체는 그게 아니었다. 결코 악몽이 아닌 처절한 현실이었던 터였다. 점차 섧고도 안타까운 그리움 같은 것이 머리를 파고들었다. 나도 모르는 사이에, 나의 눈가엔 뽀얀 이슬이 맺혀 대롱거렸다. 서서히 등줄기가 서늘해지면서, 나는 고뇌에서 벗어나려고 입술을 깨물었다. 해풍에 실린 소금기로, 나의 울먹

울먹해진 눈시울이 점차 젖어들기 시작했다. 현재의 심경으로는 말이다. 당분간 더 이상은 누구와도 연분을 맺고 싶지 않았다. 생각하면 생각할수록 처해진 상황이 엉뚱한 방향으로 흘러간 느낌이었다. 마음을 안정시키려고 왔다가, 여인으로 인해 어머니와 희연에 대한 그리움만 깊어지게 된 터였다.

하도 밝게 쏟아져 내린 달빛이라, 한기마저 느껴지는 밤이었다. 무절제하게 어우러진 잡목들 위로 소금기를 머금은 해풍이 연신 목을 간질이며 내닫고 있었다. 나는 손을 내밀어 여인을 살며시 떼어 내며 말했다.

"미혜 씨, 오늘밤은 왜 이렇게 서글퍼지는지 모르겠어요. 감정을 추스르려고 왔다가, 저는 더욱 신산(辛酸)스러운 가슴을 안고 돌아가게 될 것만 같아요. 근심을 떨쳐 버리려고 하나, 더욱 근심만 깊어지는 꼴이에요. 이제 작별할 때가 된 것 같군요. 삶과 만남이란 어설픈 철학이나 명제로는 분석해 낼 수 없는 오묘한 조화가 아닐까요? 풀려고 하면 할수록 해답은 점점 미궁 속으로 빨려 드는 느낌이에요. 먼저, 석모도에 와서 음악적 영감을 성취한 것에 대해 축하 드려요. 똑같이 시간을 보냈지만, 저만 왜 과제를 해결하지 못했죠? 이 사실 하나만 살펴보더라도, 저는 자신의 앞가림도 못하는 무능한 사내라구요. 그리하여, 현재는 물론이요, 미래에서조차도 결코 미혜 씨께 도움이 되지는 못하리라 믿어요. 언제든 미혜 씨가 해변을 거닐게 되면 금세 불빛 찬란한 항구를 만날 거라고 믿어요."

어느덧 미리 잡아 놓은 여인의 민박 집 앞에 이르렀다. 여인은 손바닥을 하늘을 향해 들어 올리며, 어쩜 이럴 수가 있느냐는 듯한 표정을 지었다. 그러더니, 가볍게 몸을 떨면서, 다급한 어조로 말했다.

"과거의 상념의 너울에 비해, 그렇게도 제가 왜소하게 비쳤나요? 전 언제라도 준호 씨의 마음을 꽉 채울 자신이 있다구요. 잠시만 더 저의 말에……."

내가 떠날 눈치를 보이자, 여인은 이내 말을 멈추면서 호흡을 가다듬었다. 습기를 잔뜩 머금은 밤안개가 여인과 내게로 몰려들기 시작했다. 안개에 휩싸이면서부터 끝없는 나락으로 떨어져 내리는 듯한 절망감이 엄습해 왔다. 까닭 모를 설움과 고뇌가 마구 끓어오르자, 나는 어느새 여인으로부터 몸을 살짝 돌이켰다. 이제 사방은 정적에 휩싸여 내쉬는 숨길마저도 잿빛 바람결로 흩어지고 있었다. 안개 더미에 몸을 던져 그대로 소멸되어 버리고 싶은 충동마저 일었다. 나는 여인을 향해 작별의 뜻으로 묵묵히 손을 내밀었다. 여인은 나를 바라보며 눈을 한껏 동그랗게 뜨더니, 이내 하늘을 올려다보며 눈물을 글썽거렸다. 순간적으로 서슬 퍼런 슬픔이 여인의 동공으로부터 빛살처럼 날아올랐다. 여인은 그렁그렁한 눈망울로 하늘을 올려다보며 도리질을 하더니, 이내 나를 응시했다. 바다의 수면을 스쳐 가는 바람결처럼 맑은 눈빛이었다. 여인의 선하디선한 눈동자와 맞닥뜨리자, 가슴 밑바닥으로부터 슬며시 까닭 모를 슬픔이 치솟았다. 안개가 더욱 짙어지면서, 지척을 분간키가 어려워졌다. 바로 이때였다. 별빛처럼 눈부신 여인의 눈동자가 그렁그렁하게 젖은 채, 바짝 나의 앞으로 다가왔다. 나는 바싹 긴장하며, 입술이 말라붙는 느낌이었다. 여인은 끝내 말을 삼킨 채, 나의 눈동자를 거울처럼 들여다보고만 있었다. 사방에서 소리 없는 불길이 나의 전신을 휘감아 오는 듯한 느낌이었다. 어느새 나의 동공에도 '찡'하고 울려오는 맥놀이가 있었다. 그러면서, 나의 눈시울에도 어느새 눈물이 핑 돌았다.

"미혜 씨, 삶이란 원래가 정처 없는 것 아니겠어요? 어쩜 이승에선 마지막 만남일지도 모르겠지만, 건강히 오래오래 사시길 빌게요, 안녕!"

"잠깐만요! 저를 한 번만 안아 주시겠어요?"

나는 흘러내리려는 눈물을 추스르며, 여인과의 마지막 포옹을 했다. 유난히 따스하고도 섬세하게 휘감기는 여인의 체온이 나의 가슴을 먹먹하게 적셔 왔다. 뭐라고 말을 하고 싶었으나 말이 되어 나오려고 하지 않았다. 이윽고 여인은 서서히 몸을 풀더니, 속삭임처럼 말했다.

"영원히 오늘의 이 순간을 잊지 않을게요. 잘 가세요. 행복하시구요."

이윽고, 내가 발길을 옮겨 놓자, 여인은 나를 향해 손을 흔들며 눈시울을 적셨다. 문득 때 아닌 배꽃의 향기가 왈칵 밀려드는 듯한 느낌에 휩싸였다. 그러면서부터 나는 입술을 깨물며, 눈을 감았다. 흘러내리는 눈물방울이 점차 굵어지고 있었다. 몇 걸음쯤 발길을 옮기자 내리막 굽이 길이었다. 굽이 길로 내려서기 직전에 여인을 마지막으로 바라보고 싶었다. 시야에는 밤안개에 휘감겨 손을 흔드는 여인의 모습이 흐릿하게 드러나 보였다. 덩달아 나도 크게 손을 한 번 흔들어 주고는 굽이 길로 내려섰다. 굽이 길로 내려서면서부터 장중한 서해 바다의 파도 소리가 귓전을 파고들기 시작했다. 그러면서, 나의 충혈된 눈으로는 연신 유년기의 아버지의 미소가 달처럼 떠올랐다.

[문학21, 2000. 1월호 발표]

# 물안개

◇◇◇◇

광막한 갯벌 그 어디서도 소음이라곤 들리지 않았다. 자욱한 물안개로 뒤덮인 백사장만이 널브러져 누웠을 뿐. 불타는 낙조에 휩쓸려, 바다는 황금빛 물고기 떼처럼 파드득거리며 치솟고 있었다. 석양에 긴 그림자를 드리우며, 선하(鮮霞)는 해변을 따라 허청거리고 있었다. 새벽에 선하에 대해 뭐라고 속살거리던 여인의 목소리를 듣는 순간부터였다. 내겐 대뜸 선하가 위도의 해변을 찾으리라는 생각이 들었다. 광막하게 펼쳐진 백사장 길을 선하가 서성거리리라고는 여인은 아마도 짐작조차 못할 터였다. 너무나 고단했던 일과 탓인지 자꾸만 현기증이 일었다. 새벽에 전화로, 선하가 또 떠났다면서 훌쩍거리는 여인의 목소리를 듣는 순간에도 그랬다. 망망대해의 일엽편주와도 같은 신세라, 선하가 갈 만한 데는 좀체 없으리라면서 여인은 훌쩍거렸다. 혹시 선하가 위도를 찾는다면 제발 연락이나 좀 바란다는, 여인의 애절한 하소연이었다. 전화기를 내려놓자마자, 나는 이내 잠의 나락으로 빨려들고 말았다.

탁 트인 팔월 중순의 바다 위로 눈부신 태양이 막 치솟고 있었다. 나는 위도의 산꼭대기에 올라 위도의 아침 전경을 굽어보고 있었다. 전북 변산의 격포항 서쪽으로 십여 킬로미터 떨어져 있는 해상의 섬. 섬의 남쪽에는 송이도와 칠산도가, 서쪽에는 낙조로 유명한 왕등도가 그림처럼 수평선에서 남실대고 있었다. 바다는 선홍빛으로 타는 아침놀에 취한 채, 끝없이 나부대고 있었다. 문득 심구미의 광막한 갯벌이 떠올랐다. 석양에 하얀 모래사장을 정처 없이 서성거릴 선하의 모습이 환영처럼 떠올랐다. 하지만, 내가 바라볼 수 있는 시야라고는 위도를 제외한 바다의 수면 정도가 고작이었다. 위도의 해변에는 물안개가 자욱하게 끼어, 한결 신비스러운 분위기에 휩싸여 있었다. 어쩌면 선하의 발길이 바다로 향할지도 모른다며 푸념을 늘어놓던 여인의 목소리였다. 자칫하면 금세 울음으로 변할 듯한 목소리이기도 했다.

어느덧 해는 반공으로 껑충 치솟아 있었다. 흘낏 시계를 바라보니, 오전 열 시를 넘어서고 있었다. 나는 심구미 해변의 동백숲을 향해 천천히 발길을 옮기며 생각에 잠겼다. 자꾸만 강한 예감 같은 것이 나의 뇌리를 압박해 왔다. 새벽에 여인의 전화를 받으면서부터 극도로 혼란스러워진 마음이었다. 아무리 애를 써보았지만, 도무지 일이라곤 손에 잡히지 않았다. 그리하여, 아침부터 산봉우리에 올라 위도를 바라보며 마음을 추스른 후였다.

아무래도 선하는 석양 무렵에 해변을 찾으리라는 느낌이 들었다. 가슴이 공허할 때면, 선하는 곧잘 심구미의 해변을 찾아 석양에 취하곤 했기 때문이다.

선하가 위도를 찾던 첫날이었다. 햇살이 눈부시게 흩날리던 지난 칠월 초순경의 석양 무렵이었다. 그날의 나는 석양의 햇살을 받으며 고장 난 어구를 손질하고 있었다. 그러면서, 구멍 뚫린 그물을 들여다보며 과거의 추억을 야금야금 건져 올리고 있었을 터였다. 그것에도 싫증을 느꼈다면, 산화된 선체의 벽면을 들여다보면서 한숨을 흘리고 있었을 터였다. 분명한 것은 바다를 휩쓸던 해풍과 자욱하게 드리워졌던 물안개뿐이었다. 물안개로 자욱하게 뒤덮인 수면을 가르며, 저음의 뱃고동이 따스한 체온처럼 밀려들던 때였다. 나는 어구들을 챙겨 들며, 유람선으로부터 선착장에 내닫는 몇몇의 여행객들을 덤덤하게 바라보고 있었다. 그때, 금세 또 짙은 안개가 시야를 가려 버렸다. 그럴 때마다 나는 심해 속을 표류하는 고장 난 잠수함의 함장이 된 기분이었다. 그래, 나는 시야를 차단당한 난파함의 함장이란 말이다, 함장! 나는 연신 중얼거리며 도리질을 해 대었다. 그새 안개는 아스라이 밀려나 버리고 해변 위에 덩그렇게 누워 있는 앙상한 선체. 뱃고동의 저음이 살며시 가라앉을 무렵, 경쾌한 신발 소리가 귓전을 울려 왔다. 나는 피로에 지쳐, 선박 부근의 바위에 드러누운 채 눈을 감았다. 점차 내게로 가까워지는 발자국 소리에 신경이 쓰여, 슬며시 눈을 떠 보았다. 모래바람이 가볍게 일고 있는 백사장을 가로지르며 두 여인이 나를 향해 다가오고 있었다. 이윽고 산뜻한 차림새의 두 여인이 다가와서는 내게 살짝 미소를 지었다. 사십 중반의 여인은 양소혜(陽昭惠)라고 했고, 스물다섯 살의 여인은 자신을 설선하(薛鮮霞)라고 밝혔다. 여인들은 민박집이 다 찼다면서, 혹시 사찰의 객방(客房)이라도 있으면 좀 알려달라고 했다. 여인들은 지리를 잘 모른다며 여차하면 매달려 애원이라도 할 듯한 기색이었다. 결국 나는 쪽박금의 해변 길을 걸어 산등성이를 지나서, 여인들을 내원암으로 데려갔다. 그 때부터 두 여인은 내원암의 장기 투숙자가 되어, 위도의 절경을 감상하곤 했었다.

이제 태양은 중천에 치솟아 사방으로 폭염을 내리쏟고 있었다. 나는 더위도 식힐 겸, 심구미의 동백 숲을 찾아 반석 위에 몸을 눕혔다. 때마침 바다를 건너 온 바람이 동백 숲을 간질이며, 빛살처럼 허공으로 날아오르고 있었다. 반석에 몸을 눕히자마자 슬그머니 선하에 대한 상념이 밀려들었다.

석양 무렵이면, 선하는 곧잘 나와 함께 낚시질을 하곤 했다. 나보다 두 살 밑인 선하는 확실히 첫눈에 혹할 만큼의 빼어난 미모였다. 중키에 늘씬한 각선미까지 갖춰, 볼 때마다 가슴이 뒤설렐 정도였다. 선하는 결 좋은 머리카락을 바닷바람에 나부끼며, 자신의 과거를 조금씩 들려주곤 했다. 선하는 체대 무용학과를 졸업한 뒤로 무용수를 꿈꾸는 여인이었다. 연두색의 민소매 티에 흰색 핫팬츠 차림이 선하가 즐겨 입는 복색(服色)이었다. 날아갈 듯이 산뜻한, 선하의 차림새를 볼 적마다 나는 그녀의 관능미에 매혹되는 느낌이었다.

지난겨울에는 내설악에서 시간을 보냈다고 했지만, 거기에서 뭘 했는지는 묻고 싶지 않았다. 그녀의 말 자체가 지고지순한 믿음으로 느껴졌기 때문이었다. 때가 되면 여행 중의 경험을 살려, 창극 무도회를 갖고 싶다고 했다. 여태껏 그녀가 해답을 얻지 못해 안타까웠지만 말이다. 반드시 그녀는 춤의 진수를 터득해 내겠다면서 결의가 대단했다. 황학루(黃鶴樓)의 학 그림처럼, 어딘가에는 춤의 진수가 전설처럼 살아 있으리라고 그녀는 확신하고 있었다.

“일단은 자꾸만 신념을 가져 보는 거죠. 설령 성취가 불가능해 보일지라도 말이에요. 세상이 답답해질수록 나 자신을 추스르며, 맑은 숨결을 토해 내 보는 거죠. 사람들과의 교감이 얼마나 중요한지 아세요? 이론의 굴레에서만 겉돌지 말고, 실제로 부딪혀 보는 거예요, 알겠죠?”

선하와 대화를 나누는 동안, 나는 점차 그녀의 여성다운 매력에 몸을 떨곤 했다. 선하의 눈빛을 바라보노라면, 어느새 광채 영롱한 하늘의 별빛이 떠오르곤 했다. 그럴 때마다 나는 가슴을 졸이며, 그윽한 눈빛으로 선하를 바라보곤 했다. 그때마다 바다 속의 비릿한 해초 냄새가 바람에 실려 오곤 했다. 해초 냄새로 휘감긴 나의 전신을 그녀는 눈빛을 빛내며 조심스럽게 어루만지곤 했다. 그때마다 나는 전신을 휩쓰는 아뜩한 현기증에 곧잘 몸살을 앓곤 했다.

파도가 부서지는 해변에선 연방 물보라가 하얗게 이를 드러내며 허공으로 치솟아 올랐다. 때때로 하얀 포말(泡沫)을 가로지르며, 햇살이 허공에서 현란한 곡예를 넘곤 했다. 나는 계속하여 동백 숲의 반석 위에 몸을 눕힌 채, 바다를 굽어보았다. 동백 숲 위로 치솟는 구름장을 보면서, 나는 점차 상념의 물결에 휩쓸려 들었다.

"상민 씨, 제가 대학을 졸업하면서부터 뛰어든 세계가 뭔지 아세요? 바로 '춤사위'라는 동아리였어요. 동아리의 회원은 모두 열 명이었는데요, 그 중 절반이 남자들이었어요. 동아리의 회장이 누군 줄 아세요? 바로 저를 자나 깨나 달달 볶는 그 여자, 아시죠? 바로 서른 살의 허청숙(許淸淑)이라는 독신녀예요."

틈나는 대로, 선하는 나를 바라보며 그녀의 과거사를 조금씩 풀어놓곤 했다. 아닌 게 아니라, 선하의 말대로 허청숙은 두목의 기질이 농후한 여인이었다. 그날 위도에서, 선하가 여인에게 멱살을 잡히다시피 끌려가지만 않았더라도 말이다. 선하는 어쩌면 목적을 이룰 수도 있었으리라. 선하는 여인이 찾아오기 전에 춤의 진수를 터득했어야만 옳았다. 여인이 그녀를 찾고 있다는 정보를 선하에게 몇 차례나 일러주었음에도 말이다. 선하는 변변한 대책 하나 세우지 못한 모양이었다. 그랬기에, 나는 더더욱 여드레 전의 선하의 태도를 이해할 수가 없었다. 여기에 편승하여, 여인은 고작 사흘간을 머물면서 그 난리를 치고 떠나간 거였다.

여전히 나는 반석에 드러누운 채, 물고기의 비늘처럼 파드득거리는 바다의 수면을 바라보고 있었다. 새벽에 들린 여인의 흐느낌 소리는 시간이 흐를수록 내 가슴을 옥죄며 파고들었다. 어느새 나는 여드레 전의 그날을 떠올리고 있었다. 여인이 내원암에 동숙하던 첫날이었다. 여인이 객방에 들면서부터 서서히 객방의 분위기는 뒤틀려가고 있었다. 초저녁부터 고함 소리가 들려 주지승(住持僧)이 달려가 보았더니, 한마디로 가관이었다는 거였다. 여인은 팬티만 걸친 채, 선하를 노려보며 막걸리를 사 오라고 된통 호통을 쳐대었다. 그 서슬에 합숙자인 도예가 양소혜까지도 안색이 홱 변할 지경이었다.

그날 저녁 무렵이었다. 심부름을 나서서 오솔길을 타 내려오면서, 선하는 내게 핸드폰으로 만나자며 도움을 청했다. 막걸리 심부름을 나섰던 선하는 나의 집으로 피신하고 싶다고 호소했다. 그리하여, 선하는 결국 나의 집으로 피신해 버리고 말았다. 여인의 흉포한 성질에 진저리를 친다며, 선하는 제발 하룻밤만 재워달라며 매달렸기 때문이다. 나중에 들은 바였지만 말이다. 여인은 이튿날 아침에는 주지한테까지 통닭을 사 내라며 마구 야료를 부렸다. 게다가 이튿날 밤에는 무단 이탈죄를 다스린다며, 선하를 잠도 재우지 않았다는 거였다.

이전에도 선하는 종종 나의 집에 놀러 와서는 시간을 함께 보낸 적이 있었다. 폐농가(廢農家)를 수리하여 만든 나의 오두막집은 대나무로 둘러싸여, 제법 운치를 자아내곤 했었다. 나의 집은 바다가 한눈에 들어오는 심구미의 남쪽 해안에 자리 잡고 있었다. 또한 심구미는 위도의 서쪽 해변에 형성된 소쿠리 모양의 만으로 형성된 지역 일대였다.

선하의 청에 따라, 나는 선하를 두 채의 오두막집으로 된 나의 집으로 데려갔다. 마당을 사이에 두고서 남쪽에는 침실이, 북쪽에는 화실로 갖춰진 오두막집이 나의 집이었다. 선하는 집 마당에 들어서자마자 곧바로 탄성을 질러댔다.

"어머나, 여기는 올 때마다 별천지네요. 그새 풍광이 이처럼 아름답게 변했군요. 저도 이런 데서 좀 살아 봤으면 좋겠어요, 정말."

선하가 나의 집에 도착하고 나서부터였다. 초저녁부터 먹구름이 잔뜩 끼더니만, 이내 폭우가 내리기 시작했다. 집 주위의 대나무들이 '휙휙'거리며 쓰러졌고, 세숫대야가 요란한 소리를 내며 허공으로 날아올랐다. 아무래도 예사롭지 않은 폭우였다. 이렇게 억수같이 쏟아지다가는 오두막집은 빗물에 휩쓸려 흔적도 없이 사라질 것만 같았다. 폭우가 아니라도 이젠 암담한 현실로부터 벗어나고 싶었다. 계속 오두막집에 눌러앉아 지낸다면, 끝내는 세상의 변두리에 묻혀 버리고 말리라. 나로 말하면 아직은 스물일곱 살의, 미래가 있는 청년이다. 내 나이에 연인과의 사별(死別)로 인하여 이다지도 인생을 버겁게 여긴다면 말이다. 더 큰 좌절이 기다릴 수도 있는 미래는 어떻게 헤쳐 나갈 건가 말이다. 또다시 광풍이 일자, 소금기를 머금은 포말들이 유리를 박살이라도 낼 듯이 유리창으로 휘몰아쳤다. 아, 이러다간 지레 질식할지도 모를 일이지 않는가? 대숲을 휘젓는 포말들을 바라보자, 어느새 나의 집은 좌초 직전의 표류선(漂流船)인 양 여겨졌다. 이대로 파도에 휩쓸리다가는 종국에는 선체가 암초에 부딪혀 폭발해 버릴지도 모를 일이었다. 내게 남겨진 최후의 보금자리인 선체의 폭발이라! 폭발을 생각하자마자, 나는 '찡'하고 머리가 갈라지면서 피가 얼어붙는 느낌이었다. 초조감으로 인해, 유리창에 손바닥을 댄 채 나는 내심으로 떨고 있었다. 유리창을 타고 흘러내리는 물줄기가 어느새 나의 땀방울만 같이 여겨져서, 섬뜩한 느낌마저 들었다.

집 주변의 대나무 숲은 강풍에 휩쓸려, 허리를 푹 꺾은 채 나부대고 있었다. 확실히 근래에는 보지 못했던 폭풍우였다. 느닷없는 여행객들의 소란스런 말소리가 집 근처에까지 들려왔다. 그들은 폭우가 내리기 조금 전에 유람선에서 내린 여행객들인지도 몰랐다. 겨우 스물일곱 살에 상심을 극복하지 못하여 절해고도에 웅크리고 앉은 나는 뭐란 말인가? 바깥은 여전히 장대 같은 빗줄기와 함께 광풍이 수풀을 휘젓고 있었다. 이렇게 비가 밤새 쏟아지다가는 나는 위도와 함께 물속에 가라앉고 말 터였다. 문득 가라앉는다는 생각이 들면서부터였다. 나의 의식은 어느새 또 다른 과거의 터널 속으로 치닫고 있었다.

교통사고로 부모를 일시에 여의고, 초등학교 시절부터 외할머니 밑에서 자란 나였다. 친척 하나 없이 혼자서 생계를 이끌고 나가던 외할머니였다. 외할머니의 생계가 너무나 암담하여, 독학을 하겠다며 내가 고향인 만경 평야를 떠나던 날이었다. 석양이 지평선 위에 걸려 핏빛으로 타오르던 성황당 마루에서였다. 막 중학교를 졸업한 나의 얼굴을 놓치지 않을 듯 쓰다듬으면서, 외할머니는 신신당부를 했다.

“애야, 어떤 경우에도 사람한테는 보금자리가 있어야 하는 기라. 보금자리가 없는 사람은 바다에서 떠도는 배처럼 비참한 법이니라.”

성황당을 떠나는 순간부터 외할머니의 말은 나의 생애에 잠언으로 새겨졌다. 성황당을 내려서던 순간이 외할머니와의 마지막 대면이 될 줄은 진정 몰랐었다. 언제든 그날을 떠올리기만 하면, 회한이 끓어올라 금세 목이 메곤 했다.

후드득거리는 빗소리에 놀라, 나는 문득 상념에서 깨어났다. 어느새 나는 유리창에 손을 갖다 대고는 휘몰아치는 폭풍우를 내다보았다. 나는 개펄 속에서 빠져 나오려는 듯이 팔을 허우적거리며 창밖을 바라보고 있었다.

“상민 씨, 지금 뭐 하세요? 어느새 바깥이 제법 어두워졌네요. 불 켜요, 우리.”

선하가 불을 켜라고 하다니? 나는 창의 우측 벽면에 있는 스위치를 찾아 더듬거렸다. 순간 ‘찰칵’하는 명료한 음향이 일었다. 금세 형광등에서 밝은 빛살이 흘러내리면서 어두움을 창밖 아스라이 내몰고 있었다.

이때였다. 환청인지도 모르게 나는 암흑 속에서 짤따란 비명소리를 들은 것도 같았다. 이때 형광등의 불빛과 겹쳐지면서, 탐조등(探照燈)의 불빛이 머릿속에 선히 떠올랐다. 탐조등의 불빛이 연상되자마자, 작년 8월의 한탄강에서 있었던 래프팅(rafting)의 사고 장면이 머릿속에 펼쳐졌다. 일상적인 프로그램대로 잠시 보트를 떠나, 소(沼)의 중심부에서 물가의 모래톱으로 헤엄쳐 가는 도중이었다. 헤엄을 치느라고 버둥거리던 사이에, 혜경(惠敬)의 구명조끼의 끈이 풀려 버린 거였다. 구명조끼만 둥실 치솟더니, 혜경은 금세 물속으로 실종되고 말았다. 순식간에 탐조등의 불빛이 터져 나오면서, 구명 조교들이 연달아 물속으로 뛰어들었지만 말이다. 물속 바위에 끼이어 버둥거리던, 나의 연인인 혜경은 끝내 회생되지 못하였다. 그날의 분노와 슬픔과 절망감이란!

어느새 가슴에 통증이 일며, 온몸에 경련이 일려고 했다. 순간적으로 나는 형광등의 불빛을 쏘아보았다. 호들갑을 떨며 지나간 여행객들의 눈엔 형광등의 불빛이 보이기는 보였을까? 아마도 그들은 물에 젖은 몸을 말리러, 경황없이 어디론가로 몰려갔을 터였다. 도대체 폭우 속에서도 유람선은 왜 바다를 달리는 걸까? 대부분의 선박들이 그렇듯, 해변의 물굽이를 빠져나가기에도 급급했을 터였다. 오가는 유람선들은 여전히 오두막집의 탐조등의 불빛을 보지 못하는 모양이었다. 이런 허망할 데가! 나는 다시 고개를 돌려 창밖의 드센 빗줄기를 바라보았다. '휘이잉' 소리를 내며, 또 한 차례 세숫대야가 곤두박질치는 소리가 들렸다. 이제 눈에 띄는 것이라곤 오로지 굵다란 빗줄기뿐이었다.

바로 이때였다. 빗물에 옷이 찰싹 달라붙은 남녀가 유리창을 두드리고 있었다. 남자는 50대 초반의 사내였고, 여자는 20대 초반의 젊은 여인이었다. 척하니 첫눈에 불륜의 짝이라는 느낌이 와 닿았다. 남자에게 찰싹 달라붙은 빨간 미니스커트의 여자가 지갑을 꺼내 들며 말했다.

"아저씨, 너무나 격렬한 폭우라, 도저히 앞이 안 보여요. 혹시 잠시 쉬어 갈 만한 방이 없나요?"

나는 대번에 거절하여 내쫓고 싶었지만, 하도 심한 폭우라 잠시 허용해 주기로 했다. 나는 화실에서 나와, 마당을 사이에 둔 맞은편의 나의 침실로 그들을 안내했다.

"돈은 필요 없구요. 비가 그칠 때까지만 쉬었다 가세요."

그러고, 나는 이내 화실로 돌아가서 선하와 마주 앉았다. 설록차를 끓여 서로 찻잔을 나누면서, 오디오를 틀어 비발디의 사계를 듣고 있을 때였다. 또다시 유리창을 두드리는 여자의 목소리가 들려왔다. 냉기로 입술까지 파래진 여자는 겸연쩍은 듯한 표정을 지으며 나에게 말했다.

"아저씨, 자꾸만 성가시게 해서 미안한데요. 세숫대야하고 빨래 비누 한 개만 잠시 좀 빌릴게요. 수돗가에 가 봤는데, 세숫대야가 안 보이더군요. 옷이 죄다 젖었기에, 대충 헹궈서 물기라도 좀 짤까 해서요."

나는 창문을 열고는 마당 귀퉁이에 날아가 박힌 세숫대야를 가리키며 말했다.

"저게 세숫대야구요, 비누는 저기 물통 뒤에 있는데, 보이죠? 가스보일러를 틀어 놓았거든요. 곧 훈기가 있을 거예요."

여자는 방긋 미소를 지으며 고맙다는 듯이, 손을 흔들어 보이며 마당으로 내려섰다. 냉기로 파래진 여자의 입술을 보는 순간이었다. 문득 뇌리에는 열흘 전 중년 여인의 파리한 얼굴이 떠올랐다.

그날도 나는 낚시에 취해 위도의 남쪽 갯바위에 매달려 밤을 지새우고 있었다. 자정을 넘기면서부터 빗방울이 듣기 시작했지만, 나는 그대로 낚싯대를 드리우고 있었다. 한데, 남서쪽 바위 벼랑 위로부터 느닷없는 여인의 곡성이 흘러나왔다. 불빛이라곤 전혀 없는 캄캄한 바위 벼랑 위에서였다.

사십 후반의 산발한 여인이 속치마만 걸친 채, 맨발로 바다를 굽어보며 흐느끼고 있었다. 그러면서, 곧장 바다를 향해 뛰어내릴 자세를 취하고 있었다. 일단은 생명부터 구하고 볼 일이라 생각했다. 허겁지겁 달려들어 여인을 껴안아 벼랑 아래로 내려서는 순간이었다. 느닷없이 바지 앞섶이 뜨뜻해져 오면서 습기가 느껴졌다. 긴장감이 해소되면서 여인이 오줌을 지린 거였다.

비를 그을 수 있게 폭 팬 벼랑 밑의 바위 틈새를 찾아 들어섰다. 여인은 바다로 뛰어내리게 놔두든지 아니면 그녀의 말을 들어달라고 보챘다. 그러면서, 여인은 울어서 퉁퉁 부은 얼굴로 나의 바지를 벗겨 내리기 시작했다. 아찔한 절망감과 고뇌에 휩싸여, 나는 창졸간에 여인을 품지 않을 수 없었다. 여인은 몇 차례나 몸을 바르르 떨어대면서, 나의 알몸을 하염없이 어루더듬곤 했다. 여인 몰래 남편이 재산을 처분하여, 애첩과 함께 해외로 잠적해 버렸다는 거였다. 자식마저 없는 몸이기에, 이제 아무런 미련도 없다며 여인은 훌쩍거렸다. 느닷없이 펑하고 가슴에 구멍이 뚫리는 듯한 느낌이었다. 한마디로 착잡하고도 난감한 밤이었다.

가까스로 여인을 달래어 마을로 돌려보내고 나니, 새벽 세 시 무렵이었다. 돌아서는 발걸음마다 여인의 시린 한이 온통 유리 파편처럼 박혀 드는 느낌이었다.

울적한 마음으로 집으로 돌아와 방문을 열어젖힌 순간이었다. 나는 순간적으로 가슴이 얼어붙는 느낌에 휩싸였다. 어둑어둑한 방안에는 젊은 여인이 우두커니 넋을 잃은 채 앉아 있었기 때문이었다. 여인은 다름 아닌 선하였다. 내가 불을 켜고 그녀를 바라볼 때까지도 선하는 여전히 넋을 잃고 있었다. 선하의 주위에는 마시다가 그만둔 술병이 나뒹굴고 있었다. 언제부터였던가 선하의 눈에는 눈물이 그득 실려 파란 색채로 일렁이고 있었다. 선하가 밤중에 나의 집에 머문 것은 그날이 처음이었다.

"너무나 가슴이 답답하여, 대화라도 좀 할까 하여 왔었어요. 그랬더니, 방문은 열린 채였고, 댁은 밤낚시를 가고 없더군요. 상민 씨, 저는 요즘 가슴이 답답해서 미칠 지경이에요. 나가야 할 길은 막막하고, 손에 잡히는 것은 끓어오르는 설움뿐이니 이를 어쩌면 좋지요? 그리하여, 황량한 마음을 추스를 수가 없어서 그만 이대로……."

"그럼, 미리 전화라도 주셨으면 제가 기다리거나 마중을 나갔죠. 귀한 손님이 오셨는데, 이처럼 미안할 수가 없네요."

"괜찮아요. 그냥 오고 싶을 때 훌쩍 오고 싶었을 뿐이에요."

문득 나의 눈과 선하의 동공이 마주친 순간이었다. 쌓였던 설움이 파르스름한 빛살이 되어 흩날리면서, 선하의 눈에는 눈물이 맺혀 흘렀다. 덩달아 나도 가슴이 하얗게 증발되는 느낌에 휩싸이면서, 선하를 나의 침실에 눕혔다. 나는 선하에게 이불을 조심스레 덮어준 뒤에, 잘 자라는 인사말을 남기고는 일어섰다. 그런 뒤에, 나는 마당 건너편의 화실로 내려가 잠을 청했다. 회상컨대, 그 밤 내내 선하의 잠꼬대 소리가 나의 귓전에 파도처럼 밀려들곤 했었다.

어느새 마당에는 황토물이 굽이치면서 밀려들었다가는 대밭 속으로 빠져 나가고 있었다. 선하는 스무 평가량의 화실에 전시된 그림들을 둘러보더니, 교태를 부리며 말했다.

"상민 씨는 이 많은 그림을 이 섬에서만 다 그렸나요? 주로 위도의 풍경과 바다를 담은 그림들이네요. 그러고, 저기 저 누드화의 모델은 누구세요? 설마 혜경 씨는 아니시죠? 이 섬 마을에 사는 아가씨라구요? 너무나 예쁘게 그려졌기에, 여자인 저도 가슴이 설렐 정도예요."

선하는 찻잔을 살짝 입에 갖다 대면서, 말을 이었다.

"H대 미대를 졸업하셨댔지요? 연인과 사별한 지가 거의 1년째라구요? 슬픔이 얼마나 컸겠는지 짐작이 가고도 남아요. 그래도 그렇죠! 대관절 언제까지 이 섬 속에서 갇혀 살 건가요?"

나는 대답 대신에, 선하의 얼굴을 그윽한 눈빛으로 들여다보았다. 첫눈에 가슴을 얼어붙게 만드는 매혹적인 얼굴의 여인. 오뚝한 콧날에, 초승달처럼 살짝 휘어진 눈썹. 별처럼 영롱한 눈동자에 귀티가 나는 매끄러운 피부. 나는 소리 없이 탄성을 토하며, 선하에게 맑은 미소를 실어 보냈다. 나의 마음을 읽었음일까? 선하도 이내 서글서글하고도 맑은 눈빛으로 나를 바라보며 차를 따라 주었다. 문득 찻잔의 수면에 선하의 맑은 눈빛이 실리면서부터, 나는 과거의 상념에 젖어들었다.

선하와 알고 지낸 지 보름 만의 일이었다. 그날은 화필을 들고서도 끝내 그림을 시작해 보지도 못했던 날이기도 했다. 가슴에 구멍이 펑 뚫린 느낌이 들어, 자꾸만 참담해지려는 심사를 억누를 수가 없었다. 오후에 휘몰아치는 파도 소리를 들으면서부터 나는 자꾸만 바깥으로 내달리고픈 충동에 휩싸였다. 해변에는 한낮인데도 해무(海霧)가 잔뜩 끼어, 도무지 지척을 구분할 수 없을 지경이었다. 나는 위도의 해변을 따라 허청거리며 걷고 또 걸었다. 그러다가, 다리에 힘이 풀려 막 주저앉아 쉬려고 할 때였다. 누군가 등 뒤에서 나의 어깨를 짚으며 내게 말을 걸어 왔다.

"어머나, 여기는 웬일이세요? 게다가 오늘은 전신에 기력이라곤 전혀 없어 보이네요. 어때 저랑 같이 걷지 않을래요?"

고개를 돌려 바라보니, 다름 아닌 선하였다. 선하는 틈나는 대로 섬의 둘레로 산책을 나서곤 했다. 그러다가 넋을 잃고 배회하는 나의 모습을 발견한 거였다. 선하는 안마의 기술이 탁월한 여인이기도 했다. 선하의 말에 따르면, 그녀는 스포츠 안마사의 자격증을 지니고 있었다. 인적이라곤 없는 섬의 외진 북쪽 산록에서였다. 선하는 풀밭에 드러누운 나의 전신을 서서히 안마하기 시작했다. 그녀는 내가 이 섬에 와서 알게 된, 인간적으로 가장 친숙한 여인이기도 했다. 아마도 한 시간가량은 지났으리라. 선하는 나의 귓전에 대고 속삭이기 시작했다.

"상민 씨! 요즘도 가슴이 텅 비고 가슴이 쓰라리세요? 마음이 공허해질 때면 언제든지 제게로 오세요. 포근히 풀어 드릴 테니까요."

나는 꽉 막혔던 가슴이 개운해질 때까지 선하의 안마를 받고는 했다. 그날도 나는 안마를 받은 후에, 확실히 새로운 활력을 얻은 느낌이었다. 그 보답으로, 그날 나는 처음으로 선하를 등에 업고는 해변 길을 거닐었다.

"아저씨, 아예 방 값을 드릴 테니까, 오늘 밤만 여기에서 묵으면 안 될까요? 아무래도 폭우가 멈출 것 같지가 않아요. 분명 아까 저녁은 먹었거든요. 한데도 배가 좀 고파서요. 라면 있으면 세 개만 빌려 주실래요? 그리고, 냄비도 함께요. 고맙습니다, 아저씨."

여인은 브래지어와 목욕 타월만으로 살짝 몸을 가린 차림으로 내게 말했다. 사내는 발가벗고 누웠는지 기척이 없었고, 연거푸 여인만 드나들고 있었다.

"이보세요. 비가 억수로 쏟아지는 날이니까, 여기서 묵는 건 괜찮아요. 그렇지만, 여기는 개인 집이지 민박집이 아니거든요. 돈 얘기만 꺼내지 말고 조용히 쉬다가 가도록 하세요."

나는 야한 차림새의 여자로 인해, 격해지려는 감정을 가까스로 억눌러 참고는 창문을 닫았다. 선하는 '위도 해변의 낙조'라는 나의 그림 앞에서 넋을 잃은 표정이었다. 선하는 그림을 바라보면서, 그림에서 풍겨 오는 이미지로 가슴이 떨릴 정도라고 했다. 그러면서, 선하는 그녀가 몸담았던 동아리인 '춤사위'에 대해 이야기하기 시작했다.

동아리의 회원들은 모두 대학 선후배들이었다. 회원들은 연극영화과를 위시하여, 무도학과, 체육학과 등으로 학과가 다들 달랐다. 완전한 이질 집단이 모여 하나의 동아리가 된다는 것은 결코 만만치 않은 일이었다. 이들 중에서도 유독 보스의 기질이 강했던 사람이 바로 회장을 맡은 여인이었다.

동아리가 결성된 지 6개월쯤 지난 뒤였다. 동아리에서는 국내의 지명도가 높은 세 사람의 지도 교수를 선정했었다. 지도 교수들 중에서는 홍 교수가 단연 명성이 높았지만 말이다. 회원들은 그의 소문난 바람기를 염려하며, 지도 교수로 선정하는 데에 약간의 논란이 있었다. 하지만, 다수결로 결정하여 홍 교수를 지도 교수로 받아들였다. 그런 뒤에 회원들은 수시로 교수들로부터 개인 교습을 받곤 했다. 선하가 40대 중반의 홍 교수를 만나 춤사위에 대한 지도를 받은 지 2개월 만이었다.

때는 여름철이었고, 대기는 온통 눅눅하기만 했었다. 여주 교외의 홍 교수의 별장에 여인과 선하가 불려가 지도를 받기로 되어 있었다. 때마침 교수의 부인은 잠시 친정에 볼일이 있어서 지방으로 내려가고 없었다.

"회장과 함께 아침부터 교습을 받느라고 두 시간가량을 착실히 땀을 흘린 뒤였죠. 왜 그때 홍 교수의 눈치를 못 읽었던지 지금도 가슴이 아파요. 적당히 핑계를 대어 회장은 보내 버리고 저만 남았을 때였죠. 목도 식힐 겸 시원한 양주를 마시자는 거였어요. 저는 체질적으로 술은 약한 편이거든요. 얼마 마시지도 못한 채, 취기로 얼굴이 불덩이처럼 달아올라 있을 때였죠. 느닷없이 홍 교수의 손이 저의 블라우스를 벗기며 사타구니를 더듬어 내려오기 시작했죠."

선하는 그때의 정경을 떠올리며 계속 이야기를 이어 갔다. 그때서야 안 일이었지만, 교수는 이전부터 선하에게 흑심을 품어 왔던 모양이었다. 마침내 벼르고 벼르다가, 그날을 기해 선하의 옷을 벗겼을 따름이었다.

"처음에는 당장 무슨 일이든 일을 저지를 듯한 기분이었죠. 묘한 것이 사람의 마음인가 봐요. 그새 저는 교수의 바람기를 이해할 수 있게 되었죠. 타는 듯한 창작의 열정과 바람기와는 미묘한 연관이 있을 수도 있다는 것을 말이에요. 하지만, 시간이 흐를수록 마약처럼 성의 유희에 휘감겨 드는 자신을 주체할 수가 없었어요. 그러다가 점차 헤어날 수 없으리라는 절망감에 몸을 떨곤 했죠."

선하는 점차 자신의 영혼이 망가지고 있음을 느낀다며 진저리를 쳤다.

창밖에는 여전히 폭우가 그칠 줄 모르고 쏟아져 내리고 있었다. 선하는 눈을 돌려 나를 바라보며 말했다.

"비가 좀처럼 그칠 것 같지 않죠? 이제 밤 열 시가 넘었으니까, 촛불을 켜는 게 어때요?"

나는 일어나 형광등을 끄고는, 촛불을 켰다. 환하던 방 안이 금세 은은한 불빛으로 전환되어 있었다. 겨울철의 양달의 담벼락처럼 따스하고도 포근한 분위기가 실내를 은은히 적셔 주었다. 마당 건너편의 침실에서는 더 이상 아무런 기척도 들리지 않았다. 창틈으로 새어 든 바람으로 인해, 촛불이 가볍게 일렁이고 있었다. 선하는 다소곳한 표정으로 내게 말했다.

"상민 씨, 지금껏 많은 시간을 함께 보냈지만 말이에요. 제가 상민 씨랑 잠자리에 드는 것은 오늘이 처음이죠? 좋은 꿈꾸시구요. 저기 촛불은 제가 끌게요."

선하는 곧장 입으로 촛불을 꺼 버리고는 요 위에 반듯이 드러누웠다. 나는 호흡을 가다듬은 후에, 조심스레 선하의 곁에 몸을 눕혔다. 또한 이불까지 함께 덮고는 잘 자라는 인사말을 남긴 채, 가만히 눈을 감았다. 창밖은 여전히 '휙휙'거리는 광풍과 함께, 세찬 폭우가 쏟아지고 있었다.

이렇게 하여 하룻밤이 지나고 다음 날 아침이 밝았다. 그렇게 억수같이 쏟아지던 빗줄기는 어느새 그쳐 있었다. 마당에 내려서자마자 침실이 있는 오두막을 들여다보았다. 불륜의 남녀는 고맙다는 메모지만을 남긴 채 이미 떠나 버리고 없었다.

아침을 먹고 난 뒤엔 선하와 함께 낚싯배를 타고 아침 바다를 갈랐다. 비 온 뒤라, 하늘은 한없이 맑았고, 바다는 한결 고운 청색으로 남실거리고 있었다. 우럭이 잘 잡히는, 위도 북쪽의 식도 부근의 해역에서 배를 정박시켰다. 연방 우럭을 낚아 올리면서, 선하와 나는 기나긴 대화를 나누었다. 내 마음속에서는 혜경의 상실로 몸살을 앓고 있었지만, 이제는 정말이지 악몽으로부터 벗어나고 싶었다. 아무리 지난날을 슬퍼하더라도 돌이킬 수 없음에랴? 이제 선하의 출현으로 내 마음은 서서히 흔들리기 시작했다. 그럴수록 나는 생각을 되풀이해 보았다. 이 정도의 시간이라면 나의 생각이 결코 우발적으로 형성된 것은 아니리라고 말이다. 일단 하려고 작정한 일에는 망설이지 않는 것이 나의 습성이었다. 이제 나는 선하에 대한 나의 마음을 털어놓고 싶었다.

나는 수평선을 향해 잠시 맑은 심호흡을 한 뒤에, 선하를 향해 말했다.

"만약에 말이에요. 제가 선하 씨의 곁에서 영원히 머물 수는 없을까요?"

선하는 우럭을 물간에 담다가 말고, 허리를 펴면서 나의 눈동자를 들여다보았다. 그러다가, 밝은 표정이 심하게 일그러지면서 그녀는 잠시 허청거렸다. 얼굴이 조금씩 상기되는 것이, 적지 않은 충격을 받은 모양이었다.

"상민 씨, 제게 구애(求愛)하는 거예요, 지금?"

선하는 순간적으로 볼멘 목소리로 말을 풀어놓았다.

"정말 뜻밖이네요. 지난밤에는 댁이 저의 머리카락 하나 손대지 않았기에, 제겐 관심이 없는 줄 알았어요. 솔직히 저는 어젯밤에 잠을 못 이루었거든요. 처절한 배신감 같은 느낌에 휩싸였기 때문이죠. 겉으로는 친절한 척하면서 속으로는 전혀 마음을 주지 않는 사내의 원형을 보는 느낌이었거든요. 그런데, 갑작스럽게 왜 마음이 변한 거예요?"

나는 진정한 나의 마음을 전하려고 애를 썼지만, 선하의 표정은 냉담하기만 했다. 지난밤에 무시를 당했다는 오해가 아무래도 그녀에게는 자꾸만 악감으로 작용하는 모양이었다. 내가 무슨 말을 하더라도 듣지 않겠다는 듯한 결연한 자세로 일관하던 선하였다. 그러던 그녀가 갑작스레 허리를 꺾으면서 흐느끼는 목소리로 말했다.

"지난밤에만 상민 씨가 저를 받아주었더라도 저는 댁의 연인이 될 수도 있었을 거예요. 하지만, 나는 사랑을 얻고 싶지, 동정을 받고 싶지는 않아요. 지난밤의 마음의 실체가 바로 댁의 진정한 마음이라구요. 이제 저를 동정할 생각일랑 아예 하지 마세요. 이제껏 저의 눈은 이 세상의 더러움의 실체를 너무나 많이 보아 왔거든요. 한마디로, 더 이상 환멸감을 느낄 만한 어떤 것도 없다구요, 알겠어요? 이제 저의 눈에는 세상이 세상으로 보이지도 않아요. 온갖 오물투성이로 뒤덮인 지옥으로 여겨질 뿐이라구요. 이제 저는 정신이 망가질 대로 망가진 폐인일 따름이에요. 이러한 제가 어찌 감히 댁처럼 고고한 분의 사랑을 받을 자격이나 있겠어요? 차라리 저를 암컷으로 여긴다면, 당장 여기서 옷을……."

모멸감으로 인하여 순간적으로 격분을 느낀 것도 사실이지만 말이다. 나는 진정으로 선하의 아픈 마음을 달래 주고 싶었다. 이제 나의 말이 그녀에게는 아무런 위안이 되지 못함을 느끼자, 슬그머니 목이 메었다.

"선하 씨! 선하 씨의 마음을 황량하게 만든 현실이 너무나 야속하게 느껴져요. 저까지 이 세상의 오물 중의 하나이겠거니 하고 여기셔도 좋아요. 하지만, 언제든지 마음이 변하거들랑 저를 찾아 주세요. 기약할 수 없는 날일지라도 그때까지는 선하 씨를 기다릴게요."

내가 말을 마치자마자, 선하의 눈시울에 가벼운 경련이 일더니 급기야 뽀얀 이슬이 맺혔다. 그녀는 고개를 숙인 채 손바닥을 맞비비면서 자꾸만 도리질을 해 대었다. 생각 같아서는 왈칵 달려들어 그대로 껴안아 주고 싶었지만 말이다. 나는 텅 빈 가슴속으로 하얗게 밀려드는 회한을 추스르느라고, 지그시 입술을 깨물었다.

그날 점심 무렵에 나는 회장이라는 여인을 내원암에서 처음으로 만났다. 선하가 여인이 두렵다면서, 나를 내원암까지 데려다 달라고 했기 때문이었다. 여인은 고운 외모와는 달리, 눈빛이 너무나 매섭고도 날카로워 보였다. 나는 선하를 내원암으로 데려다 주기에 앞서서, 선하에게 미리 당부를 했었다.

"선하 씨, 일단은 모든 걸 잊으시구요. 다시 한 번 동아리로 돌아가서 최선을 다해 보세요. 참, 홍 교수는 며칠 전에 객원 교수가 되어 미국으로 떠났다면서요? 이제는 잡념의 근원도 사라졌으니, 정말 잘됐군요. 부디 열심히 하세요. 정 견디기가 힘들다고 느껴지면, 언제든지 위도로 돌아오세요, 알겠죠? 위도의 눈부신 태양과 맑은 바람이 어쩜 선하 씨께 새로운 활력을 줄지도 모르잖아요?"

내원암에서, 여인은 나를 보자마자 의외로 나를 반갑게 맞았다. 그러고는 내게 선하와의 관계가 어떤 사이냐고 물었었다. 나는 굳이 선하와의 관계를 시시콜콜히 얘기할 마음이나 근거도 없었다. 그리하여, 나는 단순한 위도의 주민이라고만 여인에게 밝혔을 뿐이었다. 그랬는데도 어쩐 일인지, 나의 대답에 여인은 크게 안심을 하는 눈빛이었다. 여인은 눈에 새롭게 이채를 띠며, 묻지도 않은 일에 쾌활한 목소리로 입을 열었다.

"상민 씨라 했죠? 내원암 입구에는 제가 잘 아는 여자 친구가 있거든요. 지선이라고 하는 앤데, 상민 씨도 잘 아시죠? 그 있잖아요, 상민 씨의 누드모델로 섰던 그 여자 말이에요. 그 친구가 나에게 전화를 했거든요. 내원암에 드나드는 여행객 중에는 선하와 흡사한 인상착의의 여자가 있다고 말이에요. 게다가 선하가 간혹 상민 씨와 어울려 다니더라고 얘기해 주었거든요. 지선이가 상민 씨의 전화번호를 알려 주었기에, 지난번에 제가 연락을 드린 거예요."

지난번에 여인으로부터 조만간 위도를 방문하겠다는 말을 들었다고 내가 선하에게 전했음에도 말이다. 선하는 위도를 떠나지 않았었다. 그러다가, 여인이 위도를 방문했기에, 선하는 여인에게 붙잡힌 신세나 다름이 없었다. 결국 여인이 섬을 방문한지 사흘 만에, 선하는 여인과 함께 위도를 떠난 거였다.

석양에 젖은 시계를 바라보니, 저녁 일곱 시 무렵이었다. 두 번째의 뱃고동이 긴 꼬리를 늘어뜨리며 해안에 휘감기고 있었다. 나는 상념에서 깨어나 여태껏 누워 있던 반석으로부터 일어났다. 지금쯤이면 선하가 심구미 서쪽의 해변을 거닐고 있으리라는 생각이 들었다. 그리하여, 나는 곧장 심구미의 해변 길을 향해 달렸다.

해변에서 갯벌로 열리는 길목에서였다. 세 그루의 커다란 미루나무가 불어오는 바람에 마음껏 잎사귀를 풀어 젖히고 있었다. 바닷바람이 강해질수록 미루나무에 자리를 잡았던 새들의 둥지가 마구 흩날려 떨어져 내리고 있었다. 둥지가 떨어져 내릴 적마다 나의 심장의 박동도 자꾸만 뜨끔거리는 느낌이었다. 왠지 둥지가 바스러져 내릴 때마다, 내 마음의 보금자리도 괴멸하는 느낌이었다. 이렇게 자꾸만 허물어져 내리다가는 종내 뿌리마저도 뽑혀 버릴지도 모를 일이었다. 두렵고도 불길한 예감에, 급기야 나는 백사장으로 달려가기 시작했다.

심구미의 갯벌에 들어서자마자 백사장 가득히 물안개가 피어올라 있었다. 그리하여, 좀처럼 해변을 제대로 살펴볼 수가 없을 지경이었다. 뽀얀 안개에 휩싸인 채, 심구미의 백사장을 따라 절반쯤 걸었을 때였다. 문득 여인의 흐느끼는 목소리가 들리는 듯했다. 비록 사람은 보이지 않았지만, 나는 직감적으로 선하임을 알아차렸다. 선하라는 판단이 서자마자 나는 냅다 소리를 질렀다.

"선하 씨! 어디에 있나요? 대답하세요."

"어머, 상민 씨. 나 여기 이쪽이에요."

나는 소리의 진원지를 향해, 곧장 달려갔다. 점차 소리의 진원지에 다가설 무렵에야, 석양의 백사장을 배회하는 선하의 모습이 눈에 띄었다. 광막하게 드러누운 백사장을 얼마 동안이나 서성거렸던지 선하의 전신에는 도무지 힘이라곤 없어 보였다. 바람이라도 불면 금세 파르스름한 연기로 사라져 버릴 것만 같은 느낌이었다. 나는 갑자기 가슴이 찡해 오며, 선하를 향해 달려갔다. 내가 달려가자 선하도 나를 향해 달려오기 시작했다. 이윽고, 선하와 나는 서로를 껴안은 채, 감격하여 목이 메었다. 서로의 뺨이 살짝 닿는 순간이었다. '훅'하고 불에 덴 듯한 느낌이 전신을 휩쓸었다. 한동안 석상이나 된 듯, 가슴을 할딱거리며 엉겨붙은 채, 떨어질 줄을 몰랐다. 이윽고 서서히 포옹을 풀고는, 나는 잠시 선하를 바라보며 마주섰다. 그러다가, 핏빛으로 타오르는 저녁놀을 배경으로, 선하와 함께 천천히 해변 길을 거닐기 시작했다. 그러면서, 나는 용기를 내어 선하에게 마음속의 얘기를 털어놓으려고 했다.

"선하 씨! 제가 다시 한 번 선하 씨께 청혼을 한다면……."

말이 채 끝나기도 전이었다. 그녀는 나의 입을 그녀의 손가락으로 막으며 말했다.

"아직도 저를 잊지 않으셨나요? 하지만, 부질없는 일일 따름이에요. 제가 이곳을 찾은 이유는 위도의 석양 때문이었어요. 심지어 꿈에서조차 위도의 장엄한 석양을 잊을 수가 없었어요. 석양을 볼 때마다 사무친 저의 설움을 달랠 수가 있었거든요. 하지만, 상민 씨의 저에 대한 관심과 호의도 저는 영원히 잊지 못할 거예요."

나는 선하에게 내처 물었다. 그럼, 앞으로는 어디에서 어떤 방식으로 생을 영위하겠느냐고 말이다.

"아직은 확실하게 손에 잡히는 건 없어요. 그 어딘들 내 마음을 붙잡을 만한 곳이 있어야 말이죠? 우선은 호젓한 산골을 찾아, 창극 구상을 하면서 보낼 예정이에요. 비록 제가 떠나더라도 위도의 석양과 상민 씨의 우정은 결코 잊지 못할 거예요."

선하는 격포행 마지막 배로 잠시 후에 위도를 떠날 거라고 했다. 한동안 말없이 그녀와 나는 바닷바람을 맞으며, 선착장을 향해 발걸음을 옮겼다. 선착장이 먼발치로 바라보이는 해변에서였다. 썰물이 되어 밀려났던 바닷물이, 조약돌을 뒹굴리며 서서히 밀려들고 있었다. 그 동안 혼자서 얼마나 백사장에서 흐느꼈던 걸까? 끓어오르는 설움을 감추려고 애써, 도리질을 해 대던 선하였다. 선하는 떠나는 모습을 보이고 싶지 않다며, 내게 손을 내밀었다. 그녀의 부드럽고도 섬세한 손을 보는 순간이었다. 순간적으로 눈물이 핑 돌며, 서슬 퍼런 슬픔이 빛살처럼 날아올랐다. 이제 헤어지면, 다시는 못 만날지도 모르는 이별이었다.

나는 점점 북받쳐 오르는 설움을 추스르며, 서서히 손을 내밀어 선하의 손을 맞잡았다. 그러다가, 그녀의 얼굴을 들여다본 순간이었다. 눈과 눈이 마주친 순간이었다. 관자놀이를 지나는 그녀의 실핏줄이 자꾸만 떨리면서, 선하의 눈동자엔 뽀얀 이슬이 맺혀 흘러내렸다. 덩달아, 감전이라도 된 듯, 어느새 나의 눈에서도 눈물이 방울져 흘러내리기 시작했다.

"선하 씨! 그래, 현실이 너무나 고달프고 힘들죠? 부디 당신의 가시는 길에 행운이 함께 하길 빌겠어요. 당신께 조금의 힘도 되어 드리지 못하는 나 자신이 너무도……."

때마침 불어오는 바닷바람에 맞서, 나는 강하게 고개를 흔들며 눈물을 삼키려고 했다. 찰나 간의 느낌 때문이었다. 왠지 나마저 눈물을 쏟아서는 안 될 것만 같은 느낌이었다. 상심한 여인을 위로하고 달래야 할 나마저 눈물을 쏟는대서야! 나는 '훅' 하고 치솟는 흐느낌을 가까스로 억누르느라고 잠시 버둥거렸다. 선하를 위해 뭔가 위로의 말을 들려주고 싶었지만 말이다. 공허한 느낌에 휩싸여, 자꾸만 코끝이 먹먹해져 오며, 하염없이 눈물만 떨어져 내릴 뿐이었다.

조금 전부터 서서히 밀물로 차오르던 백사장이었다. 바닷바람에 휘말려, 백사장 가득히 물안개가 하얗게 피어오르고 있었다.

이슬이 맺혀 그렁그렁한 눈으로, 고개를 드는 순간이었다. 백사장 가득히 피어오른 물안개가 석양빛을 받아 고운 망사처럼 흩날리고 있었다.

[문학세계, 2001. 1월호 발표]

# 그늘과 빛

◇◇◇◇

12월 초순의 남한강의 강변이었다. 초겨울의 바람결이 솔숲을 가로지르며 연방 빛살처럼 흩날리고 있었다. 예전보다는 조금 일찍 내린 첫눈이 나뭇가지마다 하얗게 얼어붙어 있었다. 나뭇가지마다 엉겨 붙어 있는 눈은 바람이 불 때마다 살비듬처럼 일어서 허공으로 치솟았다. 살얼음으로 잔뜩 뒤덮인 강에서도 바람이 일 때마다 하얀 눈가루가 허공으로 피어올랐다.

상수(相壽)는 느닷없이 가슴을 휘젓는 핸드폰의 진동음에 움찔 놀라, 핸드폰을 꺼내 들었다.

"상수 씨! 늦어도 내일 아침까지는 정확한 결과를 갖다 줄 수 있소? 만약 그때까지 아무런 결과가 없다면, 우리 사이의 계약은 없었던 것으로 하겠소. 뿐만 아니라, 내가 결코 당신을 그대로 두지는…….”

시린 발끝을 이리저리 움직이면서 상수는 가만히 핸드폰을 접어 주머니에 넣었다. 잠시 호흡을 가다듬은 연후에, 그는 쌍안경을 꺼내 극동 모텔의 주차장을 살펴보았다. 서서히 주차된 차량의 숫자가 늘어나고 있었다.

흘낏 시계를 바라보니, 아침 7시 반을 지나고 있었다. 수질이 좋은 약수와 빼어난 경치로 인하여 많은 사람들이 모텔 뒷산을 등반하고는 했다. 상당히 많은 수의 불륜 커플들이 새벽 산행을 마치고는 하산을 한 듯했다. 차가운 바람결을 견뎌 내며 상수는 서해 부동산의 주인인 신남호(申嵐浩)의 얼굴을 떠올렸다. 그러자, 자연스레 보름 전 국민대 뒤쪽의 북악산 계곡에서의 일이 떠올랐다.

그날 아침이었다. 이른 시각부터 소장은 상수를 불러 사건 하나를 던져 주었다.

“단도직입적으로 말해, 이 사진의 여자를 찾아달라는 거야. 그냥 찾는 것이 아니라, 남자와의 진한 장면을 담은 사진을 넘겨 달라는 조건이야. 순수하게 자네 앞으로 할당된 금액은 천만 원이야. 야, 뭘 이리저리 생각하고 야단이야? 무조건 착수하는 거야. 장소는 남한강변에 인접한 여주의 모텔이야. 관련 자료는 여기에 다 있으니까 잘해 봐, 이만.”

숱한 전과 경력으로 악명이 높은 50대 초반의 소장은 자리에서 일어나 밖으로 나갔다. 또다시 다른 흥신원들을 불러 작업 지시를 내리러 나간 거였다. 넘겨받은 자료를 펼쳐 들고 보니, 다음과 같은 글귀가 적혀 있었다.

> 해 볼 의사가 있다면, 지정된 일시에 맞춰 북악산 계곡으로 나오시오.
>
> \- 신남호

국민대 바로 뒤쪽의 바위가 돌출한 계곡에서였다. 50대 중반의, 몸집이 다부져 보이는 사내가 담배를 빼끔거리며 상수를 기다리고 있었다.

"은광 용역에서 나온 사람이오? 그래, 잘 왔소."

상수는 직업 근성으로 사내의 얼굴을 면밀히 뜯어보았다. 대략 신장 175cm에, 80kg쯤의 체중을 지닌 다부진 골격의 사내였다. 사내는 사진을 상수에게 보여 주며 말했다.

"나, 남호라는 사람인데, 이 여자를 좀 찾아 줘야겠소. 이 여자? 물론 나의 집사람이지. 3주 전부터 확실히 눈치가 좀 이상했거든. 그런데도 내겐 물증이 없다 이거야. 내가 바라는 건 이 여자의 불륜 현장 사진이야. 야외에서건 모텔에서건 현장 사진을 찍어 오란 말이야, 알겠소? 대신 사례비는 천만 원이고, 덧붙여 격려비까지 주겠소. 마음에 안 들면 그만두어도 좋소. 만약에 일을 하려거든 제대로 해 주길 바라오. 혹시 일을 하다가 실패했을 경우에는 절대로 가만두지 않겠소."

등산복 차림의 사내는 뭐가 바쁜지 훌쩍 산길을 오르고 있었다.

모텔 주위의 숲속에서 상수는 잠시 쌍안경을 내린 채, 주차장을 살펴보고 있었다. 8895의 번호를 단 백색 소나타 III가 막 주차장에 와 닿고 있었다. 금세 모텔로부터 남자 종업원이 나오더니, 순식간에 아크릴 덮개로 번호판을 가리고 있었다.

상수는 즉시 쌍안경을 들어, 차에서 내리는 남녀를 살펴보았다. 아무래도 사진 속의 여자임에 틀림없었다. 남자는 키가 크고 늘씬한 30대 후반이었지만, 여자는 남자보다 3~4세는 연상으로 보였다. 상수는 불륜의 남녀를 본 순간부터 가슴이 뛰기 시작했다.

'그래, 내가 지금껏 찾고 있던 게 바로 너희들이야. 너희들이 내게 걸린 건 운수소관일 뿐이니까 절대로 나를 탓해서는 안 돼. 암, 그렇고 말고.'

자신도 모르게 입술을 깨물며, 상수는 모텔 5층 건물의 30개 객실의 창문을 바라보았다. 이윽고, 숨을 죽이고는 2~3분 후에 어느 방에서 불이 켜지는지를 살펴보았다. 불빛은 정확히 5층 우측의 세 번째 객실로부터 후루룩 새어 나왔다. 곧장 상수는 모텔의 건물 조감도를 펼쳤다. 불이 켜진 곳은 503호임에 틀림없었다. 투숙자의 위치가 정확히 포착되자마자 상수의 마음은 서서히 달아오르기 시작했다. 주머니로부터 소형의 일제 도청기를 꺼내 들고는 핸드폰을 눌러 모텔 전화기에 접속시켰다. 간단한 장치로 모텔을 거치는 일체의 통화 내용을 도청할 수 있었다.

금세 핸드폰에 전기 신호가 반짝거리더니, 도청기를 타고 음성이 새어 나오고 있었다.

"여보세요? 거기 금화반점이죠? 여기 극동 407호인데요. 만두한 접시와 탕수육 하나 부탁드릴게요."

상수는 휴대용 가방을 잠시 노송나무 아래에 숨겨 둔 채, 곧장 모텔로 갔다. 모텔에서 좀 떨어진 곳에 상가 건물이 한 채 있었다. 그 건물을 지나다 보니, 슈퍼마켓 앞에 중국 음식 배달용 양철함(洋鐵函)이 놓여 있었다. 용수는 슈퍼마켓 주인이 등을 돌리자마자 태연히 양철함을 주워 들고는 곧장 모텔로 향했다. 음식 배달을 나왔다고 얘기를 한 다음 곧장 모텔 5층으로 올라섰다.

503호의 출입문 앞에서 무선 도청 장치를 꺼내 전기 신호가 가는지를 점검했다. 전지의 충전 상태가 양호하다는 녹색 불빛이 반짝거렸다. 크기는 비록 단추 정도였지만, 성능만큼은 대단한 거였다. 접착식으로 된 거여서 살짝 벽에 붙이기만 해도 설치가 끝나는 거였다. 일단 이 장치 하나면, 모든 대화 내용이 그대로 핸드폰으로 청취가 되는 거였다. 잠시 문 앞에서 뜸을 들인 후에, 노크를 하고는 귀를 기울였다. 키 큰 사내가 웬일이냐는 듯한 표정으로 문을 약간 열었다. 그러다가, 음식 배달함을 보더니 더욱 크게 문을 열었다. 바로 이때였다. 왼손으로는 배달함을 들고 오른손으로는 도청기를 손바닥으로 감춘 채, 문을 밀치며 들어섰다.

"여기가 403호죠? 음식 배달시키셨죠?"

"아뇨. 여기는 503호예요. 잘못 왔네요."

"어이구 미안해요. 그럼, 이만."

숙련된 동작으로 뒷걸음질하면서, 등 뒤로 손을 놀려 손잡이의 바로 밑에 도청기를 달았다. 살짝 건드리기만 해도 간단히 밀착되는 순간 설치용이었다. 상수는 고개를 숙인 채, 급히 배달함을 들고는 아래층으로 달렸다. 그러다가 재차 503호로 가서, 문의 자물쇠 부분에 가는 철사를 넣었다가 살며시 빼냈다. 가는 철사는 자물쇠의 틈새를 들어갔다가 빠져 나오는 동안에 고유한 형태로 구부러져 있었다. 일체 소리를 내지 않고 진행된 신속한 동작들이었다. 모텔을 빠져 나오면서 슈퍼마켓 옆에서 대기중이던 동료 홍신원에게 철사를 넘겨주었다.

잠시 후 원래의 노송나무 아래로 달려온 상수는 가만히 핸드폰을 꺼내 음량을 조절했다. 이내 핸드폰이 울리면서, 열쇠를 다 깎아 놓았다는 연락이 왔다. 그리하여, 금방 열쇠를 찾아 손에 쥐었다. 이제 만반의 준비는 끝난 셈이었다. 마치 강물에 낚시를 던져 놓은 기분이었다. 결정적인 순간에 문을 따고 들어가서 화끈한 장면을 찍기만 하면 되는 터였다. 사내가 반항을 하는 정도야 전혀 대수로울 것이 없었다. 싸움이라면 이력이 날 대로 이력이 나 있는 상수였다. 핸드폰에서 소곤거리는 음성이 마치 귓속을 간질이는 것 같아서, 느낌이 영 이상했다. 철부지 불륜 패는 아닌 모양인지 뭔가 말이 길었다. 사내가 길게 말을 하고 나면, 여자가 또한 길게 읊조렸다. 자기들 딴에는 대단히 익살스러운지는 몰라도, 듣고 있는 상수에게는 전혀 그렇지 못했다. 자꾸만 단조롭다는 느낌에 휩싸이다가 마침내, 상수는 과거의 상념에 젖어 들었다.

그가 태어난 곳은 경남의 통영이었다. 그가 아버지를 잃은 때는 초등학교 3학년 때의 일이었다. 제주도 근해에까지 출항하여 그물을 걷어 올리던 중에 당한 해난 사고 때문이었다. 그 후로는 펑 뚫린 가슴으로, 어머니와 함께 보낸 나날들이었다. 그의 머릿속에 기억되는 유년의 세월이 있다면, 그것은 오직 하나의 잔영이 있을 뿐이었다. 아마 네댓 살이 되었을까. 잠자리에 들기 전에는 꼭 오줌을 가리게 하는 어머니였다.

"상수야! 오줌 누자. 쉬이이 쉬이이! 어딜 보노? 자, 어서 오줌 누어야지. 쉬이이 쉬이이! 말 안 들으면 때린다?"

흡사 안개 자락 속에 휩쓸리는 바람결처럼 기억의 편린을 일깨우는 것은 아릿한 아픔이었다. 이따금 엉덩이가 아팠던 것 같기도 했다. 그러던 어머니마저 세상을 떠나고 말았으니, 상수에게 유년의 세월은 너무나 잔혹했다. 상수가 초등학교 5학년 때의 잠수 사고 때문이었다. 이래저래 일찍 부모를 잃은 상수는 고교 시절까지를 이모 댁에서 보냈다. 그러다가 대학에 들어가면서부터는 독립하여 상경한 거였다. 가정 형편이 곤란한 학생들에게는 거의 공통적인 수학(修學)의 방법이 있었다. 다름 아닌, 입주식 가정교사가 되어 학비를 조달하는 방법이었다.

서서히 태양의 고도가 높아지면서, 모텔 주위의 숲속이 환히 밝아졌다. 바람이 불어올 적마다 솔숲이 뒤엉키면서 솔향기가 사방으로 내리 깔리고 있었다. 상수는 핸드폰에서 새어 나오는 통화 소리에 귀를 기울이다가 어느새 지쳐 버리고 말았다. 남의 사생활을 들여다본다는 것은 정말이지 할 짓이 아니라고 여겨졌다. 아무리 남의 생활이 불건전하다고 할지라도 이를 엿보는 일은 정당화될 수 없으리라고 여겨졌다. 그리하여, 잔뜩 심기가 불편한 판에, 나날이 정신적인 갈등을 겪지 않을 수 없었다.

핸드폰의 전기 신호를 지켜보면서, 상수는 도저히 답답함을 견디기 어려웠다. 그리하여, 근래에는 거의 손대지 않았던 담배를 꺼내서는 불을 붙여 입에 물었다. 금세 구수한 냄새가 콧속으로 스며들면서 머리에 평온한 느낌이 들며 개운해졌다. 언덕 아래로 바라보이는 주차장에서는 연방 들어오는 차와 빠져나가는 차로 북새통을 이루고 있었다.

"어머, 철민 씨! 철민 씨가 이렇게 박력 있게 나올 줄은 정말 몰랐네? 조금 전까지 누나라고 깍듯이 받들더니, 그래 누나를 이렇게 발가벗겨도 돼, 응?"

순간적으로 전신에 오물이 흘러내리는 듯한 느낌이 상수의 전신을 휩쓸고 지나갔다.

'그래, 네 년의 이름이 향숙이랬나? 어휴, 이름이 아깝다 아까워.'

금세 핸드폰을 통해 여자의 야릇한 비음이 흘러나오기 시작했다. 서서히 흥분에 휩싸이는 모양이었다. 가만히 듣고 있자니, 도저히 참을 수가 없을 정도로 아랫도리가 서서히 발기되고 있었다. 하지만, 상수는 이내 머리를 흔들며 앉았던 바위로부터 일어났다. 카메라를 챙겨 들고는 신발 끈을 단단히 동여매고 있었다.

복제한 열쇠를 자물쇠의 구멍에 꽂고는 우측으로 돌리니, 소리 없이 문이 열렸다. 상수는 특수 부대 출신이었던 관계로 어떤 것이든 몸으로 때우는 데엔 자신이 있었다. 문을 열자마자 곧바로 뒤엉킨 남녀를 향해 카메라의 플래시를 번쩍거리며 터뜨렸다. 폭우 속에 단검을 빼 들고 장애물 지역을 통과할 때의 느낌 그대로였다. 창졸간에 알몸으로 벌떡 일어난 남녀는 당황하여, 어쩔 줄을 몰랐다. 세 번을 플래시를 터뜨린 다음에 상수는 전화기를 들려는 사내를 향해 발을 날렸다. 의외로 사내는 맥없이 거꾸러졌다. 비명을 질러대는 여인을 향해서는 사납게 눈을 부릅떴다. 그러자, 여인의 목소리도 금세 잦아들었다.

상수는 먼저 둘의 옷을 뒤져 핸드폰을 압수했다. 그러고는, 인터폰의 선을 자른 다음, 급히 비상계단을 타고 모텔을 빠져 나왔다. 모텔 주변의 숲 가장자리에 주차시켜 둔 차를 이용하여 급히 여주를 떠났다. 만약의 경우를 대비하여, 추적 차량이 있는지를 살펴보았지만 별 이상은 없었다.

여주를 떠난 지 사흘이 지난 오전 10시 무렵이었다. 상수는 아침부터 사진을 꺼내 들고는 깊은 생각에 골똘히 젖어 있었다. 3장의 사진은 모두 여주의 모텔에서 촬영된 것들이었다. 하나같이 발가벗은 몸으로 사내와 여인이 뒤엉켜 있는 사진들이었다. 보면 볼수록 선정적인 사진이라서, 상수는 얼굴이 자꾸만 달아올랐다. 상수는 오른손으로는 사진을 들고, 왼손으로는 자신도 몰래 사타구니를 더듬고 있었다.

'아하, 참말로 미치겠네. 내가 이 사진을 남호에게 넘기기만 하

면, 천만 원이 바로 들어오는 거잖아? 그런데도 간단히 넘겨주고 싶지 않으니 이게 웬일일까?'

그는 도봉산이 지척으로 바라보이는 아파트의 거실에서, 담배를 피우며 생각에 잠겼다. 그는 문득 스물일곱 살의 자신의 나이를 반추해 보았다. 텔레비전 위에는 성희와 나란히 찍은 얼굴 사진이 소형 액자 속에 들어 있었다. 액자 속의 성희를 바라보자마자, 그는 신음에 가까운 목소리로 중얼거렸다.

'도대체 산다는 게 뭔지? 네가 그토록 나를 따르는데, 내 마음은 왜 자꾸만 엉뚱하게 흘러갈까? 왜 나는 너 때문에 괴로워해야 하는지 모르겠어, 정말!'

상수가 넋을 놓고 있자니까, 석 달 전 수락산에서의 정경이 떠올랐다. 이른 아침부터 찾아온 성희의 성화에 할 수 없이, 장비를 갖추어 산을 올랐다. 일요일 아침이면 언제나 늦잠을 자는 버릇이 있던 그였다. 그랬기에 산을 올랐어도 영 눈이 제대로 열리지 않는 느낌이었다. 능선 길을 더듬어 가다가 북서 사면으로 휘어져 사람의 출입이 거의 없는 곳에 이르렀다. 서너 명이 누워서 뒹굴 수 있는 크기의 잔디밭이 나타났기에, 둘은 자연스레 주저앉았다. 9월 초순이라, 날씨는 더 없이 맑았고 햇살은 여전히 따가울 지경이었다.

둘이 자리를 잡고 잔디밭에 앉아 다리를 쭉 편 채 대화를 나누었다. 그보다는 세 살 아래인 성희가 그를 향해 말했다.

"상수 씨! 나는 상수 씨를 사귀면 사귈수록 어렵게 느껴져. 우리가 사귄 지도 벌써 2년째 아냐? 근데, 상수 씨는 나를 어떻게 생각하는지조차 모르겠단 말이야. 뭔 말인지도 몰라? 나를 단순히 말 상대로만 여기는지 아니면 이성으로 사귀는지조차 잘 모르겠단 말이야. 어쩌다가 내가 정체불명의 교제를 하게 되었는지 모르겠어."

그는 가까운 거리에서 여인을 대할 때면 언제나 마음이 불안해졌다. 한마디로 마음이 술렁거려, 안절부절못할 지경이었다. 상수의 마음은 점차 술 취한 듯 자꾸만 술렁이기 시작했다. 하얗게 핀 억새꽃이 파도처럼 바람의 선율을 타고 휘감기기 시작했다. 그는 성희를 향해 뭔가 대꾸해 주고 싶었지만, 가슴만 저릴 뿐이었다.

성희는 대기업체의 홍보실에 근무하는 전산 담당 여직원이었다. 대학에서 상수를 만나면서부터, 부쩍 상수를 따르다가 애정을 느끼게 된 터였다. 사귄 지는 2년 정도 되었지만, 연인이라고 할 정도는 아니었다.

성희는 두 달 전부터 부쩍 상수를 연인으로 삼고 싶어 했다. 그냥 단순히 대화하고 여행하는 정도가 아닌, 사랑을 나누는 관계이고 싶었다. 그리하여, 두 달 전부터 수시로 등산을 하며 은근히 치근대며 몸을 밀착시키곤 했다. 그녀의 기억으로 그는 처음에는 상당히 잘 대해 주는 편이었다. 하지만, 막상 둘의 얼굴이 가까워지려고만 하면, 그는 눈썹을 떨며 그녀를 밀어내곤 했다. 그녀는 처음 몇 번째는 그의 영혼이 너무나 순수하여 그러려니 했다. 그런데, 시간이 지날수록 뭔가 이상한 느낌이 들며 점차 거리감 같은 것이 느껴졌다.

성희는 그녀 자신에게 혹시 무슨 문제가 있지는 않나 하고 생각해 보았다. 며칠간을 두고 그녀 자신의 행동을 면밀히 되새김질해 가며 점검해 보았다.

'혹시 나의 우발적인 언행이 상수 씨의 자존심을 건드리지는 않았을까?'

그리고, 그녀의 언행에 있어서, 그에게 혐오감을 불러일으킬 요소는 없는지도 곰곰이 따져 보았다. 생각할수록 원인을 알 수 없었기에, 지친 마음으로 며칠간은 그를 만나지도 않았다. 그런데도, 간간이 그로부터 전화는 걸려오곤 했다. 그렇게도 머리를 감싸고 생각에 잠겨 봤지만, 끝내 그녀는 원인을 알아낼 수 없었다. 원인이라도 알게 된다면, 대책이라도 세울 텐데 이도 저도 아니어서 난감하기만 했다.

잠시 과거의 상념에 잠겼던 성희는 이내 현실로 돌아와서, 그의 눈을 응시했다. 그의 얼굴에 잔뜩 서린 정체 모를 긴장감을 본 순간에, 그녀는 어안이 벙벙했다. 아니, 이게 무슨 영문일까? 왜 그가 그토록 얼굴 가득히 긴장한 빛을 감추지 못하는 걸까?

그녀는 슬그머니 가슴 한편이 공허해지면서, 작은 설움의 소용돌이에 휩싸였다.

'아, 내가 사내를 앞에 두고 서러움을 느껴야 하다니? 내 가슴의 작은 감동 하나조차도 온전히 전달하지 못하는 나는 뭐란 말인가? 내가 뭐가 부족하여 설움을 다 느끼고 야단일까?'

그녀는 깔고 앉은 잔디의 풀잎을 유심히 살펴보았다. 잠시 깔고 앉은 잔디였건만, 풀잎은 바람결을 타고 물결처럼 흔들리고 있었다. 파르르 떠는 풀잎의 진동으로부터도 섬세한 생명의 움직임이 느껴져 왔다.

'대관절 이 사내가 뭐기에, 내가 이렇게 가슴을 졸이면서 그의 마음을 사려고 할까?'

골똘히 생각을 거듭하다가 마침내 성희는 모험을 하기로 했다. 우발적인 척 가장을 하여, 왈칵 그의 가슴에 상체를 실으며 풀밭 위로 나뒹굴었다. 찰나간의 동작이었지만, 동작의 파장은 의외로 컸다. 답답한 신음을 두어 번 토해 내더니, 그는 안색이 핼쑥해지며 자리를 털고 일어섰다.

'성희야, 아무래도 속이 거북하고 너울거려서 안 되겠어. 우리 다음에 만나자. 머리가 온통 술렁거려서 도저히 견뎌 낼 수가 없어.'

말을 마치자마자, 성희를 내버려 둔 채 그는 곧바로 하산해 버리고 말았다. 그때 성희가 그에게 느꼈던 실망감과 좌절감은 이루 말할 수 없었다. 하지만, 하산할 당시의 상수의 마음은 그게 아니었다.

그날 이후로, 상수와 성희의 관계는 다소 서먹서먹해진 게 사실이었다. 하지만, 그렇다고 해서 더 나빠진 것도 아니었다. 학과의 특성 때문인지, 상수는 대학을 졸업하고서도 일자리를 구하지 못하여 애를 먹었다. 계속되는 무직 상태를 벗어나려고 뛰어든 곳이, 흥신소라는 곳이었다. 지금껏 반년 세월을 뛰었지만, 절대로 오래 머물 자리는 아니라고 생각했다. 흥신 업무란 것이 주로 남의 뒤를 캐는 것이어서, 언제나 마음이 편치 못했다. 흥신 업무를 하면서도 기회만 주어지면 주변을 더듬어 일자리를 찾기에 여념이 없었다. 구체적으로 말하자면, 직업다운 직업을 말함이었다.

상수의 마음은 나날이 불안감에 휩싸여 흔들리고 있었다. 그 중에서도 가장 견디기 어려운 것이 유혹과 공갈의 가능성 때문이었다. 상수가 맡은 일은 주로 불륜 현장을 찾아 사진을 찍는 일이었다. 상수의 자료가 제공되기만 하면, 위험하게 유지되던 가정이 곧바로 붕괴되어 버리곤 했다. 그러한 상황을 지켜보면서도 당장 그 일을 그만둘 수가 없었다. 그나마 밥을 굶지 않아도 되는 여건에 대해 고마워해야 할 입장이었던 터였다. 허나, 남의 가정을 붕괴시키는 대가로 삶을 영위한다고 생각하니, 영 마음이 떨떠름했다.

상수는 다시 한 대의 담배를 갈아 물고는 창밖의 도봉산을 내다보고 있었다. 그에게는 어릴 때부터 잠시만 혼자 앉아 있어도 불안하고 외로워지려는 성향이 있었다. 자란 곳이 바닷가였기에, 유년 시절에 한가로이 부모님의 얼굴을 대하기가 쉽지 않았다. 대개는 고기를 잡으러 배를 타거나, 잠수질을 하러 바다에 나가 있곤 했다. 배를 타지 않는 날이면, 해변의 말목에 김발을 묶는 일로 한나절을 보내곤 했다.

햇살이 있을 동안은 친구들과 정신없이 어울려 놀곤 했다. 그러다가, 밥 짓는 저녁연기가 이곳저곳에서 피어오를 무렵이면 상수는 외로움에 떨곤 했다. 이웃집에서는 부모들과 아이들이 어울려 도란도란 얘기를 나누다가 까르르 웃음이 터지기도 했다. 먼 바다에 나간 아버지는 그렇다 치더라도, 물질을 나선 어머니마저 늦게야 돌아오곤 했다. 커 가면서 안 일이지만, 어업 공판장에 들러 해산물을 팔아야만 했기 때문이었다. 어머니가 돌아오는 저녁 무렵의 바다는 언제나 물안개가 서려 고즈넉한 분위기였다.

유년기 때부터 피부를 휩쓸던 외로움으로 인해, 그는 유난히 외로움을 타곤 했다. 한데, 향숙의 사진 속의 눈동자를 들여다본 순간이었다. 전신을 휩쓰는 강렬한 충격을 받아, 그는 한동안 몸을 떨었다.

'아니, 이럴 수가? 사람의 영혼을 뒤흔들어 버릴 듯한 묘한 눈빛이 아닌가! 이렇게 심혼을 뒤흔드는 눈빛이 있었다니? 왜 그날 나는 이러한 눈빛을 몰라보았을까?'

상수의 마음속으로는 번잡한 생각이 꼬리에 꼬리를 물고 일기 시작했다. 일단은 향숙을 만나고 싶었다. 어떻게 해서든 향숙을 만나본 뒤에 마음을 정하고 싶었다. 향숙의 누드 사진 3장을 놓고 이처럼 혼란에 빠지리라고는 미처 예상치 못했던 일이었다. 그는 답답한 마음을 해소하기 위해, 쌍안경을 들어 창밖의 도봉산을 바라보았다.

그러다가 다시 여인의 사진을 펼쳐 놓고는 넋을 잃곤 했다.

'아, 이럴 게 아니라 전화를 해야 한다, 전화를!'

오후 두 시부터 끙끙거리다가, 겨우 다섯 시가 되어서야 여인과 통화를 했다. 그녀는 선뜻 만날 장소와 시간을 알려달라고 했다. 그는 미리 생각해 둔 대로, 도봉산 망월사(望月寺) 부근의 계곡을 약속 장소로 제시했다. 그리고, 일요일 오전 10시 정각을 향숙에게 약속 시간으로 제시했다.

마침내 일요일 오전의 도봉산 망월사 계곡이었다. 어디를 둘러보나, 수목으로 풍성한 도봉산이었다. 푸른 솔숲이 정상 주위의 사방으로 바다처럼 펼쳐져, 바람결에 나부끼는 곳. 하루 종일을 굶고 있을지라도 전혀 배고픔을 느끼지 못할 곳. 청정한 도봉산의 산세에 압도당하는 기분이 되어, 계곡의 너럭바위에 누워 있을 때였다. 오전 10시를 5분쯤 남겨 둔 시점이었다. 사각거리는 발자국 소리가 들리더니, 이윽고 향숙이 나타났다.

"시간 약속도 정확하군요. 원하는 대로 제가 나타났어요. 절 어쩔 건가요?"

"흠, 당차게 나오실 줄 알았어요. 모든 것은 이 산을 내려갈 무렵에야 판단할 수 있지 않겠어요?"

여인은 연분홍 등산용 잠바와 청바지를 입고 있었다. 40대 중반의 무르익은 아름다움이 내비치는 여인이었다. 아무리 봐도 여인의 미모는 확실히 빼어난 바가 있었다. 상수에게는 여태껏 그녀만큼 아름다운 여인을 본 기억이 없었다.

향숙은 약속 장소에 도달할 때까지 온갖 불안에 시달렸다. 여주의 모텔에서 핸드폰을 빼앗기면서부터 정신적으로 도저히 안정을 찾을 수 없었다. 느낌으로 볼 때는 분명 남편이 사주한 인물 같았다. 하지만, 진행되는 일의 흐름을 볼 때는 그게 아닌 듯도 했다. 그랬기에, 향숙은 내심으로 고민하지 않을 수 없었다. 대관절 사진을 촬영해 간 사내의 정체가 뭔가 하고 무척 궁금해졌다.

마침내 문제의 사내를 마주한 순간이었다. 사내는 그녀 자신을 뚫어져라 하고 바라만 볼 뿐. 여간해서는 쉽게 본론으로 들어갈 것 같지 않았다. 향숙은 사내의 외관을 응시하며, 사내의 무게를 저울질하기 시작했다.

'의외의 일인걸? 마치 영화의 미청년(美青年) 주인공처럼 생겨, 여자깨나 울리겠는걸? 생판 무식한 날강도 같아 보이지는 않는데? 나이도 20대 후반으로 보이고, 아무래도 이런 일을 할 사람은 아닌데…….'

이미 향숙은 사내를 만나러 올 때, 모든 것을 각오하고 올라온 터였다. 사내가 어떤 것을 요구하더라도 들어줄 만반의 준비를 하고 있었다. 설사 사내가 그녀의 목숨을 원한다고 할지라도, 죽는시늉이라도 할 작정이었다. 이미 칼자루는 상대에게 쥐어진 것이라고 여겼기 때문이다. 이런 상황에선 일단 위기를 빨리 벗어나는 것이 급선무라고 생각했다. 괜히 시간을 끌어 수사 기관에서 알게 된다면, 금방 소문이 날 게 뻔했다. 향숙의 생각은 일단은 사내를 만난 다음에, 사내의 수준에 맞게 대처해 나갈 작정이었다.

특수 부대 출신인 상수는 일부러 눈에 살기를 실어, 여인의 얼굴을 쏘아보았다. 기선을 제압하는 일이 무엇보다도 중요하다는 것을 체험해 왔기 때문이었다. 상수는 다른 잡다한 말을 생략한 채, 서서히 여인에게로 다가갔다. 여인도 만만찮은 눈빛으로 상수를 노려보며 그 자리에 우뚝 서 있었다.

'흥, 이놈의 계집애가 상당히 당돌한데? 네가 얼마나 도도한지

어디 한 번 볼거나?'

향숙은 향숙대로 제자리에 우뚝 선 채 다가오는 사내를 바라보며 생각에 잠겼다.

'나를 호락호락하게 보다가는 재미없을걸. 지금 시대가 어느 시대인데, 고작 힘으로 밀어붙이려고 그래? 그것도 남자가 아닌 여자에게?'

둘 사이의 거리가 두 걸음쯤 떨어져 있을 때였다. 잠시 상수는 발걸음을 멈추며 심호흡을 가다듬었다. 그러더니, 내처 발걸음을 성큼성큼 옮겨 여인에게로 다가갔다. 더 이상 앞으로 나갈 수 없게, 여인과 상수의 몸이 하나로 밀착된 순간이었다. 상수는 팔을 돌려 여인을 포옹하여, 서서히 힘을 주기 시작했다. 마치 여인의 갈비뼈를 온통 으스러뜨리기라도 할 듯. 점점 죄어드는 사내의 힘을 여인으로서는 견뎌 내기가 버거웠다. 이윽고 여인은 가쁜 숨을 몰아쉬며 고통스런 표정을 지었다. 여인이 힘들어하는 눈치를 보이자 상수는 잠시 팔을 풀고는 여인의 눈동자를 들여다보았다.

상수는 다시 가슴이 찔끔거렸다.

'아니, 이 여자의 눈빛이 어쩜 내 어머니의 눈빛과 닮았을까? 아무래도 이건 말도 안 돼.'

상수는 다시 팔을 돌려 여인을 포옹하기 시작했다. 여인의 갈비뼈가 우두둑 소리를 낼 정도로 강하게 상수는 여인의 상체를 죄었다. 여인은 고함도 지르지 못한 채, 또다시 힘든 표정을 지으며 헐떡거렸다. 여인의 콧잔등이에는 어느새 땀방울이 매달려 대롱거리고 있었다. 상수는 서서히 팔을 풀고는 여인의 눈동자를 재차 들여다보았다.

향숙은 가슴에 찬바람이 일면서, 사내가 두려워지기 시작했다.

'아니, 무슨 이런 남자가 다 있어? 할 말이 있으면 말로 할 일이지 이게 무슨 짓이냐구?'

잠시 팔을 풀었던 사내가 다시 여인을 포옹하려고 했다. 여인은 마침내 견디지 못하여, 재빨리 입을 열었다.

"저기, 잠깐만요. 시키는 대로 뭐든 다 할 테니 제발 이러지 마세요!"

이 말이 떨어진 직후였다. 상수는 갑자기 험악스러운 표정을 지으며 반문했다.

"이 여자가 사람을 어떻게 보고 지랄이야? 뭐라구? 시키는 대로 다 하겠다구? 좋아, 그럼 윗도리만 당장 벗어 봐!"

향숙은 불안에 떨면서도 금세 옷을 벗어서, 상반신을 벌겋게 드러내었다. 상수에겐 아직도 처녀들의 몸매와 견주어도 조금도 손색이 없을 정도의 아름다운 몸매로 비쳤다. 상수는 자신도 모르게 경이로움에 젖어, 꿀꺽 한 모금의 침을 삼켰다. 문제는 이때부터였다. 느닷없이 상수의 눈시울이 젖어들기 시작한 거였다. 여인의 벌거벗은 살색을 대하자마자, 상수에겐 유년기의 고향 해변의 낙조가 떠올랐던 터였다. 왠지 모르게 상수의 콧잔등이 시큰거리며 눈에는 눈물이 핑 돌았다. 석양이 질 때면, 자줏빛과 선홍색으로 어우러진 저녁놀이 서쪽 하늘을 온통 불사르곤 했었다. 상수의 눈에 비친 향숙의 살결은 황혼에 나부끼는 빛살처럼 느껴졌다. 솔가지가 흔들릴 때마다 향숙의 상체엔 빛살 무늬가 사방으로 흩날리곤 했다. 맑은 샘물이 흘러내리듯, 연방 솔숲을 뚫고 청아한 솔바람이 파도처럼 밀려들곤 했다.

향숙은 돌연한 사내의 행동 변화에 한기를 느끼며 서서히 두려워지기 시작했다.

'혹시 나의 알몸을 보자마자 돌아 버린 것은 아닐까? 미친놈한테 걸리면 약도 없다는데, 이를 어쩌나? 제발 내가 무사히 되돌아갈 수만 있다면 얼마나 좋을까?'

향숙은 시종일관 상수의 눈에서 시선을 떼지 못했다. 만약 조금이라도 기색이 달라진다면, 잠시 후의 일을 예측하기 어려우리라고 생각했기 때문이었다. 그녀는 타는 가슴으로 숨을 죽인 채, 상수의 거동을 주시하고 있었다.

상수의 눈에 이제 향숙의 상반신은 타오르는 석양의 낙조였다. 어디를 둘러보아도 포근하고 따사로운 바람이 불어올 것 같이 아늑하게만 느껴졌다. 게다가 솔잎이 바람결에 나부낄 적마다, 피부 위에 새겨지는 숲 그늘이 현란하기만 했다. 솔잎이 자꾸 흔들리면 흔들릴수록 여인의 상반신의 숲 그늘은 현란하게 파동으로 굽이쳐 흘렀다. 쾌청한 오전의 날씨라, 햇살은 눈부실 정도로 맑기만 했다. 여인의 살갗에서 숲 그늘이 파동으로 굽이칠 적마다 상수는 유년기의 통영 바다를 떠올리곤 했다.

향숙의 몸은 자신도 모르게 달아오르기 시작했다. 연하의 사내가 침묵으로 일관하면서 그녀의 몸매를 바라보고 있었기 때문이다. 사내의 눈길이 지나는 곳마다 금세 불길이 타오르면서 살갗이 익어 버릴 것만 같았다. 슬슬 피부가 가려워지려고도 했다.

여인의 마음속에는 점차 가렵다는 생각으로 채워져 가고 있었다. 하지만, 가렵다고 해서 마음대로 긁어 버릴 수 있는 상황이 아니었다. 만약에 긁기 위해 손을 가져간다면, 사내의 손길이 곧바로 닿을지도 모를 일이었다.

향숙은 자신도 모르게 자꾸만 입술이 바짝바짝 타올랐다.

'왜 확 까놓고 요구 조건을 말하지 않고 이렇게 사람을 괴롭히는 걸까? 이게 아주 완연한 변태이면 어떻게 하지? 아, 생각할수록 보통 일이 아니라서 미쳐 죽을 지경이군.'

상수는 향숙의 주변을 세 차례를 더 돌고 난 다음에 우뚝 섰다. 그의 얼굴에는 피로에 지친 기색이 어렴풋이 서려 있었다. 그는 여인의 벌겋게 드러난 상체를 바라보며 한동안 석상이 된 듯 말이 없었다. 가슴의 한 귀퉁이로부터 시린 유년의 상념이 구름장처럼 피어오르고 있었다.

문득 어머니의 뼛가루를 뿌리던 통영 앞바다의 석양이 떠올랐다. 혈육이라고는 상수밖에 없던 부모였다. 이모부의 동력선의 뱃머리에 유골함을 세워 둔 채, 상수는 청정한 남해 바다를 바라보고 있었다. 위로는 시원하게 펼쳐진 하늘, 발아래로는 파랗게 굽이치는 바다. 석양 무렵이라, 서쪽 하늘은 선홍빛과 자줏빛의 노을로 어우러져 일대 장관을 이루고 있었다. 연방 쉴 새 없이 나부끼는 바닷바람에 휘말려 수면에는 서서히 물안개가 피어오르고 있었다.

상수는 동력선이 놓여 있는 바다의 위치를 가늠해 보았다. 통영 앞바다의 미륵도 남쪽의 오곡도 주변의 해역이었다. 서쪽 수평선 위로는 두마도가 자줏빛의 형상으로 쉴 새 없이 떠올랐다가 가라앉곤 했다. 남쪽 수평선 끝자락에는 아스라이 떨어진 국도가 휩쓸리는 바람결을 타고 보석처럼 빛나고 있었다. 동쪽으로는 비진도가 아름다운 초록빛으로 드러누워 해상의 아름다운 풍광을 자아내고 있었다.

상수는 언제든 바다에만 서면 마음이 그럴 수 없이 아늑해지곤 했다. 이윽고, 상수는 유골함을 열고는 어머니의 유분(釉紛)을 바닷바람에 휘날리기 시작했다. 상수는 잠시 고개를 돌려 이모부를 바라보았다. 그는 평소의 친숙한 교분 때문이었을까, 슬픔에 잠긴 모습으로 잠자코 술잔만을 기울이고 있었다.

'휙휙'거리며 바닷바람이 기세를 올리다가도, 슬그머니 물러서서는 뼛가루가 휘날리는 모습을 지켜보곤 했다. 통통거리는 발동선의 엔진 소리가 수시로 은빛 파도처럼 가슴을 적시며 밀려들곤 했다. 상수는 가능한 한 천천히 뼛가루를 바닷바람에 휘날렸다. 그러면서, 자신도 모르게 바다를 향해 중얼거리기 시작했다.

"엄마, 이제 엄마를 어디서 찾죠? 이렇게 내 손으로 엄마의 재를 뿌리게 되리라고는……. 혹시 저보다 아버지가 더 보고 싶었던 건 아니죠? 설사 그랬을지라도 엄마를 이해해요. 이제 엄마는 더 이상은 외롭지 않겠군요. 하지만, 세상에 홀로 남은 저는 어떡하면 좋죠?"

상수는 넋이 나간 듯한 표정으로 하염없이 유분을 멀리멀리 허공으로 날려 보냈다. 상수가 시계를 보니, 오후 6시를 막 지나고 있었다. 이제 바다는 저녁노을에 휘감겨, 사면의 바다가 선홍빛으로 불타오르고 있었다. 이따금씩 갈매기가 활갯짓을 할 때마다 바다의 수면은 잠깐씩 하얗게 배를 드러내곤 했다.

마침내 마지막으로 유분을 바닷바람에 털어놓을 때였다. 선홍빛으로 작렬(炸裂)하는 태양이 수평선에 떠서 마지막의 열기를 실어 보내고 있었다. 바다는 수천수만 마리의 물고기 떼처럼 금빛 은빛으로 파드득거리기 시작했다. 하늘과 수면을 뒤덮은 장엄한 저녁노을로 인해, 온 바다가 불붙는 듯했다. 상수는 말할 수 없는 장엄한 분위기에 젖어, 온몸이 나른해지면서 졸음이 오기 시작했다. 잠시 졸음에 잠겼을 때였다. 창졸간에 생시인 듯이 어머니의 목소리가 맑은 바람결처럼 살며시 그의 귓전을 적셔왔다.

"얘야, 아무리 힘들 때라도, 통영 바다를 잊어선 안 돼. 외롭거나 힘들 때면 언제든지 바다로 와, 응? 언제나 널 기다리고 있을게."

"그래요, 엄마! 이제는 엄마를 놓아 드릴게요. 그토록 좋아하던 통영 바다의 바람 속으로. 이제 엄마와의 추억이 통영 바다의 바람이 될 때까지만 엄마를 기억할게요. 안녕!"

여태껏 고요에 잠겨 있던 바다는 서서히 황금빛 물고기 비늘처럼 파드득거리며 치솟기 시작했다. 기관실을 들여다봤을 땐, 이모부는 술기운에 젖어 나른한 신색(身色)으로 수평선만을 지켜볼 따름이었다. 문득 석양 하늘을 바라보았을 때였다. 찰나 간에 어머니의 미소 짓는 얼굴이 잠시 환영처럼 나타났다가는 사라지는 느낌이었다. 소년은 자신도 모르게 불타는 서녘 하늘을 향해 마냥 손을 흔들었다. 그러다가 바닷바람이 얼굴에 차츰 부드럽게 휘감기면서부터였다. 가슴에 구멍이 펑 뚫리는 기분이 들며, 서서히 눈시울로 눈물이 방울져 흘러내렸다.

향숙의 벌겋게 드러난 상반신에서 나부끼는 빛살에 취해 잠시 상념에 잠겼던 상수였다. 상수는 상념에서 깨어나자마자 천천히 시선을 옮겨 여인의 눈동자를 들여다보았다. 여인은 일체의 세상사로부터 초연한 듯, 시선은 허공에 머물러 있었다. 이제는 자신을 어떻게 다루더라도 초월하겠다는 결기마저 보이는 듯했다.

상수는 잠시 현실로 되돌아와 여인의 앞에 선 자신의 존재에 대한 의미를 떠올렸다.

'왜 나는 여인의 상반신에서 나부끼는 빛살로부터 유년기의 석양을 떠올렸을까? 그만큼 이 여인이 순수해 보였다는 말인가? 바람피우는 여인이 순수해 보였다구? 이 무슨 모순 같은 생각일까?'

여인의 상반신에서 남실거리던 빛살로부터 유년기의 석양을 떠올린 뒤부터였다. 오늘날까지 가슴속의 한이 되었던 어머니를 잃었던 설움이 새롭게 되살아나기 시작했다. 그러면서, 왠지 불륜의 여인보다 자신의 행동이 비교할 나위 없이 비열하다는 생각이 들었다.

'그래, 유년기의 처절할 정도의 순수함은 다 어디에다 내팽개치고 이 모양이 되었을까? 어쩜 이 여인은 내게 순수성을 일깨우기 위해 형체를 드러낸 대자연의 스승일지도 모르지 않는가? 아, 이제라도 좀 제대로 살기로 하자. 사지가 멀쩡한 놈이 이게 무슨 짓거리냐구?'

어느새 상수의 눈시울을 타고 서서히 눈물이 흘러내리기 시작했다.

"향숙 씨! 제가 잘못했어요. 옷을 입으세요."

상수는 향숙을 향해 나지막한 목소리로 말하더니, 이내 등을 돌려 섰다. 여인은 더욱 알 수 없다는 듯한 표정이 된 채, 주섬주섬 옷을 입었다. 옷매무새를 가다듬은 후에, 여인은 정색을 한 얼굴로 상수에게 물었다.

"아저씨! 이제 피가 말라붙는 느낌이에요. 제발 요구 조건이 있으면, 좀 털어놓고 말해 주세요. 왜 자꾸 뜸을 들이고 그러세요, 네?"

상수는 고개를 설레설레 흔들며, 향숙을 향해 말했다.

"향숙 씨! 제가 잘못했다고 말했잖아요? 이제 더 이상 뒤도 돌아보지 마시고, 곧장 댁으로 돌아가세요. 원래는 내가 어떤 사람으로부터 댁의 불륜 현장을 촬영해 달라는 부탁을 받았거든요. 사진만 넘겨주면 사례금을 받을 수도 있었어요. 하지만, 굳이 댁과 만나기로 한 이유는 다른 데 있었어요. 그 이유는 부끄러워서 차마 밝힐 수 없어요. 하여간 내가 댁의 벌거벗은 상반신을 본 순간에 심경의 변화가 생겼어요. 오늘 이후부터는 남의 허점을 찾아다니는 비열한 짓은 안 하기로 마음먹었어요. 그러니, 내 마음이 변하기 전에 어서 가세요."

한데, 바로 이때였다. 향숙이 느닷없이 상수의 두 손을 맞잡은 거였다. 그러면서, 향숙은 상수를 향해 말했다.

"아, 이걸 뭐라고 표현해야 하나요? 이렇게 가슴이 마구 뒤설렐 수가 없군요. 제 얘기를 한 번만 들어주세요, 네?"

여인의 제안대로 상수는 너럭바위 위에서 마주 앉았다. 호젓한 산속이라, 하루 종일을 지내더라도 등산객 하나 만날 수 없었다.

"상수 씨! 댁이 왜 갑자기 마음이 변하여, 정도(正道)의 길을 걸으려고 하는지 궁금하고도 놀라워요. 그 계기가 뭔지 좀 들려주실래요? 혹시 제게도 힘이 될 수 있을지 모르니까요."

상수는 여인의 얼굴을 요모조모로 뜯어보았다. 아무리 봐도 미색이 흘러넘치는 요염한 얼굴이었다. 외관상으로 볼진대, 온몸으로 바람기가 넘쳐흐르는 얼굴형이었다. 그런데, 진지하게 묻는 의도가 심상치 않았다. 상수는 잠시 땅바닥을 바라보며 마음을 추스른 뒤였다. 그는 비교적 소상하게 유년기의 통영 바다와 석양에 관해 그녀에게 얘기해 주었다. 여인은 끝까지 듣고 있더니, 물기에 젖은 눈빛으로 그를 바라보면서 가만히 입을 열었다.

"역시 그런 일이 있었군요. 무척 가슴 아팠겠어요. 앞으로 올바른 삶을 사시겠다니, 무엇보다도 축하 드려요. 제 얘기도 좀 들어주실래요?"

"네, 원하신다면 기꺼이."

여인은 남편의 바람기를 견디다 못해, 의도적으로 남자를 찾기 시작한 거였다. 처음 한두 번은 재미있다고 여겼다. 그런데, 횟수를 거듭할수록 헤어날 수 없는 지경에까지 이르렀다. 남편이 눈치를 챈 듯한 느낌이 들었지만, 도무지 멈출 수가 없었다.

"그래서, 앞으로는 어떻게 할 생각이세요?"

"마치 스키를 타고 절벽 아래로 미끄러져 내리는 기분이에요.

멈추고 싶어도 멈출 수가 없는 상태가 되고 만 것 같아요. 저도 상수 씨처럼 헤어나고는 싶은데, 어떻게 해야 좋을지 모르겠어요."

"향숙 씨! 제가 도와 드릴 방법은 없으세요?"

"저를 도와주시겠다니 고마워요. 우선은 제 스스로 노력해 볼게요. 오늘부터 집에 돌아가면, 오로지 가사에만 전념하도록 노력하겠어요. 정 견디기 어려울 때에는 그림이나 서예 등으로 정서를 순화시키도록 하겠어요. 오늘 이처럼 제게 변화의 동기를 부여해 준 상수 씨께 진심으로 감사드려요. 이제 당신은 저의 스승이에요."

어느새 산그늘이 기다랗게 드리워지기 시작했다. 상수와 여인은 각오에 찬 눈빛으로 천천히 오솔길을 함께 내려왔다. 이윽고 산 아래에 있는 버스 정류장까지 걸어서 내려왔다. 이제는 헤어질 때가 된 거였다.

여인은 가만히 손을 내밀었다. 상수도 입술을 깨물며 말 없이 여인의 손을 잡았다. 작별을 하는 마당에, 상수는 여인을 향해 진심으로 말했다.

"절대로 마음이 약해지시면 안 돼요. 부디 좋은 결실이 있기를 빌게요."

"상수 씨, 정말 고마웠어요. 상수 씨께도 많은 행운을 빌게요, 안녕!"

마침 도착한 좌석 버스에 여인이 오르자, 상수는 크게 손을 흔들어 주었다. 여인을 태운 버스가 시야에서 아스라이 사라지고 나서야, 그는 서서히 발걸음을 옮기기 시작했다. 다음 정류장까지 걸어가면서 자신의 각오를 재차 굳건히 다지고 싶었다. 당장 무엇을 해서 생계를 연명해야 할지 손에 잡히는 것이 없었다. 새로운 일자리를 찾아야겠는데, 경제 한파 중이라 막막하기만 했다. 길거리를 걷다가 벽보를 보니, '영수 학원 강사 초빙'이라는 문구가 눈에 띄었다.

'그래, 학원 강사라! 학원 강사라면 교원 자격증이 없어도 가능하지 않은가? 비록 육체적인 노력이 많이 드는 직장이라곤 하지만, 떳떳한 직업이 아닌가?'

그는 당장 벽보의 전화번호 쪽지를 떼어 호주머니에 넣고는 열심히 발걸음을 옮겼다. 때마침 깨어난 저녁 바람이 '윙윙'거리며 골목길을 사납게 휩쓸기 시작했다.

[순수문학, 2001. 5월호 발표]

# 흰나비들의 비상

◇◇◇◇

서슬 퍼런 햇살이 산자락에 나부끼는 한낮이다. 얼굴이 고운 30대 초반의 여승(女僧)은 여전히 요지부동의 자세다. 나보다 사흘 뒤에 왔으니까, 여승이 좌선한 지도 벌써 한 달째다. 국민대 뒤쪽의, 자연의 풍치가 빼어난 북악산 중턱의 골짜기 부근이다. 한여름이라 흘러내리는 물줄기마다 유량이 풍부하고, 수목의 잎은 윤기로 빛난다. 여승은 20분 거리의 심곡사에 객승으로 와 있으면서, 언제나 너럭바위 위에서 좌선을 한다. 빼어난 미모에 하도 단아한 자세라, 나는 언제나 말을 걸기가 망설여진다. 나의 눈에 비친 여승은 한 마리의 우아한 학(鶴)이다. 31살의 미혼인 내게 비친 그녀는 절세의 미모를 지닌 여인이다. 옅은 산안개가 살짝 얼굴을 내밀다가는 쏟아지는 햇살에 꼬리를 감추곤 한다. 너럭바위 위의 여승은 언제나 내가 그림을 그리는 위치로부터 십여 미터쯤 떨어져 있다. 나는 서양화 부분의 3년

연속 특선 작가라는 경력을 갖고 있다. 이만하면 어디를 가도 당당한 작가로 인정받는 처지다.

하지만, 근래에 들어 놀랍게도 나는 작품의 한계를 느꼈다. 아무리 봐도 나의 그림에는 그림의 생명인 향기가 없었다. 이 사실을 발견하면서부터 나는 심각한 고뇌에 휩싸였다. 말하자면, 내겐 이것이 작품 활동 중에 처음으로 겪는 정체기인 셈이다. 지금까지 자만심으로 가득했던 마음을 비우고, 이곳저곳의 전시장을 돌며 남의 작품을 살폈다. 남의 작품들에서도 쉽사리 향기를 맡을 수는 없었다. 간혹 향기 그윽한 작품들도 눈에 띄었지만 극히 드물었다. 그리하여, 관념상의 그림이 아닌 살아 숨 쉬는 그림을 그리고 싶었다. 나의 직장인 잡지사에는 3개월간의 휴직 신청을 해 놓은 상태였다. 북악산 중턱의 계곡에 형성된 공터에 자리 잡으면서부터 자연의 숨소리가 느껴지기 시작했다. 나는 북악의 실경(實景)을 묘사하면서부터 느껴 보지 못했던 감동에 젖을 때가 많았다. 나로서는 그림의 한계를 극복하는 데 있어서 무엇보다도 큰 계기가 된 느낌이었다.

그림을 그리기 시작한 지 사흘째에 접어들던 저녁이었다. 나의 눈앞에 돌연히 표정이라곤 전혀 없는 여승이 나타나더니만, 너럭바위 위에 올랐다. 젊은 여승은 나를 주의 깊게 바라보더니 내게 말을 걸었다.

“잠시 말씀 좀 물을게요. 저는 도(道)를 구하러 입산한 여승이거든요. 지금 댁이 하시는 작업에 방해가 되지 않는다면, 이 자리에서 참선을 해도 되겠죠? 둘러보니 참선 수행에 있어서 여기만 한 명당이 없을 것 같아서요. 부디 제게 구애받지 마시고 하시는 일을 해 나갔으면 해요. 그럼, 이만."

여승은 이때부터 너럭바위에 가부좌로 참선 수행에 들어갔다. 여승은 이내 석상처럼 요지부동의 몰입된 자세를 취하였다. 머리엔 밀짚모자가 덩그러니 얹혀 쏟아지는 햇살을 가려 주었다. 여인의 백옥같이 청순한 얼굴을 대하는 순간, 이상스럽게도 마음이 흔들리는 느낌이었다. 여태껏 세상에 태어나서 그녀만큼 수려한 미모의 여인을 본 적이 없었기 때문이었다. 솔직한 나의 심정으로는 그녀의 밀짚모자를 벗기고 마주 앉아 오랫동안 이야기를 나누고 싶었다. 미모에 걸맞게 그녀는 독특한 매력을 지닌 여인으로 비쳐졌기 때문이다. 나는 계속해서 북악의 솔숲과 암벽을 그려 나갔다. 바람이 일 때마다 잠에서 깨어난 솔숲이 길길이 치솟으며 우쭐거렸다. 나부끼는 바람결마다 녹색의 음영이 달랐으며, 표출되는 산색(山色) 또한 시시각각으로 달랐다. 한 줄기의 바람결에도 이렇게 자연의 숨결은 다르게 깨어나고 있었다. 만약 실경을 무시한 채 관념상으로만 그렸다면, 그림은 틀림없는 껍데기에 불과할 터였다. 내겐 여승을 보는 순간부터 가슴 일각으로는 답답한 마음이 들었다. 왜 하필이면 승복을 입은 신세가 되어, 쉽게 접근할 수 없게 만들까 하는 심정이었다. 모순스럽게도 그녀를 처음 본 순간부터, 서서히 내 마음속에는 잡념이 들끓기 시작했다. 나는 잡념과 싸우면서도 끝없이 북악의 경치를 화폭에 담으려고 안간힘을 썼다. 정작 참선을 해야 할 사람은 여승이 아니라 나 자신이라는 생각마저 들었다. 전지(全紙) 크기의 켄트지 위에, 연방 붓을 들어 수채화 물감으로 경치를 형상화시켜 나갔다. 한때는 자신감으로 충만한때도 있었다. 경치 정도는 보지 않고서도 얼마든지 그릴 수 있다고 자만한 적도 있었다. 하지만, 지금 회상해 보면, 객기에 가까운 호기였었고 의미가 상실된 죽은 그림이었을 뿐이었다. 벌과 나비는 향기로운 꽃을 찾아 허공을 날기 마련이었다. 에스테르(ester)의 향기가 나부끼는 그윽한 곳에 꽃은 신비한 꿀샘을 감추고 있었기 때문이다. 아무리 꽃 모양이 좋다 한들 향기가 없는 꽃이라면 어떻겠는가? 아마도 어떠한 벌과 나비도 찾아들지 않으리라.

그림의 향기에 생각이 미치자, 그토록 향기가 없던 여인의 얼굴이 떠올랐다. 3년 전 내가 군대를 다녀온 4학년 복학생일 때였다. 당시에 은숙은 대학 2학년에 재학 중인 학생 모델이었다. 분명한 것은 은숙의 용모와 몸매는 어느 여체보다도 완벽한 조형미를 이루고 있다는 점이었다. 그럼에도 불구하고, 내가 그녀에게 집착할 수 없었던 것은 그녀에겐 향기가 없었기 때문이다. 여인의 향기란 단순한 살 냄새 내지는 향수 냄새와는 전혀 무관한 터였다. 그건 뭐랄까? 뭇 남성들의 가슴을 설레게 만드는 은근하고도 신비한 매력을 말함이었다. 신비한 매력이란 결코 특출하거나 거창한 것을 의미하는 것은 아니었다. 애교 있는 표정을 위시하여, 밝은 미소와 몸짓 등등 헤아리자면 무궁무진할 터였다. 하지만, 나와 은숙의 사이에는 여태껏 애달픈 점이 있었다. 이전에 은숙의 제안으로 일주일간의 동해 여행을 한 적이 있었다. 그러한 여행 중의 시간에도, 나는 향기에 젖기 위해 그녀와 열렬히 육체적 교접을 했었다. 하지만, 나는 끝내 그녀로부터는 향기를 맡을 수가 없었다.

나는 상념에서 깨어나 채색을 하며 흘낏 여승을 바라보았다. 여승을 바라보는 순간에 나의 내면은 여승의 알몸을 떠올리고 있었다. 아무리 상상은 자유라지만, 불경한 죄를 지은 것 같아 얼굴이 화끈거렸다. 나는 다시 팔레트에 물감을 개며 푸른 하늘을 올려다보았다. 하늘엔 새털구름이 가뭇가뭇 떠 흐르며 한결 평온한 느낌을 안겨 주었다.

시계를 보니 오후 한 시였다. 여승이 일어나 심곡사로 점심 식사를 하러 갈 때였다. 아니나 다를까, 석상처럼 굳어 있던 여승이 가볍게 몸을 풀며 자리에서 일어났다. 여느 때와는 달리 곧바로 내려가지 않고 나를 향해 다가오며 생끗 미소를 지었다.

"방 선생님, 좀 쉬어 가면서 하세요."

"스님, 아주 도를 많이 깨치신 것 같군요. 얼굴에는 깨달음의 미소가 연신 흘러내리고 있구요. 하나만 여쭤 봐도 돼요? 스님께서 행하시는 참선의 화두(話頭)는 무엇인지 알려 주시면 안 될까요?"

"우린 만난 지 벌써 한 달째군요. 저는 처음에는 놀라서 믿지 않았거든요. 한국 화단의 대표적인 중견 화가가 제 곁에 머문다는 사실 말이에요. 선생님이 찾으시는 그림의 도와 제가 추구하는 도는 어쩜 같은 것인지도 모르겠군요. 저의 화두는 비상(飛翔)이에요. 기존 상념의 틀에서 새로운 상념으로의 비상이 바로 저의 화두예요. 비상이란 반드시 생명을 가진 개체만이 해 낼 수 있는 현상이 아니겠느냐구요? 선생님이 그림의 향기를 찾듯,

저는 일상적인 상념들의 비상의 의미를 찾고 있는 중이에요."

"스님! 오늘은 좀 여유가 있으신 것 같네요. 저와 말씀도 많이 나누시고 말이에요."

"바쁘시기는 선생님이 언제나 바쁘셨죠, 안 그래요? 마침 선생님도 잠시 휴식 중이니까, 대화나 좀 하고 각자의 수련에 들어가자구요."

여승은 밀짚모자를 눌러 쓴 채, 나의 옆에 와서 나란히 앉았다. 나는 진작부터 여승과 나란히 앉고 싶었지만 마음속으로만 생각하곤 했었다. 그런데, 여승이 먼저 이렇게 나오니, 기선을 제압당한 기분이라 괜히 쑥스러워졌다. 가까운 곳에서 그녀를 들여다보니 더한층 빼어난 미인이라, 온통 마음이 들떠 올랐다. 그녀는 생끗 웃으며 말했다. 나는 홀린 듯 그녀의 이야기에 귀를 기울였다.

"저녁 무렵이었어요. 경찰서에서 연락이 왔어요. 현상철과 복미연 씨를 아느냐는 전화였었어요. 알다 뿐이겠어요? 두 분은 바로 나의 부모님이셨고 사흘 전에 동해로 여행을 떠나셨기 때문이죠. 저는 직감적으로 뭔가 잘못된 느낌을 받았어요. 알고 본즉, 대관령 빙판 고개에서의 부모님의 승용차 추락 사고였어요. 초보 운전의 봉고 차량에게 떠받쳐 언덕을 굴러 내린 거였어요. 그날 제가 함께 못 간 것은 달리 이유가 있었죠. 제 딴에는 부모님께 오붓한 시간을 드리려고 한 배려 때문이었거든요. 그런데, 일이 그 지경으로 될 줄 누가 알았겠어요? 그때 전 여상을 갓 졸업한 상태였지요. 순식간에 고아가 되어 버린 저에게는 모든 세상사가 다 의미가 없어져 버리더군요. 부모님을 땅에 묻고 삼일 밤낮을 훌쩍거리다가 저는 결국 삭발을 하게 되었어요. 제가 갈 길은 이밖에는 없을 것 같더군요. 저의 생명이 붙어 있는 날까지 부모님의 왕생극락을 기원하며 살기로 했죠. 제 나이 서른이니까, 벌써 12년의 세월이 흘렀군요. 그런데, 선생님의 연세는요? 서른하나? 겉보기는 안 그래 보이는데 나보다 한 살이 더 많군요. 어쩜 이리도 미남이실까? 제가 승복만 안 입었다면 마구 추파를 던지고 싶어요. 사람을 놀리면 안 된다구요? 아뇨! 결코 농담이 아니에요. 지금껏 세상을 떠돌아 다녔건만 댁만 한 미남은 못 봤어요. 혹시 결혼하셨나요? 어머 정말이세요? 이건 너무 심하시다. 여태껏 결혼도 안 하고 뭐 하셨어요?"

그녀는 슬쩍 밀짚모자를 벗더니만, 바싹 얼굴을 들이밀며 말을 이었다.

"에이, 한 살 차인데 그냥 친구처럼 말 놓고 지내면 안 될까요?"

이때 상수리나무 숲을 거쳐 온 바람결이 계곡을 휩쓸었다. 시원한 느낌이 들며, 풋풋한 수목의 냄새가 깔렸다. 이처럼 가까이에서 미모의 여인과 이야기를 나누다니, 정녕 꿈만 같은 일이었다. 나는 그녀의 제안에 용기를 얻어, 조용히 그녀의 두 손을 잡으며 말했다.

"스님, 나는 아직도 당신의 법호는 고사하고, 이름조차도 몰라요. 이제라도 선선히 가르쳐 주신다면, 스님의 뜻에 따르겠어요."

"법호라고 내세울 정도는 아니고, 성함은 현수연 씨라구요?"

나는 수연을 데리고, 너럭바위 위에 올라 수연을 바라보며 말했다.

"수연 씨, 저도 왠지 스님으로서가 아닌 여인으로서의 당신을 사귀고 싶군요. 우리 정말 친구가 되겠다면 이 너럭바위 위에서 서로 삼배(三拜)를 나누는 게 어때요? 그리고, 삼배가 끝나면서부터는 서로 말을 놓기로 해요. 괜찮으시죠?"

나의 말이 끝나자마자 수연은 엄지손가락을 하늘로 치켜들며 활짝 웃었다. 잠시 후 그녀와 나는 동시에 엎드리며 세 번의 절을 했다. 나도 그랬으려니와, 그녀도 꽤나 경건한 자세로 삼배를 끝내고는 마주 섰다. 마음이 통했는지 그녀와 나는 거의 동시에 입을 열었다.

"수연아, 새로운 친구를 사귀게 되어 정말 기뻐."

"상현아, 내게 좋은 친구로 남아 주길 원해. 사실 난 너를 처음 본 순간부터 가슴이 뛰기 시작했어. 비구니가 된 처지에 이렇게 가슴이 뛰는 건 처음이야. 지난 열두 해 동안의 수도가 단숨에 무너져 내릴 것만 같아서 두려워. 좌선을 한답시고 수행한 나보다도 한 달간 그림에 몰두한 네게서 참다운 선사(禪師)를 느꼈어. 지난 12년 동안에 내가 일궈 놓은 것이 대관절 무엇인지 자문해 보았어. 그렇지만, 나는 입을 다물 수밖에 없었어. 다만 산천 유람을 했다는 것뿐이었어. 상현아, 내가 좀 더 네게 가까이 접근하면, 넌 달아나지 않을 거지? 만약 추호라도 그런 기색을 보이면 나는 널 친구로 삼지 않을 거야. 지금 내 머릿속에는 이런 생각이 일고 있어. 너는 대학을 나왔것다, 게다가 명성도 드높은 화가인데도 왜 연인이 없을까 하는 점이야. 나의 견해로는 너의 눈이 너무 높았거나, 여태껏 인연이 못 닿은 탓으로 보여.

한 달간을 곁에 있었는데, 네 눈엔 내가 어떻게 보였니? 아니, 그런 걸 묻는 게 아니라 그 있잖아? 한 번 연애를 해 보고 싶다든가 내게서 여인의 매력을 느낀다거나 등등 있잖아? 에이, 엎드려서 절 받기지. 정말 그랬으려고? 정말 나와 같이 사귀어 보고 싶었다구? 그럼 이렇게 하기로 해. 일주일 뒤의 토요일 오후 5시에 관악산 연주암 마당에서 만나기로 해. 내가 지금 여기에 온 것은 갑작스러운 일정 변화로 인사나 하고 가려던 참이었어. 나는 뭔가 준비할 게 있어서 잠시 후에 북악을 떠나야 해. 그럼 일주일 뒤에 만나, 안녕!"

계곡을 내려가는 승복 차림의 그녀의 몸매가 한결 경쾌하게 보였다. 나는 능선에 올라 그녀의 모습이 안 보일 때까지 바라보았다. 자작나무 숲을 지나면서부터 그녀는 뒤돌아보며 손을 번쩍 흔들어 주었다. 나도 덩달아 두어 번 힘껏 손을 흔들어 주었다. 나는 그녀가 사라지고 난 뒤에도 넋을 잃은 채 산기슭을 내려다보고 있었다.

나는 그리다가 만 전지 크기의 켄트지 앞에 앉았다. 이제 나의 그림의 곳곳에서는 향기가 일기 시작했다. 햇살과 바람의 강도에 따라 입체적인 향기를 내뿜으며 일어서는 솔숲이 있었다. 이제 그림의 골짜기에선 솔숲으로부터 불어 내려온 향긋한 솔바람이 소용돌이치고 있었다. 내가 보기엔 아직도 완숙한 상태에 이르려면, 며칠을 더 그려야만 했다. 나는 좌선을 하는 심정으로 마음을 편안히 하고 눈에는 서서히 힘을 뺐다. 북악의 청아한 바람이 '휙휙'거리며 달려들었다. 정오의 햇살과 서너 시의 햇살이 다르듯, 시각에 따른 하늘의 색조가 확연히 달랐다. 이제 사물을 바라보는 나의 눈에는 사물에 깔린 향기마저도 또렷이 비쳐져 보였다. 내가 붓을 들고 수련한 지 한 달 만에 이루어진 수확이었다. 화폭에서 남실대는 향기의 방향과 강도만을 조절한다면, 가히 일류급에까지도 이를 수 있으리라고 여겨졌다. 나는 더욱 겸허한 마음으로 북악의 숨소리를 살려 내려고 애썼다. 이제 머릿속은 정화되어, 더 이상의 잡념은 들끓지 않았다. 나는 붓질 하나하나에 심혈을 기울이며, 화폭의 그림을 내면적인 깊이로 형상화시켜 나갔다.

어느덧 일주일이 흘렀다. 연주암에서 바라보는 관악의 낙조는 처연하리만큼의 애조를 띠고 있었다. 연주암의 좁은 마당에는 십여 명의 등산객들이 자연 경관에 심취되어 있었다. 시계를 보니 아직도 약속 시간은 십여 분가량이나 남아 있었다. 나는 잠시 바닥에 돌을 깔고 앉아서 서쪽 하늘을 바라보았다. 관악산 기슭에서 피어오르는 저녁 안개가 서서히 형체를 드러냈다간 금세 사라지곤 했다. 벼랑 아래로 드리워진 노송의 허리쯤에서 박새 두 마리가 쉼 없이 뭔가를 주절거린다. 노송 위의 박새의 지저귐 소리를 듣고 있자니까, 문득 아련한 연민이 치솟았다. 저 박새들은 지저귐을 통해 서로에게 향기를 실어 보낼 수 있을는지 문득 궁금해졌다.

박새들의 지저귐 소리에 맞춰, 과거에 그토록 향기를 뿜어내었던 여인이 그리워졌다. 그토록 그윽한 향기를 피워 올리던 화초였건만, 안목이 어두웠던 나는 미처 알아보지 못했었다. 되돌릴 수만 있다면, 다시 과거로 더듬어 올라가고 싶었다. 그리하여, 그녀에게 꿇어 엎드려 매달리고 싶었다. 흘러간 과거가 그렇게 그립고 아쉬울 수가 없었다.

내가 최초로 동침했던 그 여인은 미혜였다. 그녀와 나는 같은 이불 속에서도 단 한 번의 교접도 나눈 적이 없었다. 그것도 자그마치 한 달간의 동침이 아니었던가? 어찌 보면 나의 일생에서 소리 없는 메아리의 발생은 이때부터였을 터였다. 은숙이 향기 없는 여인이었다면, 미혜를 대하던 때의 나는 확실히 향기 없는 사내였다. 너무나 농염하면서도 향기로운 화초에 주눅이 들어, 못난 자존심이나 떠올리던 이방인이었을 따름이었다. 그때까지만 해도 나는 나의 동정을 지키려고 안간힘을 썼다. 미래의 배우자가 아니고서는 어느 누구에게도 동정을 줄 수 없다는 확고한 신념 때문이었다. 나의 마음은 나의 법이었고, 융통성이란 아예 찾아볼 수 없었던 시절이었다. 박새의 울음소리가 점차 멀어지면서, 나의 의식은 점차 무채색의 과거로 밀려나고 있었다. 벌써 11년이나 지난 과거의 일이었다.

5월의 대학 축제 기간이었다. 신촌에서의 2년째 학창 생활을 누리던 나는 북한강 하류 부근으로 밤낚시를 떠났다. 경기도 가평군 방하리의 비령대 절벽 아래 부분의 북한강 수계(水界)였다. 밤낚시를 하며, 명상을 곧잘 즐기던 나였다. 평소의 습관대로 그날도 네 개의 낚싯대를 설치해 놓고는 수면을 바라보고 있었다. 새벽 2시를 넘어서자 외투를 걸쳤는데도 차가운 기운이 전신을 엄습해 왔다. 나 자신도 모르게 제법 졸았던 모양이다. 비몽사몽 간에 첨벙거리는 물소리를 듣고는 가물거리는 의식 상태로 억지로 눈을 떴다. 놀랍게도 드리워진 낚싯대 부근을 시커먼 물체가 떠내려가면서 허우적거리는 느낌이었다. 나는 소스라치게 놀라 자리에서 일어나 물속을 보았다. 풀어 헤쳐진 머리카락으로 보아 여인임에 틀림없었다. 나는 즉시 고함을 지르며, 그녀가 붙잡도록 대나무 낚싯대를 쭉 내밀었다. 구조된 직후에 여인은 두어 차례의 물을 토해 내고는 강변에 탈진하여 그대로 드러누웠다. 체온 유지를 위해, 젖은 옷을 벗겨 내고는 나의 외투로 그녀를 덮어 주었다. 그녀는 이내 탈진한 상태로 쌔근거리는 숨소리를 내며 잠들었다. 때마침 강 안개가 온통 수면을 뿌옇게 뒤덮고 있었다. 점차 동쪽 하늘이 밝아 올 무렵에야 여인은 눈을 떴다. 그 동안에 그녀의 옷은 말끔히 말라 있었다. 여인은 옷을 걸친 뒤에, 나의 간이 의자 옆에 앉아 수면을 응시했다. 한동안 뜸을 들인 후에 여인은 말했다.

"왜 저를 죽게 내버려두지 않고 구하셨어요? 저는 정말 이 세상을 떠나고 싶어서, 저기 저쪽 절벽에서 뛰어 내렸었어요. 하도 물살이 거센 탓에, 여기까지 떠밀려 왔나 봐요."

여인의 말을 듣자마자 나는 무심중에 떠오르는 대로 대꾸했다.

"정말 생명을 버릴 만큼 삶에 최선을 다하셨던가요? 전 그런 분이 두렵고도 존경스러워요."

여인은 눈을 동그랗게 치뜬 채 나를 노려보더니, 이내 시선을 수면으로 돌리며 묵묵부답이었다. 그러더니, 잠시 후에 머리를 감싸 쥐며 흐느껴 울기 시작했다. 나는 갑자기 안절부절못하여 간이 의자에서 일어나, 그녀의 앞으로 다가서며 말했다.

"혹시 제가 자존심을 건드렸나요? 그렇담 제가 용서를 구할게요. 정말 미안해요."

여인은 십여 분을 그대로 눈물을 뿌리며 소리 죽여 흐느꼈다. 순식간에 나의 애간장이 다 타 들어오는 느낌이었다. 나는 커다란 잘못을 저지른 죄인인 양 불안한 가슴으로 마구 서성거리기만 했다. 일단 그녀가 울음을 멈출 때까지는 잠자코 기다리는 수밖엔 없었다.

연주암을 스쳐 가는 바람 줄기에는 서서히 힘이 실리기 시작했다. 다복솔이 머리채를 풀어헤치며 몸을 바람에 내맡기고 있었다. 서쪽 하늘에서 쏟아져 내리는 햇살은 여전히 풍성한 일조량으로 나부끼고 있었다. 연주암의 벼랑에는 제법 몇 사람이 불어나 그들먹한 느낌이 들었다. 맑은 공기와 청아한 솔향기가 어우러져 연주암의 여름은 쾌청하기만 했다. 아직도 약속 시간까지는 몇 분이 남아 있었고, 나는 평온한 마음으로 주변을 둘러보고 있었다.

"저와 연배가 비슷한 것 같은데 학생이시죠? 미대 미술학과 2학년생이라구요? 저는 인문대 국문학과 2학년인 서미혜(徐嵋彗)라고 해요. 조금 전에 삶에 최선을 다했느냐고 물었죠? 저는 몸과 마음은 물론 제 모든 혼을 다해 학과 선배를 사랑했어요. 딱 6개월 동안을요. 그런데 그 선배는 사흘 전에 약혼녀를 데리고는 파리로 유학을 떠나 버렸어요. 비록 그 선배가 내게 약혼녀가 있다는 말을 이전부터 분명하게 했음에도 말이에요. 난 그가 무조건 좋아 맹목적인 사랑으로 그에게 매달렸어요. 다시 태어나더라도 그와 같은 남성을 만날 수는 없을 거라는 생각 때문이었죠. 알몸으로 그와 엉겨 붙으면서도 내 생명을 다해 그와 사랑을 나누리라고 굳게 다짐했죠. 한데, 결국엔 그는 떠나 버렸고, 나는 처절한 패배자가 되고 말았어요. 무엇 때문에 약혼녀 있는 선배를 사랑했느냐구요? 어디 남녀 관계가 냉철한 이성만으로 다 해결되던가요? 하지만, 약혼녀 있는 선배를 사랑한 것은 분명 제 잘못이었죠. 그래서, 내가 바보 천치 같은 생각이 들어 강물 속에 몸을 던졌잖아요? 차라리 그때 그대로 죽게 내버려 두었더라면 지금의 슬픔이 재현되지는 않았을 게 아니냐구요? 이제 내 가슴속에 새롭게 머리를 치켜드는 이 처절한 슬픔을 어쩌나요? 댁이 저를 구하셨지만, 저는 이제 갈 곳이 없어요. 자살을 결심하고는 일기장도 태우고 머물던 집도 정리해 버렸거든요. 그런데, 이제 제가 다시 살아났으니, 돈도 없을뿐더러 갈 데도 없잖아요?"

나는 대꾸할 말을 잊었다. 아니, 잊었다기보다는 대꾸할 말이 없었다. 그녀가 하는 얘기는 구구절절이 옳은 말이었기 때문이다. 나로부터의 기대할 만한 응답이 없자, 그녀는 또 고개를 숙이더니 흐느껴 울기 시작했다. 너무나 한이 실린 음성이라, 듣는 것 자체부터가 괴로움이었다. 자꾸만 훌쩍이는 그녀를 보자 정말 내가 중대한 잘못을 저질렀다는 착각마저 일었다. 그녀의 태도로 봐서는 죽이든 살리든 이제 전적으로 내게 맡기겠다는 뜻이 역력했다. 시간을 물릴 수만 있다면 나는 도로 시간을 물리고 싶었다. 밤낚시를 통해 사색을 즐기려고 왔다가, 이게 무슨 날벼락인가? 누가 뭐래도 나는 근심거리 하나를 떠맡은 터였다.

당시에 나는 완도에서 단신으로 상경하여 향학에 불타던 상태였다. 중고생들 대상의 과외 지도를 통해, 신촌 부근에 전셋집 하나를 얻어 두었던 터였다. 그날 나는 나의 전셋집으로 그녀를 데리고 가지 않을 수 없었다. 일단 집에 도착하자마자 그녀는 겉보기로는 일상의 안정된 리듬대로 움직이는 듯했다. 차를 준비하고, 밥을 짓고, 설거지를 하고, 꽃병에는 꽃을 꽂았다. 일사불란한 동작에 흐트러짐이라곤 추호도 없었다. 집에 도착한 첫날이었다. 마루 정리를 마치고는, 미혜는 다소곳한 자세로 나의 앞에 무릎을 비스듬히 꺾어 앉았다. 그녀는 수줍은 듯 나를 바라보며 말문을 열었다.

"상현 씨, 저는 이제 살았어도 죽은 목숨이에요. 제가 활기를 되찾을 때까지만 제가 여기서 머물면 안 될까요?"

"미혜 씨! 그 기간이 얼마 정도면 되겠어요?"

"왜, 벌써 제가 부담스러운가요? 만약 제가 부담스럽다면 지금이라도 소리 없이 떠날게요. 하지만, 정말 조금이라도 제 마음을 헤아려 주신다면 저를 곁에 머물게 해 주세요. 분명한 것은 머무는 기간이 1개월을 넘진 않을 거예요. 1개월 동안 둘의 뜻이 통하여 약혼자가 된다면 더 없이 좋겠구요. 만약 그게 어려우면 제가 생계 대책을 세워서 조용히 떠날게요."

나는 그녀의 제안을 흔쾌히 받아들였다. 그리고, 그녀가 머무는 기간 동안은 최선을 다해 따뜻이 대해 주기로 했다. 미혜는 장차의 포부를 시인이 되겠다고 밝혔다. 오뚝한 콧날, 반달처럼 휘어져 올라간 눈썹, 갸름한 얼굴에 별처럼 반짝이는 눈동자.

이러한 요건들을 갖춘 여인이 바로 미혜였고, 그녀의 눈동자에서는 언제나 미풍이 나부끼는 느낌이었다. 한마디로, 그녀는 누구든 첫눈에 확 끌려들게 만드는 미모의 소유자였다. 보면 볼수록 호감이 가는 얼굴형이었다.

만약 그녀가 자살하려고만 하지 않았더라면, 나는 틀림없이 스스로 무릎을 꿇어 구애했을 터였다. 자칫하면 그만 그녀에게 홀려 버릴 것만 같아 나는 항시 긴장을 풀지 않았다. 여기에는 무조건 휩쓸려 들지 않으려는 나의 오기심이 크나큰 몫으로 작용했다. 나는 명확한 의견을 제시했다. 잠자리를 함께 하는 것이 육체관계마저 서로 허락한 것은 아니라는 것을. 또한 서로의 육체를 내맡길 때엔 반드시 사랑의 감정이 싹튼 다음이어야 한다고. 나도 목석이 아닌 다음에야, 잠자리에 들었을 때 그녀를 갖고픈 마음이 적지 않았다.

하지만, 그때마다 나의 뇌리에 떠오르는 것은 비령대 아래쪽의 장면이었다. 이미 한 남성에게 혹하여 생명을 버릴 만큼 사랑한 그녀가 아닌가? 내가 그녀를 사랑하고 싶어도, 파리로 떠난 남성과 비교되어질 자신의 모습이 싫었다. 그러고, 무엇보다도 생명을 가볍게 강물에 던지려고 했던 그녀의 정신이 마음에 안 들었었다. 어쩌면 이것은 문제의 남성에 대한 나의 질투심일지도 모를 터였다. 때때로 잠결에 나의 손길이 그녀의 허리에 올라가 있는 것을 알아차릴 때가 있었다. 이럴 때마다 나는 기겁을 하여 돌아눕곤 하였다. 사랑하지도 않는 미혜와의 동침은 어느덧 고통으로까지 느껴졌다.

미혜와의 이러한 불편한 관계는 약속대로 한 달째가 되던 날

청산되었다. 집을 떠나기 전 날 밤이었다. 그녀는 자존심을 죽여 가며 조심스레 내게 말문을 열었다.

"지금까지 제게 잘해 주셔서 고마웠어요. 하지만, 제가 상현 씨의 눈엔 여자로 비쳐지지 않았다는 게 너무도 슬펐어요. 정녕 제가 싫으시다면, 미련 없이 떠날게요. 부디 마음에 맞는 분을 만나 행복하게 사세요."

나는 달관한 듯한 그녀의 말을 듣자마자 속마음을 들킨 것만 같아서 허우적거렸다.

"미혜 씨, 댁은 어딜 가나 좋은 배우자를 만날 거예요. 저는 재산도 없는 데다가 도량도 좁기에, 결코 당신에겐 어울리지 않을 거예요. 하지만, 언제나 맑고 따스한 마음을 가진 당신을 잊을 순 없을 겁니다. 부디 가시는 길에 행운이 함께 하길 빌게요."

다음 날 아침에, 미혜는 애써 태연한 표정이었지만 얼굴 가득히 슬픔이 넘쳐흘렀다. 급기야 인사를 하고 돌아서는 순간엔 눈가에 뽀얀 이슬이 맺혀 흘렀다. 나도 목이 메어, 그녀를 집 앞 공터에서 사라질 때까지 전송하며 손을 흔들었다.

오후 다섯 시 정각이 될 때였다. 나는 눈을 들어 주변을 살폈으나 여승은 보이지 않았다. 대신에 연분홍 티셔츠에 자주색 미니스커트 차림의 머릿결이 고운 여인이 눈앞을 막아섰다. 나는 눈앞의 여인을 알아내려고 잠시 혼란에 빠졌었다. 역시 그랬었다. 눈앞의 여인이 바로 내가 기다리던 여승인 수연이었다. 추측컨대, 결이 고운 머리 가발을 어디에선가 빌려서 쓰고 왔을 터였다. 수연은 아주 자연스럽게 손을 내밀어 나의 팔짱을 꼈다.

"상현아, 저 아래 절로 내려가 국수나 한 그릇씩 하자구. 식사를 마치고 나서는 안양 유원지 쪽으로 내려가 함께 밤을 보내자구. 밤을 함께 보낸다? 말을 하고 보니 꽤 운치 있는데? 자, 내려가, 응?"

나는 수연과 손을 맞잡은 채 연주암을 빠져 나왔다. 바위 중간에 사찰에서 설치해 놓은 안테나들이 바람을 맞아 을씨년스러웠다. 국수를 먹고 갈참나무 숲에 들어서자마자 수연은 이내 귓속말을 했다.

"상현아, 나 예뻐? 나도 네가 좋아 죽겠어. 내가 마음에 들면 오늘만큼은 네가 뭘 원하더라도 다 들어줄게. 그런데, 중요한 건 내가 왜 이렇게 꾸미고 널 찾았는지 이유를 알고 있니? 사람에게는 누구에게나 일생 동안 간직할 만한 소중한 추억이 필요한 거랬어. 나는 나의 안목에 모험을 걸고, 한 사람의 지기(知己)를 얻고 싶었기 때문이야."

문득 나는 수연의 향기를 붙잡아 둘 매체로 누드 사진을 떠올리며 말했다.

"이 갈참나무 숲은 한적한 등산로거든. 조금 더 안쪽으로 들어가면, 하루 종일 있어도 정말 인적 없는 곳이 있어. 무슨 말인줄 알아들었다구? 그렇게 이해가 빨라? 거기서 네 누드 사진을 몇 장 찍고 싶은데 허락해 주겠니?"

"물론이지. 그런데, 상현아! 나의 사진만 찍을 거야? 그 카메라 자동이지? 자동으로 맞춰 놓고 아예 둘이 같이 찍자구. 왜 놀라는 표정이야? 같이 찍으면 안 되는 누드 사진도 있어?"

마침내 인적이 뜸한 외진 숲의 중심부에 닿았다. 갈참나무들이 빽빽하게 둘러서 있어서, 바로 지척이 아니고서는 사람을 발견하기가 쉽지 않은 곳이었다. 한데, 공교롭게도 숲의 중심부쯤에선 지형이 가파른 모습을 보이다가 급기야는 낭떠러지를 이루고 있었다. 낭떠러지는 제법 십여 미터로 치솟았으며, 그 아래로는 계곡의 물줄기가 힘차게 흘러내렸다. 낭떠러지 꼭대기의 수연은 손짓으로 나를 불렀다. 내가 다가서자마자 그녀는 은근한 목소리로 속삭였다.

"상현아, 너는 저쪽 바위 뒤에서 옷을 벗고 와. 나는 여기서 벗을게. 뭐라구? 여기서 동시에 벗자구? 그건 싫어. 각자 벗고 나오는 거야, 알겠어? 그럼, 잠시 후에 봐."

잠시 후에 나는 발가벗은 몸으로 사진기만을 든 채, 바위 꼭대기의 그녀에게로 다가갔다. 나는 예사로 그녀도 발가벗고 있겠거니 여겼다. 하지만, 그녀는 봉긋한 젖가슴까지도 드러낸 채, 속치마만 걸친 차림새로 우아하게 미소 짓고 있었다. 눈빛보다도 하얀 속치마만을 걸친 채, 그녀는 다가서는 나를 제지하며 말했다.

"상현아, 문득 이 벼랑 아래로 뛰어 내리고 싶은 충동을 느껴. 삶에 있어서 하나의 획을 긋기는 그어야 할 텐데, 왜 이렇게 가슴이 떨리지?"

그녀는 말을 마치자마자, 한쪽 다리를 들어 우아한 춤동작을 취하며 선회했다. 저녁 무렵이라 서서히 산바람이 이빨을 드러내며 깨어나기 시작했다. 산바람이 일 때마다 속치마 자락이 휘말려 오르면서, 그녀의 하얀 엉덩이와 치모가 연방 드러났다. 나의 내면에 깃든 늑대들의 야성이 스멀스멀 일어나려고 기승을 부렸다. 그러면서도 왠지 머리가 섬뜩해지는 찬 기운이 느껴졌다. 나는 알 수 없는 불안감에 휩싸이며 조용히 그녀를 지켜보았다. 이제 주위에는 관악의 저녁을 불사르는 석양과 바람 줄기만이 살아 있을 뿐. 숲은 순식간에 죽음 같은 고요에 휩싸였다. 여전히 그녀는 세련미에 넘치는 경쾌하고도 절제된 춤동작을 멈추지 않으며 내게 말했다. 그녀의 말은 천년 세월을 침묵하고 있던 산울림인 듯 은밀하게 귓속을 적셔 왔다.

"상현아, 나는 이제 진정한 깨달음을 얻은 느낌이야. 이 깨달음 하나만으로도 이 세상을 산 보람이 있어. 이제 정녕 나의 몸을 던져 대자연에게 보시를 해도 아깝지가 않아. 아니, 그러고 싶어. 네가 그림 속에 깃든 향기를 찾았듯이, 나도 마침내 깨달음을 얻은 거야. 하나의 도를 이룬 이상 더 이상은 비구니라는 허상에 머물고 싶지 않아. 너를 향해 옷을 벗으려고 할 때까지만 하더라도 약간의 장난기가 없지 않았어. 문제는 옷을 벗는 과정에서 미처 예견치 못했던 깨달음을 얻게 된 거였어. 이 놀라운 변화에 직면하여, 너의 그림의 향기가 떠올랐어. 상현아, 나는 이제 너로부터의 진정한 선택을 받고 싶어. 나를 달갑잖게 여긴다면, 나는 깨달음만으로 만족한 채 벼랑 아래로 몸을 날리고 싶어. 만약에 나를 배우자로 취하고 싶다면, 나의 마지막 헝겊을 벗겨 주길 원해."

생사를 초월한 그녀의 모습이 너무나 숭고해 보여, 저절로 고개가 숙여졌다.

찰나 간이었다. 머릿속을 오가는 수많은 불꽃 무늬가 상념의 계곡을 넘나들더니, 마침내 하나로 집결되었다. 잠시 후 나는 그녀에게 말했다.

"지금까지 나는 수많은 나비 떼들의 비상을 지켜보며, 오늘이 있기를 기다려 왔어. 이제 나는 진정한 꽃샘을 찾았고, 너는 나의 영원한 반려자가 되어 주어야만 해. 이제 너와 나 사이엔 두 번 다시 번민이나 방황은 없을 거야."

서늘한 산바람이 은비늘처럼 파드득거리며 관악의 솔숲을 타넘고 있었다. 때마침 석양 무렵의 저녁놀이 핏빛처럼 타오르고 있었다.

"상현아, 고마워. 단지 지금은 고맙다는 말밖에는 달리 고마움을 표시할 말이 없어. 너의 선택에 언제나 포근함과 아늑함으로 보답해 줄게."

나는 마침내 흥분되어 떨리는 손으로 수연의 속치마를 벗기기 시작했다. 알몸이 된 그녀와 나는 가슴 벅찬 감동으로 서로를 힘껏 부둥켜안았다. 마침내 서로의 뺨이 처음으로 맞닿는 순간이었다. 불에 덴 듯한 열기에 전율하며, 나는 가만히 수연을 잔디밭 위에 드러눕혔다. 그러고는 그녀의 몸 위로 나의 몸을 포개면서, 그녀의 입술에 입을 맞추었다. 창졸간에 숨이 멎는 듯한 열기에 젖어 들었다가, 이내 포근한 심연으로 가라앉는 느낌이었다. 마침내 수연은 몸을 활짝 열고는 달뜬 숨을 몰아쉬며, 나를 받아들이기 시작했다. 이윽고 그녀와 나는 전신을 휩쓸고 지나가는 격렬한 황홀경에 떨며, 서서히 무너져 내렸다. 얼마의 시간이 흐른 후에, 옷을 추스르며 바로 앉을 무렵이었다.

핸드폰이 울어 대고 있었다. 통화 목소리를 들으니 미혜였다. 그녀와는 근래에도 간혹 한 번씩 만나 옛날을 얘기하는 사이였다. 사업가의 아내인 그녀는 두 남매의 어머니가 되어 있었고, 언제나 행복한 표정이었다. 그러고, 근래에 들어서 미혜와 나는 서로 말을 놓고 지내는 사이가 되었다. 뿐만 아니라, 그녀는 어떻게 알았던지 은숙과도 잘 어울려 다니곤 했다.

"상현아, 나야 미혜라구. 내일 오후에 시간이 있니? 그럼 잘 됐네. 오후 7시에 요정 신궁으로 나와. 은숙이랑 같이 갈게. 특별한 용건이 있는 건 아니고, 그냥 네가 보고 싶어서 그래. 뭐라구? 너도 여자 친구를 데리고 오겠다구? 내가 모르는 너의 여자 친구가 있었어? 누군지 놀랍기도 하고 궁금해지네. 그럼, 내일 봐."

통화를 하면서 잠시 수연에게 의견을 물어, 수연을 데리고 가기로 결정했다. 이날 밤 수연과 나는 신림동의 청수장 여관이란 곳엘 들러 밤을 태웠다. 나는 이날 밤 내내 풍란의 향기처럼 그윽한 여인의 향기에 듬뿍 취했다.

하루가 흘렀다. 신림동의 고급 요릿집인 신궁에 수연을 데리고 도착하니 밤 7시 5분 전이었다. 우측 편 호화 밀실인 학실(鶴室)에는 이미 은숙과 미혜가 도착해 있었다. 서로 인사를 나누고 자리를 잡으니, 호스트가 나와 음식을 가져 왔다. 미혜가 팁으로 수표를 건네자마자, 호스트는 허리를 90도로 꺾으며 9시까지는 찾지 않겠다며 사라졌다. 만나자마자 넷은 서로 간에 얘기를 나누기에 정신이 없었다. 30분이 지나자, 미혜가 본색을 드러내며 말했다.

"상현아, 난 아무래도 미치겠어. 알다시피 두 아이의 엄마인데도 나는 한 해에 한 번 정도는 네가 그리워. 아무리 자제를 하려고 해도 어쩔 수가 없었어. 원래의 나의 피가 뜨거웠던 것 같아. 그런데도 11년 전에는 내가 어떻게 석녀(石女)로 한 달간을 견뎠는지 알 수가 없어. 어쩜 그때는 순전한 오기와 자존심으로 똘똘 뭉쳐서 지냈던 세월이 아닌가 해. 세상 사람들이 흔히들 사회관 운운하는데, 대관절 사회관이 뭐냐구? 결국은 사회의 통념으로 인간의 내면적인 자유를 속박한 것에 불과하잖아? 나의 말이 너무 비약적이라구? 나의 견해로는 결코 그런 것은 아냐. 지난 세월 동안의 깨달음을 통해 알았거든. 인간 개인의 출현은 일생에 단 한 번뿐이라는 사실보다 더 중요한 건 없었어. 나는 윤리관도 존중하지만, 거기에 못지않게 인간의 내면적인 자유도 존중되어야 한다고 생각해. 자, 우리 다들 오늘의 만남에 소중한 의미를 부여해 주길 원해. 우리의 만남은 인생을 윤택하게 하기 위한 하나의 몸짓일 수도 있잖을까? 아니면, 어디까지나 내면적인 자유를 향한 흰나비들의 눈부신 비상이라고 생각해 주길 바란다. 이건 결코 지향점 없는 방종은 아니란 점을 강조하고 싶어. 견우와 직녀가 만나듯이, 1년에 한 번씩은 자유로운 마음으로 이렇게 만났으면 해. 만약에 동의한다면 박수를 쳐서 통과시키자구."

그녀의 말이 끝나자마자 일제히 요란한 박수갈채가 터져 나왔다. 박수 소리가 가라앉자마자, 미혜와 은숙은 요리상을 밀어 놓고는 밀실의 출입문을 잠갔다. 어느 틈에 미혜가 오디오를 켜 헝

가리 무곡을 틀고 있었다. 잠시 후에 세 여인과 나는 손을 마주 잡고는 원형으로 둘러섰다. 다들 얼굴이 충혈되어 있었다. 미혜가 먼저 스텝을 밟자마자, 이내 둘러선 남녀들은 뒤엉켜 춤을 추기 시작했다. 땀을 흘리며 신들린 듯 넷은 어우러져 정신없이 서로와 춤을 추었다. 전율할 듯한 절정감에 휩싸였던 1시간 반이었다. 이윽고 음악이 멈췄다. 넷은 기진맥진하여 아무렇게나 드러누워 샹들리에의 화사한 불빛을 바라보았다. 문득 예전에 본 적이 있는, 목련꽃 위를 날던 흰나비 떼가 떠올랐다. 향기 없는 목련꽃 위를 하염없이 활갯짓을 하다가는 공허하게 사라지던 나비 떼들이었다. 나비가 꽃을 찾을 땐 꿀을 채취하기 위함이다. 겉모양은 그럴싸해도 정작 꿀을 주지 못하고 고뇌에 떠는 꽃들이 많은 터였다. 봄 하늘에 꽃잎을 나풀거려도 보지만, 이내 공허한 메아리에 젖고만 마는 꽃들이 있었다. 또한 이들 꽃을 찾다가 탈진하여 울음을 삼키고 돌아서는 나비 떼들이 있었다. 향기를 잃은 현실의 주변을 서성거리다가 나부대는 나비들의 몸짓이 여인들과 나의 전생은 아니었을까? 나는 자꾸만 휘감겨 오는, 비령대의 첨벙대는 물소리를 들으며 일어나려고 안간힘을 썼다. 그러고는, 탈진한 나비 떼들을 가까스로 일으켜 세워 신궁을 나섰다.

밤 9시에 신궁을 나서는 넷은 다리가 떨려 마구 후들거렸다. 먼저 미혜와 은숙이가 나란히 떠나갔다. 나는 남겨진 수연에게 물었다.

"수연아, 너는 당장 오늘부터 나와 함께 생활해 줄 수 있니?

아니면, 일정 기간 동안 너를 기다리고 있어야 하는 거야? 그리고, 너의 깨달음이 현실화될 때까지의 시간도 얼마나 걸릴지 궁금하고 말이야."

"그렇잖아도 내가 얘기해 주려고 했어. 바로 나의 깨달음이 무엇이었던가를 말이야. 인간의 삶은 유한하며, 유한한 삶의 주체는 바로 나 자신이라는 깨달음이었어. 너무나 평범하다고 얕볼 수도 있겠지만, 절대로 그렇게 만만한 깨달음은 아니야. 이틀간 많이도 생각해 봤거든. 사람은 결국 자기가 좋아하는 것을 해야만 진정한 도를 구할 듯싶어. 그 동안 많은 깨달음을 주어서 고마워. 내가 어디로 가서 당장 무엇을 할 건지는 당분간 묻지 말아 줘. 왜냐하면, 나에게도 우리의 미래에 대한 준비를 해야 할 시간이 있어야 하기 때문이야. 보고 싶을 땐 언제든 핸드폰으로 연락할게. 그럼, 다음에 만날 때까지 안녕."

"수연아, 나도 너로부터 많은 걸 얻었어. 조만간 다시 만날 때까지 언제나 건강하며 행복하길 빈다. 잘 가."

밤 9시 무렵이었지만 여전히 무더운 열기가 골목마다 깔렸다. 수은등 아래로 도착한 택시에 수연을 태워 보내며 나는 손을 흔들었다. 그녀를 태운 택시가 골목을 빠져 나가자마자, 나는 걷잡을 수 없이 공허해졌다. 이제 무더위가 내려앉는 이 골목에서는 나는 철저한 이방인일 따름이었다. 나는 마음의 심층부로부터 진한 고독감이 치밀어 오름을 느꼈다. 아무리 몸을 비벼대도 나는 철저한 외톨이었을 뿐이었다. 이 사실을 깨닫는 순간, 콧날이 시큰거리며 나의 눈에서는 뽀얗게 이슬이 맺혀 흘렀다. 고개를 드니, 하늘의 별들이 무더기로 빛을 뿜으며 몰려들었다. 때마침 더위로 잠을 설친 몇 마리의 새 떼가 허공으로 날아오르고 있었다.

[문학21, 2001. 11월호 발표]

# 몰운대 해변의 낙조

**펴 낸 날** 2022년 11월 11일

**지 은 이** 손정모
**펴 낸 이** 이기성
**편집팀장** 이윤숙
**기획편집** 서해주, 윤가영, 이지희
**표지디자인** 서해주
**책임마케팅** 강보현, 김성욱
**펴 낸 곳** 도서출판 생각나눔
**출판등록** 제 2018-000288호
**주 소** 서울 잔다리로7안길 22, 태성빌딩 3층
**전 화** 02-325-5100
**팩 스** 02-325-5101
**홈페이지** www.생각나눔.kr
**이 메 일** bookmain@think-book.com

• 책값은 표지 뒷면에 표기되어 있습니다.
ISBN 979-11-7048-467-7 (03810)